JOCHEN SCHMIDT

PHLOX

Es ist das letzte Mal, dass Richard Sparka, vertraut aus Jochen Schmidts Roman «Zuckersand», mit seiner eigenen Familie, der Gefährtin Klara und den Kindern Karl und Ricarda, ins geliebte Kindheitsparadies Schmogrow im Oderbruch fährt.

Nach dem Tod der Tatziets, die jahrzehntelang das Haus und den Garten, das Dorf und die Umgebung zu einem Ferienidyll und Hort des richtigen Lebens gemacht haben, wird das Haus abgerissen und das Grundstück verkauft. Richard, verstrickt in die Erziehungskonflikte mit Klara und konfrontiert mit dem Eigensinn der Kinder, will im Gedenken an die «Wunder von Schmogrow» seinen ewigen Kampf gegen die Verhässlichung der Welt fortsetzen. In Erinnerungen und Erkundigungen, mit einer Art Archiv der Geschichte und der geistigen und praktischen Lebensweisheiten der Familie Tatziet, forscht Richard dem Glück Schmogrows nach und entdeckt, dass Vieles in dem naturnahen Selbstversorger-Paradies – mit seiner Liebe zur Dauer und dem Widerstand gegen jegliche Verschwendung – auch dunkle Züge trägt... Komisch und ernst, geschichtsbewusst und sehr aktuell, detailverliebt und mit dem Blick auf die großen Fragen erzählt Jochen Schmidt von der ewigen Suche nach dem guten Leben.

JOCHEN SCHMIDT ist 1970 in Berlin geboren und lebt dort. Bei C.H.Beck sind die Erzählbände «Triumphgemüse» (2000), «Meine wichtigsten Körperfunktionen» (2007), «Der Wächter von Pankow» (2015) und «Ich weiß noch, wie King Kong starb» (2021), die Romane «Müller haut uns raus» (2002), «Schneckenmühle» (2013) und «Ein Auftrag für Otto Kwant» (2019) sowie, gemeinsam mit Line Hoven, «Schmythologie» (2013), «Zuckersand» (2017) und «Paargespräche» (2020) erschienen.

LINE HOVEN, 1977 in Bonn geboren, ist Comic-Zeichnerin und Illustratorin. Für ihr Lebenswerk als Buchillustratorin wurde sie 2017 mit dem renommierten Hans-Meid-Preis ausgezeichnet. Sie schuf u. a. die Illustrationen zu Jochen Schmidts «Dudenbrooks» (2011), der «Schmythologie» (C.H.Beck 2013) und «Zuckersand» (C.H.Beck 2017). Line Hoven lebt in Hamburg.

JOCHEN SCHMIDT

PHLOX

Roman

C.H.Beck

Der Autor dankt dem Deutschen Literaturfonds
für ein Stipendium.

Die fünfzehn Vignetten wurden von Line Hoven gezeichnet.

© Verlag C.H.Beck oHG, München 2022
www.chbeck.de
Umschlaggestaltung: Line Hoven
Umschlagabbildung: Line Hoven
Satz: Fotosatz Amann, Memmingen
Druck und Bindung: CPI – Ebner & Spiegel, Ulm
Gedruckt auf säurefreiem, alterungsbeständigem Papier
Printed in Germany
ISBN 978 3 406 79308 0

myclimate

klimaneutral produziert
www.chbeck.de/nachhaltig

Für unsere Meisterin und unseren Meister,
ich hoffe, ihr habt dort, wo ihr jetzt seid,
einen Garten, Schafe und Bienen.

«Wohin ich immer gehe,
wie weh', wie weh', wie wehe»
Johann Wolfgang von Goethe

«Juchhe! Juchhe! Juchheisa! Heisa! He!»
Johann Wolfgang von Goethe

I

1. GEWALTFREIE KOMMUNIKATION

Wenn ich hinter dem Lenkrad unseres Autos sitze, kommt es mir immer vor, als spiele ich Familienvater, während mein Platz doch eigentlich auf der Rückbank sein müßte, wo ich als Kind ängstlich in mich hineingehorcht habe, ob mir schlecht wurde, und mir vorstellte, wie ich uns mit Hilfe langer Ruder an den mächtigen Stämmen der Chausseebäume mit ihren weißen, rechteckigen Warnflächen vorwärtsschob, oder ich starrte auf die Armatur, ob das rote Lämpchen aufleuchtete, das Zeichen dafür, daß irgend etwas am Auto nicht stimmte: Genaueres erfuhr man ja nicht, vielleicht war der Keilriemen gerissen, die Werkstatt hatte das für die nahe Zukunft, aber nicht unbedingt für die nächste Zeit angekündigt, unser Schicksal lag nicht in unserer Hand («'n Pariser kann ooch mal reißen», hatte der Meister gesagt.). Die Fahrt nach Schmogrow dauerte endlose zwei Stunden, auf denen es kaum Zerstreuung gab, nur selten eine enge Kreuzung mit einem runden Hohlspiegel oder noch seltener ein Auto, auf dessen Nummernschild «CD» stand, weil darin ein «Diplomat» saß (der ungestraft Menschen überfahren durfte), unser Motor war so laut, daß man fast schreien mußte, um sich zu verständigen, es roch nach Benzin und Öl, besonders wenn mein Vater bei der «Durchsicht» gewesen und der Unterboden geschmiert worden war. Ich atmete durch den Mund und hielt für den Notfall meine rote Plastikschüssel auf den Knien bereit, die mich, seit ich denken konnte, in motorisierten Fahrzeugen begleitete. Immerhin durfte ich zur Vorbeugung Bonbons lutschen, soviel ich wollte, während Karl und Ricarda auf den wöchentlichen «Süßigkeitentag» warten müssen, um sich etwas aus ihrem Vorrat auszusuchen. Klara war ganz gerührt gewesen, als sie entdeckt hatte, daß Karl nicht nur heimlich ein Minitütchen Gummibärchen in seinen Kinderrucksack eingepackt hatte, sondern auch seine Papierschere, um es aufzuschneiden. Es störte mich als Kind, daß die Scheibenwischer nie die *ganze* Scheibe putzten und die oberen Ecken sowie unten zwei Halbkreise schmutzig blieben, die Wischblätter hätten gelenkiger sein müssen, aber vielleicht war es auch ein unlösbares geometrisches Problem. Am Haus, dessen Fassade eine ungeschickt gemalte Micky-Maus-Mutation schmückte, fuhr mein Vater für uns langsamer, immerhin war es eine westliche Comicfigur und dadurch eine Attraktion, die Hefte schafften es ja, weil sie monatlich erschienen und daher als «Periodika» galten, nicht durch die Zollkontrolle (zur Freude der Kinder der Zöllner, wie wir argwöhnten), eine Attraktion war aber auch jede Feldsteinkirche, bei der mit Staunen bemerkt wurde, daß so etwas noch stand, wenn auch gerade so, während beim Post-Meilenstein aus Friedrichs Zeiten (einem «Sachzeugen der Verkehrsgeschichte», wie es mein Vater nannte), der aus irgend welchen Gründen nie entfernt worden war, immer überlegt wurde, ob man nicht doch einmal, um die Schrift zu entziffern oder heimlich mit goldener Farbe nachzuziehen, halten sollte, was wir aber nie taten, sowenig wie am sogenannten «Traumhaus», einem für uns amerikanisch wirkenden Flachbau mit ungewöhnlich großer Fensterfront, der meine Eltern neidisch machte, ein Gefühl, das sie zu genießen schienen, schon weil es Gemeinschaft stiftete; schließlich sahen wir auch noch zum Storchennest auf dem Backsteinturm der Kreisstadt hoch, durch die sich der Verkehr auf einer kurvenreichen Straße schlängelte, ob wieder Störche drin waren, so etwas kannten meine Freunde aus unserem Neubauviertel gar nicht, diese Stadtkinder, auf die ich herabsah, da wir ja im Herzen in Schmogrow zu Hause waren, ich hatte sogar schon einmal Kartoffeln gebuddelt. Mein Vater zitierte gern den Merkspruch, der seit dem Mittelalter an einem ähnlichen Backsteinturm unter einer Keule hing: «Wer seinen Kindern gibt das Brot und leidet nachher selber Not, den schlagt mit dieser Keule tot.» Obwohl mich solche zwanghaften Wiederholungen an meinen Eltern gequält haben, wiederhole ich vor meinen Kindern jetzt ebenfalls zwanghaft Erinnerungen und Gedanken, man wehrt sich damit gegen das Verlöschen. Daß ich dabei das Auto lenke und niemand mehr vor mir sitzt, der die Verantwortung trägt und auf dessen Entscheidungen ich mich verlassen kann, fühlt sich für mich wie Hochstapelei an. Ich habe mir diesen Status weder gewünscht noch ihn verdient, ich kann meinen Kindern beim Anziehen sagen, ob sie «Entenfüße» haben, also ob ihre Schuhe an den richtigen Füßen sitzen (Ricarda: «Weißt du, da gibt's noch *größere*, aber die hat gesagt, die in dem Geschäft wohnt, so ist gut.»), und vielleicht noch, daß Dinge, die in der Kaufhalle im Kühlschrank lagen, zu Hause in aller Regel auch wieder in den Kühlschrank gehören, und zwar möglichst bald, viel mehr weiß ich nicht vom Leben. Ich habe es mir nicht ausgesucht, ein Vorbild sein zu müssen, es ist einfach so gekommen, und nun muß ich diese Rolle spielen, vielleicht meine wichtigste. Manchmal setze ich mir Karl, der noch glaubt, daß Autofahren Spaß macht, auf den Schoß, und er darf ein paar Meter das Steuer halten, während wir über einen Parkplatz rollen (deshalb denkt er, daß man auch in der Fahrschule auf dem Schoß des Fahrlehrers sitzt). Ich weiß, daß Karl jede meiner Bewegungen aufmerksam beobachtet wie ich früher die meines Vaters, und ich gebe mir Mühe, gelassen und selbstsicher zu wirken, bei Gefahr würde ich das Auto einfach in den Himmel lenken wie Pippi Langstrumpf, als sie mit ihren langweiligen Nachbarskindern Ausreißen spielt. Vor der Abfahrt habe ich mich mit Klara gestritten, weil sie behauptet hatte, es sei «neurowissenschaftlich bewiesen», daß schon eine Minute Fernsehen dem kindlichen Gehirn schade, was mir experimentell schwer nachzuweisen schien, weshalb sie mir wieder unterstellte, ihr aus Prinzip zu widersprechen, wir hätten sowenig gemeinsam, und wenn sie mit einer Frau zusammenleben würde, hätte sie diese Probleme nicht, weil unter Frauen auf einer mir unzugänglichen Ebene ein natürlicheres Verständnis herrsche. Es ging allerdings schon morgens los, als ich sie dabei antraf, wie sie alle Tupperdosen aussortierte, damit wir uns nicht mit «Mikroplastik» vergiften, deshalb hat sie auch das Duschbad durch ein Familien-Seifenstück ersetzt. (Sie hat für Karl, der in diesem Jahr zur Schule kommt, eine Edelstahl-Brotdose besorgt und den Pfeffer versteckt, den ich gekauft hatte, weil die eingebaute Pfeffermühle, die ich für einen bemerkenswert zuvorkommenden Service gehalten hatte, aus Plastik ist. Ich bin froh, daß wir nach langem Schwanken eine Schule für Karl gefunden haben, mit der sie zufrieden ist, es habe bei ihr Klick gemacht, als sie gesehen habe, wie ein Lehrer – die hier «Lernbegleiter» heißen – in die Hocke ging, als er mit einem Kind sprach.) Es fällt mir bei solchen Auseinandersetzungen

16

schwer, von der Sachebene wieder auf die Gefühlsebene zu wechseln, ich ringe darum, mich knapp und konzise auszudrücken, weil Klaras Aufmerksamkeitsspanne für meine Repliken mit den Jahren immer kürzer geworden ist, und dabei spüre ich, daß sie sich mir, je mehr sie mir meiner Meinung nach recht geben müßte, um so weniger «verbunden» fühlt.

Jetzt warte ich auf eine Gelegenheit, mich wieder mit Klara zu versöhnen, und hoffe, daß sie dann darauf eingeht und ich es nicht zu früh versucht habe, abgewiesen werde und die Wartezeit noch einmal von vorn beginnt (oder daß es sogar endgültig zu spät sein könnte). Motoren sind heutzutage nicht mehr so laut, einer Unterhaltung stände nichts im Weg, aber die ganze Strecke, die aus Berlin hinausführt, haben wir geschwiegen. Mein linker Handrücken funkelt ein bißchen, das muß Farbe von Ricardas Glitzergel-Stiften sein. Leise klimpert das kaputte Xylophon im Kofferraum, das ich von meinen Eltern geerbt habe, aber nicht in unsere Wohnung stellen will, weil wir keinen Platz dafür haben, weswegen ich es seit längerem herumfahre. Es ist eine sehr häßliche Strecke, wie überall, wo sich menschliches Habitat dem Automobil unterworfen hat und man sich als Fußgänger wie ein lästiger Parasit fühlt. Wie wäre es, in so einem Haus direkt an der «länderverknüpfenden Straße» zu wohnen, im Parterre hinter von Abgasen blinden Scheiben neben einem «Biss-tro» und mit Blick auf verdorrtes «Straßenbegleitgrün»? Ich muß mir so etwas immer vorstellen, um mir bewußtzumachen, wie gut es mir geht, und Glücksgefühle wachzukitzeln, denn man muß «das Gute anhäufen in den Scheunen seiner Seele», um in der Not davon zehren zu können. Auf den zweiten

Blick hat es aber seinen Reiz, daß Berlin außerhalb des inzwischen völlig überflüssigen Stadtzentrums wie Las Vegas aussieht, nur daß an den Fassaden der Häuser, die noch so lange stehengelassen werden, wie sie als Gestell für Werbung dienen können, auf riesigen Schildern mit stümperhaft gestalteten Schriften nicht für Spielcasinos und Unterhaltungsshows mit Dean Martin, sondern für Tierfutter, Fliesen, Winterreifen, einen «Lackdoktor» mit «Tiefstpreisgarantie», Sicherungstechnik, Sonnenschutz und Sonnenstudios sowie Grillzubehör geworben wird («Erst beraten, dann braten!»). Auf ehemaligen Ackerflächen, von deren ursprünglicher Bepflanzung nur noch wie bei schütterem Haupthaar etwas unappetitlich wirkende Reste überlebt haben, reihen sich die scheinluxuriösen Glaspaläste der Autohäuser, die mit ihren großen Fensterfronten immer etwas von Rotlichtviertel haben (Karl: «Warum heißen die ‹Volkswagen›? Folgen die wem?»), Baumärkte und Bürogebäude von Firmen aneinander, die irgend welche Serviceleistungen zum Discountpreis anbieten. Es ist interessant, daß die Evolution der abendländischen Baukunst nach langen Irrwegen zur naheliegenden Form der Schachtel gefunden hat, mit der ein Bauwerk alle Ansprüche erfüllt, sofern sich davor eine noch einmal doppelt so große, versiegelte Parkplatzfläche für Kunden und Mitarbeiter erstreckt. Wenn das gelbe Schild den Stadtausgang markiert, ist der feierliche Moment des Grenzübertritts jedesmal kaum zu begreifen, eben war man noch in Berlin, und nun ist man schon im «Umland», ohne das Schild hätte man es gar nicht bemerkt. Als Kinder haben wir uns auf Ausflügen an solchen Schildern gern so hingestellt, daß wir mit einem Bein in der

18

Stadt und mit dem anderen außerhalb standen, man konnte auch hin- und herhüpfen, um den Reiz noch zu steigern. Jenseits der Stadtgrenze hat die Straße Leitplanken bekommen, sogar um einzelnstehende Bäume wurden sie gewickelt. Neu sind auch die etwas fülligen, osteuropäischen Prostituierten mit bunten Leggings, die an den Waldwegen (beziehungsweise an den Zufahrten zu «Kurzumtriebsplantagen») auf Campingstühlen unter Sonnenschirmen sitzen, auf ihr Handy schauen und auf Kundschaft warten. Während sich für die ersten Autofahrer, wie Karl Foerster schreibt, die Straße «durch beseligte Einsamkeit schwang, die sparsame Dörfergeschmeide durchperlten», so sind viele Orte, durch die wir in meiner Kindheit fuhren, durch autobahnartige Umgehungsstraßen unsichtbar geworden. In den wenigen Dörfern oder Siedlungen, die man noch passiert, gibt es «Feldküchen» mit NVA-Gulaschkanonen und sogenannte Antikmärkte in heruntergekommenen Stallungen, wo es inzwischen schon nicht einmal mehr DDR-Schrott, sondern Schrott aus den neunziger und nuller Jahren zu kaufen gibt. Wer zu Geld gekommen ist, reißt sein Haus ab und ersetzt es durch ein moderneres Fertighaus mit glänzenden, bunten Dachziegeln, mindestens zwei Garagen und barock verschnörkelten Zäunen aus Polen («... nach meiner Meinung hat nichts die Verkümmerung unseres Volksempfindens für Schönheit mehr verschuldet als der fortgesetzte Gebrauch gußeiserner Ornamente», schreibt Ruskin.). Es gibt auf unserer Strecke auch keine Bahnschranken mehr, an denen man warten muß, dieser Moment der Vorfreude auf das Zählen der Waggons eines Güterzugs und die Ungewißheit, wann das Feuerroß krachend vorbeirauschen wird, ist unbemerkt verschwunden. Genau bei 150 000 Kilometern habe ich zufällig auf den Zähler geguckt, wie kam das? Ich sehe sonst nie auf den Zähler, bei der Autoummeldung auf meinen Namen (mein Vater kann nicht mehr fahren, obwohl er es noch vorhat) hatte ich keine Ahnung, wie weit das Auto schon gefahren ist, und mußte eine Zahl schätzen. Eigentlich betrachten wir uns auch nicht als Autobesitzer, es ist gegen unsere Überzeugung, ich entschuldige uns damit, daß ich nur Auto fahre, um den Verkehr noch dichter zu machen, Staus noch frustrierender, die Parkplatzsuche noch hoffnungsloser, und um den anderen Autofahrern, die glauben, es gebe ein Menschenrecht auf Individualverkehr, die Lust zu nehmen, ich fahre sozusagen aus Protest. (Deshalb freue ich mich immer, wenn die in ihre mobilen Panikräume eingesperrten Autofahrer sich mit Ausdrucksgesten an mich wenden: Hupen, Scheibenwischer vor dem Gesicht, Kopfschütteln, Finger an die Stirn.) Ich habe gezögert, ob ich Klara auf den spektakulären Anblick der runden Zahl aufmerksam machen sollte (mein Vater wäre eine Weile im Schrittempo gefahren, damit wir ihn länger genießen könnten, und hätte vielleicht sogar ein Foto gemacht), ich hätte gleichzeitig darüber sinnieren wollen, daß ja eigentlich *jeder* Zählerstand einmalig ist, aber Klara hatte die Augen geschlossen und die Hände zu einem Mudra geformt, das mir nichts sagte, manchmal kann ich ja aus den Verknotungen ihrer Finger darauf schließen, wie es ihr geht und an welchem seelischen Problem sie gerade arbeitet, «Energetisierung», «Gleichgewicht», «Detox», ob sie die «sich-unmerklich-abkoppeln»-Meditation von Anna

Trökes macht oder ob sie sich «mit ihrem Atem verbinden muß», manchmal läuft sie auch mit den Lippen blubbernd durch den Raum, um «zurück in den Körper zu finden» (wenn sie beim Abwaschen die Baby-Klassik-CD hört, bedeutet das für mich die höchste Alarmstufe, dann ist sie emotional in Not). Sie braucht diese Auszeiten, um mich zu ertragen. In letzter Zeit holt sie schon tief Luft und schließt die Augen, wenn ich nur das Wort an sie richte, weil sie immer «einen Wortschwall» erwartet, ich verstumme dann sofort, um sie nicht zu überfordern. Unser Paartherapeut empfahl mir, einen Podcast zu machen, um etwas von meinem Mitteilungsdrang von ihr abzuleiten. Sie ist überzeugt davon, daß wir den Kindern durch unsere Krisen ihr Leben schon verdorben haben. Sie macht sich ja Vorwürfe, daß sie bei Karls Geburt noch nicht gewußt hatte, daß man Neugeborene keinen synthetischen Gerüchen aussetzen soll, weil das Bonding dann besser funktioniert.

Ich war seit Jahren nicht in Schmogrow, es ist die letzte Gelegenheit, denn das Grundstück ist an einen Autohändler verkauft worden (den ehemaligen SED-Bürgermeister, inzwischen CDU), der das Haus abreißen will, im Garten, der sich als «Bauerwartungsland» herausgestellt hat, soll ein BikerInn für Motorradfahrer entstehen. Es ist wahrscheinlich ein Fehler, wieder hinzufahren, die ganzen Jahre seit Frau Tatziets Tod habe ich mich darum gedrückt. Bis dahin war ein Jahr ohne Schmogrow für uns nicht vorstellbar gewesen, Sommer hieß Schmogrow, als sei diese Jahreszeit an diesen Ort gebunden, «Sommer um jeden Preis!» so sagte man hier früher. (Ein mitgebrachter Besucher hatte Frau Tatziet einmal nach

«Wintergästen» gefragt, und sie hatte von keinen berichten können, dabei hatte er Singvögel gemeint. Er zählte in seiner Freizeit Vögel an einem See, nach der «Singende-Männchen-Methode».) Obwohl mir bei der An- und Abreise im Auto so oft schlecht wurde und die Familie unterwegs die Topographie meiner früheren «Kotzstellen» genüßlich rekapitulierte, war ich glücklich, hierherzufahren. Es war aufregend, am Ende der anstrengenden und gefährlichen Reise auf die Dorfstraße einzubiegen, die damals noch nicht befestigt war, sondern nur streckenweise mit Hochofenschlacke aus dem «Schrottgorod» genannten Eisenhüttenstadt bestreut, die viele Sandkuhlen hatte, deren Landschaft sich ständig veränderte, und in denen sich bei Regen Pfützenwasser sammelte; wir fuhren mit dem Fahrrad über diese Piste wie über einen BMX-Parcours, besondere Geschicklichkeit war nötig, da wir ja nur ein Herrenrad mit «Kackekratzer»-Bremse zur Verfügung hatten, um das wir uns auch noch streiten mußten, während das uralte, rote Damenrad, das Frau Tatziet zur Kaufhalle schob wie ein Haustier und dort nie anschloß, für uns tabu war. Die Stange des Herrenrads war zu hoch für mich, ich konnte nur im Stehen fahren und duckte mich dabei seitlich darunter wie ein Apache, der hinter dem Rücken seines Pferdes Schutz vor den Gewehrkugeln seiner Verfolger sucht. (Klara möchte, daß wir Ricarda möglichst spät Laufrad fahren lassen, weil sie gelesen hat, daß dabei der Oberkörper steif sei und die Überkreuzbewegung der Arme ausbleibe, die für das Arbeiten beider Gehirnhälften förderlich sei, bei Karl hatte sie das noch nicht gewußt. Fast hätte ich ihr geantwortet, daß auf dem Dorf früher immer der jüngste Sohn mit Alkohol dumm gemacht worden ist, damit er auf dem Hof blieb.) Wir bettelten, daß unser Vater durch die Pfützen fuhr, und manchmal tat er uns den Gefallen, und das Wasser spritzte hoch bis zum Dach (ich habe schon einmal überlegt, ob ich meinen Kindern zum Geburtstag eine Pfütze schenken sollte). Nach einer letzten Kurve – auch hier, wo es wahrscheinlicher war, von einem Meteoriten zerquetscht zu werden, als ein Auto zu rammen, beugte sich meine Mutter weit vor und sagte: «Rechts ist frei!» – fuhr mein Vater rückwärts in die Einfahrt, damit er bei der Abfahrt in zwei Wochen vorwärts fahren konnte und Herrn Tatziet bei diesem Manöver, bei dem der Fahrer die Straße erst im letzten Moment sah, nicht das Herz stehenblieb. («Im Krieg hat man immer rückwärts eingeparkt, falls man schnell flüchten mußte», behauptete Opa Knops.) Weil die Sicht durch die Rückscheibe vom vielen Gepäck verstellt war, mußten wir uns so tief wie möglich bücken und uns still verhalten, der Fahrer brauchte seine volle Konzentration, er durfte unterwegs auch keine Hand vom Lenkrad lösen und bekam deshalb vom Beifahrer sein Futter in den Mund geschoben wie eine Robbe (bis ich selbst fahren lernte, habe ich deshalb die Leistung des Fahrers immer überschätzt). Noch im Auto erklärte uns unsere Mutter zum wiederholten Mal, wie wir uns im Haus verhalten sollten, um keinen schlechten Eindruck zu hinterlassen und vor allem Herrn Tatziet nicht zu stören oder zu erschrecken. Es waren Regeln, die wir, ohne zu murren, akzeptierten, weil sie schon immer gegolten hatten, für alle galten und zum Haus gehörten, so, wie wir auch nur hier damit leben konnten, daß es keinen Fernseher gab, wir vermißten ihn gar nicht, während wir zu Hause oder an anderen Ferienorten Räume ohne Fernseher für unvollständig eingerichtet hielten. (Auch für Erwachsene gab es Anstandsregeln, zum Beispiel, daß man beim Essen anwesende Ärzte nicht in Gespräche über seine Krankheiten verwickelte.) Dann konnten wir endlich aussteigen, allerdings mußten sich, da der Trabant nur zwei Türen hatte, zunächst unsere Eltern aus dem Auto quälen, danach klappten wir die Sitze vor, reichten das Gepäck, das auf unseren Knien verstaut war, die nach Gummi riechende geblümte Luftmatratze (leider ohne Sichtfenster, um bäuchlings zu liegen und in die Tiefe zu gucken), den quietschenden Korb mit Reiseproviant und die gestreiften Bademäntel, die wir zwischen uns gestopft hatten, um uns nicht versehentlich zu berühren, hinaus und zwängten uns durch die Lücke. Draußen atmete ich wieder durch die Nase, die Vögel schienen lauter zu singen, und die Erde drehte sich noch etwas schnell für mich, ich fühlte mich aber sofort, als wäre ich nie weg gewesen, denn es hatte sich in der Zwischenzeit nichts verändert, das gefiel mir so an Schmogrow, auch wenn ich damals Veränderungen noch aufregend fand. Ich rannte sofort einmal ums Haus und wußte gar nicht, was ich zuerst tun sollte, auf die Weide klettern, um meinen Stammplatz einzunehmen, mir im «Durchgang» bei den Gartengeräten den Baumkratzer sichern, mit dem man im Sand des Hofs malen konnte, die Hände in den Getreidevorrat in der großen Truhe im Flur tauchen und wie in der Fernsehwerbung mit tiefer Stimme genießerisch «Berentzen Appel!» sagen, den Geruch der frischen Bettwäsche einatmen, die nach dem von Tante Lore immer in großen Boxen geschickten «Ariel» duftete, am Klavier das Hallpedal drücken und den Tönen nachlauschen, mit einem Wehrmachts-Kochgeschirr um den Hals in den Brombeerbüschen verschwinden, als schlüge man sich zu Dornröschen durch, oder nachsehen, wie weit die Rinde des Nußbaums schon die «Mumpel» überwachsen hatte, die seit dem Krieg hier steckte. Manchmal standen bereits andere Autos in der Einfahrt, seltener sogar eines aus dem Westen mit interessanten Aufklebern: «Aktion Schutzpatron. Stop den Unfall!» (dazu ein grinsendes, blondes Kind). Dann konnte man durch die Scheibe gucken und sehen, bis wieviel km/h der «Tacho» reichte und ob sich im Auto Objekte aus dieser Welt des Praktischen, Soliden und handschmeichlerisch Gestalteten befanden, von wo zu Weihnachten Pakete mit Ochsenschwanzsuppe, Herrenschokolade, Kaffee, Orangeat und Aachener Printen eintrafen (unpraktisch waren allerdings die Käsescheiben, wenn sich erst beim Hineinbeißen in die für ein Essen vorbereiteten Stüllchen herausstellte, daß sie sich in Plastikhüllen befanden). Selbst die Reifen hatten für uns eine Aura, denn in ihnen befand sich Westluft. Nein, wichtiger war es, mir vor meinem Bruder das Buch zu sichern, auf das er es in Schmogrow genau wie ich abgesehen hatte, Jacques Cousteaus Reiseberichte von seinen Expeditionen mit der «Calypso», ein Band aus dem Westen, mit den leuchtenden Farben von dort, wie auch in den Fotoalben die ersten, inzwischen schon vergilbten Farbfotos von «drüben» stammten, oft zeigten sie Familien im Skiurlaub (im tiefsten Winter mit Sonnenbrille!). Wahrscheinlich hatte man sich für das Foto extra bunt angezogen, damit sich der Farbfilm lohnte; später hatten ihre Bilder sogar ein automatisch eingefügtes Datum, eine dieser Erfindungen, um die sicher niemand gebeten hatte, die dort aber trotzdem ständig gemacht wurden und mir sofort unverzichtbar schienen, so daß ich sie bei uns schmerzlich vermißte. (Je älter die Männer im Westen wurden, um so länger wurden ihre Teleobjektive. Ich hatte allerdings den Verdacht, daß sie manchmal extra weit vom Motiv weggingen, um sie überhaupt zum Einsatz bringen zu können.) Ich sah mir im Calypso-Buch immer nur die Bilder an, für die Texte war ich zu faul. Die Leguane auf den Galapagosinseln, mit ihrer am Hals wie ein schlecht sitzender Neoprenanzug faltigen Haut, die Luftaufnahme von den rätselhaften blauen Löchern in der Karibik, das auf einer Strohinsel schwimmende Indio-Dorf auf dem Titicacasee, den «Schiffhalter», einen Fisch, der sich mit seiner zu einer Saugscheibe umgebildeten Rückenflosse wie ein Schröpfkopf an schwimmenden Tieren festsaugen konnte, um sich von ihren Exkrementen zu ernähren. Wenn nicht die beängstigende Äquator-Taufe gewesen wäre, die an das furchtbare Neptunfest im Ferienlager erinnerte, hätte ich mir eine Zukunft auf solch einem Forschungsschiff gewünscht, weit von allen Sorgen, ein Leben lang auf «Expedition». Anders als Karl, der Forscher werden will, um herauszufinden, was war, «als es noch keine Luft gab», spürte ich keinen Impuls für eine bestimmte berufliche Zukunft und hoffte, mich um die Entscheidung, was ich werden sollte, so lange wie möglich drücken zu können, auf einem Schiff in der Sonne unterwegs zu sein, Naturphänomene zu enträtseln, als Tiefseetaucher mit Schwimmflossen und Sauerstoffflasche ins Unbekannte vorzudringen, während die Crew an Bord nervös auf meine Rückkehr wartet, solch exklusiver Nervenkitzel war aber das mindeste, was ich von meinem Beruf erwartete (dabei durfte ich nicht einmal nach Westberlin). Die «Calypso» hatte einen Ausguck am Bug, eine Kugel mit Bullaugen nach allen Seiten, in der ein Forscher liegen und Ausschau halten konnte, das wäre mein Platz gewesen.

Ich habe die Unterlagen und Entwürfe für meine Studie über die Schönheit dabei, meine Notizbücher (Ricarda: «No-Dings-Buch»), die vielen aus Handy-Schachteln gebastelten Zettelkästen mit den Zetteln, die die Kinder mir immer zurechtschneiden, weshalb sie ganz unförmig und meist viel zu klein sind, ich bringe es aber nicht übers Herz, sie nicht zu benutzen. Wegen der Kinder habe ich nicht viel Hoffnung, hier zum Arbeiten zu kommen, die Tage werden mit Einkaufen, «Spaghetti Polonaise»-Kochen, Abwaschen, Wäscheaufhängen, Badengehen und Uno-Spielen ausgefüllt sein. Ich wollte Schmogrow als Ausgangspunkt nehmen, um mit analytischer Unerbittlichkeit und gestützt auf die theoretische Vorleistung möglichst vieler Autoritäten herauszuarbeiten, warum dieser Ort schön ist und was es für unsere Gesellschaft bedeutet, wenn Orte wie Schmogrow modernisiert, also zerstört werden und nicht mehr nachwachsen können, was ist dagegen das Schmelzen eines Eisbergs in der Arktis? Dazu muß ich mich mutig der Realität stellen und mit kühlem Blick die Veränderung analysieren, die Gründe für den Mord an der Schönheit, die sozialen Gesetzmäßigkeiten, die dahinterstecken, die Versäumnisse des Bildungswesens, die Entstehung des Kitsches (dem man inzwischen schon nachtrauert), die Physiologie unserer Wahrnehmung, den Zusammenhang von Demokratie und Schönheit. Es hat keinen Sinn, immer weiter zu fliehen, der Häßlichkeit und damit dem Bösen kann man nicht entkommen, ich muß es erforschen wie ein Virus, stoisch über die Verheerungen Buch führen, niemand hat etwas davon, wenn ich leide, es geht hier gar nicht um mich. Ich übe das immer, wenn ich beim Spazieren auf Müll stoße, den jemand irgendwo hinterlassen hat, an einem Aussichtspunkt, an einem Seeufer oder auf einer Waldlichtung. Es ist barbarisch und dumm, so etwas zu tun, und man könnte über die Menschheit verzweifeln, auch wenn meist nur ein einzelner Mensch verantwortlich ist, aber dann denke ich wieder, es ist doch eigentlich ganz interessant, sich den Müll genauer anzusehen, er erzählt so viel, man lernt daraus mehr über uns als aus Romanen, und es macht doch keinen Unterschied, ob er irgendwo vorschriftsgemäß «entsorgt», also nach China verkauft und dort verbrannt wird, oder hier landet, der Natur ist es gleich, so vergessen wir wenigstens nicht, daß unser Hauptprodukt (vielleicht sogar unser einziges) seit einigen hundert Jahren Müll ist, und machen uns keine Illusionen über unsere selbstmörderische Lebensweise. Letztlich hat sich der Übeltäter ja auch nur ein Bedürfnis erfüllt, würde Klara sagen, und dafür leider keinen guten Weg gewählt, Enttäuschung über ein mißglücktes Leben spricht daraus, es ist im Grunde ein Hilferuf. Eine Welt, in der niemand mehr ein Bonbonpapier fallen zu lassen wagt, ohne sich als Verbrecher zu fühlen, wäre ja auch abzulehnen. Müll ist ein Hoffnungsschimmer, wir leben noch nicht im Faschismus.

Klara hat wieder die Augen geöffnet, und ich streiche ihr übers Haar, ohne daß sie ausweicht, sofort wandelt sich die Reibungswärme in Schmelzwärme, und ich fühle, daß wir für immer zusammengehören. Sie sagt: «Ich hab meinen Zungenschaber vergessen. Da geht aber zur Not auch ein Löffel.» Ich weiß nicht, warum wir es uns so schwermachen. Warum hat man bei den Tatziets von solchen Dingen nie etwas bemerkt, obwohl sie im Leben deutlich mehr durchgestanden hatten als wir? «Schon das Erträgliche ist ein Fest», sagte Frau Tatziet. Auch das hat viele Gäste an Schmogrow fasziniert und angezogen, man konnte sich dort von seinen urbanen Neurosen erholen, für die keine Zeit war, wenn der Kompost gesiebt werden mußte. Die Tatziets waren nicht ohne einander zu denken, und ich habe mir immer vorstellen müssen, für welchen der beiden es das größere Unglück gewesen wäre, allein zurückzubleiben. Langjährige Paare, die noch wie Paare wirkten und nicht wie eine altmodische Kabarettnummer, waren einem sonst gar nicht bekannt. Von «Harmonie der kristallklaren Güte» hatte «Longus Maximus», ein Lieblingsschüler von Herrn Tatziet, der sogar ihn an Körpergröße überragte und der, um studieren zu dürfen, ein Jahr lang am Hochofen Kohle geschippt hatte, im Namen der «Jugend» bei der Silberhochzeit der Tatziets gesprochen und sich dabei zu seinem Kummer gleich zweimal kurz verhaspelt: «Die meisten von uns kamen in einer Zeit der inneren schwierigen Auseinandersetzung das erste Mal nach Schmogrow, und hier lernten wir unbewußt und auch bewußt, vieles zu verstehen, Dinge, die uns sonst nie bekanntgeworden wären. Hier wurden die leisen Töne zum Klang und zum

Erleben gebracht, Töne, die wir wohl noch lange und immer verstehen werden.» Damals hat der Ort Ehen gestiftet und Verlobte neu sortiert, man hat das Leben auf dem Land und die Rituale des Hauses, die weit in die Vergangenheit verwiesen, als Refugium von der in den Zeitungen, auf Spruchbändern an den Straßen («WISSENSCHAFT + BAUERNPRAXIS = HÖCHSTERTRAG») und in einschläfernden Reden auf allen möglichen Versammlungen geforderten Stärkung des Sozialismus als Garant für die Sicherung des Friedens empfunden. Oder war die Anhänglichkeit, die die meisten Gäste entwickelten, nachdem sie einmal hier gewesen waren, in Wirklichkeit Ausdruck eines Mangels, weil man sich im Land eingesperrt fühlte? Mit Klara muß ich nachsichtig sein, sie ist in einer Lebenskrise, weil sie ihre Arbeit nicht mehr erträgt und wegen der Belastungen des Alltags nicht die Ruhe hat, um zu sich zu kommen und herauszufinden, was sie mit dem Rest ihres Lebens anfangen will. Die Denkmalschutzbehörde, bei der sie lieber heute als morgen kündigen würde, hat dem Abriß ihres eigenen Gebäudes zugestimmt, das eigentlich unter Denkmalschutz stand, aber von der Presse als sozialistischer Schandfleck in der historischen Mitte Berlins gebrandmarkt worden ist. Ausgerechnet Berlins Möchtegern-Gehry Holm Löb wird dort einen seiner peinlichen Apartment-Türme bauen. Er betrachtet Klara als Feind, weil sie einmal der Tatsache, daß ein bestimmtes Gebäude, das er originalgetreu wieder aufbauen wollte (er sieht sich ja als Wandler zwischen den Welten der Architektur und der Konzeptkunst), kriegszerstört war, Denkmalwert zuerkannt hat. (Klara ist zu der den Sinn ihrer Tätigkeit in Frage stellenden

Erkenntnis gekommen, daß Armut der beste Denkmalschutz ist, Zerstörung und Neubau, aber auch konservierende Erhaltung außerhalb des gesellschaftlichen Zusammenhangs seien Botschaften der Repression.) Am liebsten würde sich Klara zur Achtsamkeitstrainerin ausbilden lassen, weil sie von Menschen gelesen hat, die durch Atemübungen die Kraft und Entschlossenheit gefunden haben, ihren entwürdigenden Beruf aufzugeben und sich wieder ihrer Träume zu entsinnen. Sie selbst bleibt eigentlich nur noch, um ihren Chef nicht allein zu lassen, der kurz vor dem Nervenzusammenbruch steht, er ist Narkoleptiker, manchmal schläft er in einer Videokonferenz ein, die er selbst leitet, und sie bekommt einen Anruf von Kollegen, ob sie sich heimlich in sein Büro schleichen und ihn unter dem Tisch antippen und wecken könne (warum kann *ich* nicht unter einer so praktischen Krankheit leiden?). Sie kann seinen Äußerungen nur mit größter Anstrengung entnehmen, was er sagen will: «Aber das ist ja jetzt schon wieder hinfällig, ich will gar nicht … lassen wir das so stehen jetzt, ja, also hier, das ist ja ein bißchen unglücklich gelaufen, man kann das System auch abschaffen, aber schauen Sie mal selber, ich will gar nicht zu weit ausholen, denn das gilt ja auch nur bis zum Ende des Quartals, wissen Sie, was ich meine? Deswegen, jetzt wäre die Überlegung: Mittwoch! Also, wenn ich den Donnerstag … also, ich will Ihnen sagen, ich bin unter Dampf!»

Die Baumkronen der Chausseebäume berühren sich über unseren Köpfen, an manchen Stellen fehlen auffällig viele, weil die russischen Granaten beim Angriff auf die Seelower Höhen bis hierher geflogen sind. Früher beobachtete ich immer die Holzgestelle auf den Feldern, die im Winter Schnee-wehen aufhalten sollten. Einmal badete ein Wildschwein in einem Schlagloch mitten auf der Straße. Wir bekamen bei Wildwechsel-Schildern die Aufgabe, für ein paar Kilometer auf Rehe am Straßenrand zu achten, um unseren Vater recht-zeitig zu warnen. («Irgendwie bin ich eine Zauberin, glaub ich», sagt Ricarda, «weil, wenn ich meine Augen schließe, sehe ich schon Rehe.») Überhaupt rechnete ich bei jeder Fahrt mit einem tödlichen Ausgang, besonders fürchteten wir uns vor russischen Militärfahrzeugen, die in Kolonnen auftraten, die Russen nahmen vom übrigen Verkehr nicht un-bedingt Notiz, abgesehen von der Nebelwolke, in die sie die Gegend tauchten (manchmal stellten sie auch Soldaten zur Verkehrsleitung ab, die sie anschließend einfach vergaßen, die Bevölkerung brachte den Armen dann Kartoffeln, damit sie nicht verhungerten, sie wagten ja nicht, ihren Posten zu verlassen). Ich hoffte nur, nicht der einzige Überlebende zu bleiben, wenn ich beim Aufprall auf einen Panzer, der, ohne die Vorfahrt zu beachten, aus einem Waldweg auf die Straße bog, durch die Windschutzscheibe geschleudert und mich auf dem Asphalt geschickt abrollen würde. Ich wollte kein Waisenkind sein und ins «Heim» kommen, ein Ort, von dem ich nichts wußte, den ich mir aber, seit ich eine «Oliver Twist»-Verfilmung gesehen hatte, als Hölle vorstellte; wenn Eltern zu etwas nütze waren, dann, einen davor zu bewahren. Wenn wir schließlich das gelbe Ortsschild von Schmogrow erreichten, staunten wir immer, daß es den Ort wirklich gab, aber dort stand es ja geschrieben, und schon waren wir drin. Jetzt hängen an den Laternenpfählen der Schmogrower

Hauptstraße, an denen immer noch die tropfenförmigen, inzwischen ziemlich verbeulten Leuchten, die aussehen wie silberne Kanus, angebracht sind, Plakate, auf denen für eine «SSV» geworben wird, die sich für «Lagerräumung» einsetzt. Es handelt sich aber um keine neue, rechtsradikale Protestpartei, die ihre Wahlwerbung hier immer, obwohl das gar nicht nötig wäre, außer Reichweite der Passanten anbringen (bei den ersten freien Kommunalwahlen nach der Wende waren in vielen Orten der Region noch Tierärzte gewählt worden, weil sie als kritisch, integer und gut informiert galten), sondern um den Sommerschlußverkauf eines Möbelhauses, wie ich mit Erleichterung feststelle. (Ricarda zeigt auf eine Deutschlandfahne mit Bundesadler in einem Vorgarten und ruft begeistert aus: «Rabe Socke!») Am Kreisverkehr, wo «Straße des Friedens» und «Straße der Freundschaft» aufeinandertreffen, hält vor uns ein grüner NVA-Trabant mit der Aufschrift «Militärstreife», die Kinder freuen sich über das Sandmännchen auf der Heckscheibe, das seine mit einem Schlagring ausgerüstete Faust ausfährt: «MÄNNER AUS STAHL FAHREN AUTOS AUS PAPPE! SCHÖNEN GRUSS AUS DEM OSTEN!» Statt eines Wackeldackels, wie sie in meiner Kindheit hinter der Heckscheibe saßen, guckt uns eine riesige Bulldogge an. «Kinder, wir sind fast da!» sage ich, um meine Beklemmung zu überspielen, und Karl sagt: «Jetzt werden wir gleich mit Gold überschüttet.»

Meine Mutter hat sich gegen Enttäuschungen über Verluste immer durch vorsorgliches Beschwören von Unheil wappnen wollen, jedesmal, wenn wir in Schmogrow ankamen, forderte sie uns auf, uns bewußtzumachen, daß es vielleicht das letzte Mal sein könnte, so, wie auch zu Weihnachten schon während der Bescherung der Neid der Götter mit den Worten: «Nächstes Jahr gibt's aber nicht mehr so viel» besänftigt wurde, zwar haben sich solche finsteren Prophezeiungen nie bewahrheitet, aber sie haben mir trotzdem immer Angst gemacht. Man wußte nie, wie lange die Tatziets noch leben würden, und im nächsten Jahr würde vielleicht die wegen ihrer Freude am Reimen «Reimwild» genannte Tante Reinhilt einziehen, die jüngste Schwester von Frau Tatziet, die kurz vor der Rente stand, und Frau Tatziet würde keine Sommergäste mehr aufnehmen, war das vorstellbar? Ein Ende von Schmogrow? (Wenn sie zu Gast war, störte es Frau Tatziet, daß ihre Schwester immer so in die Eßstube reinplatzte, weil sie sich, schwer zu Fuß, zur Tür rettete und mit der Hand halb auf die Klinke fallen ließ, um sich abzustützen wie auf einem Geländer, dabei machte Frau Tatziet das genauso. Frau Tatziet war ein bißchen beleidigt, daß «Reimwild» es schließlich vorzog, in den Westen, in die Nähe von Tante Lore, der zweitältesten Schwester, zu ziehen. Im Pflegeheim, in dem sie unterkam, verzichtete sie darauf, ihr Zimmer mit Bildern zu schmücken, weil sie als langjährige Diakonieschwester wußte, wieviel unnötige Arbeit das dem Personal beim Saubermachen machte, wenn «der Mopp regierte», wie sie einmal schrieb.) Es quälte mich, daß unsere Mutter uns so zwanghaft darauf hinweisen mußte, wie vergänglich im Leben alles war, aber sie war der Meinung, man solle sein Herz nicht an irgend etwas hängen, um später nicht enttäuscht zu sein. «Wenn man einmal alles verloren hat ...», seufzte sie dann und meinte ihre ostpreußische Heimat, aus der sie als Kind fliehen mußte. Ihre Mutter hatte den Geschwistern damals gesagt: «Dreht euch noch mal um, ihr seht eure Heimat nie wieder.» Immer, wenn ihr Vater später etwas vermißte, was sie nicht mitgenommen hatten, sagte ihre Mutter: «Ich *hatte* es noch in der Hand ...»

Ich sehe den von einem Fachmann gemauerten Feldstein-Torpfeiler, dessen Kapitell mit den Jahren von einem rostenden Kloben angehoben worden ist, seit dem Krieg fehlt der Holzzaun, um dessen speziellen Blauton Frau Tatziets Vater mit dem Maler gerungen hatte (das Holz war zum Abstützen von Schützengräben und als Heizmaterial verwendet worden), auf dem Mülleimer steht der Puppenwäschekorb mit dem blau-weißen Kopfkissen, der vielen Generationen von Kindern als Ferienbett für ihre Puppen gedient hat (angefangen mit der Puppe von Frau Tatziets Cousine, die so groß war, daß man sich nicht zu bücken brauchte, wenn man mit ihr tanzte, und die *echtes Haar* hatte), und neben der Papiertonne stehen in einem Karton Bücher im Nieselregen, die ich mir nach dem Aussteigen als erstes ansehe. (Es sind alte, einsprachige Schulausgaben griechischer und römischer Autoren, in einem Lateinbuch von 1939 aus einer Schulbibliothek, in dem am 1. Mai 1946 handschriftlich vermerkt wurde: «unbedenklich!», wird im Bildteil aus römischen Porträtköpfen mit den Kennzeichen nordischer Rasse auf die politische Überlegenheit der Abgebildeten geschlossen, während die eindringenden, zersetzenden Kräfte des Ostens sich am semitischen Einschlag eines «römischen» Bankiers aus Pompeji zeigten.) Ich sehe die bedrohlich schräg gewachsenen Birken, deren Stämme von Efeu überwuchert sind (in einem Jahr haben darin Waldohreulen überwintert), die große Linde, die zur Geburt von Tante Lore gepflanzt worden ist (die neuen Nachbarn wollen, daß sie gefällt wird, weil das Laub angeblich ihren Pool verunreinigt), den wuchernden, ewig jungen Mispelstrauch (wer von meinen Freunden kannte schon den Unterschied zwischen Mispel und Mistel?), den mit wildem Wein bewachsenen Giebel des Hauses, mit dem von einer Maschinengewehrgarbe durchlöcherten Putz (Herr Tatziet führte Gästen gern die Einschüsse vor, eine Renovierung kam für ihn nicht in Frage, denn «Dreck schützt»), ich sehe die Terrazzo-Stufe vor der Eingangstür, an der, ein Witz, der sich von selbst ergeben hatte, auf einem Schildchen «Hinthertür.» stand, Frau Tatziets Mädchenname (mit einem keck, eigensinnig oder fast schon dandyhaft gesetzten Punkt). Tatsächlich benutzte man diese Tür meist gar nicht, sondern ging um das Haus und kam über den Hof herein. Ob der Zweitschlüssel noch, bewacht von einem Wespennest, im Holzschuppen hängt? (Falls, was eigentlich nie der Fall war, doch einmal abgeschlossen sein sollte.) Ich trete in den im Sommer so angenehm kühlen Flur und lasse, den vertrauten Geruch tief einatmend, die Taschen sinken, bin ich etwa wirklich wieder hier? Vielleicht ist ja alles nur ein Mißverständnis, und die Tatziets leben noch? (Und vielleicht sind auch noch andere Gäste da? Womöglich sogar ich? Vielleicht erscheint gleich «mein Ebenbild, in jugendlicher Frische / Hervorgesprungen aus dem Waldgebüsche»?) Früher hing hier im Flur ein Schild: «FASSE DICH KURZ ODER HILF MIR ARBEITEN!» Eingeweihte drehten es um, auf der Rückseite stand: «HERZLICH WILLKOMMEN!» Links neben der Tür steht immer noch in einer schlanken Holzvase der dicke, mit Schnitzereien versehene Bambusgehstock, oben ein wulstiger Knauf, unten der Metallbeschlag – ob der Stock hier früher als Waffe gegen ungebetene Besucher dienen sollte? –, ich ziehe ihn aus der Vase und klopfe damit, als kündigte ich meine Ankunft auf einem Ball des Königs an, dreimal auf den wie der Bildschirm nach Sendeschluß gemusterten Terrazzo-Boden, zu meiner Freude dampfen aus den vielen Wurmlöchern im Stock Wolken feinsten Holzstaubs, in meiner Kindheit eines der Wunder von Schmogrow.

«Du hast ja noch dein Stadtgesicht», hat Frau Tatziet bei meiner Ankunft oft zu mir gesagt und mich als erstes in den Garten geschickt, denn ein Rundgang dort war der beste Weg, seine mitgebrachte Überspanntheit abzulegen, um anschließend schon etwas weniger beladen im Haus zu erscheinen, nach dem von Frau Tatziets Mutter gern zitierten, dem Titel eines Buchs aus ihrer Bibliothek entlehnten Motto: «Der Garten, dein Arzt» (auch der kleinste Garten sei «Ersatz für Arzt und Apotheke, für Höhensonne und Nervenheilanstalt», hieß es dort). Auch Partnern, zwischen denen dicke Luft herrschte, konnte es helfen, wenn beide den Rundgang durch den Garten in entgegengesetzter Richtung antraten, um «ihre borstige Seele zu schmeidigen», und wenn sie sich dann auf halbem Weg am schiefen Wasserhahn begegneten, fielen die Vorwürfe, die sie sich machen wollten, weniger scharf aus, und es waren unter Groll und Verbitterung auch wärmere Gefühle zu spüren. Wenn wir uns streiten, vergesse ich manchmal schon im Lauf des Streits, was eigentlich der Auslöser gewesen ist, und ich muß mich konzentrieren, um bei den verschachtelten Gedankengängen, die unseren Dialog formen, nicht den Faden zu verlieren und von den Abschweifungen, die sich auftürmen wie Eisversetzungen, den Weg zurück zu dem, was ich eigentlich sagen wollte, zu finden in der Hoffnung, die Sache klären zu können, ein erlösendes Gefühl, wie wenn man nach komplizierten Umstellungen eine stark vereinfachte Gleichung mit nur noch einer Unbekannten erhält, was in unserem Fall aber nicht hilfreich wäre, da solche Diskussionen unabhängig von ihrem Ausgang bei Klara jedes Gefühl von Nähe zu mir zerstören. Ich sollte

Ricarda nicht fragen, was auf dem Bild zu sehen sei, das sie gemalt hatte, denn Kinder hätten ein feines Gespür für vorgetäuschtes Interesse, ich solle nicht «Das ist aber ein schönes Bild» sagen, sondern: «Mir gefallen besonders die Wolken, wie hast du das Blau dafür gemischt?» Wenn man hier die alten Fehler mache und den Kindern durch Bewertungen, auch wenn es sich um Lob handelt, die Spontaneität vergälle und Leistungsdenken antrainiere, würden sie später im Leben, statt aus Freude an der Sache zu wirken, nach der Belohnung schielen, dadurch ewig unbefriedigt bleiben und schließlich unter den gleichen lebenslangen Abitur-Angstträumen leiden wie die meisten Erwachsenen bisheriger Generationen. Ich kann aber schlecht unbeteiligt tun, wenn Ricarda sich Mühe gegeben hat, das ging mir schon so, als sie ganz von allein einen Baustein auf einen anderen gesetzt hatte, statt ihn wie bisher daneben zu stellen, auch wenn ich sie durch mein freudiges Staunen manipuliert und es ihr langfristig unmöglich gemacht habe, ihren Impulsen zu folgen. Ich hoffe, ich habe damit bei ihr nicht schon zuviel kaputtgemacht.

Ich ziehe eine der Ketten hinter mir her, die noch an ihrem Nagel im Stall hängen, ich möchte das Geräusch der rasselnden Kettenglieder hören, wie damals, wenn ich das Mutterschaf und seine Tochter, die immer abwechselnd Susi und Resi genannt wurden, zu den Wiesen im hinteren Bereich des Gartens führte, wo sie tagsüber angepflockt wurden. Das erste Schaf war angeschafft worden, weil Herr Tatziet, der bei Essen äußerst wählerisch war, geradezu ein Ernährungssonderling (genau wie die Seidenraupen, die er ein paar Jahre züchtete), sich einbildete, nicht nur kein Schweinefleisch, sondern auch keine Kuhmilch zu vertragen (als Soldat in Rußland hat ihn die Milch begeistert, da es dort «unsere technischen Verschlechterungsmittel» nicht gab). Als längst nicht mehr gemolken wurde, weil die Schafe nicht mehr zum Bock kamen, hat Frau Tatziet sie als Haustiere behalten, zur «Landschaftspflege». Die Wolle spann sie im Winter unter den Augen ihr anvertrauter Kleinkinder, die sie aus dem «Ställchen» beobachteten, mit einem Spinnrad, auf das die örtliche Heimatstube, schon als es noch in Gebrauch war, ein Auge geworfen hatte; ein Handwerk, das uns so märchenhaft schien, wie Schnee aus seiner Bettwäsche zu schütteln. (Tante «Reimwild» wünschte sich nach dem Tod ihrer Schwester kein Erinnerungsstück, denn die ihr von Frau Tatziet schon früher einmal geschenkte, aus selbstgesponnener Wolle gestrickte bunte Decke wärme sie täglich.) Als Herr über zwei Schafe kam ich mir immer vor wie ein Landmann in einem gesünderen, einer zeitlosen Ordnung gehorchenden Leben, ich konnte mir nicht vorstellen, daß irgend einer meiner Freunde in den Ferien solch eine archaische Tätigkeit ausübte, wie zwei Lebewesen an einer Kette zur Weide zu führen und dort anzupflocken. Man öffnete die zusammengeflickte Holztür ihrer Buchte, indem man einen Fleischerhaken aus der Öse zog und das Holz an der von den Berührungen vieler Hände glattpolierten Stelle anfaßte und aufzog, dabei versperrte man den Ausgang mit seinem Körper und versuchte gleichzeitig, das teigige Lederhalsband der Mutter zu greifen und das Kettenglied mit dem Metalldorn, der sich querstellte, durch einen Ring zu fädeln, während das Schaf wie irre geworden die Augen verdrehte, sie wollten einfach nicht einsehen, daß man es gut mit ihnen meinte, und lernten in der Beziehung auch nicht dazu. Wenn man den Weg freigab, rannten die Schafe aus dem Stall, der eine Hintertür hatte, durch die man mit der Forke den Mist in die Mistgrube hinter dem Haus beförderte (es war eine Kunst, genau richtig tief in die festgetrampelten Schichten von Stroh und Fäkalien zu stechen, weil man es sonst nicht schaffte, die Lage, die man sich vorgenommen hatte, herauszulösen). Auf dem Hof blieben die Schafe einen Moment unentschlossen stehen, so daß man die Kette der Mutter wieder erwischen konnte, die Tochter würde ihr folgen, aber sie wußten genau, wie lang ihre Ketten waren und wie weit sie einen heranlassen konnten, und machten immer in dem Moment ein paar Schritte, wenn man die Kette fast zu fassen bekommen hatte, es schien ihnen heimlich Freude zu bereiten, einen zum Narren zu halten und dabei scheinbar nicht zu beachten. (Herr Tatziet erinnerte sich mit Bewunderung an die Intelligenz einer Ziege, die er einmal vom Fluß bis herauf zum Grundstück geführt hatte und die genau darauf geachtet habe, daß die Leine *immer leicht durchhing*.) Auf dem Weg in den hinteren Teil des Gartens mußte man die Schafe daran hindern, im Kohl und im Salat zu wildern, sie zerrten an den Ketten, die ich in der rechten Hand hielt, in der linken trug ich zwei Stahlpflöcke und den Hammer, der immer an der gleichen Stelle im Schuppen stand. Auf der Wiese am «Wäldchen» angekommen, mußte man sich mit beiden Füßen auf die Kette stellen, um den ersten Pflock (in früheren Zeiten war ein Spieß verwendet worden, den man wie einen Korkenzieher in die Erde drehte) durch die verbogene Metallöse zu fädeln und ihn mit kräftigen Hammerschlägen im Boden zu versenken, aber nur so tief, daß Frau Tatziet ihn am Abend ohne zu große Mühe wieder herausgezogen bekam. Hoffentlich lag hier keine Mine vergraben wie bei dem Bauern, der nach einem langen Arbeitstag «Feierabend!» sagte, seinen Spaten, den er nach der Rückkehr vom Treck aus den Trümmern seines Hauses geborgen hatte, in die Ackerkrume rammte und im selben Moment in die Luft flog. Unter den Wurzeln der üppig wuchernden Pflanzen mußte der Garten voller Gebeine gefallener Soldaten und nach dem Krieg eilig vergrabener Munition sein, wir hatten einmal beim Versuch, einen Maulwurfsgang zu erforschen, einen menschlich aussehenden Knochen ausgegraben, und Herr Tatziet hatte behauptet, es handle sich um einen Knochen aus dem Mittelalter, als die hintere Anhöhe der «Galgenberg» gewesen war, sicher eine Notlüge, obwohl es nicht unwahrscheinlich war, daß zumindest kurz vor Kriegsende auch hier kampfunwillige Männer oder solche, die man als Motivation für die übrigen festgenommen und dazu erklärt hatte, aufgehängt worden waren. Die Schafe brauchten eine frische Stelle zum Grasen und mußten sich dabei beschnuppern können, sollten sich aber andererseits nicht verheddern und erdrosseln, und sie durften sich beim Anpflocken nicht losreißen, denn einmal war eine Kette dabei so unglücklich um einen Baumstamm geschleudert worden, daß sich Tante Karola ein Bein gebrochen hatte und sich wochenlang mit einem Löffel, den sie am Ende nicht mehr herauszufischen schaffte, unter dem Gips kratzen mußte. Wenn ich mich den Schafen tagsüber beim schiefen Wasserhahn näherte oder wenn ich sie am Abend holen kam, machten sie einen Knicks mit den Hinterbeinen und pinkelten vor Aufregung oder Vorfreude. Ich sprach dann mit ihnen, weil ich mir vorstellte, daß man das als Tierbesitzer tat und daß der vertraute Ton meiner Stimme beruhigend auf sie wirkte, auch wenn ich nie wußte, ob ich die richtigen Worte fand. (Dieselbe Unsicherheit habe immer ich bei Karl empfunden, wenn er nachts nicht aufhören wollte, zu schreien, und ich ihm durch den Klang meiner Stimme für alle Zeiten das tiefe Vertrauen einflößen wollte, daß die Welt es gut mit ihm meinte. Manchmal half es, ihm das kehlige «Mmmöööh» der Schafe vorzusingen, das ich in Schmogrow so oft geübt hatte.) Ich paßte mich auch äußerlich an meine Umgebung an, ich wischte mir beim Innehalten von der Arbeit mit dem Handrücken über die Stirn wie ein Eisengießer am Hochofen, ich trug weite Cordhosen und schwere Schuhe sowie, wenn es kälter war, eine hüftlange Wolljacke, die Frau Tatziet ihrem Mann gestrickt und mir nach seinem Tod geschenkt hatte und die in meiner Einbildung noch etwas vom Schafaroma enthielt, so daß es eine «Wollkur» war, in der Stadt, wo ich mich zu einem «neurotischen Invaliden» zu entwickeln meinte, in diesem speziellen Kettenhemd herumzulaufen. Im Grunde hätte ich mich gern wie eine von Herrn Tatziets zahlreichen Vogelscheuchen gekleidet, die die Stare vertreiben sollten und bei denen, genau wie bei ihm, der leere linke Jackenärmel in der Tasche steckte, die Vögel ließen sich aber nicht täuschen und freuten sich über einen neuen Platz zum Setzen. Er rüstete dann auf und ging mit einem Luftgewehr durch den Garten, um die Stare durch Warnschüsse zu verjagen, manchmal wurden auch alle anwesenden Kinder nach hinten geschickt, wo wir mit Töpfen und Deckeln Radau machen durften. Im Jahr von Frau Tatziets Tod war Susi eines Tages nicht mehr aufgestanden. Wir hatten sie im Garten auf die Schubkarre heben müssen, um sie in den Stall zu fahren. Ich faßte sie an den dünnen Hinterbeinen, die Wolle war feucht vom Nieselregen, Susi atmete schwer rasselnd. Abends kam ein Schäfer, um sie mit einem Messer zu töten, was ich mir, um mehr vom Leben zu begreifen, widerstrebend ansah. Ihr Grab hatten wir schon ausgehoben und darin probegelegen. Den Weg dorthin ging sie freiwillig und ohne zu straucheln. Ob sie etwas ahnte? Am nächsten Tag brachte ich Resi raus, sie folgte mir zwar, zog aber, als ich sie angepflockt hatte, verzweifelt an der Kette. Mit weitaufgerissenen Augen in sinnloser Auflehnung schwenkte sie den Kopf hin und her, ohne sich vom Lederhalsband befreien zu können, und, was am gespenstischsten war, ohne einen Laut von sich zu geben, sie war noch nie im Leben allein gewesen.

Jetzt ziehe ich die Kette, an der kein Tier mehr zerrt, auf dem Weg zum Rosentor hinter mir her, zu beiden Seiten duften süßlich die Phloxstauden, ihr Geruch mischt sich mit dem der faulenden Falläpfel, so daß sich eine «Duftschneise» bildet, wie wenn die Bienen am Einflugloch der Beute mit ihrem Hinterteil sterzeln und dabei einen Geruch verströmen, der ihren Schwestern die Orientierung erleichtert. Das Rosentor hat irgend jemand, der Rohre biegen konnte, aus Metallteilen zusammengebaut, manchmal blühten hier wirklich Rosen, man schritt wie durch eine magische Pforte aus dem Küchen- und Blumengarten in den Ackerbereich, wo sich die Natur wilder anfühlte, die Dimensionen weiter waren, die Bäume höher, die Hitze drückender und die Stille im Sommer endgültiger. Hinter dem Tor weitet sich der Blick, die Wolken am Himmel werden zum Schauspiel. In der ersten Zeit, als der Garten gerade angelegt worden war und Büsche und Bäume noch klein waren, konnte man von hier aus weit über den Fluß sehen, auf dem manchmal ein Schiff Richtung Ostsee fuhr oder Baumstämme geflößt wurden, sie lagerten zwischen den Buhnen und wurden an Sägegattern geschnitten. In warmen Nächten übernachteten auch Ferienkinder auf dem Hang, der früher einmal ein Weinberg des Bischofs gewesen war. Die Reihen der hohen Obstbäume lassen erahnen, wo einer fehlt, weil er im Krieg entwurzelt worden ist, dahinter liegt das «Wäldchen», der Hang fällt, zerlöchert von im Unterholz immer noch deutlich zu erkennenden Granattrichtern, zum Fluß hin ab, an einer Stelle gibt es eine «Tälchen» genannte Lichtung, wo manchmal Hermann, ein weiterer Lieblingsschüler von Herrn Tatziet, im Gras saß und auf der Querflöte spielte und wir Kinder Picknick machten und in späteren Jahren, beim Versuch, uns zu küssen, von Mücken zerstochen wurden. Der eigentliche Ort kauert sich an den Fuß dieses Hangs, wo die Häuser im Artillerieschatten gelegen haben und von deutschen Granaten verschont geblieben sind, als man versucht hat, den russischen Brückenkopf einzudrücken, und auch die Russen haben darüber hinweg gezielt. In Häusern, aus denen sich jetzt die beste Aussicht bietet, drohte einem damals die größte Gefahr. Vom Garten aus sieht man vom Ort nur das Dach der Typhus-Kirche, die nach dem Krieg als Notlazarett gedient hat. Sein

Dreieck sieht wie eine große, auf einer Wiese abgestellte Finnhütte aus, eine optische Täuschung, eines der Wunder, von denen ich meinen Freunden zu Hause vorschwärmte, ohne daß sie verstanden, was Schmogrow bedeutete, das verstanden viele nicht einmal, wenn man die Erlaubnis bekommen hatte, sie hierher mitzubringen. Die Kugel auf der Kirchturmspitze ist vor hundertfünfzig Jahren von einem Klempner angefertigt und montiert worden (dem Urgroßvater unseres Spielkameraden Silvio, seine Vorfahren, das behauptete er jedenfalls, seien als ehemalige Musketiere des Alten Fritz hier angesiedelt worden), der zum Entsetzen der Zuschauer nach getaner Arbeit in der Höhe einen Handstand machte, so wie ich, wenn ich als Jugendlicher im Garten versuchte, auf Händen zu gehen, weil der Sommer mich überwältigte und in mir gleichzeitig die Sehnsucht weckte, für immer hierzubleiben, um Wurzeln zu schlagen, und auszuschwärmen, um die Welt zu sehen, ich half mir, indem ich Lieder des jungen Brecht auswendig lernte und beim Unkrauthacken vor mich hin sang. Am Ende des Krieges hat die Kirchturmkugel dem Volkssturm als Ziel für Schießübungen gedient und ist dabei regelrecht durchsiebt worden, was aber auch nicht zum Endsieg verholfen hat. Die hundert Jahre alten Obstbäume sterben, manche sind fast kahl, was man aus der Entfernung für ihre Blätter hält, ist nur Efeu, Äste, die lange gestützt wurden, sind endlich doch abgebrochen, die wulstigen Reste von Rinde sind rissig und voll Flechten und Moos, eine Landschaft für Ameisen und Spinnen, einige Bäume sind schon zu Holzhaufen geworden, sie schmelzen, aber sehr viel langsamer als Schnee. In einer

Ecke neben der Hauslaube sammelte Herr Tatziet immer gegabelte Äste, die als Baumstütze dienen konnten und sonst zum Aufspannen der wie Drachenschnur auf einer Holzspindel aufgerollten Wäscheleine genutzt wurden, wenn Frau Tatziet den gemauerten, runden OMEGA-Kessel in der Waschküche mit Kohle heizte, Wäsche in der Lauge stampfte, in der Badewanne ausspülte und auf dem Hof kreuz und quer Bettbezüge und Laken zum Trocknen aufgehängt wurden, zwischen denen wir Versteck spielen konnten. («Hast du noch Wäsche? Ich hab noch Lauge da», sagte sie zu meiner Mutter.) Das Totholz der Obstbäume ist durchlöchert, wo die Rinde abgeblättert ist, zeichnet sich auf der grau-blanken Oberfläche wie Tätowierungen das Muster von Larvengängen ab. In Wirklichkeit ist das Holz natürlich nicht «tot», sondern ein Lebensraum für Insekten, von denen sich Vögel ernähren, dennoch stimmt mich der Anblick der Bäume traurig, in deren Kronen ich noch mit einer langen Holzleiter geklettert bin, um den Hals eines der verbeulten Wehrmachts-Kochgeschirre, in die ihre Besitzer, die vielleicht unter der Grasnarbe im Garten lagen, mit dem Seitengewehr geheimnisvolle Zeichen gepunzt hatten. Man sollte sich das Naschen verkneifen, sonst kam man nicht mehr zum Arbeiten, riet uns Frau Tatziet, Aprikosen, die uns wie Besucher aus fernen Regionen vorkamen («Die Dattel wächst in Afrika / drum ist sie auch so selten da»), waren die «verbotene Frucht», wir durften nur die «Freßreifen», also die Heruntergefallenen essen. Es wäre im übrigen unvernünftig, dieses Holz mit einer Kreissäge (Ricarda: «Kreischsäge») zu zerkleinern, weil Granatsplitter das Sägeblatt beschädigen könnten. Seit ich mitgehört hatte, als jemand erzählte, auf dem Gelände der ehemaligen Baumschule, das nach dem Krieg vermint und von Schützen- und Splittergräben und Unterständen durchfurcht gewesen war – die Front hatte hier mehrmals gewechselt –, hätte man an der frischeren Färbung der Grasnarbe erkannt, wo tote Soldaten vergraben lagen, hielt ich auch hier im Garten nach solchen Silhouetten im Gras Ausschau, denn nach der Rückkehr von der Flucht waren von den Schwestern als erstes Gefallene begraben worden, man meldete ihre Angaben, und es trafen irgendwann sogar Päckchen von Angehörigen aus dem Westen ein, die sich bedanken wollten. (Die neuen Nachbarn haben beim Ausheben ihres Pools einen Schulterknochen und eine Patronenhülse gefunden, aus der zerbröseltes Papier rieselte, russische Soldaten bekamen, da sie keine Erkennungsmarken trugen, solche Patronen mit ihren Angaben in die Tasche gesteckt.) Bis hier hinten in den Garten war es für mich als Kind ein weiter Weg gewesen, den ich scheute, und mit dem Fahrrad kam man auf dem Gras nicht voran, es war aber angeraten, sich hierher zu verkrümeln, weil man außer Sichtweite der Erwachsenen war und der gefürchteten Aufforderung, zu «helfen», entging, es reichte manchmal, sich wie ein Reh ins hohe Gras zu ducken. («Wer Arbeit kennt und danach rennt und sich nicht drückt, der ist verrückt.») Wenn wir hinten im Garten «Störche» spielten – zwei waren die hungrigen, zeternden Jungen und zwei die Eltern, die ausfliegen und Futter besorgen mußten – und von uns unbemerkt ein Gewitter aufgezogen war und die ersten Tropfen fielen, sammelte uns Frau Tatziet mit der Schubkarre ein und fuhr drei oder vier

Kinder auf einmal zum Haus (einer saß auf dem Metallrost, mit dem die Kerne aus den Sonnenblumenblüten gerieben wurden), wo wir in die Badewanne in der Waschküche gesetzt und abgeseift wurden, unser Badewasser floß anschließend aus der Wanne direkt auf den Boden, bildete eine große Pfütze, sammelte sich aber, da der Estrich sich zu einer Mulde absenkte, als Seifenlaugenstrudel über dem gußeisernen Abflußgitter, durch dessen Löcher, die ein Blütenmuster bildeten, es verschwand, auch eines der Wunder von Schmogrow. In Bademäntel gewickelt, beobachteten wir auf der Brüstung der Hauslaube sitzend die herabstürzenden Wassermassen, gegen die auch das dichte Blätterdach der Kastanie machtlos war, wir sahen zu den Hühnern, ob sie etwa weiterpickten, weil sie spürten, daß der Regen lange dauern würde, oder ob sie sich kurz unterstellten, um abzuwarten, und wir freuten uns darauf, auf dem Hof in den Pfützen zu spielen, mit dem Baumkratzer Kanäle zu ziehen, kleine Seen zu stauen, Borkenboote schwimmen zu lassen, in solchen Momenten ging manchmal ganz unerwartet Herr Tatziet mit einem Poncho und Gummistiefeln quer über den Hof zu seinen Bienen. «Alle Jahre wieder» waren die Rohre der einstmals fortschrittlichen Sickeranlage durch einwachsende Baumwurzeln verstopft, und Frau Tatziet mußte, bis Herr Pinkepaul mit «der Schlange» kam, die er, wie er jedesmal verkündete, wie Federhalter und Frau nicht verborgte (Werkzeuge würden sich nämlich an ihre Benutzer gewöhnen wie Violinen an ihre Musiker: «Vastehste?»), wenn ihr Mann sich oben wusch, unten schöpfen. Als Kinder halfen wir nicht gern, eine Aufgabe, um die wir uns stritten, war es aber, die Gäste zum Mittagessen zu rufen, denn weil sich am Vormittag alle zum Arbeiten so weit über den Garten oder sogar bis ins «Wäldchen» verteilten, kam eine ausgediente Bratpfanne zum Einsatz, die mit einer runden Holzkeule geschlagen wurde wie ein Gong. Es erinnerte an den Dienst, den einer meiner Onkel übernommen hatte, als er nach dem Krieg als Kind zum Aufpäppeln ein paar Wochen hier gewesen war, nämlich ab und zu durch den Garten zu gehen und mit einem Hammer gegen Metallschienen zu schlagen, die an den Ecken des Grundstücks aufgehängt waren, um mit dem Geräusch Obstdiebe abzuschrecken, weil schon zentnerweise Kirschen geklaut worden waren, es waren ja viele Flüchtlinge im Ort untergekommen, die noch weniger zu essen hatten als die hungernden Bewohner (vor Marodeuren versuchte man, sich zu schützen, indem man Bündel von Töpfen und Metallteilen an die Türen band). Der Garten verändert sich ständig, Walnußbäume wachsen nach, Brombeerhecken breiten sich aus, Goldrute besiedelt die Ackerflächen, aber immer noch ist eine Struktur zu erkennen, mit der er sich von anderen Gärten in dieser Gegend unterscheidet, weil er nicht nur aus Nutzbereichen besteht, sondern auch aus solchen, in denen die Gartenschönheit in Szene gesetzt wird. Wenn man sich beim Ablesen von Kartoffelkäfern aufrichtete und den schmerzenden Rücken streckte, blickte man auf hohe Obstbäume, mit deren Blättern der Wind spielte, am Horizont berührte der Himmel, über den dramatisch die Wolken zogen, in einer dunkleren Zone die Erde, dort regnete es, während an anderen Stellen das Sonnenlicht durchdrang, man sah das Wetter meist schon lange kommen und hatte noch Zeit, seine Arbeit zu beenden und die Geräte unterzustellen. Vom Anblick erfreut und gestärkt, beugte man sich wieder zu den Kartoffelpflanzen hinab, zerdrückte mit den Fingern die auf der Rückseite der Blätter sitzenden roten Larven, daß einem die orangefarbene Flüssigkeit aus ihren Körpern in die Augen spritzte, und suchte nach den hübschen, gestreiften Käfern, die angeblich «zwei Rückgrate» hatten, wie wir dachten, und, wenn man sie zertrat, noch einmal auferstanden. Frau Tatziet bedauerte, daß viele Gäste «die hintere Gartenschönheit» nicht genossen, weil sie nur bis zum Rosentor gingen, ihr Mann gar nur bis zum Bienenhaus. Eine Kollegin, die Russischlehrerin Frau Ramisch, verschwand allerdings gern nach hinten, um sich dort nackt zu sonnen, dann durfte dort niemand hin, weil man, wie Herr Lenz witzelte, «freie Spitzen» gesehen hätte, was sie nicht gestört hätte. Sie war bei ihren Schülern nicht nur beliebt, weil sie immer nach einer Viertelstunde Unterricht auf die letzte Theaterpremiere abschweifte, sondern auch, weil sie das Sonnenbaden zur Freude der Jungen auch auf Klassenfahrten an die Ostsee betrieb. Die Reihe der Räume, aus denen der Garten bestand, begann schon hinter dem Haus mit einer Liegewiese unter einem Nußbaum, dem nachgesagt wurde, daß er die Mücken fernhielt. Früher hatte diese Fläche als Bleiche für Wäsche gedient, jetzt stellten die Erwachsenen hier in der Mittagsruhe ihre Klappliegen auf und lasen Bücher, deren Umfang mich abschreckte, meine Mutter hatte immer irgendeine neue Trilogie über Ostpreußen dabei, die «Nirgendwo ist …», «Erinnerst du dich an …» oder «Verlorenes …» hießen, aber auch die Ferienlektüre der Westbesucher machte die Runde, und manches davon wurde nach den Ferien hier «vergessen» und erlangte den Status eines «Schmogrow-Buchs», was eine Ehre war, denn alle Freunde des Hauses hielten das Jahr über an ihren verschiedenen Wohnorten nach Büchern Ausschau, die sie Herrn und Frau Tatziet schenken konnten, in der Hoffnung, sie würden zum «Schmogrow-Buch» geadelt, also hier von Hand zu Hand gehen, so wie damals, als eine Zeitlang «ge-stiller-t» worden war, wie Frau Tatziet es nannte. Beliebt waren die Memoiren der Frauen oder Mütter berühmter Männer, wie die Erinnerungen von Johanna Schopenhauer (Frau Tatziet rührte es, daß sie mit siebzig daran dachte, was für ein Privileg es gewesen sei, am Meer aufzuwachsen, und daß sie zwar wußte, daß sie es nicht mehr wiedersehen würde, dieses Gefühl aber noch nicht in sich hochkommen ließ, was Frau Tatziet das Schicksal meiner ostpreußischen Großmutter vor Augen führte), Briefe der Frau Geheimrat Goethe oder die «Ungeschriebenen Memoiren» von Katia Mann (ich solle erst einmal den «*Golo*mann» lesen, *der* sei ein Lästermaul, sagte Frau Tatziet, und ich war beschämt, weil ich von einem Schriftsteller namens «*Golo*mann» noch nie gehört hatte), aber zunehmend trafen auch Bücher mit Betrachtungen über das Alter ein, die von mitdenkenden Leidensgenossinnen geschickt wurden. Zitate aus diesen Büchern gingen in Frau Tatziets Repertoire ein, aus dem sie schöpfte, wenn das Gespräch sie dazu anregte, selbst wie alle anderen davon überrascht, daß sie diesen Vers oder Ausspruch noch wußte, wenn man sie gezielt danach gefragt hätte, wäre er ihr nicht eingefallen («Fahr mich mit'm Roller nach Addis Abeba, da boxt Maxe Schmeling gegen Louis den Neger!»).

Die heilige Mittagsruhe, in der Herr Tatziet sich «zum Nachdenken» in den Ohrensessel in seiner Studierstube setzte, in
die wir ihm nie folgen durften (der Weihnachtsmann hätte
hier im Sommer von allen unbemerkt unterkommen können), war für mich eines der wenigen Ärgernisse in Schmogrow, weil wir in dieser Zeit im Haus und auf dem Hof keine
Geräusche machen durften, um Herrn und Frau Tatziets
Schlaf nicht zu stören. Wir durften nicht einmal schweigend
Krocket spielen, weil das Klackern der Holzkugeln angeblich
zu laut war («Lärmt nicht so! – / Hier unten liegt Bismarck
irgendwo»), auch das Besteck mußte behutsamer abgetrocknet werden, und im Haus war das «Grüne Gewölbe», die
grün tapezierte und mit einem grünen Samtsofa sowie einem
grünen Lesesessel möblierte, gemütliche kleine Stube, in der
auch Frau Tatziets Schreibpult stand, besetzt, weil Tante
Isolde dort ihren Mittagsschlaf hielt. (Im übrigen durften wir
auch nicht die Blüten der Passionsfrucht zählen, hatte uns
Herr Tatziet eingeschärft, weil sie sonst abfallen würden. Ich
habe es aus Respekt vor ihm nie ausprobiert.) Und ohne Begleitung wenigstens eines Erwachsenen traute ich mich aus
Angst vor der Dorfjugend nicht zum Baden. Also ging ich mit
meinen vielen Taschenmessern und einem aus einem Hasel-
nußzweig gebastelten Bogen und Pfeilen aus trockenen Gold-
rutenstengeln bewaffnet (wie wünschte ich mir ein echtes
Gewehr, wie es Marcel in «Eine Kindheit in der Provence»
zum Jagen benutzen durfte!) in den Garten und hoffte auf
Abenteuer, oder wir pilgerten zum Konsum, wo es im Gegensatz zu unseren Kaufhallen in der Stadt neben Pyramiden
von Schmalzfleischkonserven und Brechbohnengläsern auch

ein Regal mit Fahrradzubehör gab, und wenn ich hier, vom Gummigeruch der Schläuche betört, ein neues, um Nuancen moderner gestaltetes Rücklicht sah, das neu in den Handel gekommen war, spürte ich sofort eine kribbelnde Gier, es zu besitzen, um es zu Hause an meinem Fahrrad anstelle des eigentlich noch funktionierenden, aber plötzlich wie die Kloschüssel in Schmogrow, auf die sich kleine Kinder nur mit einem Plastikaufsatz setzen konnten, ganz klobig und geradezu vorsintflutlich wirkenden alten Lichts anzubringen. An der Kasse, wo es auf dem Dorf kein Laufband gab, weshalb die Kassiererinnen, während sie mit rechts die Kasse bedienten, mit der linken Hand die Ware aus dem vollen Korb in einen leeren legten, warf ich immer einen interessierten Blick auf die Schachtel mit «Fromms» der Marke «Mondo» («Heiß vulkanisiert»), die man hier, sicher vor Scham im Boden versinkend, kaufen konnte, während die Kassiererin, wenn ich den Einkauf für Frau Tatziet machte, schon am länglichen braunen Portemonnaie mit Knipsverschluß erkannte, woher ich kam, und schöne Grüße bestellte. Von Zeit zu Zeit ging Frau Tatziet allerdings lieber selbst einkaufen, weil sie hoffte, die Frau vom Klempnermeister Pause zu treffen, um ihm ausrichten zu lassen, daß der Haupthahn tropfte und in ihrem Keller «die Wasseruhr im Wasser» stand, oder jemand anderen, von dem sie Neuigkeiten erzählt bekam, man hatte ja kein Telefon, «Herrn Nothdurft mit dem Kropf», der ganz allein abseits vom Ort eine im Schatten eines Hügels stehende Mühle an einem See bewohnte, Minchen Roth, die Apothekertochter, eine Mitschülerin, am liebsten aber Marlies aus dem «Busch», einem aus Einzelgehöften bestehenden

Ortsteil hinter dem Deich. So erfuhr sie, wenn Hochwasser war, daß im «Busch» täglich fünfundvierzig Eimer Wasser aus dem Keller geschöpft, über die Straße getragen und in den Graben gekippt wurden, daß Opa Harnusch auf dem überschwemmten Parkplatz vor dem «Anglerheim» angelte und die Plötzen, weil die Regenwürmer sich aus dem Boden an die Luft retten wollten, bissen «wie dutzig», daß bei ihnen geschlachtet wurde (Marlies und ihre Nachbarn brachten es nicht über sich, ihr eigenes Vieh zu töten, so half man sich aus, indem man das jeweils beim Vieh des anderen übernahm) oder wie es Marlies' behindertem Sohn ging, mit dem sie jeden Abend auf den Deich stieg, um dem Wasser mit dem Stock zu drohen, und dessen Vater seit langem in Westberlin lebte, weil er es im «Busch», wo man das Deichhinterland weiter nördlich «Sibirien» nannte (umgekehrt allerdings auch), nicht ausgehalten hatte. (Als alten Mann würde sie ihn wieder zu sich holen und bis zu seinem Tod pflegen, und da es ihren Sohn störte, daß der verwirrte Vater ihm immer die Hausschuhe wegnahm, ging sie zu Frau Tatziet, um sich die Latschen ihres verstorbenen Mannes zu borgen.) Die Russen hatten sich zuerst im «Busch» Gehöft für Gehöft vorgekämpft, aus dem Schutt zerstörter Gebäude bauten sie eine Panzerstraße, die «Rote Straße» genannt wurde. Als Marlies nach der Flucht ihr wie durch ein Wunder kaum zerstörtes Haus wiedersah, stand der Keller voll Jauche, die Russen hatten Löcher in den Fußboden gehackt, um sich darüber zu hocken und den Keller als Latrine zu nutzen, bei anderen hatten sie zum gleichen Zweck Mulden in Kartoffelhaufen gebuddelt, und obwohl man am Verhungern war, blieben

diese Kartoffeln auch nach gründlichem Waschen ungenieß-
bar. Dafür hatte es 1945 zu Weihnachten als Sonderration
eine Kohlrübe gegeben.

Für die Gartenwirtschaft war ich damals noch blind, wann
welche Blumen blühten, wie sie hießen, wie der Boden behandelt wurde, woran man Unkraut erkannte, war für mich
Spezialwissen, ich fühlte mich in dieser Beziehung unnütz
und lebensuntüchtig. (Besser informierten Gartenbesuchern,
die das viele Unkraut bemängelten, wurde von Herrn Tatziet
erklärt, daß es sich um «Neuseeländischen Erdbeerspinat»
handle, um «Küchentreu, hat unsere Mutter immer gepflanzt»,
oder es hieß, die Fläche da oder da, wo nichts wachse, das
sei eine «Reserveecke». Vielleicht dachte er auch an Vater
Quargs Maxime, immer etwas Unkraut und ein paar Steine
auf dem Acker zu lassen, um den Nachbarn nicht zu beschä-
men.) Ich fühlte mich eher dafür zuständig, die Schönheit
des Gartens wahrzunehmen, denn überall war dafür gesorgt
worden, daß der Blick auf etwas Schönem ruhte. Von der
kleinen Stube sah man auf die Liegewiese zwischen Fliederbüschen und auf den hohlen Nußbaum, dessen Äste immer
noch meterweit parallel zum Boden wuchsen, ohne abzu-
brechen, Stockrosen und Löwenmäulchen, deren Blüten wir
zusammendrückten und «zubeißen» ließen, schwankten vom
Wind berührt vor dem Fenster hin und her (inzwischen auch
eine stattliche Hanfpflanze). Durch die halbrunde, die Form
des Himmels aufnehmende Dachbodenluke veränderte sich
die Perspektive auf die Welt, über die Kronen von Pappeln,
Kirschbäumen und Birken hinweg sah man auf Felder,
wo von «Fortschritt»-Mähdreschern Strohpakete auf LKW-

Anhänger gespuckt wurden (wie praktisch, dachte man damals, nicht ahnend, daß es noch viel praktischer ging, wenn das Stroh nämlich zu schweren Rollen gepackt würde, inzwischen sieht man aber auch wieder Quader, hier scheint das letzte Wort noch nicht gesprochen). Vom Tälchen bewunderte man die überschwemmte Auenlandschaft des Flusses, von «Hinthertürs Fliederlaube» aus sah man über die Dächer des Ortes weit nach Polen, sogar beim Abwaschen hatte man durch das Küchenfenster das liebliche Bild von Hof und Kastanie vor Augen, und die Arbeit schien, vor allem, wenn der Herbst die Blätter golden färbte, weniger lästig, zudem hatte man die Kinder im Blick. Von der Hauslaube, in der, vielleicht, weil ihre Farbe so gut zum Blau der Balken paßte, wie goldgelbe Vorhänge bis in den Winter die geernteten Maiskolben hingen (und auf dem Tisch eine Vase mit roten Lampionblumen stand), blickte man etwas erhöht wie von einer Loge auf die Bühne des Hofs, hinter dem der Garten begann, mit den Phlox-Stauden, den Kronen der Walnußbäume, den roten Beeren der Jelängerjelieber-Ranken an der kleinen Brausemulde aus Zement, die Kinder jeder Generation magisch angezogen hatte, wenn sie nicht gerade «Hühnerkino» guckten (und auf «Überflieger» hofften, die mit ihren noch ungestutzten Flügeln den fast vollständig von wildem Wein überwucherten Zaun überwanden), in der Weide kletterten oder tiefe Löcher in den Sand gruben. Zudem gab es eine Reihe Sitzgelegenheiten, wo man sich außer Hörweite voneinander befand, so daß intimere Einzelgespräche geführt werden konnten (Frau Tatziet achtete auch darauf, immer zwei Gäste zum Pflücken der Johannisbeeren einzuteilen, die sich gern miteinander unterhielten). Einerseits half der Garten bei der Versorgung der vielen Gäste, andererseits hätte ohne Gäste die Gartenarbeit gar nicht geschafft werden können, denn Frau Tatziet schickte vormittags alle zum Arbeiten, wie es schon ihre Mutter mit Frau Tatziets Geschwistern, mit Lehrlingen und Gastkindern, Nichten und Neffen getan hatte, nicht zuletzt, weil die Erfahrung lehrte, daß es dann am Abend seltener zu Streit kam. (Nur Longus durfte sich, worum ihn meine Mutter, die nichts lieber getan hätte, beneidete, in die Hänge zurückziehen und auf Englisch «Vom Winde verweht» oder sogar einen Kriminalroman lesen, um, wie er sagte, sein Schleppnetz auszuwerfen und Wörter und Wendungen zu fischen – er fuhr sogar nach Berlin, um im Radio BBC-Sendungen aufzunehmen –, Herr Tatziet machte sich Sorgen, daß er durch die Krimis an Niveau einbüßen könnte. Longus erörterte er einmal unter dem Siegel strengster Verschwiegenheit seine Idee, «Pflaumenmus» nach der O-Deklination zu beugen: «Mi, Mo, Mum ...» Für Longus, der darunter litt, mehr Mütter gehabt zu haben als andere Geschwister, war Herr Tatziet der eine gute Lehrer, den jeder im Leben braucht. Als er einmal zu spät zum Unterricht kam, machte er den römischen Gruß, verbeugte sich dabei tief und sagte: «Salve magister!», leider hospitierte ausgerechnet in dieser Stunde der Direktor.) Der Stolz über das Geleistete erfüllte jeden für den Rest des Tages noch so nachhaltig, daß man milder auf die Schwächen der anderen blickte, die Freizeit wurde durch die Arbeit als wertvoller empfunden und bekam fast einen festlichen Anstrich. (Ein Neffe aus dem Westen hatte in der Schule behauptet, er fahre in den Ferien «auf eine Plantage», weil es ihm peinlich war, von seinen Eltern kein interessanter klingendes Reiseziel als ein Dorf im Osten des Ostens geboten zu bekommen, «fern von gebildeten Menschen, am Ende des Reiches».) Eine Gruppe stand gebückt über Kartoffelpflanzen, andere holten mit der Schubkarre Heu ein, das mit einer langen Forke in großen Portionen zum Heuboden hochgereicht und dort von weiteren Helfern abgenommen und möglichst platzsparend verstaut wurde (wir beobachteten dann, wie durch die Ritzen zwischen den Deckenbrettern vom «Durchgang» Staub rieselte), jemand las Spillinge auf, andere siebten den Kompost oder hatten sich in derber Arbeitskleidung mit speziellen Haken zum Heranziehen der Ranken bewaffnet mutig in das dornige Dickicht der Brombeeren gewagt. Neuankömmlinge neigten dazu, sich in der Euphorie über die ungewohnte und als nützlich und läuternd empfundene Gartenarbeit zu übernehmen, deshalb ging Frau Tatziet spätestens gegen Mittag jeden erlösen und zum Baden schicken. («Wer baden geht, hat recht!») Abzuwaschen brauchte man am ersten Tag überhaupt noch nicht. Wenn sie dann alle gemeinsam losziehen sah, erinnerte sie das Bild an Hesses «Morgenlandfahrt».

Eine Weinbergschnecke strebt an einem Baumstamm nach oben. Mein Vater hat mit uns ihr Haus bunt bemalt, und wir gingen jeden Tag «unsere Schnecke» im Garten suchen. Ich lese einen Apfel aus dem Gras auf, der so lange in der Sonne gelegen hat, daß er sich wie ein Handwärmer anfühlt. In späteren Jahren habe ich gestaunt, daß Frau Tatziet für alle Obstbäume im Garten einen Namen hatte und wußte, wann die Früchte reif wurden, wie sie schmeckten und ob sie sich zum Lagern eigneten (eine Sorte Birnen wurde sogar erst im Februar mit von der Kälte klammen Fingern gepflückt), sie wußte auch, daß der Flieder, wenn es kühler war, bis Pfingsten blühte, so, wie Herr Tatziet wußte, an welchem Platz im Haus man sich erkältete, daß man sich, den Nieren zuliebe, beim Ausruhen lieber auf feuchte Erde als auf trockene Steine setzen sollte und wie die Betten stehen mußten, damit man nachts nicht von den Strahlen einer «Wasserader» wach gehalten wurde, er glaubte ja sogar an Wünschelruten. Frau Tatziet sprach vom «Danziger Kant» und meinte damit einen Baum ganz hinten am «Wäldchen», der «Goldreinette», der «Goldparmäne» oder dem «Eiserapfel» (der erst nach Weihnachten nachreifte und im Februar gegessen wurde), während «Josephine von Mecheln» ein Birnbaum war, «Schneiders späte Knorpel» keine Hautkrankheit, sondern eine Kirschensorte, es gab aber auch «Dieter Ramischs Lieblingsapfel», der seinen Namen dem Sohn der sonnenhungrigen Kollegin von Herrn Tatziet verdankte. Einmal, als ich Sauerkirschen gepflückt hatte, die längst aufgegeben worden waren, weil die Zweige des lange nicht beschnittenen Baums viel zu sehr in die Höhe schossen, nannte Frau Tatziet, noch als im nächsten Jahr zum Nachtisch ein Glas davon geöffnet wurde, diese Kirschen «Richards Kirschen», und ich war stolz, in die Geschichte Schmogrows eingegangen zu sein. Herr Römer vom «Volkseigenen Erfassungs- und Ankaufbetrieb», zu dem man hier «die Vejab» sagte – sie hatte nur einen Tag in der Woche geöffnet und manchmal auch dann nicht, wenn sie «erst Inventur und dann Ratten hatten» –, verwendete seine eigenen Sortennamen, er sagte zum Beispiel: «Aha, wie schön, ein Zentner ‹Schrumplige Witwe›, schön säuerlich und lange haltbar.» (Daß ein Gast hier einmal betrügen wollte, indem er die besten Äpfel nach oben in den Spankorb legte und die schlechteren nach unten, ließ Frau Tatziet nicht zu, das hätte ihrem Ruf im Ort geschadet.) Hinter «Dieter Ramischs Lieblingsapfel» stand der sogenannte «Grüne Gräßliche» und unweit davon der Herzkirschenbaum mit den fast weißen Früchten, ein weiteres Wunder von Schmogrow, denn sein hohler Stamm hatte sich mit den Jahren so tief gebeugt, daß die Krone inzwischen den Boden berührte, trotzdem hatte er noch Blätter, wie ich bei jedem Besuch erleichtert feststellte. Alle Obstbäume waren von Frau Tatziets Mutter Helmtrud gepflanzt und beschnitten worden, sie hatte diese Kunst beherrscht, denn sie war eine Berlinerin «mit'm Hang für't Jrüne» und hatte kurz nach der Jahrhundertwende zunächst bei Karl Foerster in Potsdam-Bornim, dann in den Kaiserlichen Gewächshäusern in Sanssouci eine Ausbildung als Gärtnerin gemacht, die sie mit dem Meister abschloß und noch vor dem Ersten Weltkrieg ein Jahr in einer Baumschule gelernt, als einzige Frau unter Männern. Etwas von ihrer Kunst war den Bäumen vielleicht noch anzusehen, die zwar lange nicht mehr beschnitten worden waren («Wir schneiden Bäume und Gesichter ob der nordwindigen Kälte», hatte sie in einem Brief geschrieben), deren Äste über der kerzengeraden Unterlage und der dicken Wulst der Veredlungsstelle aber harmonisch wuchsen, so daß man früher sicher, wie es idealerweise möglich sein sollte, einen Hut hätte durchwerfen können. Es waren Hochstämme, das Gras, das um ihren Stamm wuchs, konnte gemäht und verfüttert werden, zur Obsternte wurden lange Holzleitern angelegt. (Herr Zickerick aus der Schinderkiete, einem Hohlweg, den wir «Kinderschiete» nannten und an dessen Hängen wir auf dem Hosenboden das Gras runtergerutscht sind, holte sich, ohne deswegen noch zu fragen, immer eine Leiter, die außen an der Schuppenwand hing, wenn er an den Bäumen oben in der Straße, die früher numeriert und verpachtet gewesen sind, Kirschen pflückte, was nach der Wende im Ort keiner mehr tat, es war ja weniger Aufwand, sie von Händlern aus Polen zu kaufen, die an Straßenkreuzungen ihre Verkaufsstände aufbauten.) Ich denke daran, wie ich in einem Sommer jeden Abend mit der Gießkanne, die den Pflanzen durch das Lochsieb listig einen Regenschauer vortäuscht, zwischen Tomatenpflanzen und «schiefem Wasserhahn» hin- und hergegangen bin (beim Einfüllen des Wassers hörte man am ansteigenden Glissando, wie voll die Kanne schon war), weil ich mir in den Kopf gesetzt hatte, so lange zu gießen, bis jede Pflanze in einer Wasserpfütze stand, die bei meiner Rückkehr noch nicht versickert war. («Wer viel gießt, muß auch viel gießen», hätte Frau Tatziet gesagt.) Die Kanne hatte einen angenehm in der Hand liegenden, schön geschwungenen Griff, man mußte sie nicht mit beiden Händen greifen wie die englischen Modelle mit Henkel und Quergriff zum Halten und Kippen, sondern konnte den Griff Stück für Stück durch die Hand gleiten lassen, bis die Kanne leer war. Die Berührung erinnerte mich immer daran, wie es sich anfühlte, die Stahlrohre unserer Klettergerüste, deren Lack von den Kinderfingern schon abgegriffen war, fest zu packen, wonach die Hände auf dem Heimweg vom Spielplatz nach

65

Metall rochen. Ich war damals gar nicht auf die Idee gekommen, daß man auch einen Schlauch am «schiefen Wasserhahn» hätte anbringen können, schließlich war hier schon immer «Gießkannenwirtschaft» betrieben worden, und ich vertraute der Tradition und machte mir keine Gedanken über Verbesserungen. Nach der Wende wäre es nicht mehr nötig gewesen, Zwiebeln, Kartoffeln oder Mais anzubauen oder gar Futterrüben, es gab kein Abgabesoll mehr und alles zu kaufen, aber Frau Tatziet gärtnerte weiter, vielleicht, weil sie sich als Hüterin des Gartens ihrer Mutter empfand, der mehr als einmal das Überleben der Familie gesichert hatte. (Ich regte sie damals an, Zucchini anzubauen, bis dahin ein unbekanntes Gemüse. Beim ersten Mal Schälen glitten uns die Früchte aus der Hand wie nasse Karpfen.) Als das Land noch vor dem Ende des Ersten Weltkriegs von einer Landgesellschaft gekauft worden war, die es sich zum Ziel gesetzt hatte, unrentable Staatsgüter mit Städtern aufzusiedeln, um der Landflucht und der «Überfremdung» durch slawische Saisonarbeiter entgegenzuwirken, von denen die Landwirtschaft zunehmend abhängig war, hatte Helmtrud, die von ihren Nichten und Neffen «Tante Trudchen» genannt wurde, Berechnungen angestellt, nach denen sie das Grundstück mit den Erträgen aus dem Gemüseanbau und der Ausbildung von Lehrlingen in fünfzig Jahren abbezahlt haben würde; auch ein Haus zu bauen, verpflichtete man sich, mit Unterstützung der Gesellschaft, die sogar den Umzug übernahm und im ersten Jahr den Boden bestellte. Einfach, gut und gediegen sollte alles werden. Kinder hatte sie noch nicht eingeplant, das Grundstück sollte ja «Heiratsersatz» sein, «in der

66

Zeit der Kriegs-Ersatzmittel». (Die Urbevölkerung nannte den neuen Ortsteil «Hypothekenviertel» oder «Känguruh-Siedlung: große Sprünge, und nichts im Beutel».) Auch, als sie dann doch eine Familie gegründet hatte, lebte man sparsam und möglichst von den eigenen Produkten, wenn die Kinder im Sommer Marmelade verlangten, hieß es: «Beobst euch im Garten!», denn die Marmelade war für den Winter vorgesehen. Man schuf Kreisläufe und verwertete alles, Lupine wurde als Gründünger untergegraben, die Tomaten rankten an krummen Ästen aus dem «Wäldchen», die Wolle vom Hinterteil der Schafe wurde eingeweicht und die Flüssigkeit als Lauge zum Düngen verwendet, die Erbsenbeete wurden mit alten Fischernetzen gegen Tauben geschützt, die Kinder kletterten in den Wipfel der Linde, um Blüten für Tee zu sammeln, Butter wurde mit gemahlenen Ringelblumen-blüten gefärbt («Arme-Leute-Safran»), sogar die Erdbeer-ranken wurden getrocknet und als Bindfaden verwendet. Ein Lehrling schrieb nach Hause: «Das Essen ist nicht sehr gut, sie essen Kompott mit Löffeln aus tiefen Tellern.» Im «Welt-krieg» hatte sich gezeigt, daß die Bevölkerung sich auch vege-tarisch ernähren konnte, der Wert des Bodens, dem man sich seit der Industrialisierung entfremdet hatte, war wiederent-deckt worden (ja, es gab Stimmen, die in «Schlingsucht» und im Festhalten an der Fleischkost Gründe für die Niederlage sahen, während die Nazis, die zwar für Vollkornbrot waren und für autarken Obst- und Gemüseanbau, weswegen sie das Errichten von Gewächshäusern förderten – man wollte schließlich einen Krieg gewinnen –, behaupteten, Fleisch-verzicht verleite zum Pazifismus, seltsamerweise nur nicht beim Führer.). Warum nicht Straßen, Wege, Parks, Friedhöfe mit Obstbäumen bepflanzen, dadurch auch für Schatten sorgen und in den Siedlungen wieder eine Gemeindeweide bereitstellen, wie es sie vor der Separation durch die preußische Regierung überall gegeben hatte? «Heute ist Montag, morgen ist schon Dienstag, die Woche halb rum und noch nichts geschafft ...», wurde Helmtrud zitiert, die jeden Besucher, der den Fehler machte, länger als eine Viertelstunde mit ihr plaudern zu wollen, zur Gartenarbeit eingeteilt hatte. Nach dem nächsten Krieg war vom bürgerlichen Haushalt des Berliner «Gropas» und der «Groma» nur noch eine Tischklingel übrig, die einst, als man es sich noch leisten konnte, zum Heranrufen des Personals gedient hatte, nun aber zum Hereinklingeln der Kinder bei der kümmerlichen Weihnachtsbescherung. (Kurz vor Kriegsende war man, als man endlich durfte, zu Fuß geflüchtet, ein Herr war nach einigen Kilometern noch einmal vom Treck umgekehrt, um sein Haus abzuschließen, er kam gerade rechtzeitig, um dabei zuzusehen, wie ein deutscher Panzer seine Kanone schwenkte und das Haus wegschoß, um freies Schußfeld zu schaffen. Anderen liefen noch eine Weile ihre Hunde hinterher, deren Skelette sie Jahre nach der Rückkehr finden würden. In den Gräben lagen entkräftete Flüchtlinge, denen niemand helfen konnte. Rechts und links der «Straße der Gehenkten» genannten Chaussee hingen an den Bäumen die Leichen aufgeknüpfter Soldaten, angeblicher Deserteure. Die meisten Flüchtlinge zogen los wie Hans im Glück, mit einem Ochsen oder Pferd vor dem Wagen, am Ende zogen sie den Wagen selbst. Eine Frau, die sich mit ihrem Kind dem Treck anschloß, war so verwirrt gewesen, daß sie nur einen Sack mit Bibeln gerettet hatte, den sie über der Schulter schleppte. Als irgendwo Kleidung verteilt wurde, rief sie ins Gewühl: «Das könnte meinem Guido passen!», was in der Familie ein geflügeltes Wort wurde. Eine andere Frau, die sich als Krankenschwester im Lazarett in einen Soldaten verliebt und ihn geheiratet hatte, zog den Mann, der beide Beine verloren hatte, auf einem Handwagen hinter sich her. Unterwegs spotteten die Leute über die eilig errichteten Panzersperren: «Wie lange brauchen die Russen, um die wegzuräumen? Eine Stunde und eine Minute. Eine Stunde lachen sie sich tot.») Als die Schwestern nach der Rückkehr von der Flucht sahen, daß der Garten noch einmal «rigolt» worden war, diesmal durch schanzende Soldaten, die Schützengräben ausgehoben und Bunker errichtet hatten (die Kellerwand war durchbrochen worden, um einen direkten Zugang zu den Laufgräben zu schaffen), und daß vom Abhang über den Acker zur Straße breite Panzerspuren führten, scherzten sie, sie hätten jetzt die «Autobahn» im Garten. (Der Boden des «Steppenhofen» genannten Grundstücks, auf dem es bis dahin nichts als ein Roggenfeld, in dem sich allerdings noch Rebhühner aufhielten, gegeben hatte, war einen Meter tief rigolt, also doppelt tief umgegraben und mit Mist verfüllt worden, die Muttererde wieder zuoberst, dabei hatte man das Grab einer rugischen Prinzessin entdeckt, mit einer eingeschmolzenen Glasperle aus der Eisenzeit, Herr Tatziet hätte es lieber gesehen, wenn es sofort wieder zugeschüttet worden wäre, denn er traute den Forschern nicht, unter der Erde war die Rugierin in seinen Augen besser aufgehoben gewesen. Auf dem Bücherregal des Vaters von Frau Tatziet stand dann immer eine Urne mit Grabbeigaben.) Den Kartoffel- und Maispflanzen war noch zu meiner Zeit anzusehen gewesen, daß sie auf der Panzerschneise, wo der Boden stark verdichtet war, schlechter wuchsen. Der Ort hatte monatelang in der Hauptkampflinie gelegen, auf vielen Gehöften hatte die Front dreißigmal gewechselt (am letzten Geburtstag des Führers gab es als «Führerüberraschung» für jeden Soldaten eine halbe Flasche Wein und einen Schokoladenriegel), Pioniere beider Seiten hatten Minengürtel gelegt, vor allem die Wälle der Schützengräben waren mehrfach vermint, manchmal lagen mehrere russische und deutsche Minen übereinander. Die Soldaten hatten jede Art Hausrat aus den Häusern geschleppt und versucht, ihre Bunker und Unterstände durch Lagen von Balken, Teppichen und Erde gegen Einschläge zu schützen, während man Geschütze mit Häkeldecken tarnte. Tante Lore deckte das Dach provisorisch mit Stroh, später mit selbstgeschnitzten Holzschindeln. Es erheiterte alle sehr, daß Hinthertürs Nachbar, Vater Quitz, sich von seinem Fluchtort aus im ersten Winter brieflich erkundigte, ob in seinem Haus die Wasserleitung eingefroren sei, fließendes Wasser gab es ja nur noch vor den Fenstern, die es allerdings nicht mehr gab, sein Haus hatte nicht einmal mehr ein Dach.

Dabei hatte alles so friedlich begonnen. Die Jahre zwischen den Kriegen waren eine Zeit gewesen, in der die Frauen selbstbestickte, «Eigenkleider» genannte Reformkleider und Blumenkränze im offenen Haar trugen und mit jungen Männern in Schnürstiefeln und Kniehosen aus Cord im Gras lagerten. (Kleidung mußte jetzt praktisch sein, man legte Wert auf wenige Knöpfe und Schnallen und stand im Wettbewerb, wer die größten Jackentaschen für Skizzenbücher und Liedersammlungen hatte.) Die Mädchen machten auf dem Hof barfuß Reigentänze, in Erwartung ihres Schicksals als Haus- und Ehefrau, für das sie sich auf «Pudding-» oder «Klopsakademie» genannten Hauswirtschaftsschulen vorbereiteten, wenn sie nicht wie Käthe Knortz, die seit ihrer Jugend eine bei ihr immer strenger wirkende, runde Nickelbrille trug, bereit waren, ihr Leben lang «Fräulein» zu bleiben, um in den Schuldienst eintreten zu dürfen. (Die Tänze hatten sie in der Stadt in dem von einem Bauhaus-Architekten entworfenen und wegen der fehlenden Prunkfassade von der Bevölkerung als «Trillerscheune» verspotteten Musikheim, in dem man «mit angenehmem Schwungempfinden in der Zwerchfellgegend um die Kurven bog», bei einem Musikpädagogen gelernt, der sich von fließenden Bewegungen des Oberkörpers, Gesangs- und Chorübungen und Laienspiel eine Reformierung der Gesellschaft versprach, da edle Bewegungen den Menschen veredelten.) Bei Frau Tatziets Hochzeit hatte der Polterabend damit begonnen, daß Männer und Frauen in zwei Polonaisen mit Gesang und Wiedergesang sich immer wieder begegnend durch den Garten schritten. Ganz leise schienen an diesem für alle so glücklichen Tag, es war der 19. Juli 1939, Kanonen zu donnern, aber man wollte es noch nicht wahrhaben, nur von manchen Männern wurden nach Tisch in einer Laubenrunde ernste Gespräche über Politik geführt, die meisten zogen es vor, baden zu gehen.

Auch mit den ersten Fotoapparaten waren schon Schafe und Babys fotografiert worden, worüber Herr Tatziet spottete, wenn nach dem Sommer mit der Post die Urlaubsfotos eintrafen. Schafe, Sonnenblumen und nackte Kinder sahen allerdings genauso aus wie zu meiner Zeit, nur die Erwachsenen und ihre Kleidung und Artefakte hatten sich verändert. Auf den alten Aufnahmen wirkten sie manchmal so, als würden sie sich selbst spielen und für die Ewigkeit Haltung annehmen. Wie auf dem Foto aus dem bürgerlichen Elternhaus von Helmtrud, im Hintergrund ein Klavier, das auch als Bord für Familienfotos dient, an der Wand ein Barometer, daneben das Bild eines fernen Vorfahren, der noch Perücke getragen hatte, Mann und Frau einander innig zugewandt, von ihren Schalen mit Äpfeln und Weintrauben hochhaltenden Kindern anmutig bedrängt (in Wirklichkeit soll die Gattin zur Entstehungszeit des Bildes schon verstorben gewesen und vom trauernden Gatten hineinretuschiert worden sein). Vier Schwestern, jede eine Handarbeit im Schoß, hören der Mutter zu, die aus einem Buch vorliest, Tante Hulda schaut ihr neugierig über die Schulter, weil sie wissen will, wie es weitergeht. Wenigstens zwei Generationen von Vätern, Söhnen und Gatten waren in Kriegen weggeschossen worden oder früh an Männerkrankheiten verstorben. Die Witwen kämpften darum, den Status wenigstens nach außen aufrechtzuerhalten, und hofften darauf, ihre musikalisch so gut ausgebildeten Töchter in einer Ehe in Sicherheit bringen zu können. Wenige Jahre später hatte Helmtrud Sonntagskleid und Korsett abgelegt, die Haare trug sie inzwischen, wie es praktischer war, kurz, im Nacken sogar noch kürzer, von einer Haarspange wurden sie bei der Arbeit aus dem Gesicht gehalten, so stand sie selbstbewußt und zufrieden lächelnd, die

Arme verschränkt, in einem Reformkleid als ausgebildete Gärtnerin vor ihrem neuen Haus, dem Ort, wo sie danach streben wollte, Arbeit und Leben in einem Begriff zu verschmelzen: «Lebensarbeit». Amadeus Knoll, ein vom Wandervogel befreundeter Maler, hatte ihr in eine Ofentür das Bibelwort eingeätzt: «So sah ich denn, daß nichts Bessers ist, als daß der Mensch fröhlich sei in seiner Arbeit, denn das ist sein Teil.» Je mehr man allerdings über die politische Einstellung der Menschen auf den Fotos wußte, um so schwerer hatte es die «schönende und schonende Erinnerung». Warum trug Helmtruds Bruder, Onkel Widukind Worms, genannt «Witz», der lebenslange Wandervogel, dem die Quargs, weil er nach zwei wiederholten Schuljahren – er feierte zwar in Deutsch Triumphe, versagte aber in Griechisch und Mathematik – vor dem Abitur von der Schule gegangen war, Nachhilfeunterricht gegeben hatten, damit er nach einer Feinmechaniker-Lehre und einem freiwilligen Militärjahr mit fünfundzwanzig Jahren doch noch die höhere Reife nachholen konnte, im Zweiten Weltkrieg Breeches und einen Zierdegen und schaute finster? War es die Sorge um das Schicksal der arischen Rasse? Als Schuldirektor setzte er sich dafür ein, daß sich nicht nur die Lehrer ihre Schüler, sondern auch die Schüler ihre Lehrer aussuchen könnten und daß jeder den Beruf fand, zu dem er geboren war, denn jeder Mensch könne auf *seine* Weise zu *seinem* Künstlertum geleitet werden, was zum Beispiel durch freie Beschäftigungsstunden, Verzicht auf Zensuren und Hausaufgaben, Erziehung statt Dressur, Abschaffung der Rangordnung von Begabung und Berufen, die Möglichkeit, ohne Schande umzusatteln, Aufwertung handwerklicher Arbeit erreicht werden könne. Als Wandervogel war es ihm aber «instinktiv» nicht möglich gewesen, das Erlebnis der Fahrten mit Juden zu teilen, diesen heimlichen Zernagern des Deutschtums (abgesehen von ihrer angeblichen sexuellen Frühreife), die wie Schlinggewächse seien, die sich an die deutschen Stämme rankten und mit ihrem Blattwerk vortäuschten, das Grüne an u n s e r e m Baum zu sein, vor denen sich der Deutsche, der mit seinem überempfänglichen, weltumfassenden Herzen so gern Fremdkulturelles in sich aufnehme, besonders hüten müsse, und die keine Beziehung zur deutschen Landschaft und Dichtung haben konnten, und noch weniger zu germanischen Sonnenwendfeiern. (Immerhin hatte er die Größe, seine Volkssturmeinheit von ihrem sinnlosen Auftrag, in den letzten Kriegstagen eine Brücke, zu der man sich unter Tieffliegerbeschuß durch flüchtende Wehrmachtstruppen vorkämpfen mußte, gegen die Panzer der Amerikaner zu verteidigen, nach Hause zu schicken, während er selbst die Stellung hielt, da er sich, wie Zeugen berichteten, sonst vor sich selbst geschämt hätte: «Treu leben, todtrotzend kämpfen, lachend sterben!» schrieb er zuletzt an seine Frau. Seine Tochter fand, als sie zwei Tage später mit dem Fahrrad die Stelle erreichte, nur ein frisches Grab vor.)

Die Regenrinne des Hauses versorgte einen Teich mit Wasser, der etwas vertieft, ringsherum mit einer Liegeböschung, hinter einer dichten Hainbuchenhecke lag und sogar einen kleinen Springbrunnen hatte. Im Winter liefen die Kinder mit Gleitschuhen auf dem Eis. (Der Bau des Teichs war eine Arbeitsbeschaffung für Arno Quade, den Schwiegersohn von

Amadeus Knoll, gewesen, einem jungen Architekten, der zeitweise mit den Kommunisten sympathisiert hatte – «Edel-Kommunist» nannte ihn Frau Tatziet – und der '33 vor den Verfolgungen eine Weile als Angestellter von Helmtrud untergetaucht war.) Hier hatte man früher «im Lichtkleid» «gemensendieckt» nach der Methode einer Amerikanerin, die mit ihren Büchern Frauen zu einer besseren Körperhaltung verhelfen wollte. (Die gymnastischen Übungen waren bis dahin noch der Arbeitswelt entlehnt gewesen: «Sägebewegung», «Axthauen», «Schnitterbewegung», «Handreiben», «Niederlassen».) Die Brausemulde für die Kinder war flach, damit sich das Wasser in ihr schneller erwärmen konnte. Außen an der Hauslaube befand sich ein Vogelbrunnen, der auch zum Schöpfen von Gießwasser diente. Auf dem Dachfirst war ein Gerüst für ein Storchennest angebracht. Das Fenster zum Kohlenkeller, durch das die angelieferten Kohlen geschüttet wurden, befand sich neben der Haustür, wo es keine Rabatten gab, die die für ihre Rücksichtslosigkeit bekannten Kohlenträger hätten beschädigen können. Im Keller waren lange Holzstiegen für die geernteten Äpfel aufgebaut (die man im Winter wenigstens einmal in der Woche auf faule Stellen kontrollieren kam, wobei man sich in den alten Zeitungen festlas, auf denen die Äpfel lagen), in einem mit feuchtem Sand gefüllten Zink-Bottich lagerten Möhren, Sauerkraut fermentierte in speziellen Töpfen mit Wasserrand, ab und zu, in nicht vorhersagbaren Abständen, machte die entweichende Luft helle, glucksende Laute, die so komisch klangen, daß die Kinder Spaß daran hatten, sich hier aufzuhalten, um auf das nächste Glucksen zu warten (es

genügte Frau Tatziet und ihren Geschwistern zur Belustigung aber auch schon, die komischen Grimassen anzusehen,
die Onkel «Witz» auf dem Hof beim Rasieren schnitt). Die
mit Glas abgedeckten Frühbeete befanden sich nah am Haus,
Weinreben wuchsen an der Südfassade, sie trugen allerdings
später nur, wenn Tante Lore sie beschnitten hatte, eßbare
Trauben (im Konsum eine Rarität). Tante Lore hatte als Kind
ihre Mutter zu den vielen Gärtnereien im Ort begleitet und
dort Gewächshausluft geschnuppert, der Duft von Alpenveilchen hatte sie so beglückt, daß sie eine Gärtnerlehre bei
Danzig gemacht hatte, die sie erst für die Flucht, auf der sie
sich polnischen Hilfsarbeitern anschloß, unterbrach. (Zweimal in der Woche war es dort ihre Aufgabe gewesen, dem
Gauleiter frische Blumen in die Vase zu stellen. Ihr Vorgän-
gerlehrling hatte ihr eingeschärft, daß diese Tätigkeit *nicht
unter drei Stunden* dauere, was ihr die Zeit verschaffte, sich
die Stadt anzusehen.) Man verehrte Karl Foerster, dessen
Bücher man aufmerksam las, «Ein Leben ohne Phlox ist ein
Irrtum», zitierte ihn Frau Tatziet. Das Zentrum des Gartens
bildete der «Kompositorium» genannte Komposthaufen, zu
dem alle Wege führten, man ging gern dorthin, es war immer
ein Spaziergang ins Herz der Natur, hier landete alles, was
selbst die Hühner verschmähten (einschließlich einer Boccia-
Kugel und einer verrosteten Handgranate, die einmal beim
Sieben des Komposts gefunden worden waren). Unter dem
geheimnisvollen Beistand von allerhand Kleinlebewesen
wurde hier aus Küchen- und Gartenabfällen wertvolle Nah-
rung für die verschiedenen Kulturen. Auf den drei Feldern
wurden in Fruchtfolge Kartoffeln, Mais, Sonnenblumen,

Bohnen oder «Wruken» genannte Rüben angebaut. Manche Gäste schätzten besonders den Spargel, sie spekulierten bei Überraschungsbesuchen, die sie wie zufällig in der Spargelzeit herführten, darauf, zum Mittagessen etwas von diesem etwas anrüchigen Gemüse vorgesetzt zu bekommen. (Frau Tatziet sagte: «Zum Spargelstechen braucht man junge Augen» und schickte uns Kinder morgens mit Spankörben zu den aufgehäufelten Reihen, Ausschau nach den violetten Spitzen zu halten, die die Krume keck durchstießen und mit einem langen, scharf geschliffenen Buttermesser tief, aber nicht zu tief den Spargel zu schneiden. Später im Jahr würde hier ein Wald zartgrüner Spargelbäumchen mit giftigen Früchten wachsen.) Mit Spargelsendungen konnte man sich immerhin auch für die wichtigen Westpakete bedanken, Tante Lore schrieb dann: «Danke für den Spargel, aber vor allem für die Zeitung, in die er eingewickelt war. Alles gelesen.»

Ich entdecke eine neu eingerichtete Feuerstelle, neben der trockene Brombeerranken aufgehäuft sind, deren Dornen nicht stark genug gewesen sind, das Haus zu schützen, Stapel mit Holzresten, aus denen ich selbstgeschreinerte Wabenrähmchen und Rinnen ziehe, die noch an rostigen Nägeln zusammenhängen, Schaufeln von Windrädern, mit der Laubsäge aus Sperrholz geschnittene Zahnräder, Überbleibsel eines von Herrn Tatziets zahlreichen Versuchen, ein Perpetuum mobile zu bauen. Mit jedem Frühjahr, so war es bei vielen Männern, die dieser Idee verfallen waren, kam die Lust, sich damit zu beschäftigen, bei ihm von neuem auf. Er war der Meinung, so eine Maschine würde jedem Menschen die Muße geben, ein Künstler zu sein, wie in jenem besseren

Land, «wo ewig ungetrübt die Liebe quillt / und wo das Lied als einz'ge Sprache gilt». Vielleicht war seine Beharrlichkeit der Erfahrung von Hunger, Inflation und Krieg geschuldet, vielleicht hatte er aber auch in Wirklichkeit nie an ein Perpetuum mobile geglaubt und nur die gemeinsame Arbeit daran interessant und lehrreich für seine jungen Besucher gefunden. Sein Hang zum Esoterischen, sein Interesse für undokumentierte Naturphänomene wie Kugelblitze und Wasseradern, aber auch seine Kenntnis der lateinischen und vor allem der griechischen Sprache («ἄνδρα μοι ἔννεπε, Μοῦσα...», rezitierte er, am Ende ja wie Homer selbst fast blind, immer noch, ohne zu stocken), die Tatsache, daß er mit seinem Mikroskop Bakterien sehen konnte (die doch eigentlich unsichtbar waren!), rückte ihn für uns in die Nähe einer alchemistischen Weisheit – und hatte er mir nicht einmal vom «Phlogiston» erzählt, der spekulativen Substanz des Feuers, mit derselben Wortwurzel wie mein geliebter Phlox? –, die man faszinierend fand, denn er schien einen Zugang zu einer inzwischen verschütteten, älteren als der uns bekannten Vernunft zu haben. Dabei haben nicht einmal die quietschenden Blechwindmühlen, die in der Sonne blinken und Rehe aus dem Grünkohl verscheuchen sollten, funktioniert, es fanden sich trotzdem abgebissene Blätter, und morgens beim Frühstück auf der Hauslaube konnten die Tatziets den Rehen beim Frühstücken von Brombeerblättern zusehen.

Das «Wäldchen» greift mit Efeu und Gebüsch auf den Garten über, der Boden ist hier von Kerbel bedeckt, den die Mädchen sich, wenn sie «Pferd» spielten, als Futter pflückten und verspeisten, hoch oben in einem Baum pocht aufgeregt ein Specht, «behaglich treibt ein Schmetterling», ein Kirschbaum, der schon in meiner Kindheit abgestorben gewesen war, steht inzwischen halb im Unterholz und will sich immer noch nicht zur Ruhe legen und verwittern. Hier hinten sollen ein Grillplatz und ein überdachter «Carport» für die Biker geplant sein. Unter Ranken und Gesträuch entdecke ich den «Indianer», eine Figur, die mein Vater einmal in den Stamm eines toten Apfelbaums geschnitzt hat, und über den sich Opa Harnusch immer gefreut hat (Herr Tatziet fürchtete jetzt allerdings auch noch Kunsträuber), wenn er für seinen Rundgang die Abkürzung über den Hang nahm, um Frau Tatziet zu besuchen und mit seinen Lebensweisheiten zu unterhalten. Ich bemerke an mir eine mir neue Scheu, aus Versehen ein Spinnennetz zu zerreißen oder einen Schmetterling aufzuscheuchen, wie komme ich dazu, die Arbeit eines Lebewesens zu zerstören oder es von seinem Ruheplatz zu vertreiben? Dann ändere ich eben meine Pläne und suche mir für den Moment eine andere Beschäftigung. (Herr Tatziet, der seinen Gästen immer den Gefallen tat, sich über ihre kleineren und größeren Leistungen zu freuen, war sehr erfindungsreich darin, sie davon abzubringen, ihren vor allem zum Beginn ihres Aufenthalts auflodernden Tatendrang allzu hemmungslos auszuleben und zum Beispiel tote Äste abzusägen, den ewig wackelnden, runden Tisch reparieren zu wollen oder Wände zu streichen, nach dem Motto: «Wer sich im Urlaub erholt, ist selbst schuld.» Vielleicht war der tote Ast ja der Lieblingsplatz eines Vogels, gab Herr Tatziet zu bedenken? Womöglich einer Nachtigall? Oder eines Sprossers?) Von der anderen Seite des Rundwegs kommt mir Klara entgegen, die die zweite Kette hinter sich herzieht. Es gibt viele Paare, die sich in Schmogrow gefunden haben, aber mir ist keins bekannt, das sich hier getrennt hätte. Sogar meine Eltern haben sich in Schmogrow nie gestritten, das hätte so wenig hierhergepaßt, wie fernzusehen oder beim Essen über unerfreuliche Themen zu debattieren, das Haus hat unsere Familie zusammengehalten, die Sehnsucht danach hat uns verbunden. Daß man hier eher die schönen Seiten des Lebens betonte, hielt ich in meiner Jugend für Oberflächlichkeit, dabei war es dem Umstand geschuldet, daß man von den schrecklichen mehr als genug kennengelernt hatte. Ich löse schnell die hinter meinem Rücken gefalteten Hände, weil Klara einmal moniert hat, daß ich in dieser Haltung wie ein alter Mann aussähe, und stecke sie in meine Hosentaschen. Ich bemühe mich auch, in ihrem Beisein Treppen elastisch und mit Schwung zu nehmen und beim Aufstehen nicht zu ächzen, «old people's noises» sind nur beim Yoga gestattet und dort sogar erwünscht. Klara selbst klingt für meine Ohren, wenn sie abends im Nebenzimmer ihre Übungen macht, schon fast ein wenig aufreizend entspannt, was bei mir immer ferne Erinnerungen an schöne Momente mit ihr weckt. Im Gesicht sieht Klara durch die von ihren Tränen zerlaufene Wimperntusche wie ein Footballspieler mit Kampfbemalung aus. Wir nehmen uns in den Arm und begraben unseren Streit für immer, wie schon so oft.

3. DR. OETKER

Beim Wühlen in einer Küchen«schubslade» habe ich die alte Gummikelle von Dr. Oetker entdeckt, die aussieht wie ein großes Eis am Stiel, beim Ablecken mußte ich mich immer zurückhalten, nicht von Gier übermannt das Muster meiner Zahnreihen in das betörend elastische Material zu prägen, aber auch ohne mein Zutun hat sich fast die Hälfte des weißen Gummistücks mit den Jahren abgenutzt und wurde unbemerkt mitverspeist. Ich dachte mir immer, daß einer der Gründe dafür, daß das Essen in Schmogrow so gut schmeckte und daß es nie gelang, die mitgebrachten Rezepte zu Hause zufriedenstellend nachzukochen, gewisse unsichtbare Rückstände an Geschirr, Töpfen und Besteck und vielleicht auch an den Fingern der Köchin waren, die den Geschmack beeinflußten («auf der feinstofflichen Ebene», wie Klara sagen würde). So dachte ich auch, daß von diesem Haus, in dessen Architektur und Einrichtung es keine Dissonanzen gab, eine Heilwirkung ausging, selbst der Geruch der Kohlen im Keller schien mir unverfälschter als in der Stadt, auf eine rauhe Art geradezu wohltuend, ganz anders als in den feuchten Rattenkellern meines Bezirks, manchmal war ich versucht gewesen, zum Vollzug einer Unio mystica von der Erde im Garten zu kosten. Die Gummikelle war unverzichtbar, denn weil man im Leben erfahren hatte, was Hunger bedeutete, wurden jeder Topf und jede Schale sorgfältig ausgekratzt. Mein Vater konnte nicht vergessen, wie sein hungriger Großvater, ein pensionierter Dorfpfarrer, in der Küche seiner Tochter, bei der er nach dem Krieg untergekommen war, heimlich mit dem langen, knochigen Zeigefinger durch einen leeren Suppentopf gestrichen war und ihn anschließend abgeleckt hatte, mit Dr. Oetkers Gummikelle wäre das Bild vielleicht weniger verstörend gewesen. Ich vertraute den Produkten dieses Arztes, der die Menschen statt mit Medizin mit selbsterfundenen Lebensmitteln behandelte, auch wenn ich es auffällig fand, daß in Dr. Oetkers Schulkochbuch und in den auf der Rückseite der Dr.-Oetker-Puddingpulvertüten abgedruckten Rezepten immer wie zufällig Zutaten von Dr. Oetker empfohlen wurden, auf so etwas würde ich im Westen nicht reinfallen (wo die Ausbeuter sich so sicher fühlten, daß man seine Absichten gar nicht verhehlte, sondern eine Bank «Commerzbank» nannte!). Hinter einer Schrankschiebetür ist ein Stapel Kochbücher verstaut, am ältesten ist das schön gebundene Buch zum Selbstausfüllen, das Helmtrud zu ihrer Einsegnung bekommen und in das sie ihr Leben lang Rezepte geschrieben hat. Als Widmung steht darin in Sütterlin: «*Schaffn, wein du, wennn du ist, wünnschen weißt, ynbraist zu haben!*» Aus dem Buch fallen von Fettflecken fast durchsichtig gewordene Zettel heraus, auf denen mit Kopierstift Kuchenrezepte notiert sind, mit Angaben, von wem das Rezept stammte, zu welcher Gelegenheit der Kuchen paßte («Nußbrot. Reicht von den Konfirmationen bis über Pfingsten», «Makronentorte. Für besondere Gäste», «Schweineohren. Ein Ohrenschmaus»), wessen Lieblingskuchen es war, und nützlichen Hinweisen, wie: «Kruse Brunen. Vorsicht, geht schnell!» In den Schubladen liegen rote Gummipfropfen für Saft- und Sirupflaschen, ein Messerschärfer, der Eierschneider, auf dem man Harfe spielen konnte, das Tee-Ei mit zwei langen Griffen, die durch Verschieben eines kleinen Rings gegeneinandergepreßt werden, so daß das Ei fest geschlossen bleibt wie eine Muschel, das Wiegemesser für Schnittlauch und Kräuter, das Rädchen, das man wie eine Schubkarre über den flachgewalzten Teig wandern läßt, um geriffelte Segmente davon abzutrennen, was mich an das in einem Etui verwahrte Präzisionsgerät aus dem Schreibtisch meines Vaters erinnerte, das ebenfalls über ein Rädchen verfügte, mit dem man auf Landkarten Straßen und Wege abfahren konnte, um eine Strecke zu vermessen und ihre Länge dem Maßstab entsprechend anzeigen zu lassen (anschließend drückte man wie bei einem Kugelschreiber – Ricarda: «Kokelschreiber» – einen Knopf im Griff, um den Zeiger wieder auf «0» zu stellen), die «Flotte Lotte» zum Durchdrehen von Apfelmus, die in einen Korken gesteckte Haarnadel zum Entsteinen von Kirschen – eine Arbeit, nach der man blutverschmiert wie ein Kannibale aussah –, besonders faszinierten mich aber Geräte, deren Funktion ich mir nicht erklären konnte. Mißmutig betrachte ich eine offenbar später nachgekaufte Gummikelle mit Plastikgriff und rotem Gummistück, das dünner ist und nicht weich genug, um damit über Rundungen zu gleiten, und in das ich nie beißen würde. Wenn Klara den Tisch deckt (Ricarda: «In China ißt man mit Fischstäbchen»), tausche ich immer heimlich Geschirr- oder Besteckteile, die für mich nicht nach Schmogrow gehören, gegen die vertrauten von früher aus. Klara nennt meine kuratorische Sorge, mein türsteherhaftes Selektionsbedürfnis, mein unbarmherziges Urteil über alles, was sich irgendwann hier eingeschlichen hat und für mich nicht hierhergehört, meinen «Schmogrow-Faschismus». Ich würde mir einbilden, ich sei der letzte, der die Welt noch so erlebt habe, wie sie eigentlich sein müßte, und der das noch dazu als einziger beurteilen könne, weil alle anderen dafür blind seien. Ich war sogar erschüttert, wenn Gäste mit besten Absichten ein Zimmer von der Tapete bis zu den Zierleisten originalgetreu renovierten, und schlief dann weniger gern dort, weil ich mich verstoßen fühlte, da mir die vertrauten, von meiner Phantasie im Halbschlaf aus Flecken, Rissen und Schatten staubiger Spinnweben gebildeten Figuren an der Wand fehlten. Mache ich mich selbst zum Maßstab und erliege dem gleichen Irrtum wie Geschmacksspießer vergangener Epochen, die gegen Elvis Presley, Comic-Hefte, Verse von Klopstock, die Sesamstraße, Schreibfedern aus Metall oder ungeschnürte Frauenkörper wetterten? (Sogar die Terrazzo-Technik wurde, als sie sich in Deutschland verbreitete, von Kritikern als «Spülstein- und Ausgußkultur» bezeichnet.) Aber gilt das Toleranzgebot auch für den materialfalschen, die Sinnesorgane quälenden, das Herz beschwerenden und die Umwelt zerstörenden Nippes unserer Zeit? Wie kommt es, daß das Haus, obwohl es ein für die ganze Siedlung entwickelter Typ war, schön ist, während man das von keinem der aus Fertigteilen mit Druckluftpistolen zusammengeschossenen Häuser mehr sagen könnte, die hier in den letzten Jahrzehnten entstanden sind, die nach einem Hochwasser unbrauchbar wären, deren Quietschpappendämmung eines Tages niemand entsorgen können wird, und die man, wenn es keine ökologische Sünde wäre, eigentlich sofort wieder abreißen müßte? (Ricarda: «Die Leute in den Häusern sind auch draußen, die haben nur ein Haus drumgebaut.») Warum wollen die Menschen in Plastiktüten leben? Es muß mir gelingen, meinen Schönheitsbegriff von jedem Vorurteil zu befreien und überzeugend zu belegen, daß Schönheit Wunden heilen kann, ihr Gegenteil uns aber daran hindert, Menschen zu sein. Die künstlich geschaffene Gebirgslandschaft einer wilden Müllkippe kann sie aufweisen, weil hier Zufall und nicht Planung gewirkt hat, das Betonskelett eines Parkhauses am Rand einer Wüstenstadt, der Schatten eines abgerissenen Treppenhauses auf einer Brandmauer, der helle Klangschalenton eines konkaven Türknaufs, wenn man selbstvergessen daran schnipst, die verrenkten Finger eines einzelnen Handschuhs, den jemand auf der Straße verloren hat, die Farbspritzer auf dem Rasen vom Streichen des Gartenzauns. Für mich waren Herrn Tatziets Bastelarbeiten schön, gerade weil seine Apparate, Fluggeräte, Boote und Waffen, an denen er in den Ferien mit seinen Schülern auf dem Hof arbeitete, am Ende nie funktionierten. Der Sohn vom Automechaniker störte die Tatziets manchmal in der Mittagspause: «Bei uns schlafen alle. Ich will nur mal kucken, ob Herr Tatziet eine neue Erfindung gemacht hat.» Er wirkte beim Basteln ernst und konzentriert wie ein Chirurg, und man fragte sich immer, zu was er erst mit zwei Händen fähig wäre, wenn er schon mit einer geschickter als die meisten seiner Helfer war. Was er anrührte, erhielt durch ihn die Poesie des Provisorischen, denn schön ist die über Jahre bewährte Zwischenlösung. Junge Bäume wurden mit ausgedienten Autogurten angebunden, die weniger scheuerten als Jute, als Pflanzhölzer dienten abgebrochene Gerätestiele, Saatkrähen vertrieb Herr Tatziet mit goldenen Westkaffee-Verpackungen, die in der Sonne blinkten, Melonen wurden in alten Strumpfhosen auf-

gehängt, aus Pfeifensträuchern schnitzte er Querflöten, Klo-
papierpapprollen wurden über die Porreepflänzchen gestülpt, damit sie gerader wuchsen, die handgeschmiedeten
Riegel, die den «Durchgang» versperrten, ließen sich von
innen mit einem kleinen Wäscheleinen-Seilzug öffnen, und
drei alte, mit Stroh gefüllte Kloschüsseln dienten, an die
Wand geschraubt, im Hühnerstall als Legenester. Herr Tatziet hat nie aufgehört, von einer Erfindung zu träumen, die
ihn von allen Geldsorgen befreien würde, auch wenn Geld,
so wenig, wie die Tatziets kauften, und so großzügig, wie sie
waren, in ihren Gedanken keine besondere Rolle zu spielen
schien. Flaschenöffner, Einweckgummi, Büroklammer, Reiß-
verschluß gab es schon, aber eine Kartoffelschälmaschine?
Ziegel aus Papierresten? Ein Computer, der den Menschen
das Fernsehen abnahm (wenn es schon welche gab, die
Schach spielten)? Ein Auto, dessen Karosserie mit einem
luftgefüllten Gummistoßdämpfer umgürtet war, so daß die
Insassen Unfälle unverletzt überstanden? Eine mechanische
Brieftaube? Schallplatten, deren Kratzer von allein heilten?
Ein Haus, das sich mit der Sonne drehte? Ein System von
Aquädukten, um den Garten zu bewässern? Kaminklappen,
die man über eine Schreibmaschine steuern könnte, um aus
dem Schornstein Rauchzeichen-Texte steigen zu lassen? Eine
Schubkarre mit Segelantrieb? Wasserschuhe? (Für diese hatte
er schon zahlreiche Konstruktionsskizzen angefertigt, er
träumte davon, mit seiner Frau Wasserschuh-Wanderungen
auf dem Fluß zu unternehmen.) Sollten nicht alle Häuser be-
grünte Dachterrassen haben, damit der Blick von Fluggästen
auf Landschaften ruhen konnte, unter denen sich unsicht-

bare Städte verbargen? Und wenn es im Garten transportable Hecken und Beete gäbe? Oder schwimmende Pflanzungen in Teichen wie bei den Azteken? Die größte aller Erfindungen, das Perpetuum mobile, würde helfen, die Sahara zu bewässern, den Mond urbar zu machen, Kriege wären überflüssig, Reisen so einfach, daß es keine Ländergrenzen mehr gäbe, Kohle wäre wertlos, stumpfsinnige Arbeit abgeschafft. Aber wenn so ein Gerät in die Hände der Falschen geriete? Oder wenn die Falschen es vor ihm erfanden? Das machte Herrn Tatziet jetzt schon Sorge. Damit, wenn die Idee einmal da war, das Baumaterial nicht fehlte, wurde alles gehortet («Materialreserven erschließen», spottete Frau Tatziet). Als die Dorfschule ausgeräumt wurde, weil sie in ein neues Gebäude zog, waren die beiden sogar mit der gerade angeschafften, rechteckigen «Gummikarre», die vielleicht so genannt wurde, weil Schubkarren vor dem Krieg noch unbereifte Eisenräder gehabt hatten, hingepilgert, um Zeichenmaterialien zu retten und sie zu Hause einzulagern. (Vor dem alten Schulgebäude war in der Nazizeit eine Hakenkreuz-Blumenrabatte gepflanzt gewesen, in einem Nachbarort war die Schule sogar um einen Raum nach dem Muster von Hitlers Arbeitsstube auf dem ‹Berghof› erweitert worden. Zum 1. Mai 1945 wurde die Rabatte in Schmogrow durch fünfzackige Sterne aus Stiefmütterchen ersetzt, und später hing hier eine Losung: «KAMPF GEGEN REMILITARISIERUNG – PFLICHT JEDES DEUTSCHEN!») Herr Tatziet zog tiefen Trost aus seinen technischen Tagträumereien. Als er in der letzten Kriegswoche in der Nähe von Mariahilf angeschossen zwei Tage in einem Schützenloch gesteckt hatte, bis ihm eine beherzte jüdische Militärärztin der Roten Armee namens «Katzenellenbogen» das Leben rettete, indem sie seinen linken Arm amputierte, plante er Monate später im ersten Brief aus dem Lazarett an seine Frau (in dem er sich vergnügt als «Venus von Milo» bezeichnete) die Konstruktion eines «mit Electricität und Preßluft» ausgestatteten künstlichen Arms, der mit den Füßen zu steuern wäre, und motorisierte Gartengeräte, die er einhändig würde bedienen können («Nahm die Kugel dir ein Bein / greife rüstig nach der Krücke!»). Eine «Skizze» davon war die in einen Jackenärmel gestopfte, mit einem «Ellbogengelenk» versehene Papierrolle, die er über einen unsichtbar durch die Jacke geführten Seilzug mit seiner in der Hosentasche steckenden gesunden Hand heben und senken konnte, zur Belustigung der anderen Invaliden im Lazarett. Er hatte sich aus der Gefangenschaft in den Westen entlassen lassen, in die Nähe der Familie des Schwiegervaters, er hoffte, dort auch seine Frau oder andere Verwandte anzutreffen, von denen er seit Monaten nichts mehr gehört hatte. Er blieb bis zum letzten Tag in seinem Doppelstockbett, das er «Himmelbett» nannte, und auch noch, als das Lazarett in eine Heilanstalt umgewandelt und aus den Soldaten Patienten geworden waren. Er hatte es nicht eilig, in die zerstörte und von den Russen besetzte Heimat, wo er, wie er fürchtete, nur zur Last fallen würde, zurückzukehren. Es war noch gar nicht klar, wo er leben würde, der Westen lockte mit dem Beamtenstatus, aber: «Lieber in Holzpantinen zu Hause als Beamter im Westen!» Ob er inzwischen wußte, was Frau Tatziet, sein «Weibchen», an das er sich in seinen Briefen immer noch wie an ein kleines Mädchen richtete, erlebt hatte? Welchen Beruf konnte er mit einem Arm ausüben? Sollte er imkern? Schafe hüten? Lehrer in Berlin werden? Aber war er dafür «unbelastet» genug? Erst einmal mußte die nässende Wunde endlich ausheilen (und eine Gelbsucht überstanden sein). «Kleinsport» mußte er treiben, damit das Schultergelenk beweglich blieb. (Die Entlassung erfolgte «nach Beschaffung eines Schmuckarmes, der aktiv jedoch nicht bewegt werden kann».) Durch seine Versehrtheit sah er sich gezwungen, seinen Beitrag als Ernährer der Familie – eine Rolle, die er als Mann selbstverständlich ausfüllen zu müssen meinte – eher durch das Wirken der Phantasie zu leisten als durch körperliche Tätigkeit, er litt darunter, wenn seine Frau Freunde des Hauses um Hilfsleistungen bitten mußte und die Helfer nicht einmal Geld annehmen wollten. («Bei Nachbarn kommt man gleich und nimmt kein Geld», sagte Danilo Fiddeke, Frau Fiddekes jüngerer Sohn, wenn er bei Tatziets etwas an der Elektrik reparierte. Vieles erledigte Frau Tatziet aber auch selbst: «Man kann nur etwas nicht, solange jemand da ist, der es für einen macht.») Herr Tatziet stellte sich vor, in Zukunft Holzspielzeug herzustellen, und zeichnete fleißig Vorlagen für mit der Laubsäge zu bastelnde Figuren, die Tante Hulda in dem Kinderheim, in dem sie arbeitete, ausprobieren lassen sollte (dabei schlug er sich schon mit dem Problem herum, daß Reiterfiguren O-Beine brauchen, um auf Pferderücken zu passen, das bei Playmobil viel später gelöst wurde, indem man die Pferderücken mit Kerben versah), er wollte auf Jahrmärkten Porträtsilhouetten schneiden oder als Briefträger arbeiten, sich eine Werkstatt einrichten, um praktische Haushaltsma-

schinen, wie eine «Geschirrabwaschbufette mit Fließband-
betrieb», herzustellen. Während andere Lehrer nach einer
«Schnellbleiche» im neuen Staat wieder eingesetzt wurden,
mußte er sich noch gedulden. Nach der Rückkehr schaffte er
zunächst Seidenraupen an, und Ferienkinder gingen täglich
auf die Suche nach Maulbeerblättern, die im Ort reichlich
wuchsen, da schon im Krieg Seidenraupen für Fallschirm-
seide gezüchtet worden waren. Schüler aller Zeiten waren
diesen gefräßigen Tieren dankbar, für die Futtersuche vom
Unterricht freigestellt zu werden. Auf dem Dachboden hörte
man das Knuspern tausender Raupen, die immer wieder aus
den von Herrn Tatziet aus Stuhlruinen, Holzresten und
Apfelborden für sie angefertigten Rahmen ausbüxten. Die
eingetauschte Seide reichte für das Hochzeitskleid von Tante
Lore, die, um die Erlaubnis dafür zu bekommen, ihrem Bräutigam in den Westen zu folgen, noch ein Jahr in der DDR
arbeiten gehen mußte und sich auf Stellungen in Brandenburg «den Scheuersand um die Nase wehen ließ». Sie hatte
für den Rest ihres Lebens beim Fernseh-Wetterbericht immer
Schmogrow im Auge, so, wie ich an Schmogrow denken
mußte, wenn ich, was ich oft tat, im Theater Christian Gras-
hofs Boxernase sah, denn die hatte ihm ein Nebenbuhler um
die Gunst von Rikchen geschlagen, einer Schmogrow-Ver-
trauten, die laut Frau Tatziet «in Büchern gelebt hatte» und
ihnen durch ihr Verschwinden in den Westen «verlorengegangen» war. Bei der Hochzeit von Tante Lore wollte Rosel
aus dem «Busch», Marlies' kleine Tochter, die 1945 auf der
Flucht geboren worden war, auch Blumen streuen, sie stand
am Weg und riß einem anderen Kind das Körbchen weg. Sie

bekam dann auch eins. Tante Hulda beugte sich wohlwollend zu ihr herab: «Wer bist du denn?» Die Antwort war überliefert: «Ick bin dit Streuengelchen, du Arschloch!» Die nicht eingeladenen Schmogrower zogen, wie es Tradition war, zum Haus und forderten mit Sprechgesängen ihren Anteil: «Ist ja gar kein Hochzeitshaus! Kommt ja gar kein Kuchen raus!» Eine Passantin belehrte sie: «Haut ab, die essen doch ooch bloß Schnittlauchstullen.»

In einer Zeit, als ich mir einen Platz in der Welt hätte suchen sollen, hielt ich mich lieber bei den Tatziets auf, solange sie noch lebten und sich in ihrem Haus kaum etwas veränderte, konnte ich hier den Gefühlen aus meiner Kindheit nachspüren, dazu mußte ich nur hinter einem mit Gaze präparierten Fenster sitzen und in den Nebel schauen, den die Kartoffelfeuer der Schmogrower machten, wenn sie an festgelegten Tagen «peserten». In solchen Momenten gelang es mir manchmal, für Sekunden durch die Zeit zu reisen. Es war doch gleichgültig, was wir Menschen trieben, es kam nichts Gutes dabei heraus, daran wollte ich mich nicht beteiligen, ich hielt mich lieber an die Natur. Von der wußte ich allerdings nicht viel, und auch Versuche, mich beim Spazieren mit einem Pflanzenbestimmungsbuch weiterzubilden, scheiterten, ich konnte die Zeichnungen einfach keiner Pflanze zuordnen, die Blüten und Blätter sahen sich zu ähnlich. Wie peinlich, wenn ich nicht wußte, wie man das Klagen der Rehe nannte, das mich, weil ich seine Quelle finden wollte, in ein Gehölz gelockt hatte, und Herr Tatziet mich im «Wasserzieher» nachschlagen ließ, obwohl er genau wußte, daß man «fiepen» dazu sagte, oder wenn ich von einem storchartigen Vogel berichtete, den ich über das Wasser gleiten gesehen hatte und Herrn Tatziet nicht sagen konnte, ob sein Hals wie bei einem Kranich gebogen gewesen war, weil ich nicht darauf geachtet hatte. (Er interessierte sich sehr für Vögel und war davon überzeugt, einmal einen verirrten Albatros über den Ort kreisen gesehen zu haben; er konnte auch virtuos Vogelstimmen nachmachen: Als seine Schüler im Zeichenzirkel Singvögel zeichnen sollten, behauptete er, in seiner Aktentasche welche mitgebracht zu haben, wühlte darin und steckte den Kopf hinein, woraufhin jede Art von Tirilieren erklang.) Vor allem bei Lyrikern wimmelte es von botanischen Bezeichnungen, ich baute zwar auch welche in meine Gedichte ein, aber ich wußte gar nicht, worum es sich bei «Mädesüß» handelte. Die Gefühle, die ich in mir trug, erschienen mir zu wichtig, um sie zu übergehen und einen Beruf zu lernen, in dem sie mir nichts nützten oder sogar hinderlich wären, ich hatte nur keine Worte dafür, ich konnte ja nicht jedesmal, wenn mir kein passendes Adjektiv einfiel, «namenlos» schreiben, also pflegte ich sie für später. Da ich mich besonders gut mit Ängsten und Sorgen auskannte, spezialisierte ich mich auf das Morbide, die Anzeichen von Verfall in der größten Pracht, die Risse in Beziehungen, die verschwiegenen Konflikte, die verdrängten Bedürfnisse, die aufgegebenen Träume, und es quälte mich, daß Frau Tatziet von Gästen am liebsten hören wollte, daß bei ihnen «alles in Minne» sei, wie sie sagte. Für mich war nirgends etwas «in Minne», und es wurde nur schlimmer, wenn man so tat als ob. Ich fühlte mich von der Natur ausgeschlossen, weil ich ihr auf meinen langen Streifzügen, auf denen ich «keine

Biene unbelauscht entsummen» lassen wollte, nicht näher-kam, es gelang mir nicht, auf einem Hang sitzend, in der Schönheit der Landschaft zu versinken und mich darin auf-zulösen, um auch nur eine Sekunde an nichts zu denken («So ist ihm alles piepe / Der Haß und auch die Liepe»). Ich sah mich ständig um, ob nicht jemand kam, um mich zu vertrei-ben, oder ich grübelte, wie ich das, was ich sah, beschreiben konnte, ich beneidete die Maler, die bei der Arbeit träumen konnten. «Deiner Lüfte balsamischer Strom durchrinnt mich erquickend, / Und den durstigen Blick labt das energische Licht», so konnte man sich ja kaum noch ausdrücken. Sollte man meditieren? War es möglich, die Distanz zur Natur durch Arbeit zu verkleinern, also zu gärtnern? Womöglich nackt? Sollte man Ausdruckstanz betreiben? Oder sollte man wandern, um für sein Naturerlebnis mit Schweiß zu zahlen? War die beharrliche Suche die eigentliche Kunst? Bei jedem Gast, der über eine gewisse Begabung verfügte, aber nicht Künstler geworden war, fragte ich mich, warum er den Schritt nicht gewagt hatte, dabei gaben diejenigen, die mit dem Habitus des Künstlers auftraten, aber eigentlich nur ihre Unfähigkeit, Verantwortung für ihre Kinder zu überneh-men, zur Nebenwirkung ihres wie ein Schicksal auf ihnen lastenden Künstlertums veredeln wollten, und bei denen es inzwischen zu spät war, das Ruder herumzureißen und sich eine andere Aufgabe im Leben zu suchen, ein viel traurigeres Bild ab. Manchen dieser Künstler, die gegen den Staat gewe-sen waren, hatte die Wende das Genick gebrochen, ein Auto-renpaar hatte mit seinen nun vollkommen unverkäuflichen Büchern die Wände seiner Wohnung abgedichtet, um wenigstens Heizkosten zu sparen. (Herr Tatziet, dessen Ausbildung unter dem Zeichen der Kunsterziehungs-Bewegung gestanden hatte, war *eben nicht* Künstler geworden, obwohl er sicher davon geträumt hatte, aber in einem erweiterten Sinn war er ja vielleicht *doch* Künstler, indem er junge Menschen für immer prägte. Er wußte, wovon er sprach, wenn er über einen Maler, der eine Zeitlang zu den Gästen gehört hatte, noch im Alter urteilte: «Waschechte Künstlertype!» Die wahren Künstler betätigten sich im übrigen gar nicht als Künstler, sondern lebten diese Impulse im Alltag aus, es waren Menschen wie Farsunke, ein schnauzbärtiger Falstaff-Typ, der einen Streit mit seiner jungen Frau, wer die Pfütze wegmachen sollte, die ihr Kind auf dem Boden hinterlassen hatte, dadurch beendete, daß er kurzerhand mit dem Handbohrer ein Loch in die Dielen bohrte.)

Darüber dachte ich nach, wenn ich auf einem Hügel die Aussicht genoß, mit meinen Notizzetteln im Schoß, und mir wieder kein Gedicht einfallen wollte, keine halbwegs rätselhafte oder neu wirkende Zeile, nichts, was über die banale Feststellung, daß ich Angst vor der Zukunft hatte, hinausging. Aber aufzugeben, kam nicht in Frage, das wäre Verrat an der einzigen Wahrheit gewesen, die zählte. Ich konnte mich auf Beckett berufen, der sich jahrelang zum Schweigen verurteilt gefühlt hatte und sich bei Besuchen im Haus seiner Mutter in Dublin tagelang mit Furunkeln ins Bett zurückzog. (Wie Herr Tatziet, der seiner jungen Frau «aus dem Feld» ausführlich über Furunkel im Nacken, die sich schon zu schmerzenden Karbunkeln zusammentaten und ihn immer wieder ins Lazarett brachten, berichtete. Er bildete sich natürlich ein, die Ursache dieser lästigen Begleiter sei darin zu suchen, daß er sich in einem heißen August in einer Fluß-niederung nicht vor Schweinefleisch vorgesehen habe. Einen Nachmittag ging es ihm schlecht, und er dachte schon an Gelbsucht, dann kamen die Pickel im Nacken, immerhin war er zufrieden, daß er die Giftstoffe auf diese Weise abstieß. Nach der Bestrahlung sah er, wie eine Ordonnanz äußerte, durch den Krepp-Papier-Verband um Hals und Kopf «wie Theodor Körner aus».) Vielleicht mußte ich ein Experiment starten und so lange schweigen, bis die ersten Wörter, die nach Wochen aus meinem Mund quellen würden, einen ganz anderen Charakter hätten, sozusagen lebensnotwendig wären, so wenige, daß man über jedes davon lange nachdenken konnte wie bei den Reden von Sitting Bull oder den letzten Interviewäußerungen von Helmut Schmidt? Von meiner ge-heimen Mission, meinem wirklichen Leben, durfte niemand etwas wissen, weil ich mich dafür schämte, solange ich keine Beweisstücke für meine Komplizenschaft mit der Schönheit vorlegen konnte. Die Kargheit meiner Produktion sprach für meinen hohen Anspruch, man durfte doch nicht hinter Kafka zurückfallen. Immerhin konnte ich in Schmogrow lesen. Vor-mittags in der noch schattigen, kühlen Stube nach Süden raus, nach dem Essen im Garten auf einer geblümten Liege mit quietschenden Sprungfedern «von des Krautes Arom umhaucht», aber auch von Ameisen und Grashüpfern ge-stört – mit dem leisen Klirren ihrer Ketten flößten einem die Schafe das beruhigende Gefühl ihrer Gegenwart ein, manch-mal grunzte auch ein Igel im Gebüsch –, am Nachmittag in der Dachkammer, zurückgezogen wie in einer Fluchtburg, während unten gerätselt wurde, wo ich war, abends wieder in der Stube und dann noch lange im Bett, bis ich die knirschende Schnur der Leselampe über meinem Kopf zog und mir für den nächsten Tag noch mehr Seiten vornahm, um mir das beifällige Gemurmel meines Gewissens zu verdienen. («Ein letztes, leises Überdenken / und träumend fällt die Wimper zu.») Jeder Stil eines Autors, jede Thematik war ein Weg, den ich nicht gefunden hatte, so daß ich mir schon nach den ersten Zeilen eines Buchs von Neid ergriffen an den Kopf schlug, als hätte ich nach stundenlangem Grübeln die Lösung einer Schachaufgabe nachgeschlagen und als ärgerte ich mich darüber, weil sie so einfach gewesen wäre. Vielleicht hatte meine Blockade einen philosophischen Grund, der außer mir lag? Wenn ein Autor wahnsinnig geworden war wie Hölderlin (in Wirklichkeit war natürlich nicht er wahnsinnig gewesen, sondern die Gesellschaft), nahm ich das als Beleg dafür, daß man die drückenden Verhältnisse, unter denen wir ja immer noch litten, bei klarem Verstand nicht ertragen konnte.

Wie sollte man leben? In einer Wohnung? In einem Haus? In einem Schloß? Vielleicht würde man in Dachpappe gehüllt im Regen hinter einer Tankstelle an der Autobahn klarer sehen?

War man als Künstler nicht immer im Exil?

Durfte man eine Familie gründen, oder war das inkonsequent?

Durfte man nach Kafka anders als Kafka schreiben?

Mußte man überhaupt veröffentlichen, oder konnte man auch posthum mit seinem Gesamtwerk debütieren?

Warum schrieb man in Gedichten nicht «Oh», sondern «O»?

Durfte ein Künstler glücklich sein? (Wenigstens ab und zu?)

War es ein schlechtes Zeichen, wenn man seine eigenen Texte verstand?

Müßten Kunstwerke, die in einer Bankfiliale hingen, nicht zum Bankrott der Bank führen?

War Talent mehr als die Fähigkeit, das Leben tapfer zu ertragen und dabei zuversichtlich zu bleiben und nicht zu verbittern?

War es vielleicht die wichtigste Kunst, zu lernen, Dinge so zu lassen, wie sie waren?

Auf dem Bord ihres Schreibpults stand immer ein Foto, das Frau Tatziets Familie barfuß auf dem Rabattenweg vor dem Haus zeigte, über den Pony der Kinder ist die Schere der Mutter gefahren, Jungen und Mädchen sind nicht zu unterscheiden, nur Frau Tatziet hat schon Zöpfe, sehr dicke, was Mädchen damals wichtig war, sie durfte sie unter der Bedingung tragen, daß sie sie sich selbst flocht, weswegen die Zöpfe sich nach vorn drehten. Sie wünschte sich lange ein Kleid, wie es die Preiselbeeren in «Hänschen im Blaubeerenwald» tragen, aber sie bekam es erst mit dreizehn Jahren (genauso heiß wünscht sich Ricarda ein T-Shirt mit Wende-Pailletten-Einhorn). Der Vater trägt eine knielange Lederhose, die Mutter ein selbstgenähtes Kleid und ein Haarband im kurzen Haar, keiner hat eine Kopfbedeckung, was damals noch auffiel. Lange stellte ich mir diese Familie wie Garten-Hippies vor, seltsam verfrühte Doppelgänger von Friedensfreunden aus viel späteren Zeiten, die nicht in der Großstadt «zu scheußlichen Klumpen geballt» leben wollten, sondern in der Natur um Asyl baten, bis ich mehr über ihre geistigen Einflüsse erfuhr und mir klarmachen mußte, daß die unverfälschte Welt, die sie sich schufen, aus den Idealen ihrer Wandervogel-Jugend, auch eine Reserviertheit gegen die Republik oder sogar offene Ablehnung bedeutete, den Rückzug aus der Moderne, eine Sehnsucht nach einem «organischen», klassenübergreifenden, völkischen Zusammenhang. Von der Politik wurde erwartet, das vom Versailler Vertrag gedemütigte Deutschland wieder stark zu machen, für sich selbst wollte man der Stadt entfliehen, mit ihren «Kulturgiften» und ihren Fabrikschloten. Nicht wenige Gleichgesinnte lehnten Juden, wie sie meinten, «instinktiv» ab, denn die Juden standen für das Urbane, das geschäftliche Interesse, den «Bodenwucher». Die Landjugend war fast ausnahmslos im «Stahlhelm». (Frau Tatziets jüngere Schwester Hedwig sorgte sich in der Schule, ob sie einen «Stahlhelm» heiraten dürfe, weil sie doch «links» sei wie die Kommunisten. Sie hatte aber etwas falsch verstanden, sie war ja nur links*händig*.) Anspruchslosigkeit, Geselligkeit, Musizieren, Wandern in der deutschen Landschaft, die direkt vor den Toren der Stadt begann, wo man Reste von Handwerkstraditionen finden, Mundarten hören, Volkskunst bewundern konnte, aber auch die eigene Robustheit auf die Probe stellte. Man unterschied zwischen denen, die wanderten, weil sie sich in der Gegenwart heimatlos fühlten und weil sie die tiefe Sehnsucht nach einem wieder gesundeten Deutschtum umtrieb, und den «zigeunerhaften» Naturen, die lediglich heimatlos waren, weil sie sich unter fremde Völker gemischt hatten wie die Juden. Es galt, die Heimat wiederzuentdecken, nicht das Berühmte, sondern das «Einfache», das «Echte», so rief man Wandervögel im ganzen Land dazu auf, die vielfältigen Formen von Oberlichtern zu sammeln, um sie zu katalogisieren (das zum Hof liegende in Schmogrow stilisierte mit seinen schmalen Streben eine aufgehende Sonne). Die kurze Hose, bisher ein Zeichen der verlängerten Abhängigkeit vom Elternhaus, wurde zum antizivilisatorischen Gestus, während lange Hosen als «Ofenrohre» verspottet wurden, man brauchte nichts als Wanderstiefel, Rucksack, Decke, Kochtopf, Pelerine, Wollstrümpfe, rote Halstücher, aber vor allem einen Wanderstock, der vom Stochern im Holzfeuer ordentlich angerußt sein mußte. Man schlief in Scheunen auf Stroh, bewundert wurde, wem es gelang, senkrecht zu schlafen. Was als romantischer Ausbruch aus der jugendfeindlichen Atmosphäre von Elternhaus, Kirche, Schule und Staat begonnen hatte, vertrug sich nicht nur gut mit den Versprechungen der Nazis, es sehnte sich ihnen entgegen. Das Naturerlebnis sollte nach Meinung von tonangebenden Wandervögeln wieder den gesunden Instinkt der deutschen Jugend wecken, völkisch und antisemitisch zu empfinden. Man verzichtete auf Tabak und Alkohol, die betäubenden Genüsse der Elterngeneration, und zog Selbstbestimmtheit, Willensschule, Eigenverantwortung vor, man ging zu Fuß und warf sich nicht dem «Moloch Eisenbahn an den Hals», und man trank seinen Kakao selbstverständlich mit Wasser statt mit Milch, auch wenn das Getränk «wie Blutsturz» aussah. Der «Führer» genannte ältere Wandervogel, der die Fahrten anleitete, war nicht Aufpasser,

sondern Freund. (Nicht selten hatten diese Freunde allerdings «Schwierigkeiten beim Weibe».) Man grüßte sich mit
«Heil!» und war um das Bild der «Bewegung» in der Öffentlichkeit besorgt, die Jungen sollten keine amerikanischen
Schiebermützen und «todschicke Sportklemmer» tragen,
nicht «auf den Äckern kolbern», nicht «Schieber» oder gar
«Trottel-Fox» tanzen und nicht bei Gastgebern aus einem
Taschenkamm Zähne herausbrechen, um sie als Zahnsto-
cher zu benutzen. Es ging gegen die «Fremdenindustrie»,
die «Seuche Kaffee» mit befracktem Ober, Ausflugsziele, an
denen der «blökende Phonograph» störte, «Raritätenschoko-
ladenautomaten», «Bergstinkdroschken», «Giebel-Reklame».
Man war sich allerdings uneins, ob Jungen und Mädchen
gemischt wandern sollten (die Mädchen könnten ja «verben-
geln»), wie man am besten seine Decke faltete und an den
Rucksack hängte, ob man Unterwäsche aus Wolle oder aus
Leinen tragen sollte, ob man eher flanierend wandern oder
in Marschformation «Klotzmärsche» absolvieren sollte, die
«Töpfler», die das Essen für alle gemeinsam im Hordentopf
kochen wollten, standen gegen die «Spiritisten», die Koch-
familien von zwei bis drei Personen um kleine Spirituskocher
bildeten, die älteren Wandervögel wollten weiter mitwan-
dern, merkten aber selbst, daß sie unter den jungen eine komi-
sche Figur abgaben, zumal diese ja wie jede neue Generation
auf die Ideale der Alten pfiffen, so daß die Bewegung schon
durch ihren Erfolg «verwässerte». Die Eifersüchte und der
Ehrgeiz Einzelner führten zu einer Vielzahl von Abspaltun-
gen, Neugründungen und Wiedervereinigungen.

Im Ort blieb Frau Tatziets Familie bestaunter Außenseiter,

deren Freundeskreis aus den wenigen Gebildeten bestand, dem Apotheker, der Lehrerkollegin, der Ärztin, dem Pfarrer, der Hebamme, auf der Dorfschule schlossen die Geschwister allerdings auch Freundschaften über alle Schranken hinweg und lernten den Gebrauch des «Schmogrower Genitivs» («Dem Lehrer seine großen Ohren.»). Als die Mutter in den Elternbeirat gewählt werden wollte, meldete sich eine «Sack-Schmogrowerin», wie die Ureinwohner von den Neusiedlern genannt wurden, weil sie mit Rucksack in die Stadt fuhren, um ihre Produkte zu verkaufen: «Mit die Erziehung komm wa nich mit. Wie'n Mann looft se rum, de Kinda sind halb nackt, und Gras fressen se.» Helmtrud stand auf und berichtigte: «Halb nackt? Ganz nackt!» (Sie wurde trotzdem gewählt.) Ihr Ruf im Ort war ihr egal, worunter die Kinder manchmal litten, vor allem, wenn die Mädchen statt im weißen Rüschenkleid in selbstgenähten Umhängen, die nicht umsonst «Reformsäcke» genannt wurden, auf Kindergeburtstagen von Freundinnen erscheinen mußten. Spott war Menschen, die so leben wollten, sicher: «Gesundbeter», «Zwiebacknasen», «Himbeersaftstudenten», «Kohlrabiapostel» wurden sie genannt. Einmal, als die Mutter mit einer Freundin in die Stadt ging, wo sie am Gymnasium der Töchter eine humoristische Szene über zwei Schmogrower Fischweiber aufführen wollte, lief Tante Lore, sie war im Backfischalter, den ganzen Weg am Fluß entlang weinend ein paar Meter vor ihnen her, weil ihr das Vorhaben ihrer Mutter so peinlich war, zumal sie auch noch dazu bestimmt worden war, ihr «einzuhelfen».

Auf dem schönen Friedhof mit hohen Bäumen, an dessen

Rändern die Wege steil zu abgelegenen, stillen Winkeln hin abfallen, liegen alle Dorfbewohner beisammen wie bei einem zu späten Klassentreffen, die Namen auf den Steinen erinnern mich an Frau Tatziets Erzählungen. Dr. Anastas Kurtowisch Bock hat inzwischen ein Ehrengrab bekommen. Er war ein Baltendeutscher, der als junger Mann unter dem Zaren als Militärarzt gedient hatte, an der Eisenbahntrasse, die nach Wladiwostok gebaut wurde, nach dem Krieg war er als Flüchtling nach Schmogrow gekommen, Frau und Kinder waren ihm irgendwo an Typhus gestorben. Wenn er nach ihnen gefragt wurde, sagte der schweigsame Mann, der so wenig sprach, daß viele seiner Aussprüche im kollektiven Bewußtsein verwahrt wurden, nur: «Das ist Schicksal.» Wenn Kinder ihm Eier brachten, verschrieb er ihnen süße Halstabletten, bis die Krankenkasse einschritt. Bei Routineuntersuchungen lauschte er mit dem Stethoskop durch die Jacke des Patienten durch und schrieb ihn krank. Eine Schülerin, deren Schwangerschaft er feststellte, bat ihn, ihr Russischunterricht zu geben: «Warum?» – «Ich bin von einem Russen vergewaltigt worden. Ich will doch mit dem Kind sprechen können!» Dr. Bock hatte ständig eine tropfende Nase. Im Winter ließ er sich an einer Buhne ein Loch ins Eis schlagen, um dort nackt zu baden. Als die Schmogrower sich über seine Schamlosigkeit beschwerten, sagte er: «Dann werde ich mich wohl bekleiden müssen» und stieg in Zukunft mit einer Badehose ins Wasser, die er anschließend im Fenster der Praxis zum Trocknen aufhängte.

In den Umfassungen mancher Gräber sieht man noch die Stümpfe der fachmännisch mit Blei im Sandstein eingelassenen Metallzäune, die im Totalen Krieg abgesägt worden sind, um sie als Material für Waffen einzuschmelzen. In der Grabstätte der ehemaligen Pächterfamilie des Guts hatten Einwohner vor der Flucht Koffer versteckt, die sie nach der Rückkehr sogar noch vorfanden. Manche Gräber stehen inzwischen einsam, nicht, weil die Verstorbenen Eigenbrötler gewesen sind, sondern weil die Nachbargrabstellen von den Familien aufgegeben und eingeebnet wurden. Seit der Wende werden die Steine nicht mehr vom Steinmetz gehauen, sondern mit Maschinen gefräst und poliert («Der strenge, herbe Zug der Angehörigkeit zum Mark des Berges, aus denen es herausgerissen ward, geht einen schlechten Tausch ein mit dem blanken Gehorsam gegen die Regeln und Messungen der Menschen», schreibt Ruskin über Granit). Die Schrift ist am Computer gesetzt und oft sogar nur appliziert, viele Grabsteine sind neuerdings herzförmig, bunter Schotter bedeckt die Gräber, zahllose sinnierende und sich wohlig räkelnde Gipsengelchen beleben das Bild, vor allem bei den Gräbern Jungverstorbener, meist bei Verkehrsunfällen ums Leben Gekommener, schreit einem das Leid der Hinterbliebenen aus einer Überfülle an Gemütsgerümpel entgegen. An vielen Grabsteinen lehnt hinten eine kleine Harke. Es sieht hier aus wie in den Vorgärten, und es wird auch genauso streng darauf geachtet, daß beim Nachbarn das Unkraut nicht zu hoch wächst. Immer mehr Gestaltungsaufgaben werden demokratisiert, also dem Geschmack der Mehrheit entsprechend ausgeführt (wobei die Industrie ihn, um sicherzugehen, tief unterbietet): das Inferno dekorierter Geburtstagstorten aus dem Katalog, die betrübliche Welt der vorgedruckten Glückwunsch- und Beileidskarten, die Epidemie von Trompe-l'œuil-Bemalung auf Trafohäuschen (Karl dachte bei dem, das in Schmogrow steht und das eine Unterwasserlandschaft ziert, es seien wirklich Fische drin), Obst- und Gemüse, mit dem man auch nach einer Woche noch Tennis spielen können soll und das farblich und von der Form her Klischeevorstellungen der Kunden entsprechen muß, worauf die Produzenten sich einzustellen haben (Frau Tatziets Herzkirschen hätten heute keine Chance mehr), «Männeressen», bei dem Würze durch Schärfe ersetzt wird, Kleingartenanlagen, die nachts von blinkenden Lichterketten beleuchtet werden, süßlich illustrierte Kinderbücher, mißlungene Schriftzüge über Geschäften. Häßlich daran ist der Kleister der Gedankenlosigkeit, das aus Trägheit verwendete Versatzstück, das Unauthentische, die Geschichtslosigkeit getilgter Gebrauchsspuren, die nachgeplapperte Floskel.

Ich finde das Grab von Max Zickerick, dem Großvater von Silvio, einem Fischer. Als er starb, bat ein Freund den Pfarrer, im Namen der Fischer ein paar Worte sprechen zu dürfen. Er trat im verabredeten Moment ans offene Grab, holte tief Luft und begann: «Lieber Max, nu haste fünfzig Jahre Fische jefangen… und nu fängste keene mehr…» Da übermannte ihn der Schmerz, und er begann zu schluchzen. Der Pfarrer, der einsah, daß er es nicht besser hätte ausdrücken können, beließ es dabei.

Unweit davon sehe ich am Grab der Tatziets ihre Nachbarin Frau Fiddeke stehen, ich hatte nicht gewußt, daß sie noch lebt. «Das Grab ist so leer, ich leg manchmal auch ein Sträußchen hin», sagt sie.

«Sind Sie zu Fuß hier?»

«Mit meinen Rollkrücken.»

«Soll ich Sie zurückbegleiten?»

«Ach, das wäre aber nett. Sonst kommt mein Urenkel ja mit, der sagt immer: ‹Oma, du hast es mal gut, ich komm immer bei dir harken.›»

Bei Fiddekes wurde man ins Haus gebeten, auch wenn man nur vorbeikam, um einen Kuchenrest zu bringen. Frau Tatziet führte das darauf zurück, daß Fiddekes aus einer Gegend Schlesiens mit «Streudörfern» stammten, in der Nachbarn, anders als hier, wo man wegen der die Grundstücksgrenzen ignorierenden Hühner immer nur mit dem übernächsten Nachbarn befreundet sein konnte, nicht so nah beieinander lebten, daß sie sich aus dem Weg gehen mußten.

«Ich hab ma nich jefiehlt», sagt Frau Fiddeke zu mir, fast flüsternd, obwohl uns niemand hört, als Entschuldigung dafür, daß sie so lange nicht draußen zu sehen gewesen sei, also nicht am Gartenzaun gestanden hat. Wir gehen die Straße runter, sie schiebt ihren Rollator, und ich übe wie bei einer Meditationsübung, langsam zu gehen.

Vom ehemaligen «Heldenhain», einem mit Blumen bepflanzten Kriegerdenkmal für die Gefallenen aus dem Ersten Weltkrieg, war nach fünfundvierzig nur der Sockel geblieben. Nach der Wende ist er restauriert und mit einem Stahlhelm aus Stein versehen worden.

«Bei uns war auch 'n Friedhof von 1918, da lagen deutsche Soldaten, jeder aus'm Dorf hat sich Gräber genommen und gepflegt. Und dann hieß es, diese Nacht wer'n alle Deutschen totgeschlagen, und da mußten wir Gräber ausheben, das war fünfundvierzig. Und da sagt mein Großvater: ‹Guckt mal, wir gehen hejm, dis Loch is groß genug für uns fünfe.› Der hat so komisch gesprochen, ich *wußte* doch, wo der herkam, *weiß* es nicht mehr.»

«Hatten Sie Angst?»

«Angst? Was sollte man denn noch für Angst haben. Gänzlich ohne Rechte. Eene Kuh hatten wa noch, und die war noch bucklich. Die Kuh hat müssen ziehn, mein Vater hat 'n Pflug gehalten, ich hab müssen fieren, und meine Mutter hat die Kartoffeln reingelegt.»

Gegenüber vom Ehrenmal ist ein Jahr nach Kriegsende auf dem Grundstück der verschollenen Quargs der Russenfriedhof errichtet worden, dort liegen die gefallenen russischen Soldaten, oder was man von ihnen bei der Umbettung aus der Erde gezogen hat, und neben dem Ehrenmal war früher die Post, ich bin oft zum Telefonieren hergekommen. Wenn man sich am Schalter angemeldet hatte und die hölzerne Zelle betrat, senkte sich der Boden ein Stück, wodurch ein Kontakt betätigt wurde, und das Licht ging an. Inzwischen ist die Post geschlossen, Pakete gibt man bei NORMA ab. Die Postbotin, die entlassen worden ist, hatte immer selbst entschieden, wie wichtig ihr Telegramme erschienen, nachdem sie sie gelesen hatte, und hatte sie, vor allem bei Geburtstagen, gleich im Stoß zugestellt oder Frau Tatziet laut über die Straße zugerufen: «Schwantes kommen nicht, aber Brieses kommen zu fünft!»

Es geht jetzt steil bergab, genau hier ist ein tatendurstiger Major, der schon im Ersten Weltkrieg einen Arm verloren hatte und nun den Volkssturm befehligte, von einer Granate getroffen worden, die auf dem Pflaster aufgeschlagen und deshalb besonders verheerend zersplittert ist. Die Russen hatten das Zentrum umgangen und waren den «Pißgraben» hochgekommen, sie drohten, den Ort einzukesseln, da machten sich die deutschen Soldaten schnell davon, ohne die Einwohner, von denen immer noch einige in Kellern ausharrten, zu warnen. Frau Fiddeke schiebt tapfer ihren Rollator, sie ist 98 Jahre alt. Ich komme mir vor wie in der Zeit, als ich mit Karl spazierenging und immer warten mußte, daß wir weiterkonnten, weil er auf jeder Schwelle sitzen blieb oder mit der Buddelschippe Kieselsteine zwischen Baumscheiben hin und her transportierte. Zwischendurch geht man eine Weile schneller im Leben, aber das ist nicht für lange. Wir kommen am Karl-Marx-Denkmal vorbei, das immer der Treffpunkt der Dorfjugend war, ich habe mich nie hingetraut, und inzwischen stehen dort die Trinker, netterweise haben sie Marx einen roten Schal umgebunden, er sieht mit seinem Vollbart auch aus wie einer von ihnen, vielleicht hat man ihn deshalb stehengelassen. Dann geht es ein steiles Stück hoch, «die Kreuzen», ein Name, der nirgends verzeichnet ist und den auch kaum noch jemand benutzt.

«Wir hatten als einzige im Ort noch eine Wirtschaft gehabt, weil wir uns gutstanden mit den polnischen Nachbarn. Januar war dis bei uns. Wir hatten den ganzen Tag nich gegessen, wir ham jearbeitet. Wollten Abendbrot essen, kam die Polizei. Wir durften ja nich zuschließen. Uffstehn und raus. Wir sind so rausjegangen vom Abendbrottisch, mit was wa anhatten. Es is alles auf'm Tisch geblieben. Fünfundvierzig war dis. Alle Deutschen mitjenommen. Das ganze Dorf in die

Schule, man konnte sich nicht setzen. Von Mittwoch bis Freitag. Dann kam das Gut, die haben sich Leute gekauft. Da waren die Deutschen im Lager bis neunundvierzig. Wir mußten am Tage irgendwo arbeiten gehen, und nachts haben se uns immer wegjenommen und verhert, die Polen. Deshalb hab ich später keene Gritze gekocht, weil wa frieh dinne jekriegt ham, mittags dicke und abends wieder dinne.»

«Haferschleim?»

«Ach, Schleim … Wasser! Ganze Kerne! Sah aus wie gekochter Weizen.»

An der Straße, auf der bei Frau Tatziets Hochzeit der Hochzeitszug zur Kirche ging, sind Glascontainer aufgestellt worden, und ein Nachbar steht hinter seinem Zaun Wache, um herauszuspringen, wenn jemand zu den verbotenen Zeiten Flaschen einwirft.

«Ich habe nüscht gehabt für mein Sohn anzuziehn, *gar* nichts. Eene Frau, die bin ich heut noch dankbar, die hatte Bettwäsche, die hat was zerrissen, da hab ich Windeln gehabt. Meinen Sohn wollten se mir durchaus wegnehmen, ich hab so jekämpft, mein Vater hat ooch jekämpft. Er hat dis nich jebillicht. Der stellte sich davor: Alle oder keiner!»

«Haben Sie denn gehofft, nach Deutschland zu kommen?»

«Ach, wir ham gar nüscht mehr gedacht. Wir ham kein Heimweh gehabt, das war dis Leben, weiter nüscht, den Tag überlebt. Wir durften nicht auf dem Bürgersteig laufen. Wenn wir für Polen ‹adoptiert› hätten, hätten wir erscht müssen ins Gefängnis gehen. Ein paar Monate sind wir nach Ostpreußen gekommen. Da haben sie Leute, die wir nicht kannten, von der Straße aufjesammelt, damit der Transport voll wurde. Alles war da noch draußen, unbeerdigte Soldaten lagen noch da, achtundvierzig. Da waren keene Leute. Da haben wir Frauen müssen Munition zusammentragen und Soldaten beerdigen. Wir konnten ja perfekt polnisch sprechen, da haben die nicht jeglaubt, daß wir Deutsche sind. Die Polen ham Laternen jehalten, und wir ham jearbeitet. An eenem Ende von der Furche die Laterne jestellt, und am andern Ende hat noch eener jestanden mit Gewehr, bis um elfe ham wir gearbeitet. Um sechs hat's jeklingelt morgens. Erdbeeren ernten. Da mußten wa singen, damit wir keine gegessen haben. Und wir hatten doch Hunger. Die Luft war da anders in Ostpreußen, so gesund.»

«Und wie sind Sie nach Deutschland gekommen?»

«Morgens hatten wir noch Kartoffeln jelegt, mittags wurden wir schon ausgewiesen. Wir wußten aber nicht, wohin der Transport ging.»

«Hatten Sie Angst, nach Rußland verschleppt zu werden?»

«Da ham wa gar nicht dran jedacht, dis war doch so oder so egal. Ich hab nur immer jekämpft, daß wir nicht zerrissen sind als Familie. Dann ham wir Gräben geräumt, Munition und Leichen. Und Kartoffelkäfer, da gab es einen Pfennig für. Und die Frau, mit der ich hab zusamm' jearbeitet, die konnte doch nicht arbeiten. Die hat immer gejammert, weil sie ihren Trauring nicht vom Finger bekam und nun Angst hatte, daß die Russen ihr den Finger abschneiden, die war kaum zu beruhigen. Ich hab se geholfen und mein Essen geteilt. Zum Glück hat se ihre fünf Meter immer neben meine gekriegt.

‹Helf mir doch, ich *kann* doch nicht.› Und ich hab se dis immer geholfen. Einmal hab ich einen Zünder abgeschlagen, mußten wir alle in Deckung gehen. ‹Kauf mer doch mein Grundstück ab, ich will dis doch loswerden.› Aber ich hatte doch keen Geld. Hat sie immer wieder gefragt. Mein Vater wollte unbedingt een Stickchen eigenes Land haben. Weil der dis ja nich anders kannte. *Nur* 'n bißchen Eigentum, *nur* 'n bißchen Land. Das war sehr wichtig, daß er eigenes unter de Beine hatte. Hab ich mit meinen Eltern das Grundstück gekauft, bißchen was zugeborgt ham wa uns, ein Trümmerhaufen, ohne Dach. Alle Fenster mit Brettern vernagelt. Nur ein Raum war bewohnbar. Baumaterial gab's nicht. Die ‹Eefen› kaputt, das Eis kam durch die Dielen nach oben. Mein Vater hätte sich fast vergiftet. Der hat woll'n heizen. Brot gekaut und zugeschmiert, die Ritzen vom Ofen. Solange mein Mann lebte, ham wir jebaut. Die Dachsteine sind bei Regen runtergeflogen. Dann hatten wir Wellasbest, das war schwer zu kriegen, lag vier Wochen drauf, dann kam ein schlimmer Sturm, als bei Tatziets zwei Bäume umjefallen sind, alles kam runter, sogar die Latten. Mein Mann und mein Sohn ham den Giebel festgehalten. Hab ich gesagt: Geht bloß weg, wenn dis umfallt, denn seid ihr alle beede tot. Laß werden, was will.»

Endlich haben wir die Steigung geschafft, jetzt geht es geradeaus, auf dem Bürgersteig, der gleichzeitig Radwanderweg ist.

«Hier hat der Feuerwehrmeister Brandt gewohnt, der hieß wirklich so. Der hat immer gesagt: ‹Bei uns ist Europa zu Ende›, weil der Europa-Radweg hier endet, eigentlich endet ja nur der Bürgersteig. Wir waren wie eine Familie in der

Ecke, wir sind alle aus und ein jegangen bei uns. Manchmal zähl ich nachts durch und komm auf vierzig Tote aus Schmogrow, die ich schon überlebt hab.

Ich bringe Frau Fiddeke bis zur Haustür, und sie bittet mich rein. Im Flur legt sie ihre Gartenschere auf ein Bord unter dem Spiegel neben Haarbürste und Kämme, ohne Gartenschere geht man gar nicht raus, das habe ich auch bei anderen Schmogrowern schon gesehen. Daneben hängt eine Pantoffelmutter, die wie ein Känguruh ihre Kinderpantoffeln im Beutel trägt. Wir schleppen uns ins Wohnzimmer, und ich sinke tief in die Couchgarnitur. Frau Fiddeke verschwindet in der Küche und bringt einen Teller «Maulsperrenkuchen»: «Immer essen Se doch!» Die Inneneinrichtung ist nach der Wende offenbar erneuert worden, die alte Carat-Schrankwand, die noch aussieht wie neu, ist in einen Abstellraum gewandert und wurde durch ein Möbelhaus-Monstrum mit geschliffenem Rauchglas ersetzt. Es gibt bis auf ein paar Fotos wenig Erinnerungsstücke. Die Tapete imitiert eine Feldsteinmauer, der Durchgang zum Flur ist als Torbogen gestaltet, auf dem Tisch steht eine Vase mit Kunstblumen. Die Bilder an den Wänden sind golden gerahmte Drucke von Paradieslandschaften mit einsamen Häuschen an lieblichen Bächlein. Alles wirkt so falsch und steht in solchem Gegensatz zur Altersschönheit und zur Menschlichkeit und Tapferkeit von Frau Fiddeke. Vielleicht überschätze ich die Bedeutung der Dinge, die uns täglich umgeben, vielleicht sollte ich mich mehr auf die Menschen konzentrieren.

«Mein Mann is ja schon auf mein Vater beerdigt, und mein Platz is ja denn auch schon jesichert. Meine Schwiegereltern lagen davor auf der andern Seite. Da stand immer Wasser, is immer abgesackt, da war wohl ein großer Bombentrichter jewesen.»

Herr Fiddeke hat manchmal am Gartentor gestanden und mir erklärt, das seltsame Wetter, die Hitze und Trockenheit, komme von den Windrädern und von «die Asseliten», die im Weltall ihre Kreise zogen. Es schneie ja kaum noch, früher seien sie, wenn die Arztpraxis voll war und der Doktor kam nicht mit dem Auto durch, mit der Schippe hingezogen, das Auto freischippen. («Wir müssen doch ham am Nordpol je-wackelt», hat Opa Harnusch in einer Schlechtwetterperiode im Krieg gesagt und dabei, wie Frau Tatziet versicherte, ge-lacht wie Rembrandt auf seinem letzten Porträt. Tatsächlich hat Ricarda erst in diesem Jahr zum ersten Mal im Leben Schnee gesehen: «Mama, auf dem Balkon hab ich *richtiche* Fußspuren hinterlassen! Nicht, daß du denkst, daß es ein Dieb war ...»)

«Ich hab meine Mutter sieben Jahre gepflegt, die letzte Zeit war sie verwirrt, die ist immer *aus*jerickt, die wollt nach Hause. Und ihr Zuhause, das war dicht ans Wasser, nu hat se die Oder gesehen, und da wollt se immer rieber.»

«Sie hatten doch Pferde, oder?»

«Die waren vom Zirkus. Erst hatten wir nur eins kaufen wollen, dann drehten wir noch mal um, weil wir das andere nicht alleine lassen wollten.»

«Waren sie noch einmal in Ihrer Heimat?»

«Ich schreib mir noch auf Polnisch mit einer Schulfreun-din. Auf unserm alten Hof haben wir auch schon Kaffee je-trunken, da wohnen andere, die sehr nett zu uns waren.

Sonst sind die deutschen Häuser alle weg, Scheunen, Ställe, Wohnhäuser. Da hat se mich gefragt: ‹Na, haste denn ooch jeweint?› – ‹Warum soll ich denn weinen? Ich hab doch gar keen Grund.› – ‹Haste nicht jesehen, alles ist weg?› – ‹Was weg is'›, is' weg. Was vorbei is', is' vorbei.› Jetzt sind bei uns zwei Hecken einjegangen, die Engerlinge haben die Wurzeln anjefressen. Alle vier Jahre kommen die Maikäfer raus. Die Rehe laufen die Straße lang, die kennen genau die Eicheln vom Baum gegenüber. Ich war solch eene Blumenmutti. Aber ich *kann* ja nich mehr, dis is schlimm, wenn man nich mehr *kann*. Meine Pflegerin kommt aus der Ukraine, die spricht Polnisch mit mir, die sagt: ‹Du *darfst* nicht sterben, mit wem soll ich mich denn unterhalten?› Wir ham so viele Quitten. Kommen Se nach uns mit Beutel. Bei uns ist die ‹Tier› immer offen. Aber beeilen Se sich, ich bin ja schon Friedhofsjemüse. Ich will nur nicht im Winter sterben, damit meine Leute am Grab nicht müssen frieren.»

Auf dem Grabstein von Frau Fiddekes Mann, der sie geheiratet hat, obwohl sie schon ein Kind ohne Vater hatte – das Land, aus dem der junge Soldat gestammt haben mußte, konnte man sich denken, wenn man wußte, wann der Junge geboren war –, steht auch ihr Name mit dem Datum ihrer Geburt, daneben hat der Steinmetz etwas Platz gelassen, es ist, als sei ihr Mann schon schlafen gegangen, und sie bleibt noch eine Weile im Wohnzimmer sitzen, um in der Zeitung zu blättern, ein Kreuzworträtsel zu lösen oder einen Brief zu beantworten, bevor auch sie zu Bett geht, dann findet er endlich Ruhe.

Von der Küche führt eine Tür, die nachts abgeschlossen wurde, über zwei Stufen hinab in die Waschküche, wo es nach Scheuersand und Ariel riecht und auch im Sommer kühler ist als im Haus, dafür platzten im Winter die Rohre, weshalb dort in späteren Zeiten ein Heizlüfter mit Frostsensor lief, auch wenn die noch über Putz verlegten, jahrzehntealten Stromkabel dafür nicht mehr geeignet waren. Sonnenlicht dringt durch ein von Staub und Spinnweben fast blindes Fenster und durch ein angedeutetes Ornament von grünen Glasziegeln an der Rückwand. Der Waschkessel, in dem bei großen Festen Bohnensuppe gekocht wurde, war beim Bau des Hauses eine Komfort-Novität gewesen in der Zeit vor der Waschmaschine, die heute mit ihrem schüchternen, aber hartnäckigen Piepsen wie ein aus dem Nest gefallenes Vogelküken nach Hilfe ruft, wenn sie den Waschgang erledigt hat, weil sie zur ständig wachsenden Familie von Geräten gehört, die nicht mehr die Geduld haben, zu warten, daß man sich ihnen widmet, sondern die Aufmerksamkeit ihrer Benutzer unnachgiebig einfordern. Die Waschküche war eine Übergangszone zwischen bürgerlicher und bäuerlicher Sphäre, hier waren schon die Schafe zu riechen, eine Tür führte zum Stall mit ihrer Buchte und dem kleineren Lämmi-Ställchen, nachts hörte man sie rumoren, oder sie blökten beleidigt, weil sie lange keinen Besuch bekommen hatten. Am meisten interessierte uns am Stall natürlich die Leiter, die auf den Heuboden führte. In der Schwelle zum Stall hatte sich einmal ein Mauerstein gelöst, ich habe ihn mit Mörtel befestigt, seitdem stand er ein wenig heraus und wurde für Uneingeweihte zur Stolperfalle, aber ich war stolz auf meine männliche Tat gewesen und darauf, daß etwas an diesem Haus nun auch von meiner Hand stammte. Einer Ratte war der Versuch, diese Schwelle zu überschreiten, zum Verhängnis geworden, weil mein lauernder Vater, der ihr seit Tagen nachgestellt hatte, sie mit einem Spaten geköpft hatte, als sie durch den Türspalt lugte. Alleine half sich Frau Tatziet mit einer von Opa Harnusch geborgten Rattenfalle, sie schrieb uns dann, wenn sie eine gefangen hatte: «... nicht die einzige, aber die dümmste.» Man war in der Waschküche immer noch im Haus, wenn man schnell die alten Zeitungen und Anzeigenblätter in die Plastikwanne warf oder den Riegel der Kellertür hochschnippte, der sich um seine Achse drehte und dessen Ende zu einer eleganten Locke geschmiedet war (das Holz der Tür war an dieser Stelle vom Eisen schon so abgenutzt gewesen, daß es verstärkt werden mußte), und in den Keller hinabstieg, um Kartoffeln, Möhren, Eingewecktes oder zwei Eimer mit Kohlen hochzuschleppen. Trotzdem fühlte sich die Rückkehr in die Küche, die von einem kleinen Metallofen geheizt wurde und in der Hilfsbereite sich im Weg standen und Gespräche führten, während oft auch noch ein Küchenradio plärrte, nach dieser Anmutung von Kerkerhaft immer beruhigend an, man schloß die Tür mit einem leichten Schauder und ließ das Dunkel hinter sich. In einer Ecke der Waschküche steht der Fix-o-mat-Besen aus dem Westen mit weißem Metallstiel und einem orangefarbenen, drehbaren Verschlußmechanismus, denn den «Haarschopf» konnte man abnehmen und austauschen, was aber nie geschehen ist, da es bei uns gar keinen passenden Ersatz gegeben hätte. Man kann sogar noch das Preisschild lesen (drüben brauchten sie so etwas, weil die Preise für das gleiche Produkt sich, was mir unbegreiflich war, von Laden zu Laden *unterschieden*) und den Barcode bestaunen, etwas, was ich bis dahin noch nie gesehen hatte, unsere Kassiererinnen tippten ja mit der rechten Hand, ohne hinzusehen, rasend schnell die vielleicht schon in ihrer Ausbildung für immer memorierten Preise ein. In einem Regal unter dem Fenster, dessen blauer Anstrich nur noch mit Restauratorenblick zu erkennen ist, stehen die, wie Ricarda sagt, «unverweslichen» Gummistiefel der Größe nach aufgereiht, in die man nacheinander hineingewachsen ist, bis man endlich stolz die für Erwachsene vorgesehenen, die auch Frau Tatziet benutzte, anziehen konnte. Ich schüttelte sie vor dem Hineinschlüpfen immer gründlich aus, um keine Spinne oder gar Maus zu zerquetschen. Die Kinder vom Dorf, die schon in Gummistiefeln geboren wurden und sie wegen der schlammigen Wege sogar auf dem Schulweg trugen, weshalb es am Eingang des Schulgebäudes eine vom Architekten vorgesehene Nische für die Stiefel gab, hätte das nicht gestört. Frau Tatziet, die an jedem Morgen als erste im Garten war, riet einem manchmal, für den Gang «nach hinten» mit den Schafen welche anzuziehen, weil das Gras besonders naß sei (neuerdings geht Klara morgens barfuß durchs Gras, um «Tau zu treten»). Wenn man nach der Gartenarbeit wieder ins Haus wollte, konnte man die verklumpte, feuchte Erde an einer geschmiedeten Klinge, die neben der Treppe zur Hauslaube im Sand des Hofs steckte, von den Sohlen der Gummistiefel kratzen. Auch erwachsene Frauen gingen in Gummistiefeln zur Bushaltestelle, einem buntgekachelten

Häuschen mit großen Fenstern und Bänken davor, das inzwischen abgerissen wurde, weil hier nach der Wende ein «Geschäftszentrum» errichtet worden ist, ein Gebäude, das ein geschlossenes Halbrund bildet und das mit seinen Spitzdächern und Betonpfeilern und der stets menschenleeren «Piazza» davor aussieht wie ein Altersheim für Schlumpfhausen, die weißgraue Fassade hat unter den mit Zink verkleideten Fensterbrettern sofort dunkle Schlieren bekommen. (Früher war hier manchmal ein Rummel aufgebaut gewesen, ich brach einmal in der Eßstube vor der versammelten Abendbrotgesellschaft in Tränen aus, weil ich ihn vergeblich gesucht hatte: «Der Rummel ist weg!») Damals war die Bushaltestelle ein wichtigerer Ort als heute, weil es viel weniger Autos gab und die Busse nicht pünktlich kamen: «Ob's regnet, ob die Sonne scheint, der Bus kommt später, als man meint.» Vielleicht hatte es hier deshalb immer Tafeln mit wechselnden Losungen gegeben, weil man beim Warten gar nicht anders konnte, als sie zu lesen, in den fünfziger Jahren hieß es: «ES BLEIBT DABEI, WESTBERLIN WIRD FREI!» Wenn der Bus dann tatsächlich qualmend um die Ecke bog, zogen die Frauen ihre Gummistiefel aus, steckten sie in die Tasche und schlüpften schnell in Halbschuhe. Meine Mutter führte beim Warten manchmal Gespräche mit Einheimischen. Einmal fuhr sie mit meinem Bruder nach Berlin, weil er am Auge operiert worden war und einen neuen Aufkleber für die Brille brauchte. Frau Zickerick erklärte ihr, als sie hörte, daß meine Mutter mit meinem Bruder ins Krankenhaus in die Schielabteilung müsse, *sie* wisse ja, woher das Schielen komme: «Der Sohn von meine Nichte schielt ooch, hab ick jleich jesehen, als er jeboren wurde. Die Eltern wollten's ja nich glooben. Ick weiß, woher dit kommt! Die jungen Frauen heute, die wollen ja nich die Kinder haben. Da nehmen se Strychnin, und denn klappt's nich, da kriegen se dis Kind doch, und denn schieltet. Ick hab mir ja uff die Zunge jebissen und nüscht jesagt. Aber ick weiß Bescheid, meine Nichte hat's ooch jemacht.» Als die Tatziets sich einmal um Frau Zickericks kleinen Sohn Silvio gekümmert hatten, weil die Mutter für ein paar Tage ins Krankenhaus mußte, hatte er bei dieser Gelegenheit gleich lesen und etwas rechnen lernen sollen und schaffte es nicht («Mit Äppeln kann ick et bessa ...»). Zum Abschied erklärte er aus Rache: «Und in euren Stuben hat dit überall ein bißchen jestinkt!»

Wenn Tante Lore zu Besuch kam, gab es immer die sensible Stunde, in der Frau Tatziet unter ihrer Anleitung im Schlafzimmer, das wir noch nie betreten hatten, die abgelegten Kleider aus dem Westen anprobierte, die Anspannung war im ganzen Haus zu spüren. (Erst, als ich später auch diesen Raum heizte, sah ich das mit Moos bewachsene Hauslaubendach von oben und am Spiegel die spitze Papiertüte für Frau Tatziets ausgebürstete Haare sowie an der Wand das von Vater Knoll gemalte Ölporträt von Frau Tatziets Vater. «Das ist mein Vater, Adolf Hinthertür», hatte sie einmal einer Nichte ihres Manns erklärt, und die hatte sich ganz erschrocken die Hand vor den Mund gehalten: «Adolf?») Die letzte Verwertungsstufe solcher Kleider war dann der Wäscheklammerbeutel, zu dem sie umgenäht wurden und der in der Waschküche hing und mit Klammern aus verschiedenen Epochen gefüllt war. Die Wäscheklammer hat häufige Gestaltwandel erfahren. Mir gefielen die Modelle, in deren Griff halbkugelförmige, runde Mulden eingearbeitet waren, eine kubistische Abstraktion, die zwar für die Fingerkuppen gedacht war, der diese sich aber gar nicht anpassen konnten, ein Gefühl wie beim Ablecken der ebenfalls halbkugelförmigen, «benamsten» Eislöffelchen aus dem Konsum, die man durch Unterdruck an der Zungenspitze festkleben lassen konnte und auf denen einfach nie «Richard» stand. Auch der pinkfarbene, kreisrunde DDR-Nachttopf, der zwar schön aussah – wie ein umgedrehter Normannenhelm aus den Robin-Hood-Filmen –, war weit weniger bequem für das Gesäß als heutige, in ihrer Paßform optimierte Modelle (Karls und Ricardas preisgekrönten Nachttopf habe ich vor unserem Haus als Vogeltränke im Rasen vergraben). Haben die damaligen Kinder durch diese ergonomische Lektion schon früh gelernt, sich nicht für den Nabel der Welt zu halten? («Denn jung gewohnt ist alt getan, das Bäumchen muß man biegen.») Mit unserem angeborenen Sinn für Unsinn versuchten wir, die Klammern mit Hilfe der Wäscheleine über den Hühnerstall zu katapultieren. Wir ahmten auch das Krähen des Hahns nach, bis er sich aufplusterte und zurückkrähte, Herr Tatziet bat uns, das zu lassen, da Hähne an gekränktem Stolz sterben könnten (immerhin stammten die Hühner ja von den Dinosauriern ab, wie er uns erklärte – «Dienersaurier», wie Ricarda sagt). Karl und Ricarda sagen immer: «Is ja gut …» zum Hahn, wenn er sich aufregt. Nachdem ich die Wäsche in die Waschmaschine gestopft habe, mit leisen Gewissensbissen dem Gerät gegenüber, weil es wieder viel mehr Wäsche ist als für eine «Füllung» erlaubt, gieße ich Waschmittel in das linke Schubfach, das wie der erste Teil einer Romantrilogie mit einer römischen «I» beziffert ist, die Plastikflasche ist schon fast leer, weshalb ich sie am Griff, der, weil er von einem unbekannten Erfinder praktischerweise in die Flasche integriert worden ist, ebenfalls Waschmittel enthält, kopfüber in die Höhe halte und darauf warte, daß der Waschmittelfaden abreißt, aber es fließt immer noch genug Waschmittel für einen zwar immer dünner werdenden, aber dennoch stetigen Faden aus der Flasche. Erst bei einer bestimmten Länge reißt der Faden, und die Flüssigkeit tröpfelt nur noch, hält man die Flasche dann wieder tiefer, bildet sich auch wieder ein Faden, das hat sicher mit «Kohäsion» und «Adhäsion» zu tun, den beiden «Häschen», über die wir im Physikunterricht belehrt worden sind. So stehe ich, von meiner Sparsamkeit zum Warten verurteilt, wie eine Brunnenskulptur und denke daran, wie ich früher beim Frühstück, oder wenn es zum Kaffee «nur» Brötchen gegeben hatte, weil, was selten vorkam, kein Kuchen gebacken worden war, mit einem der Honiglöffel, die schrauben- oder propellerförmig konstruiert waren, um ihre Oberfläche, an der der Honig wenigstens für den Weg zum Brötchen kleben bleiben sollte, zu vergrößern, und die in der Luxusausführung ein Überbein am Griff hatten, so daß man sie nach der Benutzung innen an den Rand des geöffneten Honigglases hängen konnte, eine Honigkleckerburg auf mein Brötchen habe rieseln lassen, mit Honig, den Herrn Tatziets Bienen für uns produziert hatten, eine Substanz von magischer Ausstrahlung, schon weil sie goldfarben war, wertvoller als Wein und im Konsum selten zu haben (Frau Tatziet verlangte, daß Honiggläser besonders gründlich ausgekratzt wurden: «Dafür sind viele hundert Bienen viele Male geflogen!»), auch wenn es sich, genau genommen, um mehrmals aus dem «sozialen Magen» der Sammelbienen – man könnte auch «Kropf» sagen – erbrochenen Blütennektar handelte und ich noch lieber Kunsthonig aß. Es gab bei uns immer mehr Materialien in einer ressourcensparenden Ersatzversion. (Kunstleder, Kunstfasern, Kunstblumen, Kunsthonig oder ganz allgemein «Kunststoff». Ein Lehrer hatte mir einmal geraten, nicht Tischler zu werden, denn in Zukunft werde ja alles aus Plaste sein. Mein Vater hielt aus Protest gegen den Staat nach Produkten aus «echten» Materialien Ausschau, von Leder wurde jeder Schnipsel aufbewahrt und manchmal sehnsüchtig daran gerochen; Klara läßt bei uns aus Tierliebe kein Leder mehr ins Haus.) Die Kaste meist älterer Herren, die sich als Imker betätigten und dafür eine weiße Uniform trugen, damit die Bienen sie nicht für Braunbären hielten, teilte sich in Honigimker, Bastelimker und Bienenimker, zu denen Herr Tatziet gehörte, wie Frau Tatziet gern liebevoll-spöttisch bemerkte. Er stellte an den Wasserhähnen im Garten Bienentränken auf und hatte immer eine leere Streichholzschachtel in der Tasche, um eine verirrte, entkräftete Biene darin zu bergen und wieder zu den Stöcken zu bringen, auch wenn sie dort vielleicht totgestochen wurde, sofern sie sich nicht mit Pollen und Nektar einbetteln konnte. (Wie meine Mutter es bei Frau Tatziet mit einem Korb voller auf dem Dorf schwer zu ergatternder Schätze – Knäckebrot, Haferflocken, Papiertaschentücher – versuchte, den Frau Tatziet zum Leidwesen meiner Mutter angeblich stets etwas unwillig entgegennahm und wegstellte oder dessen Inhalt sie sogar an ihre Günstlinge verteilte, weil sie keine Geschenke mochte. Die Zeit, als man sich nach dem Krieg nach einem Geschenk gesehnt hatte, das wieder einmal *nur schön* war und nicht eigentlich *nützlich*, war lange vorbei. Zur Silberhochzeit hatte ihr Oma Quade ein Kleid genäht, das sie nur annahm, weil ihr gedroht wurde, man werde ihr sonst zwei goldene Tassen mit der Aufschrift «Zur Silberhochzeit» schenken. Als literarisches Meisterwerk von Tante «Reimwild» galt denn auch ein Vers aus einem Weihnachtsgeschenkgedicht: «Dir schenk ich nur was schlicht's / nämlich nichts.») Herr Tatziet imkerte ohne Handschuh und manchmal auch ohne Schutzkleidung, setzte allerdings für den Weg zum Bienenhaus, das hinter Fliederbüschen und Pfeifensträuchern versteckt war und in dem ein alter Ohrensessel stand, stets einen Imkerhut mit angenähtem Gardinenstoff auf (solche Hüte hatten Frau Tatziets Vater und seine Wandervogelfreunde getragen, um sich in Lappland vor den Mücken zu schützen, als sie dort kurz vor dem Ersten Weltkrieg mit Schnürstiefeln, Regenpelle und Bambusstock, am Rucksack ein Rentiergeweih für zu Hause, auf die Suche nach «den letzten Wilden Europas» gegangen waren). Vielleicht fühlte sich Herr Tatziet verpflichtet, seinen Gästen diesen nicht alltäglichen Anblick zu bieten, zudem schirmte ihn die Uniform nicht nur vor seinen Bienen, sondern auch vor Menschen ab, so daß er Gesprächen aus dem Weg ging, wozu auch ein ständiges Summen beitrug, das unterstrich, wie in Gedanken versunken er war, und das ich immer für einen Ausdruck von Tiefenentspanntheit gehalten hatte, das aber wohl eher für seine lebenslange Anstrengung stand, sich nicht aufzuregen, denn er war schreckhaft und wegen seiner Erfahrungen aus der Vergangenheit ohne jedes Vertrauen in die Zukunft. (Hatte er nicht eine schlaflose Nacht verbracht, als ich mit Charlott, ohne dabei mehr als Karl May oder Rilke im Sinn zu haben, in einem Zelt im Garten übernachtet hatte? Daß es ihm dabei nicht um Wildschweine gegangen war, hatte ich damals noch gar nicht verstanden. Seine Phantasie reichte offenbar weiter als die des Pfarrers, der einmal auf die Beschwerde einer Mutter, einige Konfirmanden hätten bei einer Rüstzeit nachts die Betten geteilt, geantwortet hatte: «Das ist ausgeschlossen. Es hatte doch jeder sein *eigenes* Bett!») Summend wanderte Herr Tatziet in dieser Aufmachung zwischen seinen vielen Schuppen, Vorratshaufen und Abstellkammern und dem Bienenhaus hin und her, dem sich niemand nähern durfte, die Bienen waren nur an *seinen* Geruch gewöhnt, er ließ sie dafür regelmäßig auf seinem Unterarm krabbeln und hauchte abends zum Abschied in das Flugloch. Das Summen der Bienen, das er unbewußt übernommen hatte, aber auch ihr geschäftiges Treiben, wirkte beruhigend auf als hysterisch geltende Kinder mit Behinderung, die eine Nichte, die mit solchen Kindern arbeitete, einmal im Jahr aus dem Westen mitbrachte, und die, wenn sie im Bienenhaus einen Blick auf die über die Waben krabbelnden Bienen werfen durften, plötzlich wie verwandelt waren. (Davon, daß es nicht am Aufenthalt im sozialistischen Teil Deutschlands gelegen hatte, ging man stillschweigend aus. Leider zog dann ein Mädchen mit Down-Syndrom in der Garage von Herrn Kleister, dem problematischen Nachbarn der Tatziets, den Autoschlüssel aus dem Schloß und versteckte ihn.) Wenn das Bienenvolk ein Organismus war, «der Bien», der sich kilometerweit ausdehnen oder wieder die Form einer Traube annehmen konnte, dann war Herr Tatziet sein Mitbewohner, und das unberechenbare Temperament seiner Leibwache machte das Bienenhaus und den Sessel darin, von dem kaum jemand etwas wußte, zur Tabuzone. Aus welchen anderen Gründen er solche Tabuzonen brauchte und sogar gegen seine Frau verteidigte, erfuhr nicht einmal sie zu seinen Lebzeiten. Solange man in Herrn Tatziets Blickfeld war, gab man sich besondere Mühe, die Tätigkeit, mit der man gerade beschäftigt war, konzentriert, geschickt und achtsam zu verrichten, falls er stehenbleiben und sich dafür interessieren sollte, einen mit einer Bemerkung auf etwas, was einem nie aufgefallen wäre und was den eigentlichen Kern der Sache ausmachte, hinwies oder einen vor einer drohenden Gefahr, die man übersehen hätte, warnte. Manchmal formte er auch aus Bienenwachs kleine Tiere für die Kinder, oder er wanderte scheinbar ziellos über den Hof und kratzte dabei mit einem Stock im Sand, um am Ende überrascht auszurufen: «Ein Pferd!» (Als seine Nichte einmal traurig war, weil ihre älteren Brüder sie nicht zum Angeln mitnehmen wollten, bastelte er mit ihr buntbemalte Fische aus Pappe, der Hof war das Meer, und sie angelten auf Hockern sitzend von der Hauslaube aus, was ihr viel mehr Spaß machte als am Fluß.) Im Keller spielten wir manchmal mit der Honigschleuder, indem wir die Kurbel, so schnell es ging, drehten und vor der Wucht der kinetischen Energie, die sich aus ihrer Kreisbewegung zu entfesseln drohte, erschauderten. Wir schlichen dort auch neugierig um eine Palette CONTREX-

Mineralwasser («aus dem Herzen der Vogesen»), das für Herrn Tatziet reserviert war und seinen gequälten Verdauungsorganen schmeicheln sollte wie ein «Magenpflaster». Wir stellten die verschiedenen Metallgewichte auf das an einer Kette schaukelnde Brett der Waage, wir zerhackten mit einer S-förmigen, an einer langen Holzstange angebrachten Klinge auf dem gepflasterten Fußboden Kastanien für die Schafe, und wir rutschten durchs Kellerfenster die Schräge nach unten, die eigentlich für Kohlelieferungen gedacht war. Zur Honigernte wurde die Schleuder in die Eßstube getragen, und alle sahen zu, wie sie durch die Zentrifugalkraft den Honig aus den Waben preßte, die dabei unzerstört blieben, man hörte die edle Flüssigkeit an die Wand prasseln, es klang wie ein leichter Regen, man leckte sich die Lippen. Wenn schließlich der Schieber geöffnet wurde und aus dem Hahn nicht Wasser oder lauwarmer Zitronentee, sondern Honig floß, machten alle Umstehenden unwillkürlich «Ahhh...», insgeheim fühlte man sich ins Auditorium einer Urologie-Vorlesung versetzt. Ich bildete mir ein, mit der von Menschen nicht herstellbaren Substanz geheime Abwehrkräfte für mein ganzes Leben in mich aufzunehmen, wenn ich beim Kaffee Brötchen mit hausgemachtem Honig aß, der süßen Essenz des Gartens, die es in keinem Geschäft zu kaufen gegeben hätte. Die gefütterte Kaffeewärmerhaube mit Blümchenmuster, die ich mir gern als Verkleidung auf den Kopf setzte wie Elizabeth Shaws Robert, als er sich mit seinem neuen Zauberkasten aus Versehen unsichtbar zaubert, wurde von der Kanne gehoben, das umständliche Einschenken konnte beginnen, da meinte jemand, draußen eine Autotür schlagen gehört zu haben oder das Schuffeln von Schuhen auf dem Fußabtreter, und während alle innehielten und in die Stille lauschten, ob man sich getäuscht hatte (oder ob ein «Thür-Ringer» eingetroffen war, der den Kniff nicht kannte, wie man die klemmende Haustür öffnen mußte), und deshalb für einen Moment ein Bild abgaben wie auf den vielen Fotos von Tafelrunden, die jeden unweigerlich mit einer lächerlichen Grimasse zeigten, weil man gerade mit den Lippen nach dem Löffelinhalt oder einem auf der Gabel balancierenden Stück Kartoffel geschnappt hatte, öffnete sich die Stubentür, und weitere Gäste traten, sich unwillkürlich bückend, ein, oft unangekündigt, denn es gab ja kein Telefon, und man war ohnehin immer willkommen; wenn Gäste mitgebracht worden waren, die kein Deutsch sprachen, sagte Frau Tatziet: «Take a seat!», denn sie hatte ja Abitur und im Krieg sogar ein paar Jahre an der «Latschenschule» als Hilfslehrerin unterrichtet. (Gästen, denen es peinlich war, in der Mittagszeit hereingeplatzt zu sein, versicherte Herr Tatziet, daß es seiner Frau leichter falle, für zwanzig Personen zu kochen als für zwei: «Fünf sind geladen, zehn sind gekommen, gieß Wasser zur Suppe, heiß alle willkommen!») Für Frau Tatziet, die kaum «Ausflüge» machte, weil es ja so viele «Einflüge» gab, war es immer ein geschätzter Überraschungseffekt, wer aus der zum Teil recht fernen Vergangenheit wieder den Weg hierher gefunden hatte, um sich an die glücklichsten Wochen seiner Kindheit zu erinnern. (Hinthertürs Kinder hatten nie verstanden, warum nach den Ferien immer so begeisterte Post eintraf, es war doch «gar nichts los gewesen», doch unter ihren kleinen Feriengästen gab es Kinder, die jedes Jahr schon Wochen vor der Abfahrt nach Schmogrow vor Vorfreude krank wurden.) Manche Besucher wollten hier auch etwas vom Fluidum der Kindheit ihrer Vorfahren schmecken, denn der Begriff «Schmogrow» ließ in vielen Familien die Augen der Älteren leuchten. Es reichte, daß man sich erinnerte, wie man als Fünfjähriger an den Herzkirschenbaum gesetzt worden war, mit extra herangeschafftem Sand, einem Hockerchen und Buddelzeug. Manchmal war es aber auch Herr Lenz, ein Klassenkamerad von Frau Tatziet, der mit seinem eierschalenfarbenen Mopedhelm, den er, seit er sich einmal in der Schinderkiete beim Zigarettenanzünden überschlagen hatte, auch *im Auto* trug, wie ein etwas zu spät geschlüpftes Küken aussah und jede Runde mit den Worten: «Der Lenz ist da!» begrüßte. Beim Kochen wartete Frau Tatziet immer den Bus aus der Stadt ab, wenn dann niemand mehr erschienen war, konnte sie die Kartoffeln aufsetzen, und sie würden ungefähr reichen. (Ich lernte von ihr, beim Kartoffelschälen nicht zu sparsam vorzugehen und die Schalen ruhig etwas dicker zu machen, die Schafe wollten nämlich auch etwas abhaben. «Mit Knullen könn' Se mir mitten in de Nacht wecken, die eß ick imma! Jekochte Knullen, durchjedrehte Knullen, ick eß die imma!» hatte Frau Harnusch einmal zu Frau Tatziet gesagt.) «Bringt Kuchen, es kommt neues Material!» sagte Frau Tatziet, wenn eine Kaffeerunde spontan erweitert werden mußte, und auch für unangekündigte Übernachtungsgäste fand sich immer noch ein Platz, um sie irgendwo «reinzupökeln», zur Not auf den Heuboden. Schon aus Respekt vor ihr hielt man sich an die Regel, nicht mit dem Essen zu beginnen, bevor die Hausfrau saß.

Wenn es die ersten eigenen Bohnen, Möhren oder Kartoffeln im Jahr gab, zogen alle ihren Sitznachbarn am Ohr und sagten: «Zipp, zapp am Öhrchen, was Neues im Jährchen.» Man aß ja nach der Saison, Maiskolben mit Butter und Salz, die man zum Abnagen der Körner wie eine Mundharmonika ansetzte, Nudeln mit Tomatensalat, Sommerkohl (den Gärtnermeister Wannakat nur für Frau Tatziet anbaute), grüne Bohnen, Salat, «Himmel und Erde» genannte Apfelkartoffeln, Schmorgurken, «Plattenrutscher», also Kartoffelpuffer, und manchmal, für mich waren das besondere Tage, Schwemmklößchen in Gemüsebrühe. (Herr Tatziet: «Jetzt hab ich einen Kloß im Magen.») Wenn einem das Essen zu heiß war, durfte man mit seinem Teller einmal ums Haus gehen, danach konnte man es vielleicht schon genießen. Am wichtigsten war natürlich der Nachtisch, den es immer gab, und wenn einem Kind das Essen nicht geschmeckt hatte, wurde Tante Regula, die Schweizer Mutter von Frau Tatziets Cousin Roderich, zitiert: «Wenn es ihm schon nicht geschmeckt hat, soll er wenigstens Nachtisch bekommen.» (Sie hatte eine liberale Note in die Familie gebracht, wenn sie ihren Söhnen in Begleitung ihrer Schulfreunde auf der Straße begegnete, wechselte sie, um sie nicht zu kompromittieren, die Straßenseite, und wenn die Söhne sich beim Essen langweilten, was sie wegen ihrer Intelligenz schnell taten, verschwanden sie wortlos zum Lesen oder Klavierspielen auf ihre Zimmer.) Als Nachtisch gab es Kirschgrütze mit «Familiensauce», Himbeeren mit Schafsmilch, Stippmilch mit frischgepreßtem Orangensaft oder eingewecktes Apfelkompott, wenn sonntags ein Glas Birnenkompott geöffnet wurde,

bemerkte Herr Tatziet knapp und vielsagend: «Oh, Birnen …»
Frau Tatziet hatte auch erfunden, eine der seltenen Bananen,
meist übriggebliebener Reiseproviant, in Scheiben geschnitten in die durchsichtige Götterspeise zu mischen, so daß zumindest optisch alle etwas davon hatten, wenn sie die wie
Ufos im Gallert schwebende Delikatesse betrachteten. Auch
wenn Tante Lore nach langer Autofahrt aus dem Westen eintraf, reichten die Kartoffeln, denn die Familie aß immer als
erstes ihre für unterwegs geschmierten Hasenbrote auf, bevor etwas vom warmen Essen angerührt wurde, und selbst
dann fragten die Eltern: «Was muß denn zuerst weg?» (Einmal erklärte sie, sie würden sich erst einen Fernseher anschaffen, wenn Farbfernseher erfunden wären, denn dann
würden die Schwarzweißfernseher ja im Preis fallen, und sie
würden zuschlagen.) Gleich am nächsten Morgen fuhr man
zur Kreisstadt, um sich als Bundesbürger bei der Polizei
anzumelden, dort waren die Beamten viel freundlicher als an
der Grenze, wo man Tante Lore und ihrem Bräutigam, als
sie zu ihrer eigenen Hochzeitsfeier aus dem Westen anreisen
wollten – sie waren erst kurz davor übergesiedelt –, nicht glauben wollte, daß sie keine größeren Geldbeträge dabeihatten,
und jedes Kragenfutter und sogar die belegten Brötchen
durchsuchte, bis sie fast den Zug nach Berlin verpaßten; in
der Kreisstadt hieß es dagegen, wenn man sich registrieren
kam: «Melden Sie sich doch gleich wieder ab, dann sparen
Sie sich den Weg.» Wenn vormittags unangekündigt ein Kollege erschien oder ein Imkerfreund aus dem Ort vorbei-
schaute und Herr Tatziet noch geschlafen hatte, denn er blieb
gern lange liegen («Jede Hummel muß ihren Schlaf überwäl-

tigen», hatte einer seiner Dorfschüler in einem Aufsatz geschrieben), verließ er das Haus heimlich durch die Eingangstür und kam mit der «Langschläferlanze» in der Hand, die extra in einer Ecke dafür bereitstand, hinten über den Hof, so daß es aussah, als hätte er den Morgen mit einer Tätigkeit im Garten oder im Bienenhaus verbracht, von der er sich auszuruhen kam. Montags war die Überraschung geringer, denn dann kamen die «edlen Tanten» aus der Stadt zu Besuch, und da man auf ihren Bus warten mußte, verschob sich die gewohnte Kaffeezeit um eine halbe Stunde, was für Schmogrow schon eine größere Umstellung war. Einige der Tanten waren Witwen oder nie verheiratet gewesen, sie trugen ähnlich geschnittene, aber verschieden gemusterte Kleider, was botanisch unwahrscheinliche Habitate ergab. (Vielleicht paßte das jeweilige Muster zu den Tapeten ihrer Wohnungen und machte sie dort unsichtbar wie ein Chamäleon?) Sie hatten altmodische Brillen mit dunklem, stabilem Gestell, Broschen über dem Busen, auf individuelle Weise für den Rest des Lebens hochgesteckte Haare, ihre Fußsubstanz quoll aus den unbequemen, hartrandigen Halbschuhen. Ich war fasziniert von ihren faltigen Gesichtern und überzeugt, daß es sich um die ältesten Menschen der Welt handelte, was ich Tante Isolde auch einmal mitteilte, die Arme war sehr erschüttert und verhaspelte sich eine Weile beim Reden, dabei hob sie sich mit ihrer übergeworfenen Strickjacke und den glatten, grauen Haaren vorteilhaft von den anderen Tanten mit ihren «Betonfrisuren» und Dauerwellen ab. Sie machten sich gewisse Vorrechte streitig, denn nur eine von ihnen konnte beim Kaffee neben Herrn Tatziet sitzen und sich an seiner männlichen Aura wärmen, es herrschte Neid, weil Frau Tatziet noch einen Ehemann hatte. (Eine Schmogrowerin, die seit dem Krieg Witwe war, hatte zwei Jahre nach Kriegsende auf dem Standesamt die Geburt eines Kindes gemeldet und als Vater ihren gefallenen Mann angeben wollen. «Aber ihr Mann lebt doch gar nicht mehr?» gab der Standesbeamte zu bedenken. «Nee, aber *ick* lebe!») Die Konzentrationsleistung, jeden Gast individuell zu würdigen und seine bereits bereitliegenden Antworten durch dazu passende Fragen abzurufen, war Frau Tatziet zu mühsam, dafür war ihr Mann zuständig, ihre Beiträge waren eher assoziativ, weil sie nicht nur Gedichtzeilen und Zitate aus Büchern, sondern einen schier unerschöpflichen Schatz von zu geflügelten Worten gewordenen Bemerkungen, aufgespießten Stilblüten oder unfreiwillig philosophischen Aussagen aus der Kindheit mancher Gäste im Kopf hatte. Wenn die Runde durch «neues Material» so groß geworden war, daß nicht mehr angebaut werden konnte und auch der «Katzentisch» am Ofen nicht mehr ausreichte, wurde das Geschirr rasch aufs Tablett gestapelt und zum langen Tisch auf dem Hof ausgewichen, der mit dem Klapptisch (den allerdings auch nach Jahren niemand beim ersten Versuch auf- oder zuzuklappen schaffte) zusätzlich verlängert werden konnte. Er stand zwischen Fliedersträuchern und unter Robinien in einer der Ecken, die mancher vielleicht verwahrlost gefunden hätte, dabei verdankten sie sich auf besondere Art einem Zusammenspiel von Planung und Zurückhaltung, man erkannte den Gedanken, aber die Natur dachte ihn zu Ende. (Die Einheimischen und vor allem die Bauern verbrachten ihre Freizeit *im* Haus, denn *draußen* wurde ja gearbeitet.) Manchmal durfte ich den Kuchen aus dem Fliegenschrank holen, in dem auch Kompott kühlgestellt wurde, einem kleinen Wandschränkchen mit Gazefenster, das in einem der Kellerräume neben alten Regalen voller verstaubtem Geschirr, Einweckgläsern und einem Kristallgefäß für die Silvesterbowle hing. Man zog den Kopf ein, um in den Haaren keine toten, in der Dunkelheit ausgebleichten Spinnen mit ihren staubigen Netzen mit nach oben zu nehmen. Die ausgetretene Treppe hatte kein Geländer, die Glasschüssel oder der Kuchenteller aus Porzellan wären nicht zu ersetzen gewesen (wenn doch etwas «zerscherbte», hieß es: «In tausend Jahren reißen sich die Museen drum ...»), es war immer eine Leistung, ohne etwas fallengelassen zu haben, wieder am Tisch zu erscheinen, Frau Tatziet nannte das dann «sehr verdienstvoll» («Wer nicht hilft, kann auch nichts kaputt machen.»). Verdienstvoll war es auch, im Kopf durchzuzählen, wie viele Gäste zum Essen anwesend waren, und das Ergebnis auf benötigte Besteckteile hochzurechnen (wenn es Pellkartoffeln gab, brauchte zudem jeder einen der dreispitzigen Spießer), einer «edlen Tante» ein Kuchenstück aufzutun, ohne daß es zur Seite kippte, die Sahne genau so steif zu schlagen, daß man den Behälter umgekehrt in die Luft halten konnte, aber nicht so lange, daß Butter daraus wurde, oder sich als «Zofe» zu betätigen und ein schreiendes Kind im Bollerwagen ums Haus zu fahren, bis es sich beruhigt hatte, «Leistungshüten» nannte es Frau Tatziet (in der Mittagsruhe wurden Babys damals von ihren Müttern einfach allein auf einer Decke auf der Wiese abgelegt, normalerweise krabbelten sie nicht aufs Gras). Das waren kleine Schritte in Richtung der Anerkennung, die Erwachsene wie Hermann genossen, der den bei Opa Harnuschs Tochter im Fleischerladen unter dem Ladentisch erstandenen Sonntagsbraten (für solche sensiblen Besorgungen ging Frau Tatziet *selbst*), nachdem er das Messer geschärft hatte, in so dünne Scheiben schneiden konnte, daß er für alle reichte. Obwohl ich so oft zum Fliegenschrank geschickt worden bin, habe ich die hinteren Kellerräume als Kind nie betreten. Es gab dort kein Licht, wahrscheinlich, um kein Feuer durch Funken zu provozieren, denn hier lagerten die Kohlenbündel für den Winter (von denen ich später vor jeder Abreise so viele wie möglich mit der bereitliegenden Schere aufschnitt, weil Frau Tatziet das mit ihren Händen schwerfiel). Ich wußte deshalb nichts von den Räumen hinter dem Kohlenkeller, in denen nach dem Krieg, als es im Ort kaum unzerstörten Wohnraum gegeben hatte und viele Familien das kaputte Dach ihres Hauses mit einer Zeltplane ergänzten beziehungsweise in der Küche mit Regenschirm in der Hand kochten (zunächst mußten Unterkünfte für das Vieh geschaffen werden), eine zehnköpfige Familie untergebracht gewesen war. Oben wohnte die Nachbarin mit ihrem Bruder sowie «ambulant» ein Herr, der nur nachts kam, um in der Eßstube zu schlafen (es war ohnehin angeraten, sich zu so vielen zusammenzutun, um vielleicht ein wenig Schutz vor den Russen zu finden). Im hintersten Kellerraum wurde später das leider nicht doppelte «Lottchen» gehalten, eine Ziege, die etwas von der dringend benötigten Milch lieferte, aber im Gegenzug auch einmal einen Geldschein verspeiste. Ich brühte in der Küche neuen Kaffee auf, wobei ich die Löffel sorgfältig abzählte, für jede

Tasse einen und einen neunten «für die Kanne», so hatte ich es von meiner Mutter gelernt, die es von Onkel Pierre übernommen hatte, der es sicher auch von jemandem abgeschaut hatte. Er war bekannt dafür, daß er immer im Blick hatte, ob jemand Kaffee nachgeschenkt bekommen mußte (wenn es kein «Kaffee-Surrogat-Extrakt» war), es war praktisch unmöglich, ihm damit zuvorzukommen, denn, so ruhig, wie er dasaß, war er innerlich auf der Hut und belauerte die Tafel aus den Augenwinkeln, um seinen Ruf als höflichster Gast zu verteidigen. Uneingeweihten passierte es, daß der Deckel der Kanne beim Eingießen in das orangefarbene Sonja-Sieb plumpste, das über die Tasse gehalten wurde, ein klassisches Kaffeerundenmißgeschick, das sogar dazu nützlich sein konnte, das Eis zu brechen, wenn das Gespräch stockte. Man mußte den Deckel mit dem Daumen festhalten wie den Topfdeckel beim Abgießen der Kartoffeln, denn es handelte sich nicht um Mitropa-Geschirr, bei dem dieses Problem von der Gestalterin, von der auch die violett eloxierte Aluminium-Thermoskanne mit Korken im Deckel stammte, konstruktiv gelöst worden war (an eine Aromataste war noch nicht zu denken). «Ich hab 'ne praktische Bluse, dieselbe Farbe wie Milchkaffee», sagte Tante Hulda, wenn sie das Opfer des Mißgeschicks gewesen war. Ich hatte mitgeholfen, für jeden Teller, Tasse, Untertasse, Teelöffel und Kuchengabel zu decken («eine milde Gabel», wie Ricarda sagt), beim Kaffee klang das Wühlen nach dem passenden Besteck in der Schublade anders als beim Abendbrot oder Mittagessen. (Die älteren Löffel waren spitzer und hatten eine tiefere Mulde, genau wie der Nachttopf auf mein Gesäß wirkten sie strenger und unnachgiebiger auf meine Lippen, so fühlte sich das neunzehnte Jahrhundert an. Dafür hatte bei den Suppenlöffeln jeder eine etwas andere, individuelle Form, bei einem bestand die Rundung sogar aus dekorativen Segmenten wie bei den Aussteifungen der Kuppel der Hagia Sophia, wobei mich die kleine Saucenkelle mit den zwei verschieden breiten Lippen zum gezielten Auftun noch mehr entzückte. Die Russen hatten die Sauciere ja *quer* benutzt.) Die Kuchen standen gerecht verteilt auf den Tischen, von überall gut zu erreichen, versunkener Apfelkuchen, Rhabarberkuchen, Brombeerkuchen, Käsekuchen mit Grieß, Rosinen und Johannisbeeren, Waffeln und leider manchmal auch «Sandkuchen», besonders als es nach dem Krieg irgendwann wieder Butter und Sahne gegeben hatte, war schwere Sahnetorte mit mehreren Cremeschichten beliebt gewesen. «Auswärts dickt's nicht», sagte meine Mutter immer, wenn sie sich auftat und hoffte, daß ihr jemand diese Schutzbehauptung, an die vielleicht nicht einmal sie selbst restlos glaubte, bestätigte. Wenn es zum Nachtisch frisch durch die Flotte Lotte gedrehtes Apfelmus mit warmer Vanillesauce gab, sagte Herr Tatziet: «Seltsam, ohne die Evolution mit all ihren Begleiterscheinungen wären sich Vanille und Apfel nie auf der Zunge eines Lebewesens begegnet, dabei sind sie wie füreinander geschaffen.» Alle überlegten, ob ihnen etwas Geistreiches zu diesem Gedanken einfiel, etwas, bei dem Herrn Tatziet der Verdacht käme, daß es sich lohnen könnte, es sich von seiner Frau noch einmal direkt ins Ohr übersetzen zu lassen, weil er so schlecht hörte, um ein wenig verspätet amüsiert zu glucksen. Ob er sich diese Themen im Winter für seine Sommergäste überlegte, oder ob er wirklich spontan darauf kam? In seinen alten Lexika markierte er mit Zetteln Stellen, die für andere interessant sein konnten, wie das Bild eines auf Stelzen schreitenden Schäfers für einen jungen Schäfer in der Ausbildung. Er fragte sich dann im Beisein eines Physikers, ob das Ende des Löffelstiels sich wirklich gleichzeitig mit der Löffelspitze bewegte, wenn man es anstupste, und ein Historiker sollte überschlagen, ob Vertreter aller Generationen, die es seit Jesus gegeben hatte, hintereinander aufgereiht noch in die Stube passen würden. Aber die meisten Gäste hatten ja eigene Texte «im Gepäck», und die mußten erst einmal abgearbeitet werden («Jedem duftet sein eigener Mist köstlich»), bevor sie ein Ohr für die Themen anderer hatten. «Das ist auch so einer, der kommt von Bismarck auf die Preiselbeeren», sagte Frau Tatziet über Gäste mit besonders langen «Texten». (Womöglich hatten sie sogar «Zappelfilme» oder Dias mitgebracht, die später gezeigt, aber vor allem auch erklärt werden mußten, denn meist war nicht das auf dem Bild, was man *eigentlich* hatte fotografieren wollen, und die Gründe dafür waren gar nicht uninteressant, wobei sich die Eheleute nicht immer einig waren. Bei der Silberhochzeit hatte ein Farb-Dia-Vortrag über Chile, wo eine Cousine mehrere Jahre als Musiklehrerin beschäftigt gewesen war, um dort «die Blockflöte heimisch zu machen», wegen der ständig neu eintreffenden Gäste so oft wiederholt werden müssen, daß Hermann die Vortragenden entlastete und es spontan für sie übernahm, ihre Bilder zu besprechen, wobei es, obwohl er gar nichts am Text änderte, plötzlich zu Lachsalven kam.)

«Die Kondensmilch, die ich letztens im Konsum gekauft habe, war schon umgeschlagen», beklagte sich Tante Viechen, die eigentlich «Elvira» hieß, eine Cousine von Herrn Tatziet.

Tante Viechen war eigentlich immer empört und erleichtert, wenn sie einen Grund dafür fand. Einmal lag so viel Schnee, daß die Kinder nicht draußen spielen konnten, ein andermal lag kein Schnee, so daß die Kinder draußen nicht spielen konnten. Wenn ein besonders kalter Wind blies, zitierte man Tante Viechen: «Ostwind von allen Seiten!» Es war eine glückliche Fügung, daß sie Anfang Januar Geburtstag hatte, denn so konnte sich das Gespräch bei der Feier immer um in Hausfluren und Briefkästen hochgegangene Silvesterknaller drehen. Wenn es gerade keinen Grund zur Empörung gab, sagte sie: «Der Fernseher ist so ein Störenfried» oder: «Den jungen Leuten ist es zu mühsam, Kirschen zu pflücken, die liegen auf dem Boden und vergammeln.»

«Die jungen Leute?»

«Nein, die Kirschen!»

«Im Westen ist die Milch inzwischen billiger als Selters!»

«Bei uns in der Kleingartenanlage haben se Erdbeeren und Kirschen geklaut. Wenn das wieder die Russen waren, trete ich aus der DSF aus!» sagte Gundula, die Tochter von Tante Viechen.

«Als in Weimar nach dem Krieg aus Goethes Garten Obst gestohlen wurde, haben die Russen eine Wache aufgestellt.»

«Das kann dir auch im Westen passieren, daß dir Kirschen geklaut werden.»

«Mir hat mal in London auf der Rolltreppe einer einen Schwinger verpaßt.»

«Und in Valencia hab ich mir in meiner Tasche mit dem Dieb guten Tag gesagt.»

«Immer auf'm Quivive sein in großen Städten!»

«In Schweden steckten dafür immer die Schlüssel in den Türen der Dorfkirchen, wir konnten überall auf der Orgel spielen.»

Frau Tatziet nahm die Orte, an die ihre Gäste gereist waren, um von dort Ansichtskarten mit sehnsuchtsvollen Grüßen zu schicken («Fließt unser Flüßchen noch?» – «Sind die Schafe schon geschoren?» – «Wer pflückt wohl jetzt die Brombeeren?»), in ihr stets wachsendes, im Geist verwaltetes Netz von Orten mit besonderer Bedeutung auf. Auffällig war, daß sich jeder, der irgendwo geweilt hatte, in Zukunft besonders gut mit der Geographie dieser Gegend auskannte und keine Ungenauigkeiten mehr duldete, was die Konversation etwas zäh machen konnte. Abends holte Frau Tatziet dann ihren alten Schulatlas hervor, in den irgendein Vorfahr mit Bleistift Kara Ben Nemsis Reiseroute durch den Balkan eingezeichnet hatte, und sah nach, wovon die Rede gewesen war (und wie man den Ort in Wirklichkeit aussprach). Ob sie gern auch einmal so weit gereist wäre? Bis auf die Hochzeitsreise, die sie mit dem Motorrad an die Ostsee geführt hatte, und die Reise zum Lazarett ihres Mannes nach dem Kriegsende hatte sie sich kaum für länger fortbegeben. Sie beargwöhnte die in späteren Jahren zunehmende Reiselust ihrer Gäste, lieber hätte sie es gesehen, wenn sie in der Zeit nach Schmogrow gekommen wären: «Die Leute sollen mal nicht vergessen, daß sie überallhin sich selbst mitnehmen», sagte sie und zitierte Karl Foerster: «Der Garten wirkt wie eine Schutzimpfung gegen das Fernweh.» Als Kind hatte einmal Frau Tatziet in Berlin vor mir gestanden, als ich mit meiner Kindergartengruppe zum Park spazierte, sie war unterwegs zu einem Besuch bei meinen Eltern gewesen. Ich war ganz irritiert, sie hier in der Stadt zu sehen, und fragte mich, warum sie keine Schafe an der Kette führte.

Daß niemand so viel zu klagen hatte wie Tante Viechen, ist nicht ganz korrekt, denn ihre Tochter Gundula, mit der sie sich andauernd stritt, machte ihr darin Konkurrenz. Vor allem übereinander beschwerten sich die beiden ständig, allerdings durfte man nicht den Fehler machen, selbst etwas Schlechtes über die andere zu sagen, wenn eine von ihnen allein gekommen war, dann wurde die Abwesende vehement verteidigt. Es ging hoch her bei der Frage, ob Hühner eine runde oder eine eckige Sitzstange brauchten (oder gar eine, die oben flach und unten halbrund war), ob es im letzten Jahr auch so viele Mücken oder Wespen gegeben hatte, ob man Tomaten ausgeizen oder die Spitzen kappen sollte, den Unterschied zwischen «Pegelstand» und «Pegel». Eines ihrer bevorzugten Streitthemen war die Frage, ob der Vogelgesang, den man manchmal aus dem dichten Fliedergebüsch oder aus den Wipfeln der Robinien (oder waren es Akazien?) hörte, von einem Sprosser oder von einer Nachtigall stammte. Die Mutter hielt es für eine Nachtigall, die Tochter für einen Sprosser, dessen Gesang sei nämlich nicht so ausdrucksvoll, irgendwie mechanisch, er kopierte nur, was andere erfunden hatten. (Herr Tatziet war der Meinung, daß die Sprosser sogar die Stimmen der Gäste kopierten, wenn sie wieder gegangen waren.)

«Das ist eine Nachtigall.»

«Unsinn, das ist ein Sprosser.»

«Das sagst du nur, um mir zu widersprechen.»

«Wenn du solchen Unsinn redest, muß ich das ja.»

Tatsächlich verlief die Sprosser-Nachtigall-Grenze genau durch den Landkreis, so daß es nicht ausgeschlossen war, daß man manchmal einen Sprosser und manchmal eine Nachtigall hörte, vielleicht ja sogar eine, die sich vom Gesang eines Nachtigallen nachahmenden Sprossers inspirieren ließ.

Ein Kind hatte sich einmal über Tante Viechen gewundert: «Mutti, hier ist eine Frau, die hat ein Kind, aber keinen Mann», worauf Tante Gretchen, Herrn Tatziets Schwester, die einen Mann, aber kein Kind hatte, sagte: «Ach, laß man. Das macht der liebe Gott, wie er will. Mal so, mal so.» Vielleicht lag es aber gar nicht am lieben Gott, sondern daran, daß Tante Viechen keine Schlagsahne mochte, nicht etwa des Geschmacks wegen, sondern weil sie Schaum nicht ausstehen konnte und vielleicht ja auch keinen Rasierschaum. (Gundula dagegen mochte keinen Zimt, was sie auch immer kundtat, wenn es Kompott zum Nachtisch gab, das «ja mit Zimt!» oder «hoffentlich nicht mit Zimt?» war.)

«Was is 'n hiermit?» versuchte Frau Tatziet, das Thema zu wechseln, und schob einen Kuchenteller zu den beiden. («Ist der mit Zimt?») Sie mochte keine Reste, und es war «sehr verdienstvoll», sie aufzuessen, obwohl man sie gut in der praktischen Speisekammer unterbringen konnte, die nur eine kleine Luke nach Norden hatte und deshalb sogar noch etwas kühler war als die kühle Küche. Es roch hier nach Zwiebeln, Kakao und Staub. In die oberen Regale hatte seit langer Zeit niemand mehr gegriffen, hier standen alte Kakaobüchsen aus den siebziger Jahren (in denen unangebrochene Tütchen mit

Kamilleblüten aus der Apotheke aufbewahrt wurden), Gläser mit Johannisbeergelee oder Obstschnaps, den jemand als Geschenk mitgebracht hatte und von dem nur einmal im Jahr zwei Gläschen an den Jauchewagenmann gingen. («Auf den Höhen liegt der Nebel, / in den Tälern zieht er ein, / warum soll der Mensch im Leben / nicht einmal benebelt sein?») Opa Harnusch, der, mehr zur eigenen Beschäftigung, bis er neunzig war, vor jedem Winter ein paar Tage Holz hackte, wurde ebenfalls am letzten Abend ein Fläschchen auf den Hackklotz gestellt. Auf den Kakaobüchsen waren strahlende, westliche Kinder abgebildet (vor Autounfällen durch «Schutzpatrone» bewahrt wie wir vor den imperialistischen Kriegstreibern durch unsere Grenzsoldaten), die davon profitierten, daß ihre Ernährung mit energie- und vitaminreichem Kakao-«Sofortgetränk» ergänzt wurde, wie es auf der «Suchard express» Verpackung hieß: «Der gesunde Kraftmacher mit Vitaminen A + B_1 + B_2 + C. *Unter ständiger Kontrolle des schweizerischen Vitamin-Instituts. Erhält körperliche Frische. Stimuliert die normalen Funktionen des Nervensystems.*» Ich rührte immer erst ein wenig Milch in den Kakao am Boden des Bechers und füllte die süße Kakao-Essenz anschließend mit Milch aus der «Plunkenkanne» auf, die so hieß, weil Frau Tatziet es als Kind zu umständlich gefunden hatte, «blaugepunktete Kanne» zu sagen. Nur bei der Milch für den Kakao bettelte man darum, *wenig* nehmen zu dürfen. («Ich kann mir schon selber nehmen. Ich kann mir schon selber *wenig* nehmen», hatte ein Dorfkind einmal zu Frau Tatziet gesagt.) Oben schwammen Bläschen, die man mit dem Löffel abschöpfen konnte und in denen sich, wenn sie aufplatzten, unaufgelöstes Kakaopulver befand. Manchmal trank ich auch heißen Caro-Kaffee, der im Grunde genauso schmeckte wie unser «im Nu» genanntes «Kaffee-Ersatz-Extrakt-Pulver». («Wenn's hinten kneift und vorne juckt, dann trink ein Täßchen Muckefuck.») Ich beobachtete voll Sorge die weiter entfernt stehenden Kuchenteller und hoffte, daß rechtzeitig jemand auf die Idee kommen würde, sie auf die Reise um den Tisch zu schicken, es gab allerdings immer reichlich und nicht nur zwei Stück «für den hohlen Zahn», wie Oma Quade sagte, die nicht nur sehr freimütig sprach, sondern wegen ihres tauben Ohrs auch lauter als nötig (sie sah ihren Hörschaden als Segen, denn wenn ihr Mann schnarchte, konnte sie sich im Bett auf ihr gutes Ohr legen, und ihr taubes Ohr schirmte sie gegen die Geräusche ab).

Weil Oma Quade ausgebildete Schneiderin war (eigentlich hatte sie begonnen, in Dresden Mode zu studieren, aber ihr Vater, Amadeus Knoll, dem im Leben *drei* Frauen wegstarben, hatte sie als Haushaltshilfe gebraucht und zurückbeordert, sie nannte sich, wenn sie ihm seine Farben hinterhertragen mußte, «Ulla Quade Malerknecht»), nahm sie sich das Recht heraus, Details an den Kleidern der umsitzenden jungen Frauen zu bemängeln. Meine Mutter mußte einmal einen Rock ausziehen und von ihr umnähen lassen, weil er «zipfelte». Mir schlug sie auf die Hand, als ich ihr beim Aufstehen helfen wollte, sie verbat sich das, wie sollte sie sonst alleine zurechtkommen?

Onkel Erich, Herrn Tatziets Schwager, ein glatzköpfiger, Zigarre rauchender Studienrat, der so gern jemanden zum Schachspielen gefunden hätte, wo doch schon seine philosophischen Interessen zu Hause keinen Widerhall fanden (aus seinem Nachlaß stammten hier Bücher voller Anstreichungen, wie: «Die Mneme. Die Bedeutung der alternativ ekphorierbaren Dichotomien auf ontogenetischem Gebiet»), erklärte wieder einmal, wo er früher in Berlin gelebt hatte (gleich hinterm «Steghaus Radlitz»), und verhedderte sich dabei in den Straßennamen.

«Geographie ist nicht seine Stärke», sagte Tante Gretchen, die er in zweiter Ehe geheiratet hatte, seine erste Frau war Hannchen gewesen, eine Schwester von «Marunkelchen», wie Herrn Tatziets Mutter genannt worden war, eine Klavierlehrerin mit zu ihrem Kummer «hochunmusikalischen Schülerinnen», die, obwohl sie jeden Morgen «gemüllert» hatte, jung verstorben war.

«Jung gefreit, nie bereut», erwiderte Onkel Erich.

«Stellt euch vor, neulich hat er den Abwasch mit der Klobürste gemacht!»

«Wo Sonnenlicht das Silber überspann und in gewählter Rede floh die Stunde», schlichtete Herr Tatziet.

«Er tut so, als schufte er schon längst für den Winter, aber im Keller ist *nichts*!»

«Als ich meinen Ehering verloren hatte, habe ich in Moskau einen aus Russengold gekauft und in einer Dose Niveacreme versteckt», sagte meine Tante.

«Niveacreme!» sagte Susanne, die geistig behinderte Tochter von Herrn Pinkepaul, die manchmal im Gespräch aufgeschnappte Wörter wiederholte, die ihr gefielen oder die sie kannte. Sie war auch als Publikum bei Veranstaltungen im «Kulturhaus» beliebt, weil sie immer an den richtigen Stellen begeistert klatschte und dann auch alle anderen klatschten. Frau Pinkepaul hatte meinen Vater und seine Geschwister auf der Flucht vor den Russen begleitet, sie hatte zu dieser Zeit bei ihnen als Hausmädchen gearbeitet, wir gingen die Familie jedes Jahr besuchen, und ich gruselte mich ein wenig davor, in der engen Stube zu sitzen, von Frau Pinkepauls Freude und Dankbarkeit erdrückt, während Susanne, die sehr schlecht sah, mit den Überraschungsei-Hülsen spielte, die meine Mutter ihr mitbrachte. Sie bekam auch immer eine Platte von Frank Schöbel geschenkt, von dem zum Glück jedes Jahr eine neue herauskam, Susanne liebte seine Musik und hätte ihn vom Fleck weg geheiratet. Frau Pinkepauls Rücken war, wie bei vielen Schmogrowerinnen, von der Arbeit krumm geworden, sie hangelte sich mit den Händen an ihren Möbelstücken entlang und mußte trotzdem manchmal die schwere Susanne auf einen anderen Stuhl wuchten, wobei sie mit ihr schimpfte, wenn sie nicht «mitmachte», was mich schockierte, man durfte mit «Behinderten» doch nicht unfreundlich sein. Herr Pinkepaul hatte lange, gelbe Zähne, kräftiges, graues Haar, Hände, die wie mit Hornhaut gepolstert waren, seine Augenlider hingen leicht herunter, und er sprach ein Deutsch mit rollendem R, das ich kaum verstand, er war Kaschube. «Sehen Sie mal, wie kräftig er geworden ist», hatte Frau Tatziet einmal zu ihm gesagt, als er bei ihr mit seinem Pferd den Acker pflügen kam, und auf mich gezeigt. «Hat er sich noch nicht krumm gebuckelt ...», antwortete er ganz unbeeindruckt. Bei Pinkepauls standen Rinder und Kühe im Stall, Tiere, die mir größer als Autos vorkamen, an ihren Hintern klebten Kotfladen, und die Schwänze kamen wegen der Fliegen kaum zur Ruhe. Manchmal wackelte ein Schwarm frischgeschlüpfter Gänseküken leise piepsend und dicht aneinandergedrängt über den Hof, keines wollte außen laufen, wir durften sie in die Hand nehmen, wo sie sich vor Angst sofort entleerten. Noch mehr interessierte uns aber der angebundene Hofhund, der so vereinsamt war, daß er sich vor Eifer fast erdrosselte, wenn wir ihm herumliegende, kleine Äpfel zuschossen, die er besser als jeder Torwart fing, allerdings mit dem Maul, und einem winselnd vor die Füße legte, weil er so gern weiterspielen wollte.

«Ich hab mir 'ne Beule geholt, weil ich beim Nachhausekommen in die falsche Einfahrt gefahren bin und einen Baum gerammt habe, der *bei mir* da gar nicht steht», sagte Herr Lenz.

Wenn man spielen gehen wollte, mußte man Frau Tatziet um Erlaubnis bitten, den Tisch zu verlassen, jedenfalls dachten wir das, weil unsere Mutter es uns so eingebleut hatte (sie leidet bis heute unter Albträumen, in denen sie von Frau Tatziet wegen ihrer Kinder kritisiert wird). War man aufgestanden, dann sollte man möglichst nicht wieder zurückkommen und einen gewissen Abstand zur Tischgesellschaft wahren, um die Erwachsenen nicht zu stören. Solche Regeln wurden erst von späteren Generationen aufgeweicht, als manche Kinder sich bei Tisch so benahmen, daß sich Herr Tatziet immer wieder die Lippen mit seinem zerknüllten Taschentuch abtupfen mußte, dessen tröstendes Gewebe er stets in der Hand bereithielt. Wenn geniest worden war, konnte es allerdings auch nicht helfen, er stellte dann das Essen ein. (Um ihn nicht unnötig zu quälen, verbot uns meine Mutter, mit unseren

Softeiswaffeln, die wir vom Eisstand am «Anglerheim» hatten und deren Eisrest wir von unten durch das abgebissene, weichgelutschte Ende heraussogen wie der Ohrenarzt den Schmutz aus meinem Hörkanal, den Garten zu betreten. Sie sahen aus wie die Fackel der Olympischen Spiele von 1980 in Moskau.) Ganz zuletzt wurden bei Verfolgungsjagden durch Eßstube und Flur sogar Türen geschlagen. *Wir* waren noch mit der Androhung, wenn wir uns nicht benähmen, würde unser Vater mit uns «hinters Haus gehen», in Schach gehalten worden, was ich nur einmal erlebte, ganz enttäuscht, weil «hinterm Haus» gar nichts passierte. Im übrigen war mein Vater der Meinung, die Erfahrung, «mit Quengeln etwas zu erreichen», könne uns im Leben nur nützen, *er* hatte sich dabei im Beruf beim Archiv für Archivwesen immer viel zu sehr zurückgenommen (heute ist er stolz, daß es die einzige wissenschaftliche Institution gewesen ist, die die ganze Zeit der Teilung hindurch eine Arbeitsstelle in Ost- *und* in Westdeutschland gehabt hat). Seine Schreckhaftigkeit machte für Herrn Tatziet auch Gespräche mit Frau Dr. Kientopp, der Ärztin, zum Problem, da sie wie ein zeitgenössischer Komponist ständig zwischen einem sehr leisen, fast flüsternden Register, das einen unvorsichtig werden ließ und dazu verleitete, die Ohren zu spitzen, und überraschenden, schrilleren Tönen wechselte, der arme Herr Tatziet zuckte jedesmal zusammen, als hätte der Blitz eingeschlagen. Ich dagegen erfuhr erst später, warum mich Frau Dr. Kientopp manchmal so traurig und gerührt ansah, denn ich war der gleiche Jahrgang wie ihr früh verstorbener Sohn und erinnerte sie wohl daran, wie er jetzt ausgesehen hätte.

Ihr Mann hatte, um seinen Schmerz zu verarbeiten, ihren Garten in einen fast schon barocken Park verwandelt, mit einer großen, mit Blumen bepflanzten Sonnenuhr in der Mitte.

Herr Tatziet beherrschte die Kunst, jedem die richtigen Fragen zu stellen, um seine «Texte» abzurufen und ihm das Gefühl zu geben, ausreichend zu Wort gekommen zu sein. Meist wußte er die Antwort schon selbst, weswegen ihm das Fragen leichter fiel. Man erinnerte sich mit Schmunzeln daran, wie ihm Hermanns Frau einmal als Abiturientin, nachdem sie in einem Buch darüber gelesen hatte, begeistert von den römischen Katakomben berichtet hatte, und daß er sich, obwohl er ja Lateinlehrer war, nichts hatte anmerken lassen und über diese Erörterung gestaunt hatte.

«Meine Rosen haben in diesem Jahr sehr unter dem Triebbohrer gelitten», sagte Tante Viechen.

«War es der aufwärts oder der abwärts bohrende Triebbohrer?» fragte Herr Tatziet.

«Ich meine, es war der aufwärts bohrende, aber ich habe nicht genau nachgesehen, man soll die Triebe ja sofort verbrennen.»

«Das war der abwärts bohrende Triebbohrer», widersprach ihre Tochter.

«Woher willst du das so genau wissen?»

«Wir hatten bei uns noch nie den aufwärts bohrenden Triebbohrer.»

«Also, das ist doch die Höhe! So hätte ich mit meiner Mutter nicht reden dürfen. Aber bei dir war es ja vom Hören zum Gehorchen schon immer ein etwas längerer Weg.»

«Da gab's letztens 'ne Sendung drüber, da haben se das gesagt.»

«Kinder müssen beim ersten Mal hören!» sagte Opa Knops.

«Der Fernseher ist so ein Störenfried!»

«Se» war bei Gundula keine näher bestimmbare Gruppe, sondern im Grunde der Rest der Menschheit, ein Haufen von Versagern, Betrügern und Drückebergern, die ihr feindlich gesinnt waren. «Das wollten se schon längst machen.» – «Das hätten se lieber nicht gemacht.» – «Wie woll'n se 'n das nu wieder machen?» Manchmal kam sogar noch eine andere, ähnlich geartete Gruppe dazu, und es wurde unübersichtlich: «Das hätten se se mal machen lassen sollen.»

«Es ist ganz leicht, Zucker und Zimt mit dem Löffel zu vermischen», sagte Herr Tatziet. «Aber umgekehrt schafft man es nicht, ich probiere das schon mein Leben lang erfolglos aus.» Er rührte im Glasschälchen mit Zucker und Zimt, und alle sahen gebannt zu, ob es ihm diesmal gelingen würde, die beiden Substanzen durch Umrühren wieder zu trennen, zuzutrauen war es ihm.

«Pustekuchen …», sagte Herr Tatziet, als er das Ergebnis seiner Bemühungen enttäuscht betrachtete.

«Ein Wetter zum Helden zeugen», sagte Herr Lenz.

«Soll aber noch Regen geben heute. Und ich habe meinen Schirm vergessen», sorgte sich Tante Viechen.

«Unsinn, kuck doch mal zur Wetterseite», sagte ihre Tochter.

«Manchmal gibt's von heute auf morgen einen Wetterumschwung …», sagte Tante Viechen.

«Oder umgekehrt», ergänzte Herr Lenz.

Nur, wenn das Wetter von der «Wetterseite» kam, war es ein Wetter, das uns betreffen würde, obwohl auch das nicht sicher war, denn die Wetterseite lag auf der anderen Seite des Flusses, und das Wetter schaffte es nicht immer über das Wasser, so, wie es, wenn es von der hiesigen Seite kam, manchmal nicht wieder abzog, Schmogrow blieb meist trocken, es lag «im Regenschatten von Berlin» (für Sommergäste ideal, für Gärtner nicht).

«Ausgerechnet heute habe ich meinen Regenschirm vergessen», sagte Tante Viechen. «Es ist zum Verzweifeln.»

«Es wird nicht regnen.»

«*Du* wirst ja nicht naß!»

«Red nicht solch einen Unsinn. Guck doch zur Wetterseite.»

«Was is ’n hiermit?» sagte Frau Tatziet und schob einen weiteren Kuchenteller zu den beiden.

«Wenn hier die Eisenbahn zu hören ist, kommt in drei Tagen schlechtes Wetter», sagte Tante Viechen.

«Dann kannst du ja inzwischen noch deinen Schirm holen.»

«Und wenn die Eicheln dick sind im Herbst, gibt’s einen milden Winter», sagte Herr Lenz.

«Ich spür auch schon so ein Ziehen in meinen Hühneraugen», sagte Opa Knops.

«Ich hab mich heute eigentlich nicht so richtig gefühlt, aber der Montag ist ja mein *Jour fixe*, da konnte ich schlecht absagen», sagte Tante Isolde.

«Man kann nicht überall da sein, wo man sich verabredet hat», tröstete Frau Tatziet.

Wenn Tante Isolde neben Herrn Tatziet sitzen durfte, war sie ganz aufgeregt, zumal, wenn sie von dort auch die Sichtachse über den «Grandplatz» auf den «Point de vue», also das Rosentor, genießen konnte.

Meine Mutter saß immer freiwillig an dem Ende des Tischs, wo man wegen einer schon vor Jahren bei einer Reparatur angebrachten zusätzlichen Leiste die Beine kaum drunterschieben konnte. «Ich habe ja so kurze Beine», sagte sie («Sitzt sie, staunen Kinn und Knie, / daß sie Nachbarn werden.»). Sie hätte sich aber auch mit langen Beinen freiwillig geopfert.

«Erst war ich bei der MAS, denn bei der MTS, denn in der VEG und jetzt in der LPG», so lautete ein Lieblingstext von Herrn Lenz. «LPG ‹Maxim Gorki›, deshalb wachsen bei uns die Ähren wie Telegraphenmäste, jedenfalls was den Abstand betrifft ...»

«Über Stalin ham se neulich 'ne Sendung gebracht.»

«Der Fernseher ist so ein Störenfried!»

«Störenfried», wiederholte Susanne.

«Am Ende seines Lebens ist er ja gestorben.»

«Die ersten Russen-Trecker, die wir bekamen, hießen ‹Sendboten des Friedens›.»

«Es gibt noch keinen Friedensvertrag!»

«Da mußte man Bretter über das Getriebe legen, um sich nicht die Füße zu verbrennen.»

«Als die Russen uns ihre Offenställe anbefohlen haben, sind die Rinder in ihrer eigenen Jauche festgefroren.»

Man hatte Angst, Herr Lenz würde wieder gestenreich von seiner Zeit als «Besamungswart» in der Kommission erzählen, die den Verkehr unter den Schweinen überwachte, um den Saubedeckungsplan zu erfüllen, und erklären, warum Sauen nicht von Ebern gedeckt werden sollten, die nicht «gekört» seien, und was der «Natursprung» beim Hengst sei. («BESAMUNGSHALLE. ES IST VERBOTEN, WÄHREND DER BESAMUNG ZU RAUCHEN ODER DEN BULLEN DURCH GELÄCHTER ABZULENKEN!» stand außen an einem der LPG-Ställe auf einem Schild.) Unverfänglicher waren seine Berichte vom Seniorentheater «Spätlese», in dem er als Charleys Tante brillierte. (Eine Abkürzung, die in der Aufzählung seiner Arbeitsstellen fehlte, war die Waffen-SS, zu der er sich mit siebzehn Jahren gemeldet hatte, ein Arzt hatte ihn dafür noch einen Zentimeter größer schreiben müssen. «Tun Sie das Ihrem Vater nicht an, der ist doch Christ!» hatte der Apotheker ihn beschworen. *Er* habe in der Ukraine immer Quartier bei *alten* Frauen gemacht, sagte Herr Lenz, da hatte er gut zu essen, und es gab keinen Ärger. Hatte er wie andere SS-Leute seine Blutgruppen-Tatöwierung am Kriegsende schnell mit Milch bearbeitet? Nach der Wende bekam er zu seinem Erstaunen eine Rente für seine Tätigkeit bei der SS zugesprochen.)

Von Tante Isolde ging das Gerücht, sie habe, als ihr ein russischer Offizier angekündigt hatte, warum er sie am Abend besuchen kommen würde, nicht gewußt, was von ihr erwartet wurde, bis dahin war sie auch ohne diese Dinge ausgekommen, Oma Quade mußte ihr erklären, worum es ging. Meine Mutter setzte sich manchmal freiwillig neben sie, um ihr zuzuhören, weil sie immer über Fontane reden wollte, dessen Namen sie – wie Fontanes Vater es seiner Familie nur am Sonntag erlaubt hatte – ein wenig nasal aussprach. Wenn in den Ferien ihr Bruder aus dem Westen, Tante Lores Mann, nach Schmogrow kam, war er für das «Damenprogramm» zuständig und mußte sie im Mercedes ins Schlaubetal und zu anderen Brandenburger Gedenkorten Fontanes fahren, und die dortigen Bewohner wunderten sich über Fontanes Westbesuch. Sie nahm auf solche Touren immer eine Tafel Schokolade mit, «gegen die Verschwachung».

Den Tisch hatte Opa Knops repariert, er war handwerklich geschickt und hatte schon viel zu reparieren geschafft, allerdings fiel es ihm über der Euphorie, daß ihm etwas gelungen war, schwer, sich von einer Arbeit zu trennen, er machte immer etwas zuviel, und dann funktionierte es doch wieder nicht. In einer solchen Stimmung hatte er eine zusätzliche Leiste unter die Tischplatte geschraubt, die vielleicht nicht notwendig gewesen wäre und jetzt verhinderte, daß jemand anderes als meine Mutter an diesem Platz bequem sitzen konnte (in Wirklichkeit saß sie natürlich auch nicht bequem).

«Der Fernseher ist so ein Störenfried!»

«Vor allem, wenn man so laut hört wie Vater», sagte Opa Knopsens Tochter. «Der hat seinen Fernseher in Schaumgummimatratzen gepackt, aber das nützt auch nichts, und Kopfhörer will er nicht benutzen. ‹Ich setz nie wieder Kopfhörer auf im Leben, ich war im Krieg Funker›, sagt er. Zieht bloß nie mit Verwandten zusammen! Vor allem, wenn sie zu alt sind, um sich noch umzubringen.»

Tatsächlich wurde Opa Knops, der früh Witwer geworden war, über hundert Jahre alt, vielleicht weil es sein Hobby war, sich irgendwohin ins Umland seiner Stadt rausfahren zu lassen und zurückzulaufen, dabei hatte er Frau Tatziet schon vor vielen Jahrzehnten einen Zweitschlüssel für eine Stahlschatulle im Geheimfach seines Schreibpults ausgehändigt, die seine Sparkassenbücher enthielt, damit sie sich, falls er sterben sollte, um seine Töchter kümmere. (Im Krankenhaus haben die Ärzte ihn vor seinem Tod ungeschickterweise wieder zu Bewußtsein gebracht, er schrie, weil er sich an den Krieg erinnerte.)

«Als ich bei der Umbettung meines Vaters, er war ja mit meiner Tante bei einem Autounfall ums Leben gekommen, seinen Schädel in der Hand hielt, war mir das gar nicht schrecklich, ich habe ihn sogar genau erkannt.»

«Und über seine Runzeln ging ein Schmunzeln», sagte Herr Tatziet.

«Soll ich noch eine Kanne Kaffee aufsetzen?» fragte Onkel Piewe.

«Kaffeekanne», sagte Susanne.

«Aber nicht wieder Marke ‹Herztod›», sagte Herr Lenz.

«Also ich würde noch eine Tasse trinken.»

«Das laß mal lieber, bei deinem Blutdruck. Das haben se neulich wieder in 'ner Sendung gesagt.»

«Solange man lebt, schlägt auch das Herz, sagt mein Kardiologe», sagte Onkel Erich. «In drei Jahren werd ich 90.»

«Imposant!» sagte Herr Lenz. «Und was ist die Steigerung von ‹imposant›? Im Hintern Steine, im Arsch Beton!»

«Rechnen ist nicht seine Stärke», sagte Tante Gretchen, die immer nur ein Auge darauf hatte, ob bei Tisch alle Wünsche ihres Bruders erfüllt wurden, während sie ihren Mann kaum beachtete.

«Kinderchen, seid fröhlich!» zitierte Frau Tatziet die verstorbene Chefin aus Tante Huldas Kinderheim. (Als Tante Hulda dort, nachdem lange offen gewesen war, wovon sie sich als «spätes Mädchen», dessen Verlobung aus ungeklärten Gründen im selben Jahr vollzogen und aufgelöst worden war, ernähren sollte – Helmtrud hatte schon mit dem Gedanken gespielt, sie als Hilfskraft anzustellen –, zum ersten Mal im Leben Gehalt bekommen hatte, wurde sie von der Familie «Hulda Neureich» genannt, sie selbst nannte sich «Hulda Worms, der Kinderverderb».)

Unter dem Dach der Hauslaube hatte Herr Tatziet zum Schutz der Gäste und ganz gegen seine Überzeugung in jeder Ecke mit Sirup gefüllte «fleischfressende Flaschen» angebracht, die die Wespen vom Kuchen und von den Marmeladen- und Honiggläsern weglocken sollten. (Karl hat uns verraten, daß er gestern Angst hatte, die Wespen würden zu ihm kommen, weil auf seinem T-Shirt Palmen zu sehen waren.) Ich beobachtete, wie eine nach der anderen vom Geruch betört hineinkrabbelte und es dann nicht mehr schaffte, den Weg zurück durch den engen Flaschenhals zu finden, sondern nach dem ersten Kontakt mit der klebrigen Flüssigkeit, in der die älteren Opfer bereits in tieferen Höllenkreisen verwesten, die Orientierung verlor, panisch wurde und irgendwann darin versank. Meine Beine waren übersät von Brennnesselpusteln und Mückenstichen, Ameisen hatten mich gebissen, Bienen gestochen, Bremsen, Wespen, nur noch keine Hornisse, die ja angeblich mit sieben Stichen ein Pferd töten konnten (Ricarda: «Die Mücken haben mich an den Beinen erobert.»). Es war lustig, wenn ein Erwachsener sich wegen einer Mücke selbst eine Ohrfeige gab. An den Mücken konnte man sich immerhin rächen, man mußte nur genau in dem Moment, wenn sie einem ihren Rüssel in die Haut senkten, die Stelle glattziehen, dann explodierten sie angeblich.

«Wunderschön, der Phlox. Fast wie in Rixdorf», sagte die kleine, rundliche Tante Hulda mit der großen Nase und dem stets vergnügten Lächeln. Ihr Schmogrow war der Pfarrgarten bei einem Onkel in Rixdorf, Herrn Tatziets Großvater, wo sie mit ihren sechs Geschwistern in ihrer Jugendzeit vor dem Ersten Weltkrieg oft bei den neun Cousinen und Cousins zu Besuch gewesen war, was für sie das Schönste war, man wanderte die Strecke aus Lichterfelde zu Fuß. Diese neun Namen, «Karl, Mieze, Grete, Lene, Suse, Lise, Lotte, Heini, Hanna», wie einen Zungenbrecher möglichst schnell aufsagen zu können, gehörte zur Familientradition. Schmogrow war schon ein Echo oder Abglanz von Rixdorf gewesen, das Helmtrud vorgeschwebt hatte, sogar einen ganz ähnlich aussehenden Springbrunnen hatte es dort gegeben, und sicher hatte auch Rixdorf schon ein noch früher verlorenes Paradies nachschaffen sollen, wie es im Grunde jeder Garten mit dem ältesten Paradies versucht.

Tante Hulda galt nicht nur als Stimmungskanone der Familie – «Freut euch alle groß und klein, Hulda tritt bald in Erschein'!» kündigte sie sich an –, sondern hatte auch in Versen über das ihr vom Leben versagte Liebesglück geklagt. (Lag es am ausladenden Gesäß, das laut Helmtrud ein Familienmerkmal war wie die Nase der Hohenzollern und die Unterlippe der Habsburger?) Ortwin, ein komponierender Schüler von Herrn Tatziet, der später die musikalische

Hella heiratete, hatte Tante Huldas Gedichte für das Klavier vertont, die Originalpartitur war, da der Komponist (und vielleicht auch sein Sohn) nach Huldas Überzeugung einmal berühmt werden würden, ihr wertvollster Besitz (selbst die Notenlinien waren ja handgemalt!), wie sie in ihrem Testament schrieb, in dem sie das wenige, was sie besaß, auflistete:

1 Infrarotlampe
3 Tauchsieder
1 Gesundheitsliege
1 Pampelmusenlöffel

Im Krieg hatte sie einmal für einen Aufenthalt in Schmogrow eine detaillierte Hotelrechnung geschrieben und bei den Leistungen auch «kalte und lauwarme Getränke» sowie «Beleuchtung und Verdunklung» nicht vergessen. Für Helmtrud hatte sie auf den Rückseiten von Einlaßkarten zu Lichtbildervorträgen über den Wandervogel, die Onkel «Witz» im ganzen Land in Schulen hielt, einen botanischen Führer («Auf Leidpfaden zum Leitfaden») für Phantasiepflanzen gemalt: «Waldgakse – Gara silva», «Herznullwurz – Cora nulla», «Fratzenschelling – Visala spinosa».

«Die Marder haben heute wieder so getobt», sagte Tante Hulda. «Ich bin immer wieder wach geworden.» Zwei junge Gäste, die im Zimmer über ihr geschlafen hatten, sahen sich schuldbewußt an.

Ich war nicht der einzige, der Veränderungen nur mit Mißbilligung hinnahm, Tante Isolde bemängelte den neuen, blauen Plastik-Briefkasten am Feldsteintorpfeiler, der die Mispel, deren Blätter sich im Herbst so wundervoll färbten, entstellte: «Das ist in meinen Augen keine Verbesserung.» Sie arbeitete in einem Stadtarchiv, wenn ihr Chef nachmittags an seinem Schreibtisch einnickte, gingen die Damen auf Zehenspitzen und sagten: «Unser Kleiner schläft.» Das amüsierte Frau Tatziet so, daß sie es immer wiederholte, wenn ich in der Regel als letzter vom Mittagsschlaf erschien.

Ich beobachtete eine winzige Raupe, die sich vom Blattwerk über unseren Köpfen wie ein Spielzeug-Holzmatrose an einer Schnur, nur umgekehrt, und ohne daß man unten ziehen mußte, an einem unsichtbaren Faden Richtung Tisch abseilte, ob sie wußte, was sie da tat? Nachher würde ich wieder versuchen, freihändig um das ganze Karree zu fahren, besonders die tiefer liegenden Einfahrten zur Chaussee waren, ohne den Lenker zu berühren, kaum zu überwinden. Welche Ehre, wenn ein Erwachsener das Wort an einen richtete, aber was sollte man antworten? Einmal war ich von einer «edlen Tante» aus dem Harz befragt worden, weil ich dort drei Wochen bei einem Reiturlaub verbracht hatte und nun als Experte galt, das hatte mich mit Stolz erfüllt. Herr Tatziet hatte einen Hocker hingestellt und mich vorführen lassen, wie ich mich beim Galopp und beim Trab bewegt hatte. Wie könnte ich weniger unsichtbar werden? Noch war ich ja ein «Tarnkappenmensch». Sollte ich Latein lernen, um Herrn Tatziet eine Freude zu machen, oder Griechisch, das er, wie viele Lateinlehrer, heimlich noch mehr liebte? (Was war es schon wert, «Festina lente!» zu sagen, wenn man auch «Σπεῦδε βραδέως!» sagen konnte!) Sollte ich lernen, Dinge zu reparieren? Abflußrohre zu reinigen? Ein löchriges Weidefaß zuzuschweißen? Von irgend etwas irgend etwas verstehen? Wie beglückend, wenn man plötzlich alle damit überraschen könnte, virtuos ein Instrument zu beherrschen, was bisher keiner geahnt hatte! (Wenn ich den Hocker im Fotofix-Automaten im Kaufhaus auf die richtige Höhe drehe und mehrmals nachjustiere, stelle ich mir immer vor, ich sei Glenn Gould vor einer Aufführung der «Goldberg-Variationen».) Man konnte auch jemanden Prominenten kennen oder ihm wie Hellas jüngerer Sohn, der mit seinem Knabenchor schon dem Papst vorgesungen hatte, zumindest begegnet sein, wenn man schon nicht das Glück hatte, mit einem dieser Fabelwesen im Haus zu wohnen und über private, im besten Fall sogar etwas peinliche Momente berichten zu können. Man konnte eine interessante Lebensmittelunverträglichkeit haben, die noch zu neu war, um sich allgemein durchgesetzt zu haben, man konnte Zeuge eines spektakulären Unfalls gewesen sein, selbst ein «Loch im Kopf» haben oder wenigstens an einer von allen gefürchteten Krankheit leiden und sich tapfer halten. Daß ich am selben Tag Geburtstag hatte wie das greise Fräulein Knortz, knüpfte ein Band über Generationen hinweg und lenkte das Scheinwerferlicht manchmal für Momente auf mich. Sie war als junge Zeichenlehrerin in den Ort gekommen und hatte in den zwanziger Jahren einen Handarbeitszirkel im «Schützenhaus» geleitet und in der Schule eine Lehrküche eingerichtet. Damals hatte sie mit Tante Hulda auf dem Hof Reigen getanzt, auch als Greisin mit Altersflecken im Gesicht wurde sie «Fräulein» genannt. Im Krieg war sie BDM-Führerin des Ortes gewesen. Als Hochzeitsgeschenk für Tante Lore hatte sie am Morgen der Trauung die Flußlandschaft aquarelliert. Man durfte ihr Haus nicht betreten (sie sah, als sie schon verwirrt war, zu ihrem Schrecken jede Nacht Russen durch die Räume laufen), aber einmal im Jahr pilgerten wir zu ihr, um von draußen durchs Fenster die blühende «Königin der Nacht» zu bewundern, einen Kaktus. Bei solch einer Gelegenheit zeigte sie mir einmal das Glas, in das sie abgesammelte Kartoffelkäfer sperrte, sie machte sich nicht die Mühe, sie zu töten. Ein filigraner Scherenschnitt von einem Strauß Glockenblumen, den sie angefertigt hatte, hing in «Schreibers Stube» (die so hieß, weil Dr. Schreiber, ein junger Lehrerkollege von Herrn Tatziet, hier in den fünfziger Jahren übernachtet hatte, um sich nach dem Unterricht in der Schule den Weg zurück in die Stadt zu sparen). Frau Fiddekes Sohn kam einmal weinend aus der Schule nach Hause, beim Kämmen lösten sich ganze Haarbüschel, weil Fräulein Knortz ihn an den Haaren gerissen hatte, Frau Fiddekes alter Vater «billichte» auch das nicht, er war darüber sogar so wütend, daß er Fräulein Knortz bei der nächsten Begegnung mit einem Hammer in der Hand, er hatte gerade den Zaun repariert, zur Rede stellte, so daß sie schon dachte, er würde sie erschlagen.

Ich lebte ein Leben im Überfluß und würde nie begreifen, was die Alten erlitten hatten. So viele tragische Todesfälle hatte es gegeben, von denen erzählt wurde. Ein Mann war im Bombenkeller über Nacht ergraut. Hatten die anderen ihre grauen Haare auch von so einem Erlebnis? Ein Bauer war auf dem Eis ausgerutscht, auf der Schläfe gelandet und sofort tot gewesen, ein anderer war bei einem Gewitter unter sein

Fuhrwerk gekrabbelt und doch vom Blitz getroffen worden, der Schmied, der sich beim Mähen mit der von ihm selbstgeschmiedeten Sense geschnitten und an Blutvergiftung gestorben war, die Kinder, die bei der Fahrt vom Hang mit dem Schlitten unter die Eisoberfläche des Flusses geraten waren, der alte Mann, der beim Aufstieg auf den Schloßberg vor einem fremden Haus auf einer Bank ausruhte und nie mehr aufstand, der Müller, der tödlich vom Pferdewagen stürzte, weil ein Mehlsack verrutscht war, die Brüder, die auf der Flucht in den letzten Zug steigen wollten, aber ihre Fahrräder nicht mitnehmen durften, und bevor sie ihre Papiere aus den zugebundenen Fahrradtaschen ziehen konnten – ein Messer, um sie aufzuschneiden, war so schnell nicht zu finden –, war der Zug abgefahren, und sie wurden nie wieder gesehen, der Großvater, der, als sein Enkel aus der Gefangenschaft kam, vor Aufregung von der Leiter gefallen ist und an einem Oberschenkelhalsbruch starb, der Mann, der seine Rote-Kreuz-Uniform angezogen hatte, um nicht für einen Soldaten gehalten zu werden, die Russen machten bei Uniformträgern aber keine Unterschiede, sein treuer Hund ließ tagelang niemanden an die Leiche des auf der Straße Erschossenen. Die Toten waren in der Mehrheit, allein die ungezählten Ertrunkenen. Wenn man irgend etwas vom Leben erwartete, statt sich demütig mit dem zufriedenzugeben, was das Schicksal einem zuteilte, verhöhnte man die Toten und zeigte keinen Respekt vor dem von ihnen erlittenen Leid. Die Apothekergehilfin, deren Vater Kirchenältester gewesen und für seine schöne Schrift, mit der er die Kirchenbücher führte, bekannt gewesen war, hatte man mit ihrer unehelichen Tochter über den Fluß nach Osten verschleppt, wo ihre Eltern starben, die beiden kamen völlig entstellt zurück und wurden auch nach ihrer Rückkehr in der leeren Werkstatt, in der sie hausten, mehrfach überfallen und vergewaltigt, elend, apathisch, verschüchtert und verlaust hätten sie auf Stroh gelegen und niemand hätte sich zu ihnen getraut, Mutige reichten ihnen mit einer an einem Stiel angebrachten Gabel etwas Essen. Todgeweiht, wie sie waren, hatte die Mutter nur noch den Wunsch, ihre elfjährige Tochter zu überleben. Als das Mädchen dann starb, lag die Mutter tagelang mit ihr im Arm und weigerte sich, sie zur Beerdigung herzugeben. Ihr Mann, den sie kurz vor Kriegsende geheiratet hatte, soll noch einmal aufgetaucht sein, um sich nach den beiden zu erkundigen, hätte sich aber, als er von ihrem Zustand erfuhr, für immer davongemacht.

«Könnten bitte mal alle die Augen schließen?» sagte Herr Tatziet und schaufelte sich eilig mehrere Teelöffel Zucker in die Tasse. Seit seiner Jugend, als er sich als junger Kunststudent in Berlin vor Mittellosigkeit mit Zuckerwasser ernährt hatte (die Gläser warf er hinter sich durchs Fenster in die Spree) und als allgemein noch der Grundsatz galt: «An Zucker sparen, grundverkehrt, der Körper braucht ihn, denn er nährt», hatte sich die Einstellung zu diesem Genußmittel geändert. (Wenn Klara römischer Kaiser wäre, würde sie allenfalls mit *Butter*brot und Peitsche regieren.)

«Wußtet ihr, daß Siegmund Jähn 1978 gerade Opa geworden war und daß sie das verschwiegen haben, weil es nicht ins Bild paßte?»

«Nein.»

«Und wie sein Ersatzmann hieß?»

«Das weiß ich, es fällt mir bloß nicht ein», sagte Hermann.

«Ich eß ja im Prinzip alles, aber Biersauce krieg ich nicht runter», sagte Tante Viechen.

«Solange es nicht mit Zimt ist ...»

«Unser Stabsarzt hat uns in Bulgarien einen Pelikan geschossen, der schmeckte scheußlich, ganz unerträglich fischig.»

«Wenn du Hunger hast, hast du ein Problem, wenn du keinen Hunger hast, hast du viele ...»

«Biersauce», sagte Susanne.

«Vor einem Angriff durftest du nichts essen, falls du einen Bauchschuß bekommst, den überlebt man sonst nicht», sagte Opa Knops.

«Wenn mein Sohn Schokolade essen darf, stopft er sich damit voll. Wenn ich es ihm sonst nicht verbieten würde, würde er viel weniger essen. Das ist der künstlich erzeugte Mangel.»

«Wenn man nur Schrotsuppe mit Mäuseköteln vor sich stehen hat, fällt es schwer, vor jedem Essen ‹Aus meines Herzens Grunde sag ich dir Lob und Dank› zu singen, wie unser Vater es von uns verlangte.»

«Im Krieg gab es im ‹Anglerheim› Faßbrause mit Schokoladengeschmack, vom Apotheker zubereitet.»

«Dr. Bock hat uns gegen die ‹Russenpest› Lebertran verschrieben, damit konnten wir dann Bratkartoffeln braten.»

«Der Wert des Lebens besteht nicht in erfüllten Wünschen, sondern in erfüllten Pflichten.»

«Beim Besuch von Kim Il Sung in unserer LPG mußte ich

Beruhigungsmittel nehmen, weil ich für die Betriebszeitung fotografiert habe und ein Foto ohne seine riesige Beule am Hals brauchte. Sindermann war halb besoffen.»

«Ich hab noch bergeweise Millimeterpapier von meinem verstorbenen Mann im Schrank, was soll ich denn damit?»

«Ich brauch's auch nicht», sagte Herr Lenz. «Wir Maurer messen nicht so genau, Hauptsache, man bleibt auf dem Grundstück.»

«Wo der Pfarrer hinguckt, muß es stimmen», sagte Herr Pinkepaul und zeigte mit der Hand auf den Bereich zwischen Kopf und Gürtellinie. «Vastehste?»

«Man braucht immer einen schlitzohrigen Vorfahren, der irgendwo seinen Spieß in die Erde gesteckt hat, um sich anzusiedeln ...»

«Die holländischen Kolonisten haben beim Alten Fritz erwirkt, daß ihr neuer Heimatort ‹Hammelstall› in ‹Philadelphia› umbenannt wurde.»

«Wird es schon Abend, und wir können das Thema Mücken anfangen?» fragte Frau Tatziet.

«Oder das Thema Biber?»

«Den Biber können sie von mir aus gerne in Sanssouci ansiedeln», sagte Herr Lenz.

«Bisam ist eine Wühlmausart», sagte Gundula.

«Unsere Mutter hat 33 bei der großen Mückenplage, als es so heiß war, daß es aus den Wasserhähnen nur noch tröpfelte, ein Zelt angeschafft und ist mit uns nach Zingst gefahren», sagte Tante Lore.

«Wir haben damals Heilkräuter gesammelt für den Apotheker. Die Nazis hatten es ja mit der Naturheilkunde.»

«Unser Bürgermeister wollte am Kriegsende seine schwangere Frau in Sicherheit bringen, bei der Rückkehr ist er als ‹Deserteur› aufgeknüpft worden. Unser Lehrer ist mit unserer Klasse hingegangen, als Erziehungsmaßnahme sollten wir die steifgefrorene Leiche dieses ‹feigen Verräters› alle mal am Bein anfassen und schaukeln lassen.»

«Bei Bäcker Ruddat gab es einen Gesellen, der sich drei Brötchen auf einmal in den Mund schieben konnte.»

«Ich freu mich immer auf die Rückfahrt im Herbst, wenn die Alleebäume bunt sind», sagte Tante Lores Mann.

«Die Blätter färben sich gar nicht bunt, es verschwindet nur das Grün», sagte Gundula.

«Es ist doch immer wieder erstaunlich, wie viele unwichtige Dinge man nicht weiß», sagte Herr Tatziet.

Wenn eine Feuerwehrsirene zu hören war, sagte Gundula: «Ist wieder einer aus dem Fenster gehüpft.»

«Häschen, hüpf!» sagte Susanne.

Die Tafel wurde aufgehoben mit einem weiteren Zitat aus Tante Huldas Kinderheim, wo ein Kind sich einmal artig für ein Essen bedankt hatte: «Danke schön, war genug für alle da. Margarine hat man gar nicht durchgeschmeckt. Es war *weit* über eure Verhältnisse.»

II

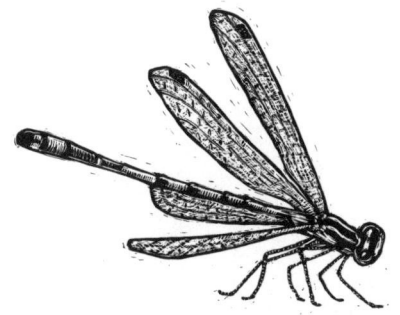

5. BADEN IN SEEN

Seit zwei Tagen ist mein linkes Ohr verstopft. Ich habe beim Baden versucht, bis zum anderen Ufer des alten Oderarms zu tauchen, in dem wir schon als Kinder gebadet haben, weil die «elektrische Oder», wie wir die Strom-Oder damals nannten, dafür mit ihren Strudeln zu gefährlich ist – möglichst dicht über dem Boden, wo man im trüben Wasser, das an manchen Stellen deutlich kälter ist, seine Arme nur noch als gelbliche Schatten sieht und sich allein auf der Welt fühlt, immer noch einen Schwimmzug, um kurz vor der Ohnmacht (obwohl man, das weiß ich von Jacques Cousteau, nicht schneller auftauchen sollte als die Luftbläschen) herauszuschießen wie ein Walfisch und verwundert festzustellen, wie weit man vom Weg abgekommen ist und daß man fast beigedreht hat. Danach ist das Wasser nicht wie gewohnt als erlösendes, warmes Rinnsal aus meinem Ohr geflossen, ein Tropfen scheint im Hörkanal hinter Verunreinigungen festzusitzen. Ich fühle mich benommen, und ich höre auf dieser Seite nur dumpfe Laute wie beim Untertauchen in der Badewanne und manchmal ein pulsierendes Rauschen, das mich an Karls Herzton erinnert, als er in Klaras Bauch mit der Nabelschnur gespielt hat, weil es ihn wohl amüsierte, für Momente keinen Sauerstoff zu bekommen. Mein Ohr ist wund vom Versuch, es mit dem Finger freizurütteln. Es ist ein Vorgeschmack aufs Alter, wenn mein Gehör nachlassen wird und ich wie mein Vater keine Zischlaute mehr verstehe, auch nicht, wenn man mich anschreit. Manchmal versuche ich schon, wie Lispler es vielleicht unwillkürlich lernen, geistesgegenwärtig Sätze mit möglichst wenig Zischlauten zu bilden, wenn ich mich an ihn wende («Kann ich heute dein Auto borgen?» statt «Solche

Saucenschüsselscherbchen schneiden ziemlich scharf.»). Da meine Ohren durch meine Ohrstöpsel regelmäßig verstopfen, habe ich mir ein Gerät aus einer Fernsehwerbung besorgt, mit dem man das Ohrenschmalz nach dem Prinzip der archimedischen Schraube aus dem Hörkanal ziehen soll, was in der Computeranimation beglückend effizient aussah, aber natürlich nicht funktioniert hat. Es wäre auch zu schön gewesen, auf diese Weise eine Brücke zu den Ingenieuren der Antike zu schlagen. Nun liege ich in stabiler Seitenlage auf der Ottomane (oder ist es eine Récamiere? Frau Tatziet sagte einfach: «Denkliege»), auf der Frau Tatziet immer abends die Radionachrichten gehört hat. Für die zwei in Frage kommenden Sender hatte sie zwei Geräte, zum Ausschalten zog sie den Netzstecker, ihre Finger waren von der Arbeit zu ungelenk geworden und ihre Augen zu schlecht, vor Knöpfen und Schaltern, diesen Schikanen der Männerwelt, kapitulierte sie bedingungslos. Ich warte, daß das Mittel aus der Apotheke wirkt, das ich mir mit einem Politzerball, die kalten, spitzen Einschläge wie bei Augentropfen zählend, ins Ohr geträufelt habe, und der Ohrenschmalzpfropfen sich auflöst. Um nachzuhelfen, soll ich gleichzeitig schlucken und «Kuckuck» sagen. Ich halte mein Ohr wie eine Tasse mit heißem Tee, es erinnert mich an die Geschicklichkeitsübung nach dem Abtauen des Kühlschranks, wenn ich das Auffangschubfach, das randvoll mit Tauwasser ist, vorsichtig herausziehe und es, ohne irgendwo anzustoßen, bis zur Spüle tragen muß, um es auszukippen. Meist schwappt das Wasser aber unterwegs über, weil ich zu ungeduldig war und die Nerven verloren habe. Wenn man so liegt, denkt man immer, warum sollte man überhaupt wieder aufstehen? Wie bei einem Sturz mit dem Fahrrad der Moment, wenn man mit den Händen auf den Asphalt stößt, den man sonst immer in verläßlicher Entfernung unter sich hatte, und anschließend in sich hineinhorcht, ob von irgendwo im Körper beunruhigende Schmerzen gemeldet werden oder ob ihre Abwesenheit noch beunruhigender ist, bevor man sich traut, einzeln seine Glieder abzufragen. Auch dann ist mein erster Impuls, liegenzubleiben und die anderen weitermachen zu lassen. Als Kind hüpfte man, wenn man Wasser im Ohr hatte, auf einem Bein und schüttelte dabei seinen Kopf seitlich aus wie eine Ketchupflasche. Diese Methode hatte ich bei Erwachsenen beobachtet und wie so vieles von ihnen übernommen. Wenn wir als Jugendliche versuchten, bei Punk-Konzerten Pogo zu tanzen, sah das sicher ganz ähnlich aus. Aber diesmal will sich kein Wassertropfen lösen, auch nicht, wenn ich den Hörkanal mit dem Finger verstöpsele, um beim Herausziehen einen Unterdruck zu erzeugen wie beim Abfluß der Küchenspüle mit dem roten Gummipömpel. Es erinnert mich an Familie Quade, die, weil ihr Stammvater Amadeus Knoll schon vor Frau Tatziets Geburt mit ihren Eltern Helmtrud und Adolf befreundet gewesen war, zum ältesten Schmogrow-Adel gehörte. Der Quade-Familie wurde nachgesagt, daß ihre Angehörigen über Generationen unter einer weitervererbten, einseitigen Schwerhörigkeit litten. Man mußte das wissen und sich für Gespräche mit einem von ihnen auf die richtige Seite setzen, sonst wunderte man sich über seine Teilnahmslosigkeit. Viele Konflikte, für die diese Familie bekannt war, sollen auf ihr gemeinsames Gebrechen zurückzuführen gewesen sein, denn, wer nicht genau versteht, was um ihn herum gesagt wird, entwickelt ein notorisches Mißtrauen, weil er Informationen verpaßt oder falsch verstanden hat, oder weil er ständig argwöhnt, daß über ihn getuschelt wird, das war jedenfalls die freundliche Erklärung. Es wäre mir gar nicht unrecht, weniger zu hören, wenn davon nicht nur *eine* Seite betroffen wäre, der Körper sehnt sich nach seiner gewohnten Symmetrie und wehrt sich gegen das akustische Hinken. Ich tröste mich damit, mit dem feinen Luftstrahl aus dem Politzerball meine Gesichtshaut abzutasten und so wenigstens in bescheidenem Maß für Erfrischung zu sorgen. Es ist drückend heiß, leider auch auf dem Hof, weil die Kastanie gefällt worden ist, und damit auch in der Eßstube, obwohl dieser Raum neben der Glastür zur Laube nur ein kleines Fenster nach Süden hat, durch das die Sonne genau beim Kaffeetrinken Herrn Tatziet blendete, weshalb man als Eingeweihter, ohne dazu aufgefordert werden zu müssen, vor dem Setzen das orangefarbene Gardinchen zuzog. Vor diesem Fenster wurden im übrigen Topfpflanzen, die Frau Tatziet noch mehr ablehnte als andere Geschenke und die ihr fast so lästig waren wie zugelaufene Katzen, zum Vertrocknen hingestellt, sonst hätte sie sich womöglich noch genötigt gefühlt, den Blumen zu Ehren die Scheiben zu putzen. (Tante Viechen: «Dreh doch mal den Topf, damit die Rückseite Sonne kriegt.» – Gundula: «Bloß nicht, dann *hungert* die Pflanze.» – «Das hast du mir doch früher genau andersrum erklärt!») Als Kind war der Preis für die Freuden des Badens für mich die komplizierte Prozedur gewesen, die nötig war, um sich hinterher wieder anzuziehen. Ich stand mit dem rechten Bein im Wasser, der Fuß versank im bläulich-schwarzen Schlamm, und trocknete den linken Fuß mit dem Handtuch ab, das mir über der Schulter hing, um einen Schritt in den am Ufer bereitstehenden Schuh zu machen und nun auch den rechten Fuß abzutrocknen, den ich mit einem Schmatzen aus dem Schlamm zog und zum Abspülen kurz im Wasser hin und her schüttelte. Immer wieder verlor ich dabei das Gleichgewicht, mußte den nassen Fuß im Sand absetzen und von vorn beginnen. Wenn man hier lange genug bewegungslos stand, kamen winzige Fische herangeschwommen und suchten die Haut der Füße und Waden nach Eßbarem ab (hoffentlich war kein «Schiffhalter» darunter), sie selbst würden dann von größeren Fischen gefressen werden. (Ricarda: «Man darf die Fische nur *unter* Wasser streicheln!») Die anderen waren schon aufgebrochen, Erwachsene und ihre Kinder, die barfuß gingen oder mit nassen und sandigen Füßen ohne Strümpfe in ihre Sandalen schlüpften, weil ihnen das unangenehme Gefühl an der Luft getrockneter Haut nichts ausmachte, das für mich fast so schlimm war, wie Schaumgummi zu berühren (Schlagsahne bereitete mir dagegen keine Probleme). Ich hörte, wie sie sich entfernten, während ich ganz allein im Wasser stand, ein Gefangener meiner Empfindlichkeit, bis die Strümpfe endlich hochgezogen und die Riemen der Sandalen zugeschnallt waren (der Dorn kam in das ausgeleierte Loch) und ich, das Hemd in den Schlüpfer gesteckt, die Brillenbügel *über* den Haaren und den Schirm der Mütze *hochgeklappt*, hinterherrennen konnte, den Rückweg, der zwischen Fluß und baumbewachsenem Hang entlangführte, durch Schwärme von Mücken, die um sich selbst tanzten, vorbei am hölzernen

Telegraphenmast, an den man angeblich ein Ohr legen konnte, um Telefongespräche der Stasi mitzuhören (denn die Leitung führte zu einer geheimen Anlage, in der inzwischen «die Grünen» sitzen und die Natur beobachten), an den von Bibern wie Bleistifte angespitzten Bäumen, die auf der Böschung wuchsen, dem Springkraut, dessen Samenhalter beim Explodieren zwischen den Fingern kitzelte und einem immer einen kleinen Schreck versetzte, obwohl man ihn ja zu diesem Zweck betastete, dem schwarz rot goldenen Grenzpfahl, den ersten, beziehungsweise letzten Häusern des Ortes, wo in den Vorgärten zwischen Ringelblumen, Margeriten, Stockrosen und Dahlien Kartoffeln, Möhren, Kohlrabi, Bohnen, Lauch und Erbsen wuchsen. Inzwischen sind die Vorgärten mancher Haushälften so unterschiedlich gestaltet, daß sie wie angrenzende Klimazonen wirken, als würden die Nachbarn sich botanisch voneinander distanzieren wollen, hier Blumen und Gemüse, dort eine graue Außenbereichs-Sitzgruppe und ein Fleckchen grüner Rasen, der morgens mit einer Bürste gekämmt wird. Im Gras vor der Furt, zu der ein gepflasterter Weg führt und von wo sich Herrn Zickericks Gänse, die er morgens zum Wasser geleitet, abends selbständig auf den Heimweg machen, hat jahrelang ein verrostetes Boot mit einer kleinen Kajüte gelegen, in die ich mich einmal hineingetraut habe. Ich habe damals eine braune Stabtaschenlampe gestohlen und sie zu Hause in Berlin in einer Sofaritze versteckt, mein erstes Verbrechen (bis dahin hatte ich nur mit einem Messer einen Heizdraht im Toaster berührt, und auch als Erwachsener habe ich höchstens einmal den Wasserkocher ein paar Millimeter unter dem «min»-

Strich gefüllt und trotzdem angeschaltet). Jahrelang hatte ich deswegen ein schlechtes Gewissen und hätte die Lampe gern zurückgebracht, aber ich wollte nicht dabei erwischt werden. Ich ging den Hohlweg hoch, am Metalltor vorbei, unter dem immer ein wie irre bellender Hund seinen Kopf durchzuschieben versuchte. Als nächstes kam ein spitz zulaufendes, noch dazu steiles und, da es offenbar aufgegeben worden war, von Goldruten überwuchertes Gartenstück, das zu einem verfallenen Haus gehörte; von hier hatten Tante Karola und ihre Schwester einmal halbvergammeltes Holz hochgeschleppt, um sich am «Wäldchen» eine Hütte zu bauen, als Herr Tatziet den Diebstahl entdeckte, verlangte er, daß sie das Holz wieder zurückbrächten. Ich ging bis zum Absatz, wo stets, wir wußten nicht, warum, ein Laster vom «Milchkombinat» parkte, kletterte den versteckt durch stachlige Ilex-Büsche führenden «Geheimweg» ins «Wäldchen» hoch und stieg den Hang hinauf. (Hier und da ragten noch tote Ulmen aus dem Grün, die waren ja irgendwann überall gestorben und nur noch in meiner Schulfibel präsent gewesen: «EINE ULME, SO EIN RIESE, ALLE LESEN ULME.») Herr Tatziet hatte die Bäumchen, aus denen das «Wäldchen» werden sollte und über die die Hintertür-Kinder damals noch springen konnten, als junger Schmogrow-Besucher im Auftrag von Helmtrud gießen müssen und sich über diese Arbeit geärgert, weil er ihnen keine Überlebenschance gab, und nun ragten sie in den Himmel! Wenn man die steile Strecke geschafft hatte, ohne wieder nach unten zu rutschen, erreichte man den kaum noch zu erkennenden Fliedergang und betrat den Garten von hinten, ein Gefühl von Nachhausekommen, in der Hand einen Feuerstein, der aussah wie ein Stück von einer Pfeilspitze aus der Steinzeit, eine Feder, die wir für Herrn Tatziet sammelten, weil er sie zum Abstreifen seiner Bienen von den Waben benutzte, oder ein Muschelabdruck, den ich Herrn Tatziet zeigen wollte (vielleicht war es ja eine «Versteinerung» und gehörte ins Museum: «Leihgabe von Richard Sparka»?). Tatsächlich kamen bei Regen im Ort hier und da alte Scherben zum Vorschein, und an verschiedenen Stellen wurden seit Jahrzehnten archäologische Grabungen durchgeführt. Man arbeitete sich mühsam und quälend langsam zu Müll und Feuerstellen aus vergangenen Epochen vor, verbrannte mittelalterliche Balken wurden von den Bewohnern der Grundstücke, wenn sie beim Umgraben oder Bauen darauf stießen, gern als Holzkohle zum Grillen verwendet, die bedeutendsten Funde wurden allerdings meist zufällig gemacht, wenn jemand eine neue Jauchegrube aushob (auch Lore fand beim Zuschippen der Bunkersysteme im Garten jede Menge Urnenscherben aus der Zeit der «Schnurkeramik», leider hatten die Soldaten beim Schanzen nicht auf diese Schätze geachtet, so daß man nichts Ganzes mehr zusammenbekam). Als der Grabungsleiter, der so geschickt war, sich seine Arbeiten von Himmlers Kulturabteilung mitfinanzieren zu lassen, einem SS-Offizier von slawischen Fundstücken berichtete, sagte dieser: «Wir waren nie slawisch, wir sind nicht slawisch, und wir werden nie slawisch sein!» An einem Hacksilberfund zeigte sich für diejenigen, die es so sehen wollten, der kulturelle Tiefstand der Slawen, denn sie hätten Münzen und reizende Schmucksachen nicht geachtet, sondern, was allerdings damals üblich war, zerschnitten, um sie bequemer als Zahlungsmittel verwenden zu können. Nach dem Krieg hieß es dann, wenn frühere slawische Funde als interessanter eingeschätzt wurden als spätere, weil es in der Zwischenzeit offenbar keine Entwicklung gegeben hatte, daß man «so etwas bitte nicht feststellen solle». Im Krieg war Keramik aus dem Troja-Schatz ins von den Schmogrowern «Schloß» genannte Herrenhaus ausgelagert worden. Nach dem Kriegsende, als der Ort zerstört war, flogen die Karteikarten durch den Ort, die Heimkehrer bedienten sich – wie auch bei den Trachten aus dem Bestand des Museums, die ins Freie geworfen worden waren – und benutzten die Öllämpchen in ihren Stuben und das Geschirr als Melktopf. Die Dorfkinder bekamen später Bonbons geboten, wenn sie Museumsstücke zurückbrachten, sie waren so schlau, die heil gebliebenen zu zerschlagen, um sich für mehr Scherben auch mehr Bonbons zu verdienen. Ich hatte meine «Lesefunde» im Sand der Straße gemacht, die wir immer oben am Hang entlang auf dem Hinweg gingen, wo man über Wildblumenwiesen mit Majoran, Pimpernelle, Kartäusernelken, Salbei, Margeriten («Ham Sie ma' geritten?»), Himmelschlüssel, wilder Mohrrübe, Wolfsmilch, giftigem Jakobskraut und Königskerzen hinweg nach Polen sehen konnte, dem Land, in dessen Wäldern der Räuber Fürchtenix hauste und von wo Tagesausflügler handtellergroße, scheibenförmige Dauerlutscher mit Blumenmotiven mitbrachten, weshalb ich es mir glücklicher als unseres vorstellte. Die Straße war damals noch nicht mit Betonplatten befestigt, und es fuhr so selten ein Auto vorbei, daß wir abends in der Dämmerung Federball spielen konnten, wobei wir die Bälle mit Steinen präparierten, so daß sie weiter flogen und man sich beim lässigen Ausholen und dynamischen Durchziehen wie Boris Becker fühlte. Man fand immer etwas Interessantes im Straßensand, einen plattgefahrenen, getrockneten Frosch, eine von Schmeißfliegen belagerte tote Maus, eine Ringelnatter, deren Skelett präpariert werden konnte, ein verrostetes Vorhängeschloß, einen Bierflaschenverschluß aus Porzellan (aus der Zeit, als Flaschen noch solche «echten» Deckel hatten, weshalb mein Vater sie auf Flohmärkten kaufte und zu Hause hinter der Glasscheibe der Durchreiche präsentierte) oder eben Faustkeile, mit denen einmal ein Mensch gejagt hatte, der längst zu Staub zerfallen war. Die Form seiner Hand ließ sich aber noch aus der Form erfühlen, die er dem Stein gegeben hatte, als würde man sich über Jahrtausende hinweg die Hand reichen. Als der Bürgermeister Mitte der achtziger Jahre in die Straße zog, ist sie, weil er sein Auto schonen wollte, von einem LPG-Bautrupp mit ursprünglich für Bullenställe gedachten Betonsegmenten befestigt worden. Frau Tatziet machte sich Sorgen, mein Vater könnte wegen dieser Entstellung nicht mehr zu Besuch kommen wollen. Man hört jetzt, wenn man im «Sperlingslust» genannten Dachstübchen schläft, das beruhigende Dadamdadam der Autoreifen auf den mit Teer verfugten Spalten zwischen den Platten, Teer, in dem wir im Sommer, wenn er weich von der Hitze war, Abdrücke unserer Zehen hinterließen. Manchmal hört man auch «Redefussel» von Vorübergehenden: «Ditt is so, daß die Sensibilität an den Fußsohlen verlorenjeht, und denn wirste unsicher.» – «Zur Massage jehn, die Obduktion haste immer noch.» – «Heute müssen wa die Bouletten essen, sonst kann ick se weghau'n, heute jeht noch ma', schätz ick …» Nach der Wende sind auf den Feldern links und rechts der Straße in aberwitzigem Tempo dicht an dicht stehende garten- und kellerlose Einfamilienhäuser aus dem Katalog errichtet worden, von der Fachwerk-Blendfassade bis zur Tiroler Berghütte, je nach Geschmack oder bevorzugtem Urlaubsziel. Sogar einige sogenannte «Schlüpper-Häuser» sind darunter, also solche, bei denen man die Bewohner durch Glaswände in ihrer Freizeitkleidung sehen kann. Inzwischen handelt es sich de facto um einen Ortsteil der nahe gelegenen Stadt, zu der die Bewohner mehr Bezug haben als zum gar nicht viel näher liegenden Ortskern. Die Straße, auf der man früher wie über einen breiten Feldweg zum Baden gewandert ist, zur Kirschblüte durch eine schneeweiße Allee, und wo an Frau Tatziets Geburtstag um sechs Uhr morgens die Kinder ausschwärmten, um rechts und links im Graben Wiesenblumen zu pflücken (wenn eine Nichte aus dem Westen dabei Heuschnupfen bekam, wurde gespottet: «Immer diese Westler mit ihren Allergien!»), die in speziellen Kristallgefäßen um den Frühstücksteller des Geburtstagskinds gestellt wurden (wenn sie auch sagte, daß, wer seinen Geburtstag nicht feiere, «leidensscheu» sei, freute sie sich doch, wenn wir ihr ihr Lieblingslied vorsangen, dessen Text die Schwestern leicht abgewandelt hatten: «Geh aus, mein Herz, und such 'nen Freund»), hat nach der Wende einen Bürgersteig bekommen, den Herr Tatziet verteidigt hat. Das bedeutete bei ihm aber eigentlich immer, daß er im Stillen dagegen war und nur niemanden kränken oder Ärger provozieren wollte (mein Vater durchschaute deshalb sein

Lob für ein Bild, das er gemalt hatte, und ärgerte sich darüber: «Ja, es hat viele Schönheiten …»), es sei eine Erleichterung für ältere Leute, die so, vor allem im Winter, wenn es glatt war, am Abend noch ein paar Schritte, ohne zu stolpern, spazierengehen konnten («rumlaufen gehen», wie sie es nannten). Nachbarn begegneten sich auf halber Strecke, manchmal gesellte sich ein Schulfreund von weiter weg mit einem über Joystick gesteuerten elektrischen Rollstuhl dazu (wie Herr Kleister, als er einmal zu Silvester, ich betrachtete in der Einfahrt stehend den Sternenhimmel, zu mir gefahren kam und sich nach Frau Tatziet erkundigte, weil er sie so lange nicht gesehen hatte). Ich mochte das banale, dem Pflastererhandwerk hohnsprechende Muster der ineinandergreifenden, porphyrroten Verbundsteine nicht, die sicher aus Steinbrüchen in China oder Indien stammten, von Minderjährigen mit bloßen Händen gehauen. Am Boden liegen jetzt Kirschkerne, denn die Kirschen werden nur noch von Staren gefressen, die Kerne stören die Kinder, die barfuß gehen, beim Laufen, so daß sie auf die Straße ausweichen. Jemand hat sich bei den Bauarbeiten eine Fuhre Pflastersteine abgezweigt und damit einen Sichtschutz für sein Grundstück gemauert, die Lücken, die er gelassen hat, bilden ein dekoratives Muster. Seit mein Vater auf dem von mir geliebten, holprig gewordenen Granitpflaster in unserem Viertel gestürzt ist (er benutzt keinen Spazierstock, obwohl er sie sammelt) und sich nicht wieder davon erholt hat, bin ich zurückhaltender damit, die Schönheit gegen den Komfort zu verteidigen, wie es William Morris gefordert hat. Mein Vater wird sein Lebenswerk, eine kommentierte Edition seltener, von Archivaren und Lesern befleckter, geknickter und bekritzelter Karteikarten aus internationalen Bibliothekskatalogen, die er sein Leben lang gesammelt hat und deuten kann wie ein Ägyptologe eine Papyrusrolle, wohl nie beenden. Inzwischen haben im Archiv für Archivwesen Informatiker, die er selbst noch angeworben hatte, das Regime übernommen und fast alle Wissenschaftler ersetzt. Ausgerechnet meinem Vater ist am Kriegsende auf der Flucht sein Kinderkoffer mit allem Spielzeug gestohlen worden, vielleicht kann er sich deshalb von nichts trennen. Er hat sich immer ein Haus mit Garten gewünscht, am liebsten natürlich in Schmogrow, aber meine Mutter war strikt – oder, wie Tante Lore schrieb, «strickt» – dagegen, denn sie sah die Arbeit an sich hängenbleiben. Außerdem konnten wir weder bauen, noch hatten wir die nötigen Beziehungen, um an ein Grundstück zu kommen. Für meinen Vater wohnen deshalb in jedem schönen Haus aus DDR-Zeiten SED-Mitläufer. Ich denke auch schon daran, daß ich eines Tages selbst so stolpern werde. Vielleicht sollte ich vorsorglich einen Sturzpräventionsworkshop mitmachen, für den hier in der Kaufhalle am Schwarzen Brett geworben wird. (Zunächst hatte man sich die Milch bei einem «Milchpanscher» genannten Bauern in eigene Kannen abfüllen lassen, dann hatte man im Lebensmittelgeschäft von Frau Glatz eingekauft, die ersten Kunden mußten am Morgen die angelieferten Milchkästen von der Straße reintragen, später wurde ein Konsum gebaut, der inzwischen eine NORMA-Filiale ist. Ich fühle mich dort immer wie der König im Märchen, der sich als Bettler verkleidet, um sich unters Volk zu mischen und zu erfahren, was seine Untertanen umtreibt und wo bei ihnen der Schuh drückt. Genauso liebe ich es, den Vorhang, den ich bei uns, weil es durch die Wohnungstür zieht, im Flur angebracht habe, auf dem Weg zur Toilette zurückzuwerfen wie ein Ritter seinen Umhang.) Der erste, um dessen Gleichgewicht ich ständig gebangt habe, war Herr Tatziet gewesen, der sehr groß war und manchmal im Gespräch leicht zur Seite kippte, sich auf dem anderen Bein abfing und schwankend weitersprach, oft hatte ich ihn im Traum stürzen sehen («Ach, das dumme Gleichgewicht / braucht man es, hat man es nicht.»). Von der Straße bogen wir ab auf einen Trampelpfad den Hang hinunter, manchmal machten wir vor Glück und Vorfreude einen Purzelbaum die Wiese hinab wie die Kinder im Vorspann von «Unsere kleine Farm». Am Ende des Wegs ging es in Serpentinen durchs hohe Schlehengebüsch, wir stellten uns vor, ein Formel-1-Auto zu sein, und legten uns in die Kurven, aber hier waren auch schon die Stimmen der badenden Dorfkinder zu hören. Womöglich waren «Jugendliche» darunter, diese Gefahr für jede Gesellschaft, weswegen ich meine Schritte verlangsamte, um unauffällig auf einen Erwachsenen zu warten, bevor ich aus der Deckung ins Freie trat. Mit jedem Schritt trug man zur Existenz dieses Trampelpfads bei, ohne sich vorstellen zu können, mit dem Abdruck seiner kleinen Sandalen etwas zu bewirken, vor allem war vermutlich niemals jemand *genau* diese Strecke gegangen, um den Verlauf des Trampelpfads festzulegen. Er war der Durchschnitt aller Abweichungen vom Weg, und auch ich machte immer mal einen Schritt daneben, um heimlich den zukünftigen Verlauf zu beeinflussen. Den alten Trampelpfad gibt es inzwischen nicht mehr, das

Gras hat ihn zurückerobert, nach der Wende haben die Eigentümer auf ihr Recht gepocht und die Wiese eingezäunt («Was gepflegt ist, ist verboten», sagt Klara, diese Botschaft würden Kinder intuitiv lernen), aber ich betrachte diesen Abhang immer noch als den *eigentlichen* Weg zum Baden, und nicht die Strecke, die wir seitdem gegangen sind und die wir vorher nie gegangen wären. «Das ist so schön *un*angenehm», hat Karl auf dem Hinweg gesagt, weil er den Bademantel trotz der Hitze zugebunden hatte, um zu schwitzen und das anschließende kühle Bad noch mehr zu genießen. Auch ich hatte meine Bademantelkapuze als Kind immer aufgesetzt, um die Hände frei zu haben für die umfangreiche Ausrüstung, die ich benötigte, Kescher, Taucherbrille und Schnorchel, obwohl das Wasser für Beobachtungen zu trübe war, eine leere Flasche für eine Flaschenpost und eventuell die langersehnten Schwimmflossen, mit denen man sich allerdings lächerlich machte. Manchmal auch meine Angel, denn ich war einen Sommer lang dem «Fischereiberechtigten» des Orts hinterhergefahren, bis ich ihn endlich zu Hause antraf und er mir einen «Urlauber-Wochenangelberechtigungsschein für Produktionsgewässer für zwei Friedfischangeln (ohne Bootserlaubnis)» ausstellte, den ich bei Kontrollen, die es natürlich nie gab, vorzeigen konnte. Allerdings habe ich nie einen Fisch gefangen, schon weil ich es nicht übers Herz brachte, den Wurm aufzuspießen, und lieber Brotklümpchen benutzte. Ich hatte auch Angst, eine Kröte am Haken zu haben, und zog die Schnur aus dem Wasser, sobald ich ein verdächtiges Plumpsen hörte. Einmal hat Silvio Zickerick eine «Senke» gebaut, ein sinnreiches Gerät, mit dem man die

Fische, wenn man sie mit Futter angelockt hatte, einfach wie mit einem Sieb aus dem Wasser hob, die örtlichen Fischer benutzten sogenannte «Schmeißer», runde, mit Blei beschwerte Netze, die etliche Male am Tag auf den Grund gelassen und mit einer Art Kran, der am Bug ihrer Boote angebracht war, aus dem Wasser gezogen wurden. Er kam auch mit reicher Beute zurück, die Fische wurden auf dem Hof geschuppt (was man damals als Hausfrau noch konnte) und gebraten, ein seltener Schmaus; Jahre später verriet Silvio mir, daß er die Fische, weil er natürlich gar nichts gefangen hatte, um eine Blamage zu vermeiden, im Konsum gekauft hatte. Am Strand lärmte die Dorfjugend, die ihn inzwischen gar nicht mehr nutzt, längst ziehen sie diesem immer trüber werdenden, manchmal von Blaualgen verseuchten Gewässer einen Badesee vor (aber schon immer hatte jede Generation ihre eigene Badestelle gehabt), die schöne Sylvana Zickerick, Monique Purps, Silvio, der bei Tatziets ein und aus ging, so daß ich von ihm einen gewissen Schutz genoß, der dicke Danilo Fiddeke, die Kudrow-Zwillinge (die jüngsten von sieben Geschwistern – heute geben Eltern ihren Kindern ja Doppelnamen, weil sie nur noch ein oder zwei Kinder bekommen und es sich so wenigstens nach mehr *anhört*, wenn sie sie rufen), sie alle verbrachten die Sommerferien mit Baden, Angeln und Paddeln. Der Fluß war ihre Hauptschlagader, allerdings mußten sie ihren Eltern vormittags bei der Arbeit helfen, weshalb sie mir bedauernswert wie Sklaven vorkamen. Sie hatten immer braune Haut und bekamen nie einen Sonnenbrand, obwohl sie sich nicht eincremten wie wir. Sie wechselten auch nie die nasse Badehose, wie wir es tun mußten, um keine Blasenentzündung zu riskieren. Sie gingen nicht vorsichtig ins Wasser und betupften sich nicht aufwärts zum Herzen die Haut, sie rannten den Hang hinunter, sprangen «im Flachen» noch einmal kräftig ab und tauchten mit einem gewaltigen Krachen kopfüber ein – Danilo bevorzugte allerdings Arschbomben –, um erst nach einem langen Moment der Stille, währenddessen man sich schon die Frage stellte, ob man nicht Hilfe rufen sollte, an einer ganz anderen Stelle wieder aufzutauchen, wobei sie ruckartig den Kopf zur Seite warfen, um die nassen Haare aus dem Gesicht zu schleudern und zu bemerken: «Urst warm, die Jauche!» (Karl stippt den großen Zeh ins Wasser, kehrt um und fragt: «Sind hier Haie?») Ich hatte Respekt vor dem trüben Wasser, in dem man den Findling nicht sah, den die Dorfkinder natürlich kannten und zum Abspringen benutzten. Einmal hat Frau Tatziet, die noch schwimmen gelernt hatte, indem der wegen seiner Maxime «Immer bewegen!» «Dynamit» genannte Sportlehrer die Kinder ins Wasser schmiß und diejenigen verhöhnte, die er mit einer Stange an Land ziehen mußte, einen Jungen, der unter Wasser mit dem Kopf auf dem Grund aufgeschlagen war und fast ertrunken wäre, nach einem formvollendeten Kopfsprung ans Ufer gezogen. Er saß manchmal auf der Terrasse des Hauses seiner Eltern – eine ehemalige Mitschülerin von Frau Tatziet hatte im Westen einen Rollstuhl besorgt, der aber im Osten an eine Klinik geliefert und gegen ein Modell aus eigener Produktion ausgetauscht wurde –, und wir gruselten uns, wenn wir vorbeispazierten und ihn grüßen mußten, es war eine Warnung, in Zukunft in der Badewanne nicht so zu toben, um beim Aufstehen nicht auszurutschen: «Wollt ihr für immer im Rollstuhl sitzen?» Seltsamerweise berlinerten die Dorfkinder stärker als wir Berliner. In welchen Zaubertrank waren sie als Kind gefallen? Allerdings bewirkte er auch, daß sie schneller alterten («Die Weiber und der Suff, die reiben den Menschen uff», sagte Silvio) und man sie, wenn man ihnen einige Jahre später begegnete, schon fast für ihre Eltern hielt. Sie wurden zwar nicht alt, sahen aber wenigstens so aus. Sie konnten flache Steine geschickt über die Wasseroberfläche tanzen lassen wie in Christian Morgensterns Gedicht, das wir für den Deutschunterricht lernen mußten und so albern fanden («Und titscher, titscher, titscher, dirr...»), aber sie beherrschten nicht das Präsens bestimmter Verben («Ditt dürfste nich!», «Ditt güldet nich!»). Etwas weiter flußabwärts, wo lange Holzstangen die Position von Reusen, sogenannten «Bolljacken», markierten, standen Männer in Gummihosen, die ihnen bis zu den Schultern reichten, im Wasser, auf dem Kopf Südwester, eine «Hungerpeitsche» in der Hand, beim «Ansitz» auf Schlei, Blei, Rotfeder, Karpfen oder Aal, eine Frau sah man nie (vielleicht war das ja der Grund, warum sie angelten). Es waren Nachkommen der wendischen Fischer, deren Namen immer noch slawisch klangen und die abseits des um die Kirche gruppierten Dorfkerns im «Kietz» wohnten, dem Ortsteil der Fischer, der noch keine zweihundert Jahre offiziell zum Ort gehörte, in Häusern, die aus vielen ineinander verschachtelten Anbauten, Schuppen, Hundezwingern und Terrassen bestanden und dicht zusammengedrängt am Hang kauerten wie die Hütten einer Favela. Ihre fernen Vorfahren hatten, da sie vom Fischfang lebten, die ersten

Versuche, das Land vor Überschwemmungen zu schützen, sabotiert, die Deiche als «Teufelszeug» verflucht und sich geweigert, Kähne und Karren für den Transport von Erde zur Verfügung zu stellen, sie wollten keine Viehzüchter oder Wiesenbürger werden, Fischer waren selbständiger als Bauern und schwerer zu kontrollieren. Bei Gefahr, die abwechselnd von der deutschen und der polnischen Seite drohte, denn beide Mächte hätten die Wenden gern eingemeindet, zogen sie sich mit ihren Booten ins Schilf des gegenüberliegenden Flußufers zurück und warteten, daß der Feind abzog, um ihre niedergebrannten Häuser wiederaufzubauen, im Gegensatz zu den anderen Einwohnern hatten sie wenigstens überlebt. Frau Tatziet amüsierte diese historisch überlieferte, pragmatische Passivität der Kietzer, dieser «wasserfrohen Wenden». Aber auch viele Bauern hatten früher Kähne gehabt, um damit, ohne den Umweg über die Fähre nehmen zu müssen, an ihre Grasflächen jenseits des Flusses zu kommen, von wo sie Heu für ihr Vieh holten. Damals gab es so viele Krebse, daß man die Schweine damit fütterte, in Dürrejahren zogen sie sich an Land und in die Bäume zurück, wo sie herausgeschüttelt wurden, man benutzte als Beleuchtungsmittel statt Kienspan besonders fette, in der Sonne getrocknete Quappen (behauptet zumindest Fontane). Noch heute besaßen die Kietzer das Recht, «die Länge und die Quere» des Flusses in «Löchern, Seen, Lanken und Laken» zu fischen, das an den Besitz ihrer Häuser gebunden war und weitervererbt wurde, was nach einem über mehrere hundert Jahre (auch gegen die eigene Stadt) geführten Rechtsstreit verbrieft war. Das Fachwerk ihrer Häuser, dessen Gebälk Überschwemmungen überstehen konnte, man mußte nur die Ausfachungen erneuern, ist, weil man den Anblick für städtischer hält, fast überall überputzt worden. Beliebt sind auch Kacheln statt Backstein, damit man das Haus kärchern kann. In den Fenstern zur Straße hängen gestickte Vorhänge mit Katzenmotiven über barocken Gipsengeln und Alpenveilchen. In den meisten Gärten liegen Boote bereit, zum Fischen, oder um sich in Sicherheit bringen zu können, falls eines der beiden jährlichen Hochwasser, die zum Lebensrhythmus gehören wie Ostern und Weihnachten, bedeutender ausfallen sollte. Manchmal gibt es sogar ein Floß oder eine erhöhte Rampe für das Auto. (Bei einem Hochwasser sahen wir Herrn Zickerick beim Angeln zu, in meiner Erinnerung trieben auf dem Wasser halbe Hausstände an uns vorbei, er behauptete, sich bei dieser Gelegenheit neue Türen zu fischen.) Die Namen, die die Kietzer Flußarmen, Sandbänken und Buhnen gaben, waren in keiner Karte verzeichnet, so gab es die «Goldene-Ring-Buhne», die so hieß, weil einmal eine Schmogrowerin dort ihren Ehering verloren hatte, und die «Schweinebucht», wo die Russen halbe Rinderhälften ins Wasser gehängt hatten, um sie frisch zu halten (der Ring war später von seiner Besitzerin im Ausguß ihrer Spüle wiedergefunden worden, die Buhne behielt aber unverdienterweise ihren Namen). Beim Baden hatten die Dorfkinder einen aufgepumpten Treckerschlauch («Leukoplast-Dampfer») als Badespielzeug dabei, um den ständig gerungen wurde, zwei Jungs kämpften minutenlang, weil einer den anderen ins Wasser zerren wollte, dann riß sich der Unterlegene los und rannte freiwillig hinein, um seinen mit Sand panierten Körper abzuspülen, gefolgt von seinem Widersacher, dem ohne ihn an Land sofort langweilig wurde. Die Mädchen hatten keine ruhige Minute, weil sie immer wieder ins Wasser geschmissen, untergestukt, bespritzt, mit Modder, Mummelblütenblättern und Fröschen beworfen oder mit braunen «Bumskeulen» aus dem Schilf, die man hier «Schmackeduzien» nannte, geschlagen wurden: «Ej, du Spast! Hast du 'ne Schacke?» – «Ziehste 'n BH runter, springen se von alleene!» Auch ich hatte Angst, untergestukt zu werden und durch die Nase Wasser «ins Gehirn» zu bekommen, denn genauso fühlte es sich an, wenn man nach Luft schnappte und es in der Stirnhöhle brannte. Wir durften aber um Himmels willen nicht «Hilfe!» rufen, auch nicht im Spaß, denn dieser Ruf war für den Ernstfall vorgesehen. Manchmal hörte man oben auf dem Hang, wo sich mehrere Familien, um «Westen» zu empfangen, zusammengetan und einen Gittermast für ihre Fernsehantennen geschweißt und aufgerichtet hatten, ein Motorrad, dessen «Tüte» am Auspuff manipuliert war, damit es mehr Krach machte. Ein Jugendlicher war gekommen, um die Badestelle zu beobachten wie der Krieger eines verfeindeten Stammes einen Treck von Siedlern mit ihren Planwagen, entweder er knatterte wieder davon, oder er zeigte uns vorher noch, daß er auf dem schmalen Pfad den Abhang hinunter- und anschließend wieder hochfahren konnte. Die Hügel über der Badestelle haben in einem besonders heißen und trockenen Frühjahr einmal gebrannt, und ich habe Herrn Tatziet ins «Wäldchen» begleiten müssen, weil er sich überzeugen wollte, ob das Feuer schon übergegriffen hatte oder ob der Hang abrutschte, wovor er immer Angst hatte, denn dafür war der Grundstücksbesitzer verantwortlich – während Herr Kleister sein Grundstück erweiterte, indem er Müll den Hang runterkippte. Wir haben kaum den Rückweg durch den Garten geschafft, so schwach und schlecht auf den Beinen war er schon, sicher ist er nie wieder im Leben so weit gegangen. Ich konnte ihn doch nicht am Arm packen und stützen! Die Dorfkinder hatten auch immer einen Hund dabei, vor dem sie sich nicht fürchteten, obwohl er riesig war, er wurde im Wasser mit Shampoo eingeseift und gewaschen, so daß auf der «Jauche» auch noch Seifenlauge schwamm. Ich übte an der Hand meines Vaters schwimmen, bis ich es zum ersten Mal ohne Schwimmflügel und dann auch «ohne anfassen» ans andere Ufer schaffte (wofür jedes Kind von Frau Tatziet mit einer Mark belohnt wurde; wie demütigte es mich, als ich beim Schulschwimmen nach einer kurzen Überprüfung unserer Fähigkeiten in die Anfängergruppe eingeordnet wurde, die im Flachen übte!) und endlich das geheimnisvolle Stück Land gegenüber betreten konnte (Karl: «Dis is 'ne Robin-Hood-Insel»), wo schwarz rot goldene Pfähle die unsichtbare Grenze markierten und in meiner Vorstellung polnische Soldaten mit Feldstechern im Gras lagen und jede unserer Bewegungen beobachteten. (Was nach dem Krieg auch der Fall gewesen war. Damals wurde von drüben hin und wieder auf die Fischer oder auf patrouillierende Posten geschossen, die in Deckung gehen und stundenlang im Dreck liegen mußten, auch auf in der «elektrischen» Oder Badende wurden Warnschüsse abgegeben, zudem mußte man berittenen deutschen Polizisten seinen «Wiesenpaß» für das Sperrgebiet zeigen, den man natürlich nicht dabeihatte.) Jenseits begann schon Polen, das war kaum zu begreifen, ein anderes Land! Wie fremd und verloren man sich dort fühlen mußte, obwohl die Landschaft ja genauso aussah. (Einmal haben wir heimlich Herrn Tatziet beobachtet, der am Strand mit einem Tuch in der Hand Winkzeichen gab. Sein Schwager, der auch Soldat gewesen war, erkannte, daß er in Wimpelsprache den Namen seiner Frau buchstabierte.) Montags, mittwochs und freitags machten MIG-21 dröhnend Übungsflüge in die eine Richtung, dienstags, donnerstags und sonnabends kamen sie wieder zurück. (Nach der Wende waren es Hubschrauber vom Grenzschutz, die den Fluß abflogen, und manchmal wurden am Morgen Schlauchboote rumänischer Flüchtlinge gefunden, weshalb besonders ängstliche Gäste sich nicht mehr im Garten sonnten, es hätte sich dort ja jemand versteckt halten können.) Ich hatte Respekt vor den Mummel-blüten, deren Stiele sich einem in der kühlen Tiefe bedrohlich um die Füße schlangen, je verzweifelter man sich zu befreien versuchte, um so unrettbarer verheddere man sich. Beim Hinauswaten versank man am anderen Ufer tief im weichen Schlamm, in dem sich hoffentlich keine Blutegel aufhielten, das Gras war höher und härter, Fliegen und Bremsen stürzten sich auf mich, als ich mich barfuß die Böschung hochkämpfte, um mir einen alten Traum zu erfüllen und endlich zu sehen, was dort kam. Aber es waren nur mit Kuhfladen übersäte Weideflächen, auf denen Reste des Frühjahrshochwassers Wasserlachen bildeten, ein Paradies für Frösche, die man abends bis in den Garten hörte, was hatte ich auch erwartet? Blau oder rot schimmernde «Hubschrauberlibellen» mit großen, eckigen Köpfen flogen dicht über der Wasseroberfläche, setzten sich auf Teile von Mummel-blütenblättern oder Schwimmfarn und trieben auf dem Rück-weg ein Stück mit mir mit, als suchten sie meine Gesell-schaft. Verkoppelte, hellblaue Libellen, die obere mit ihrem Hinterteil den Nacken der unteren umklammernd, wie «Vater und Sohn»-Stukas, die aus einem Führungsflugzeug und einem mit Sprengstoff beladenen Flugkörper bestanden hat-ten, der allein ins anvisierte Ziel flog und dort explodierte, schwebten zu zweit und ließen sich am geradezu obszön auf-recht aus dem Wasser ragenden Stiel einer gelben Mummel-blüte nieder. Mit der Spitze ihres einen Bogen formenden Körpers tastete die untere Libelle vorsichtig nach dem Was-ser. Wasserläufer huschten davon. Auf der Böschung abge-knickte Bäume lagen quer im Fluß wie Geweihe, die Hirsche beim Trinken verloren hatten. Sie verwitterten über viele Jahre, aus anderen sprossen immer noch neue Triebe, nach jedem Hochwasser war es ein anderes Bild. Manchmal spür-ten meine Beine kühleres Wasser, war der Fluß an dieser Stelle tiefer? Wanden sich am Boden hundertjährige Welse um Granaten? War das dort hinten ein Baumstamm oder ein Ertrunkener? Oder spielte nur jemand «Toter Mann»? («Oft erkennen die Taucher die Leichen erst, wenn sie unmittelbar mit ihnen zusammenstoßen – ein mulmiges Gefühl für alle Beteiligten», hatte Frau Tatziet einmal amüsiert aus der Zei-tung zitiert.) Eine halbgeöffnete Muschel trieb neben mir, man fühlte sich eigentlich nicht berechtigt, ihr Innenleben zu betrachten. Wie weit konnte man in die andere Richtung schwimmen? Bis zur Quelle? Oder bis zum Urmeer wie in einem meiner Lieblingsfilme «Reise in die Urzeit»? Manchmal habe ich diese Landschaft im Traum gesehen und die Idylle so intensiv empfunden, daß ich beim Aufwachen geradezu erschüttert gewesen bin und mich mit meinen Gedanken verzweifelt an das Bild klammerte, ohne es festhalten zu können. Ein Frosch schaukelte auf einem Mummelblütenblatt, das von seinem Gewicht halb unter Wasser gedrückt wurde. Lautlos glitt ein Faltboot vorbei, wie sie Herr Tatziet immer baute, aus Dachlatten und Igelit-Tischtuch, manchmal sogar mit Segel und Steuerruder (für die er Stullenbrettchen hortete), in einem Sommer auch ein Floß aus zusammengebundenen Schilfgarben, inspiriert von der «Ra», Thor Heyerdahls Papyrus-Boot. Als ich endlich Boden unter den Füßen hatte, war ich gerettet und konnte zu den «edlen Tanten» stapfen, mit ihren geblümten, an Hortensien erinnernden Gummibadekappen und ihren blau marmorierten Oberschenkeln, während die Männer Leberflecklandschaften auf der blassen Haut hatten, aus manchen sprossen lange, einzelne Haare. Was ich mir nicht bewußtmachte, war, daß auch die «edlen Tanten» – so wie ich heute – hier auf eine Kindheit und Jugend zurückblickten, damals, als unsere Badestelle, die der offiziellen im Ort, wo es sogar Kabinen, einen Bademeister, Sprungtürme und eine Wasserrutsche gab, Konkurrenz machte, scherzhaft «Germanenbad» genannt wurde. Sie war vom Reichsarbeitsdienst ausgebaut und später immer wieder von Hausbauern als preiswerte Quelle für Sand genutzt worden. Wie wir später war man mit einem Leinenbeutel voll Butterschrippen mit Salz zum Baden gegangen und hatte das Kaffeetrinken hierherverlegt. Herr Tatziet, der manchmal mit zum Baden kam, aber selbst nie ins Wasser ging – das tat er aus Scham über seinen Armstumpf nur an einer abseits gelegenen Stelle und allenfalls in Begleitung seiner Nichte –, hatte immer große Angst, daß wir an einem aus dem Boden ragenden Metallgegenstand ziehen könnten, das kleinste Ende Draht versetzte ihn in Aufruhr, die zahlreichen tödlichen Unfälle seit dem Krieg waren unvergessen, bei niedrigem Wasserstand tauchten an den Buhnen Granaten auf, von einem Mädchen, das auf eine Mine getreten war, war nur noch die Kopfhaut mit roten Haaren gefunden worden. Kinder füllten Bombentrichter mit Flak-Granaten, Panzerfäusten und Stroh und zündeten alles an. Einmal hatten die Jungen ihre abmontierten Zünder auf dem Schulhof mit einer Lupe in Brand gesetzt, und einer von ihnen hätte fast ein Auge verloren, daraufhin durften die Kinder in den Pausen nicht mehr zusammenhocken, sie mußten zur Sicherheit im Kreis gehen. Ich habe ein Rohrende entdeckt, das unter Wasser aus dem Sand ragt und das ich erst für eine Granate, die sich hier in den Boden gebohrt hat, gehalten habe. Aber es stammt von einem der Stege, die sich die Jugendlichen früher einen Sommer lang gebaut haben, aus einem alten Faß und Brettern oder dem kanuförmigen Schirm einer Straßenlaterne. In der Jugendzeit der «edlen Tanten» hatte es immer andere, wild errichtete Sprungturmkonstruktionen gegeben, manchmal sogar ein Holzgerüst mit einem Seil zum Schwingen. Damals ist noch in der elektrischen Oder gebadet worden, wenn man rüberschwamm, wurde man von der Strömung genau eine Buhne abgetrieben. Die Männer aus der Oberschicht sahen verwachsen aus in ihren einteiligen Badeanzügen, mit Schmerbäuchen und dünnen, weißen Beinen, die

Körper der Frauen hatten nichts mit den Visionen der Jugend-
stilkünstler zu tun, während die Handwerks- und Bauernbur-
schen damals schon die Figur von Athleten hatten. Inzwischen hat die Kunst ihre Aufgabe, den menschlichen Körper
zu idealisieren, an den Sport verloren. Karl kann noch nicht
schwimmen, ich halte ihn mit den Händen unter seinem
Bauch in der Schwebe, er strampelt mit Armen und Beinen
und hat Angst, zu ertrinken, sieht mich aber aus unbeschreib-
lich glücklichen Augen an, stolz, daß er schon tauchen kann,
was für ihn noch bedeutet, die Augen zuzukneifen und für
eine Sekunde die Nase ins Wasser zu stecken. Daß er gerade
das erlebt, wovon ich vergeblich träume, die Kindheit mit
ihrem Zauber und ihrer Macht über das ganze Leben, überfordert mich. In Muscheln Perlen suchen, Halsketten aus zer-
knickten Mummelblütenstielen knüpfen, nach Steinen tauchen, die interessant und wertvoll aussehen, aber nur, bis die
Oberfläche an der Luft trocknet, dann sind sie völlig reizlos,
und man wirft sie wieder zurück (Karl wirft ein Schneckenhaus ins Wasser und flüstert ihm vorher zu: «Leb wohl ...»).
Aus Sand formten wir Kugeln und ließen sie eine spiralför-
mige Bahn hinunterrollen wie beim «Telelotto» (eine Form,
die die menschliche Ohrmuschel leider nicht hatte, auch
wenn man ihre Rinnen in langweiligen Schulstunden tausende Male mit der Fingerspitze abfuhr, man kam nicht, ohne
zu schummeln, vom Rand bis zum Hörkanal). Ich gehe ein
paar Schritte, um mir die Löcher der Schlupfwespen in der
Abbruchkante anzusehen. Es gibt eine Feuerstelle, wo die
Dorfjugend nachts sitzt, es liegt immer anderer Müll in der
Asche, man lernt etwas über bevorzugte Bier- und Zigaret-

tensorten, den meisten Müll machen allerdings die Angler mit ihren Wurmverpackungen aus Styropor. Die Kinder wollen nicht aus dem Wasser kommen, fast entschlüpft mir der Satz: «Du hast schon ganz blaue Lippen.» Im Gesicht sehen sie von der Öko-Sonnencreme aus wie weiß angemalte Nubier vor dem rituellen Ringkampf, sie tragen UV-Hemden und Mützen mit einem Stoffstück im Nacken wie Wüstenreisende. Klara sagt, jede Minute in der Sonne sei gefährlich für die Haut, und mittags dürfen sie überhaupt nicht raus. Bald wird Karl seine Nacktheit peinlich sein wie mir als Kind, weswegen meine Mutter sagte: «Du mußt dich nicht *genieren*. Die haben dir alle schon den Po abgewischt.» Ich muß mich Klara zuliebe hinter Karl und Ricarda ins Wasser stellen, falls sie stolpern und ins Tiefe geraten sollten, Kinder würden *lautlos* und *schnell* ertrinken. Etwas verstohlen betrachte ich Klara, die mir jedes Jahr schöner vorkommt, während ich zunehmend Ähnlichkeit mit einem Albino-Hängebauchschwein habe, das Gesicht von «schneeigem Bart umlaubt», das Haupthaar, das Ricarda «nur so 'n Gestrüpp» nennt, stark gelichtet. («Meine Mama ist schön wie… ein Flugzeug», hat Karl im Kindergarten in einer Liste mit Fragen geantwortet. Dafür hat er neulich an ihr geschnuppert und gesagt: «Früher hast du besser gerochen, jetzt riechst du so *veraltet*.») Erst mußte ich unsere Gummitiere aufblasen, den «Delfuin» und die «Schuldkröte», lange tut sich dabei nichts, bis sie durch einige letzte Atemzüge doch noch ihre von ihrem Gott vorbestimmte Form annehmen, sich die Haut glättet und Arme, Beine und Flossen sich etwas unanständig plötzlich aufrichten. Wenn die Schwimmflügel direkt am

Arm aufgepustet wurden, fühlte es sich immer an wie das Klettverschlußband, das einem beim Blutdruckmessen um den Oberarm gelegt und mit einer Gummiblase ruckartig mit Luft gefüllt wurde, bis der Puls unangenehm pochte. Sie haben praktische Sicherheitsventile, die man mit zwei Fingern zusammendrücken muß, damit die Luft entweicht, bei unserer Luftmatratze mußte man, wenn man die Lippen von der Öffnung gelöst hatte und sie mit der Zungenspitze vorläufig verschlossen hielt (gut, daß die Zunge eine Spitze hatte!), möglichst schnell nach dem gelben Stöpsel langen und ihn hineinschieben: Er war eines der Objekte, für die es in unseren Geschäften keinen Ersatz zu kaufen gab und um die ich mich deshalb besonders sorgte. Auf Patrouille in Kaufhäusern im Land hielt ich routinemäßig Ausschau danach wie auch nach den Glasplättchen, auf denen sich die Metalldorne der Weihnachtsbaumpyramiden drehten (die mein Vater natürlich auch sammelte, so wie überhaupt Schnitzereien aus Seiffen, über die sich zu unserer Freude manchmal sogar der Westbesuch anerkennend äußerte). Ausgerechnet in der Schmogrower Apotheke ergatterte ich weiße Handschuhe für Patienten mit Schuppenflechte, die ich beim Breakdance anzog! Klara und die Kinder sind schon im Aufbruch, sie gehen immer barfuß wie früher die Hungerleider und falschen Propheten, inzwischen wissen wir, wie gesund das ist und daß die Kinder durch diese Praxis, anders als ich, keine Plattfüße bekommen werden. Ich höre noch ihre Stimmen, während ich versuche, die letzte Luft aus den Gummitieren zu pressen, Krokodil, Flamingo und angebissener Donut, und mich dazu in einer möglichst vollständigen Umklammerung auf sie lege. Sogar mein Kopf hilft mit, so lausche ich, wie die Luft quälend langsam aus den Ventilen weicht, wie im Western, wenn nach einer kräftezehrenden Prügelei und zähem Ringen mit ungewissem Ausgang der Glücklichere dem immer noch am Leben hängenden Unterlegenen die Hände um den Hals legt, fest zupreßt und sekundenlang warten muß, bis sein Gegner sich nicht mehr rührt. Genau in diesem Moment kommt ein Hund hechelnd den Hang herabgetrottet, eine riesige, sabbernde Bulldogge, die mich aber gar nicht beachtet, sondern direkt dem Wasser zustrebt, hinter ihr läuft noch eine, schließlich gucken die Köpfe von sieben schwer atmenden Bulldoggen aus dem Wasser. Wenig später erscheint der Besitzer, ein kräftiger, kurzhaariger Mann, auf dessen T-Shirt über einem getunten Trabi zu lesen ist: «DIE KRAFT DER ZWEI KERZEN». Erst von nahem erkenne ich aus meiner peinlichen Position heraus Silvio Zickerick, unseren Schmogrower Spielkameraden.

«Hilfe, Berliner!» sagt er und reicht mir die Hand, um meine darin zu zerquetschen. «Ick dachte schon, ihr seid Wessis.»

«Wie geht's?»

«Teils, teils.»

Er deutet auf Klara und die Kinder, die gerade hinter der Ecke verschwinden.

«Mollige tanzen besser …»

«Kann ja noch kommen.»

«Is ditt deine Kirsche, oder biste nur zum Spannen hier?»

Karl hat gerade einen Wutanfall, weil er sich weigert, seine Sonnenmütze aufzusetzen, und nicht weitergehen will.

«Einfach mit der flachen Hand auf die Fontanelle, denn sind se friedlich. Da passiert nüscht, ditt is wie Pudding da drinne.»

«War Fontanelle nicht ein Schriftsteller?»

«Ej, die Witze hier mach icke!»

«Ich werd's meiner Frau mal vorschlagen.»

«Sonst rufste mich. Ick hab ooch Kinder.»

«Und ganz schön viele Hunde. Fressen die viel?»

«Jeht so, die bewegen sich ja nich wie 'n Terrier. Die liegen meistens nur rum.»

In solchen Gesprächen weiß ich nie, wie ich den richtigen Ton treffen soll, damit mein Gesprächspartner sich von mir respektiert fühlt. Eine Fremdsprache zu lernen, fällt wesentlich leichter. Wahrscheinlich müßten wir erst einmal gemeinsam ein Grillfeuer auspinkeln, um Vertrauen aufzubauen.

«Und watt macht ihr hier im Schlamm? Urlaub?»

«Ja, was man so nennt. Die Kinder genießen es auf jeden Fall.»

«Komm doch mal rum, ick zeig dir meine Bude.»

«Wenn Zeit ist, meine Frau macht viele Pläne für uns.»

«Haste se noch nich einjenordet?»

«Manchmal gibt man besser nach.»

«Watt nützt dir 'n Stahlhelm, wenn de 'n Bauchschuß hast …»

«Angelst du noch?»

«Is der Papst schwul? Na oje …»

Ich kenne mich mit Fischen nicht aus, genausowenig wie mit Hunderassen, Gebrauchtwagenpreisen, Aktien, Biersorten, Dart-Regeln oder Globuli.

«Ich hab gehört, hier gibt's wieder Zander.»

«Am liebsten jeh ick uff Rapfen. Die machen Spaß an der Angel, weil die richte kämpfen. Sind nur schwer zu kochen, zu fülle Gräten, ick werf die wieder rin.»

«Darf man das?»

«Nee, Angeln zum Spaß is doch verboten, der Paragraph is lang.»

«Und gibt's keine Kontrollen?»

«Immer dumm gucken und schlau denken! Ick kann eben nur zehn Tiere am Tag töten, sonst schlägt mir dit uff's Jemüt, und da kommen ja eventuell ooch noch Katzen und Waschbären dazu.»

«Waschbären?»

«Die sind nich so niedlich, wie se aussehen. Frag mal meine Hühner, wat die von denen halten. Aber da reicht 'n stärkeret Luftjewehr.»

«Und Welse? Gibt's die hier?»

«So große, da fährste Wasserski.»

«Und was machst du sonst so?»

«Na, ick male doch.»

«Bilder?»

«Nee, Autos.»

«Werbung?»

«Nee, Weiber. So Fantasy, mit Flitzbogen, Lendenschurz und Leder-BH. Schön durchtrainiert. Kann ick dir ooch machen. Ohne BH kostet aber mehr.»

«Ich wußte gar nicht, daß du malen kannst.»

«Na, hör mal! Ick hatte Zeichnen bei Herrn Tatziet, der hat mir allet beijebracht. Der beste Lehrer meines Lebens.»

«Ich hab mich schon gewundert, warum hier so viele mit Science-fiction-Porno auf dem Auto rumfahren.»

«Ick kann dir ooch Helene machen.»

«Hyäne?»

«Unsere Helene!»

«Eure Hyäne?»

«Mensch, Helene Fischer, die heißt doch nich umsonst so, *Fischer*, ditt Mädel is eene von uns.»

«Hast du nicht früher Deep Purple gehört?»

«Man entwickelt sich eben weiter.»

«Und wolltest du nicht eigentlich ‹Tittenklatscher› werden?»

«Du meinst ‹Milchleistungscontroller›?»

«Ja, genau.»

«Ick hab Dachdecker jelernt, aber da läufste irgendwann schief auf der kurzen Seite. Außerdem is bei Dächern immer allet in Eile. Und ick brauch Kohle für mein Hobby mit die Hunde. Eigentlich bescheuert, aber ohne Macke is Kacke.»

Ich warte immer noch, daß die letzte Luft endlich aus den Gummitieren entweicht. Silvio herzt einen seiner sabbernden Hunde.

«Wie alt sind deine Jungs?»

«Die sind schon aus'm Haus.»

«Und wo ist deine Frau?»

«Meine Frau*en* waren noch schneller.»

«Frau*en*?»

«Ick hatte Zwillinge mit zwee Müttern, zweimal Junge und Mädchen. Die Jungs hab ick dürfen behalten.»

«Is ja Scheiße.»

«Ach watt, man kann ja nich mit jeder so lange zusammenbleiben, bisset Spaß macht.»

«Na ja, aber wenigstens doch mit einer …?»

«Hat ooch Vorteile, kann man entspannt abkeimen zu Hause.»

«Aber immer allein ist doch auch nicht schön.»

«Ditt Leben is wie 'ne Klobrille, man macht viel durch.»

«Der Ort hat sich ganz schön verändert.»

«Früher war besser, da ham wa nich mal müssen düngen im Jarten, ditt ham die schlampigen Agrarflieger übernommen.»

«Aber es scheint ja wieder was angebaut zu werden auf den Feldern.»

«Ja, Windräder.»

«Na, immerhin …»

«Bloß, daß die nur Wessis jehörn. Eijentlich hat sich nüscht jeändert, bloß dit Jesellschaftssystem.»

«Leben hier denn Wessis?»

«Nee, ditt nich, die vertragen den Ostwind nich, scharf wie 'ne Russenpeitsche.»

«Wölfe soll es aber wieder geben.»

«Wenn's nach die Grünen jeht, wird ditt Bruch jeflutet und wir endgülte vertrieben, ditt haben nich mal die Russen jeschafft.»

«Das kann ich mir nicht vorstellen.»

«Die Biber sprechen hier polnisch, da drüben werden die nämlich jeschossen, und bei uns durchlöchern se den Deich.»

«Es wäre doch schön, wenn Mensch und Natur …»

«Natur is mir Bockwurscht, ick will trockene Füße behalten.»

«Aber irgendwie müssen wir ja ...»

«Außerdem heißt ditt nich mehr ‹Natur›, sondern ‹Flora-Fauna-Habitat›.»

«Es kann doch nicht sein, daß ...»

«Berliner! Noch nie 'n Komposthaufen jesehn und von Umweltschutz quatschen. Ick bin ooch Umwelt, und wer schützt mich?»

«Die Frage ist, ob es überhaupt Sinn hat, mit neuen Technologien die Schäden an der Umwelt zu beheben, wenn die Gesellschaft die gleiche bleibt.»

«Willste nich mal langsam los? Sonst sucht sich deine Perle 'n andern inzwischen. Die Auswahl an alleinstehenden Männern in den mittleren Jahren is in Schmogrow beträchtlich.»

«Wir sehen uns bestimmt noch mal.»

«Klar, die Welt is 'n Dorf, und ditt Dorf heißt Schmogrow.»

«Wir können ja mal in die Kneipe gehen.»

«Willste dir ein' hintern Knorpel brausen? Kneipe jips hier aber nich mehr, nur Jenickschuß-Klaue.»

«Wer?»

«Da war früher 'n Ausschank jewesen in sein Haus, wo er jekooft hat, und weil die Leute immer beijekommen sind und nach Jetränken jefragt ham, hat er wieder 'n Ausschank jemacht, in sein Wohnzimmer. Vom ranzijen Bier fühlste dich wie nach'm Jenickschuß, und denn klaut er dir die Kohle.»

«Klingt ja nett ...»

«Der kann nüscht dafür, der würde ooch lieber Eis machen am See, aber der kann seine Leutchen nich alleine lassen, sonst würden wa alle Alkoholiker werden.»

«Das ist der ganze Sinn der Eckkneipe, den Alkoholismus zu bekämpfen.»

«Und denk dran: einfach mit der flachen Hand auf die Fontanelle!»

«Man sieht sich.»

«Weitermachen!»

Er stapft den Berg hoch, seine Hunde kommen aus dem Wasser und trotten ihm hinterher. Auf der Rückseite seines T-Shirts lese ich:

«PAPA, WAS BEDEUTET ‹ANGST›?

KEINE AHNUNG, WIR SIND OSSIS.»

Plötzlich dreht er sich um und spannt, als er sieht, daß ich immer noch da bin, seinen Bizeps an, schwingt seine bedrohlich geballte Faust und ruft: «Märkischer Gruß!»

6. HOLZBOCK

Heute kam mich der schwarze Mönch besuchen, und es drängt mich, Klara davon zu erzählen (als würde mir das helfen), aber ich darf sie nicht überfordern, sie hat neben Kindern und Büroleben kaum noch «Ressourcen». Sie kann sich nicht auch noch bei jeder Gelegenheit mit meinen seelischen Nöten befassen. Ihr fehle «die Leichtigkeit» bei uns, sagt sie oft, die immer neuen Anlässe für meine Bedrücktheit ermüden sie, während ich es vermeide, auf Aufstellern vor Zeitungsgeschäften ungewollt Schlagzeilen zu lesen, um keine Angst vor meinen Mitbürgern zu bekommen. Manchmal höre ich einen «Redefussel» mit, etwa über Gewalt unter Schülern oder über Menschen, die Videos davon teilen, wie sie Hamster zertreten, oder ich lese einen Kinderbuchtitel und verstehe statt: «Wer macht Regen und Sonnenschein?» «Wehrmacht Regen und Sonnenschein?», oder ich wache nachts auf und kann nicht mehr einschlafen, weil ich Panik bekomme, unser Hausbesitzer könnte sich über unsere Mietminderung ärgern und uns deshalb wegen «Eigenbedarfs» kündigen, oder ich muß, wenn ich ein Messer unter das Verpackungspapier eines neuen Stücks Butter schiebe, an die Szene aus «Funny Games» denken, in der einer der Mörder den Opfern Stullen schmiert, oder Klara kündigt an, mit den Kindern zwei Wochen zu ihren Eltern zu fahren, und ich habe Angst, daß sie sich entschließt, zurück in ihre Heimat zu ziehen, oder auf einem von mir geliebten Feldweg sind neonrote Markierungen vom Straßenbauamt aufgetaucht, weil er offenbar asphaltiert werden soll. Manchmal gucke ich auch zufällig genau um 19:33 auf die Uhr und erschrecke über die unangenehm vertraute Zahl (ich habe mir deshalb von Klara zum Geburtstag eine Uhr mit Zeigern gewünscht), oder der Sandkasten auf dem Spielplatz sieht am Abend, wenn sich niemand mehr hier aufhält, wegen des liegengelassenen Buddelzeugs aus wie der von der Kriminalpolizei gesicherte Tatort eines Verbrechens, oder das Badewasser hat sich durch die Tinti-Tabletten, die Karl und Ricarda darin aufgelöst haben, blutrot gefärbt, als hätten sie sich die Pulsadern aufgeschnitten. Es kann auch reichen, daß mir durch Fotos bewußt wird, wie schnell unsere Kinder wachsen und wie wenig Zeit zusammen uns noch bleibt und daß es schon fast zu spät ist, endlich ein paar neue Fingerspiele oder Gute-Nachtlieder für sie zu lernen. Ich sollte jede Sekunde mit ihnen genießen, aber dazu bin ich meist zu erschöpft. (Neulich hat Karl eine Hühnerfeder, die er sich wie Winnetou hinter ein Stirnband gesteckt hatte, verschämt abgenommen, als zwei ältere Jungen auftauchten, es zerriß mich fast vor Wehmut, und ich fühlte mich sofort wieder «dem Kohlenwagen meiner Trauer vorgespannt». Wenn er jemandem gegenüber seine schlimmste Drohung ausspricht: «Dann spiel ich nicht mehr mit dir!», könnte ich jedesmal weinen.) Bei alten Fotos, die uns zeigen, frage ich mich immer, warum ich damals nicht der glücklichste Mensch der Welt gewesen bin, aber dann könnte ich das ja auch jetzt sein. Klara meint, daß schon meine Sorge, Karl könnte das Verstoßenwerden aus der Kindheit, vor dem ich ihn nicht bewahren kann, so schlecht bekommen wie mir, ihn für immer belastet, denn die Kinder spürten ja alles, was in und zwischen uns vorgehe, davon ist sie überzeugt. Der schwarze Mönch kommt, wenn ich nicht damit rechne, wie ein seelischer Hexenschuß, zuerst wandern mir eiskalte Nadelstiche von den Handrücken aus die Unterarme hoch, bis sie sich fast gelähmt anfühlen, dann schnürt sich mir die Kehle zu, das Herz pocht, und mir wird heiß und kalt, ich will dann aus mir selbst wegrennen. Der Schock wirkt oft tagelang nach, ich bin in dieser Zeit kaum in Kontakt mit der Welt und meinem Körper, weil meine Gedanken sich wie besessen um irgendeine Angst drehen, die ich mir nicht ausreden kann, zumal mein Neocortex, der eigentlich dafür zuständig wäre, mit den Jahren an Einfluß verliert und die Amygdala, aus der die Ängste pulsieren, und die ihn phylogenetisch an Alter übertrifft, sich mehr und mehr hervortut. Früher hat es mir geholfen, an meiner Studie über die Schönheit zu arbeiten, wenn ich die Zeit dazu hatte, aber glaube ich überhaupt noch daran, sie jemals zu beenden? Und was sollte sich dadurch ändern? Ich habe mir immer eine Arbeit gewünscht, die ich wie ein Tänzer verrichten könnte, ohne nachzudenken und doch in höchstem Maß präsent, wie damals beim Feilen eines Kerzenständers im Werkunterricht, aber es hat mir der Mut gefehlt, solch einen Beruf zu ergreifen. Könnte ich mit einer Rangierlok Waggons auf Bahnhofsgleisen sortieren? Für die Stadt Fahrradschlösser, denen ihr Fahrrad abhanden gekommen ist, von Zäunen und Baumumfassungen entfernen? Nein, ich werde irgendwann am Selbstbedienungspacktisch im Baumarkt stehen und mit den Fingerspitzen für die Kunden das Ende der Tesabandrolle suchen, das ihnen immer entwischt. Von einem Beruf, mit dem ich bei der Selektion am Eingang eines KZs zu denen gestellt würde, die noch eine Gnadenfrist bekommen, weil sie gebraucht werden, bin ich weit entfernt.

Eigentlich habe ich gar keine Zeit für solche Gedanken, ich sollte die Stunde, die ich täglich für mich habe, bevor die Reihe an Klara ist, anders nutzen. Ich liege in «Sperlingslust» auf einem der alten Kinderbetten, die inzwischen zu kurz für mich sind, meine Füße lehnen an der Dachschräge. Ich höre auf die Geräusche, die der Holzbock macht, der im Schränkchen an meinem Kopfende wohnt und seine Gänge und «Rammelkammern» in das Holz frißt. Ob es ein direkter Verwandter des Holzbocks ist, den ich hier als Kind schon habe knuspern hören? Wie lange wird es wohl dauern, bis sein Geschlecht das Schränkchen vollständig verspeist hat und weiterziehen muß in ein anderes? Ob das neue Holz ihnen dann genausogut schmecken wird? Manchmal hat mich dieses Geräusch nachts wach gehalten, weil ich es nicht schaffte, wegzuhören, und unwillkürlich immer auf das nächste Knacken wartete, das in zu unregelmäßigen Abständen kam, um ein Wegdämmern zu erlauben. Wenn ich dann morgens aufwachte und es an meinem Kopfende ganz still war, rührte mich die Vorstellung, daß der kleine Käfer, wie es heute die Kinder tun, friedlich an meiner Seite geschlafen hatte, womöglich sogar besser als ohne mich. Inzwischen höre ich das Knuspern lieber als jede Musik, weil es das Schmogrow-Gefühl wachruft, nach dem ich ständig in mir suche, dafür reicht manchmal schon das Summen einer «geschäftig frühen Fliege». Dann schließe ich die Augen, um das Gefühl nicht mehr fortzulassen, das mir wichtiger ist als mein richtiges Leben. Ich stelle mir dann vor, im «Grünen Gewölbe» zu sitzen, wohin sich eigentlich immer eine Fliege verirrt hatte, die mich mit ihrem unsteten Flug vom Lesen abhielt,

dabei hatte ich mich zu diesem Zweck hierher zurückgezogen, zwischen den ständigen Mahlzeiten, die mich so viel
Zeit kosteten. Wie sollte ich bei den dauernden Unterbre-
chungen die Bücher schaffen, die ich im Leben noch lesen
wollte? Mit den Radiergummi-Enden zweier Bleistifte in
den Ohren versuchte ich, mich zu konzentrieren, wenn Frau
Tatziet in der Eßstube nebenan einem Gast ihr Epos erzählte,
an dem sie ständig weiterwob und in das die «Texte» der
Gäste (und auch meine) leicht abgewandelt und mundgerecht gemacht mit eingearbeitet wurden. (Wie gern würde
ich ihr jetzt zuhören! Warum habe ich damals nicht mitge-
schrieben? Und warum habe ich nicht die Gelegenheit genutzt, bei Frau Tatziet Gärtnern oder Kochen zu lernen? Dann
müßte ich nicht jedesmal auf der Spaghetti-Verpackung
verzweifelt nach der Kochzeit suchen, allerdings würde ich
vielleicht auch nicht mehr so darüber staunen, wie sich die
spröden Stäbchen im brodelnden Wasser nach anfänglichem
Zögern willig verformen und in sich zusammensacken.) Ich
erstellte lange Bücherlisten, die ich abarbeiten wollte, bevor
ich mich meiner Vita activa zuwenden konnte. Manchmal
verbrachte ich Stunden damit, Dringlichkeitsstapel anzufer-
tigen und umzusortieren, aber die Büchergier metastasierte,
jedes Buch erzeugte neue Interessengeschwulste, wenn ich
ehrlich war, dann war meine Lebenszeit schon jetzt zu kurz,
und ich machte mir ja gleichzeitig Vorwürfe, denn war es
nicht armselig, so sein Leben zu verbringen? Was lernte ich
denn dabei über die Wirklichkeit im Vergleich zu einem Zim-
mermann, einem Wildhüter oder einem Mähdrescherfahrer?
Aber ich konnte nicht anders, ich mußte wissen, ob es die

Bücher schon gab, in denen die Antworten auf meine Fragen standen.

Was ist Kunst, und woran erkennt man sie?

(Anders gefragt: Gibt es überhaupt etwas, was keine Kunst ist?)

Wie viele verschiedene Stile kann ein Maler haben?

Kann man wirklich nur vierzig Tränen am Tag weinen?

Wie weit kann man die Bedeutung eine Wortes zurückverfolgen, und wohin käme man, wenn man noch weiter käme?

Warum steht bei Astrid Lindgren immer «Marmel» und nicht «Murmel»?

Kann man sich ein Gesicht ausdenken?

Wie ist aus Samuel Beckett Samuel Beckett geworden?

Warum sind Briefkastenschlitze horizontal, Münzschlitze aber häufig vertikal?

Welche Stücke hätte Büchner geschrieben, wenn er länger gelebt hätte?

Warum sieht Mr Spock wie Richard Sorge aus?

Läßt die Literatur zu, daß Autoren sterben, bevor sie alles geschrieben haben, was sie schreiben können?

Warum verstehen wir, was wir sagen, obwohl wir eigentlich kaum wissen, was wir meinen?

Könnte man die Sahara mit Wasser aus dem Mittelmeer in fruchtbaren Boden verwandeln?

Ist es peinlich, sich einen Kühlschrankmagneten seiner eigenen Stadt an den Kühlschrank zu heften?

Was hätte Picasso als Steinzeitmensch gemalt?

Bis zu welchem Alter muß man Angst vor Kinderlähmung haben?

Kann man die Eigenart eines Dialekts oder sogar einer Stimme, also genau das, was einem beim Hören eine Gänsehaut macht, schriftlich erfassen?

Warum bekomme ich in der Kaufhalle immer Hunger, wenn ich das Hundefutter sehe?

Warum findet man den eigenen Speichel erst ekelhaft, wenn er den Mund verlassen hat?

Was ist die ekelhafteste aller theoretisch denkbaren Erscheinungen?

Was unterscheidet eine Melodie von einer Tonfolge?

Gibt es noch unbekannte Rhythmen?

Warum gelingt den Rolling Stones seit Jahrzehnten kein Song mehr, an den man sich erinnert, während früher fast jeder ihrer Songs ein Klassiker war?

Ist mein tiefes Bedürfnis, Batterien zu schonen, schon eine seelische Deformation?

Wie lang darf eine Gedichtzeile sein?

Mit wie vielen Menschen auf der Welt könnte man glücklich werden, oder gibt es tatsächlich nur einen, den man suchen muß? Und woher weiß man, daß man ihn gefunden hat?

Sollte man sein Denken auf Kant fußen lassen oder auf Hegel? Auf Nietzsche oder auf Descartes? Auf Schopenhauer oder auf Luhmann? Auf Aristoteles oder auf Platon? Auf Husserl oder auf Wittgenstein?

Gibt es ein Denken jenseits der Aristotelischen Logik?

Existiert die Mathematik unabhängig vom menschlichen Gehirn?

Muß ich mich schuldig fühlen, wenn ich ein Bonbonpapier,

das ich selbst aufgehoben habe, wieder auf die Straße werfe? (Und wie weit muß ich es verfolgen, wenn es von Windböen erfaßt wie ein Mäuschen davonhuscht?)

Hatten die Vorsokratiker recht?

Warum haben Gemälde Ecken?

Was hat der erste Homo sapiens von seinen Eltern gehalten?

Gibt es ein Sprachgefühl?

Juckt es doppelt, wenn eine Mücke in einen Mückenstich sticht?

Kann es überhaupt etwas «Neues» auf der Welt geben? Beziehungsweise, wären wir imstande, es zu erkennen?

Warum gibt es in der Natur nichts Häßliches?

Sind wir ab einem bestimmten Alter für unser Gesicht verantwortlich?

Was hat die nordamerikanischen Ureinwohner davor bewahrt, sich wie wir Europäer zu entwickeln und die Welt zu zerstören? Oder hat ihnen nur die nötige Zeit gefehlt?

Gibt es unter den Außerirdischen auch Künstler?

Warum lachen die Bösewichter in Comics immer «Har! Har!» statt «Ha! Ha!»?

Muß eine Skulptur eine Rückseite haben?

Was ist der Unterschied zwischen «keiner» und «niemand»?

Wann wird es auf der Welt mehr Playmobil-Figuren als Menschen geben?

Was haben Stubenfliegen gemacht, als es noch keine Stuben gab?

Warum haben die Nazis Rotkäppchen nicht in «Braunkäppchen» umbenannt?

Kann man ein Dieb sein, wenn man noch nie etwas geklaut hat?

Warum heißt es «Schnee*witt*chen», aber «Schla*fitt*chen»?

Warum schmeckt manches Essen (Currywurst) nur warm und anderes (Softeis) nur kalt?

Bin ich ein Betrüger, wenn ich mich auf dem Bahnsteig auf eine Bank setze, obwohl der Zug, auf den ich warte, auf dem Gegengleis fährt?

Warum *prescht* man vor und *rudert* zurück?

Daß ich die Füße im Bett liegend an die Dachschräge lehnen kann, ist möglich, weil sich die Putz- und Strohschicht hier bedenklich nach unten wölbt, eines der Wunder von Schmogrow. Ich betrachte einen alten Hocker und versuche mir vorzustellen, wie ich ihn nachbauen könnte. Die beiden Füße bestehen aus leicht abgewinkelten Flächen, die mit einer durch schmale Hartholzkeile fixierten Zapfenverbindung in das obere Brett eingelassen sind. Mit welchem Werkzeug sind die rechteckigen, angeschrägten Löcher dafür geschnitten worden? Wie gern würde ich solch einen Hocker tischlern, aber ich müßte trotzdem noch hundert Jahre warten, bis er so aussieht wie dieser, der eher einer flüchtig ausgeführten Skizze gleicht, ohne Akribie hergestellt, doch gerade dadurch einzigartig. Vielleicht brauchte jemand einfach einen Hocker, so wie der Alm-Öhi an ihrem ersten Abend bei ihm einen Stuhl für Heidi, und hat ihn sich rasch selbst geschreinert, ohne darüber nachdenken zu müssen. Der nächste sah genauso aus, aber eben nicht identisch. (Wie die Schubkarren, die man hier in der Gegend sieht. Vielleicht hat sie Herr Pinkepaul hergestellt, der ja eigentlich nicht Bauer war, sondern Schlosser bei der Bahn und deshalb den zerbrochenen Rahmen meines Kinderfahrrads schweißen konnte, Monate mußten wir darauf warten, ich hatte Angst, in der Zwischenzeit zu groß zu werden, aber ohne ihn waren wir in dieser Frage völlig hilflos. Herr Pinkepaul hat auch das Dach der Hauslaube geteert, ob der kochende Teer die richtige Temperatur hatte, konnte er daran feststellen, wie es beim Reinspucken zischte.) William Morris sagt, man solle keinen Gegenstand in sein Haus aufnehmen, der nicht entweder nützlich oder schön sei, aber inzwischen muß man in unseren Häusern nach Gegenständen suchen, die nicht häßlich oder überflüssig sind, und dasselbe gilt für die Häuser selbst und oft auch für die Gärten. Es setzt mir so zu, weil häßliche Gegenstände eine aggressive Ausstrahlung haben, wie das weiße Rauschen, das früher nach Sendeschluß im Fernsehen gezeigt wurde und einen vom Bildschirm vertreiben sollte, damit man morgens nicht verschlief und zu spät zur Arbeit kam (weil allerdings das Gerücht kursierte, das Rauschen würde manchmal mitten in der Nacht für pornographische Filme unterbrochen, harrten manche vor dem Fernseher aus und verschliefen doch). Ihre Existenz macht einen traurig und mutlos, sie zerstören weit mehr, als man gleichzeitig aufbauen könnte, wie ein Tropfen Spülmittel, der tausend Liter Trinkwasser verunreinigt. Ich kann nicht glauben, daß die Menschen sie wirklich schön finden und sich mit ihnen wohl fühlen. Ich denke, sie haben nicht gelernt, in Kontakt mit sich zu treten, oder es macht ihnen Angst, nicht zu wissen, was sie dann spüren würden, wenn sie aus dem Programm, nach dem sie süchtig sind (auch wenn es täglichen Ärger und

Leid bedeutet), für eine Sekunde aussteigen würden, um die Leere zuzulassen, die eigentlich ein Anfang wäre. Morris hat seine Vorträge, die er auf rastlosen Reisen durch England gehalten hat, schon vor hundertfünfzig Jahren geschrieben, und seitdem ist alles viel schlimmer geworden, ich bin froh, daß er das nicht mehr erleben muß. Er störte sich noch an Butterbrotpapier, das Ausflügler in den Parks hinterließen. Oder an der wachsenden Flut von Werbeplakaten in den Städten. Er glaubte, der sicherste Weg, sie zu bekämpfen, wäre, die angepriesenen Waren nicht mehr zu kaufen (das tue ich allerdings tatsächlich, wenn auch mit bescheidenem Erfolg). Die Werbung für seine eigene Firma sollte nur *informieren*, nicht zum Kauf *überreden*. Er glaubte, daß es eine Zeit vor der Industrialisierung gegeben habe, in der die Menschen noch nicht entfremdet von ihrer Arbeit gewesen sind und mit ihren Händen Gegenstände hergestellt haben, die nicht anders als schön sein konnten und weder den Hersteller noch den Käufer erniedrigten wie heute, weil man damals, da kein Profit erwirtschaftet werden mußte, mehr Zeit gehabt hatte. Wie ist es sonst zu erklären, daß jemand Befriedigung daraus zieht, sein Leben lang an einer Kathedrale zu arbeiten, die erst Generationen nach ihm fertiggestellt sein wird? Dadurch, daß alles, von der Kathedrale bis zum Topf für den Haferbrei, mehr oder weniger schön war, haben alle Menschen, die etwas herstellten, teilgehabt an der Kunst, und natürlich auch diejenigen, die die Dinge benutzten und täglich berührten. Handwerk und Kunst gingen noch keine getrennten Wege. Es geht ja nicht um Geschmack oder Stil, sondern um das richtige Leben, und unsere Gegenstände sind Beweisstücke dafür, daß wir es nicht führen und nicht einmal mehr danach suchen. Ich bin heute durch den Ort gegangen und war erschüttert über die renovierten oder in jede Lücke gequetschten, neu errichteten Häuser («Die natürliche Verwitterung der Oberfläche eines Gebäudes ist schön, ihre Beseitigung katastrophal», schreibt Morris.). Man freut sich über jedes Bauprojekt, bei dem dem Bauherrn das Geld ausgegangen ist, solche ausgehobenen Gruben und verlassenen Betonskelette sind wenigstens ein Rückzugsort für Pflanzen und Tiere. Der Ort hat sein Gesicht seit der Wende noch schneller und radikaler verändert als mein Ostberliner Bezirk, weil dort erst einmal die Eigentumsverhältnisse geklärt, also die westdeutschen Erben ausfindig gemacht werden mußten. Momentan sind anscheinend gerade Flachbauten in Mode, die an amerikanische Vorstädte erinnern, die Balkonbrüstungen sind aus Glas wie die Wände von Bushaltestellen. Jemand hat sich schwarze Drachen aus irgendeinem Fantasy-Kosmos auf seine Torpfosten gestellt. Repräsentative Bedürfnisse werden von viel zu großen und überflüssigen Freitreppen erfüllt, mit ungeschickt dimensionierten Säulen, die ein protziges Vordach tragen. Die alten, aus Leichtmetall geschweißten und buntlackierten Zäune, die oft ein Sonnenmotiv hatten und sicher aus Resten bestanden, die der Besitzer auf seiner Arbeitsstelle abgestaubt hatte, nehmen sich daneben filigran und verspielt aus. Jemand hatte Freude daran, sie herzustellen, man staunt über die vielen Variationen, die nur mit verzwirbeltem Bewehrungsstahl und lackierten Ringen möglich waren, man kann sich gut vorstellen, daß der Bildner «glücklich war, als er daran meißelte», wie Ruskin es für Ornamente fordert. Aber sie werden nach und nach durch Zäune mit eingeflochtener Plastikfolien-Meterware als Sichtschutz ersetzt, grau oder bedruckt mit Schottersteinen oder Camouflage-Muster, durch die die Straße zum Hinterhof wird, man geht wie zwischen Schallschutzwänden, zudem wird die Hitze gestaut. Den gepflasterten Vorgärten wurde immer mehr Platz für doppeltürige Autobunker abgezwackt, sie werden mit Gabionen-Stelen geschmückt, mit verchromten Kugeln, grottenartigen, polierten Steinklumpen, bei denen aus einem Bohrloch Wasser sprudelt, oder Buddha-Figuren, die auf buntem Schotter drapiert sind. (Kieswege hatten auf englischen Landsitzen ursprünglich die Funktion, daß man die Schritte von Besuchern früher hörte.) Wie könnte man diesen von der Industrie als individuelles Ausdrucksbedürfnis verklärten Trend zum Aufhübschen einhegen? Beliebt sind auch liegende Amphoren, aus denen sich ein Blumenflor über den Rasen zu ergießen scheint, während unter den Giebeln noch Eiszapfen-Lichterketten hängen und manchmal sogar ein Weihnachtsmann die Fassade erklimmt. (Seltsamerweise stimmt mich die auf einem handgeschriebenen Schild nüchtern und ohne Umschweife ausgesprochene Kaufempfehlung: «Eier hier!» wieder milder, genau wie ein paar aufeinandergestapelte Autoreifen, die ungeschickt mit einem rotbraunen Klinkermuster bemalt sind und deren oberster mit Blumen bepflanzt wurde.) Objekte aus vergangenen Epochen der Industrialisierung dienen nur noch zur Dekoration, Pflüge, Schubkarren, ein mit Blumenampeln behängtes Fahrrad, ob irgendwann auch Röhrenbildschirme, Benzinmotoren und handbetriebene Rollstühle als solcher Readymade-

Nippes das Gemüt ansprechen werden? Manchmal sind die Objekte auch gar nicht alt, sondern neu wie die Zierbrücken, Wetterhahnattrappen und Ziehbrunnen, die gar kein Wasser enthalten. Die Urlaubsziele nach der Wende waren Inspiration für geraniengeschmückte Balkons, von denen aus man vom Blick auf die Alpen träumen kann, nur, daß dort oben nie jemand sitzt und man andernfalls auch nur auf ein Baumarkt-Baumhaus, buntes Spielzeuggerümpel aus Plastik und ein riesiges Trampolin blicken würde, das jeder für seine Kinder anschafft, damit sie nicht mehr rausgehen müssen, um sich mit anderen Kindern zu treffen und für ihre Spiele Hierarchien festzulegen. (In Schmogrow hat es früher drei Gruppen von Jungen gegeben, die sich bekriegten, die vom Kietz, zu denen auch Herr Lenz gehörte, die von der Scholle und die vom Schloßberg. Sie trugen abgeschnittene Gummischläuche in der Tasche, um sich zu verteidigen.) Ein aggressiv seine Neuheit herausschreiendes weißes Haus mit anthrazitfarbenen, glänzenden Dachziegeln, Schießschartenfenstern und giftgrünem Rasen, in den automatisch arbeitende Sprinkler eingelassen sind, macht mir besonders zu schaffen, es hat «keine Silbe zu seiner Verteidigung zu sagen», wie Ruskin es ausdrückte. Auf einer kleinen Bank davor sitzt ein Puppen-Rentnerpärchen, beide mit Nickelbrille, sie strickt, und er hält ein Buch in der Hand, man sieht die beiden öfter im Ort, vielleicht hat ein Vertreter für dieses Produkt die Runde gemacht, so, wie an viele Kleinstädte nach der Wende von irgendwem polierte Granitkugeln verkauft worden sind, um den Bahnhofsvorplatz aufzuwerten. Die Kunst im öffentlichen Raum, die im Sozialismus sooft verlogen war, aber darin durchaus eindrucksvoll, ist heute leider nur noch ein Markt für Objekte, die außerhalb dieses Markts niemand auch nur geschenkt nehmen würde, man sehnt sich nach der Lüge zurück. In Schmogrow war die Errichtung des Kreisels in der Ortsmitte eine Saga. Man hatte zu spät festgestellt, daß die Kreuzung über die Jahrhunderte etwas aus der Achse geraten war, daß aber ein «städtebaulicher Bezug» bestand, so daß sie hätte versetzt werden müssen. Der Kreisel war aber schon in Planung, und um die Position der Kreuzung zu berichtigen, hätte man ein leerstehendes DDR-Kaufhaus, das unter Denkmalschutz stand, abreißen müssen (was dann später sang- und klanglos geschehen ist, als das «Geschäftszentrum» errichtet wurde, in dem allerdings schon alle Geschäfte eingegangen sind und nur noch der Raum für die Geldautomaten, mit zum Glück auch automatischen Türen, betreten werden kann). Es blieb beim Kreisel an der «falschen» Stelle, der allerdings bedeutend größere Radien bekam, weil die Landmaschinen inzwischen größer geworden sind. Als der Kreisel, wie die Zeitung schrieb, mit «gefälliger Bepflanzung» begrünt wurde, also mit Sumpfzypresse und Sträuchern, die möglichst resistent gegen Abgase und Hundekot sind, stellte sich im ersten Frühjahr heraus, daß die Erde mit Hanfsamen durchsetzt gewesen war. Der Zoll hatte ein in einem Kornfeld verstecktes Flurstück mit Hanf entdeckt und die verbotene Pflanze gesichert und kompostieren lassen, mit dieser Erde war der Kreisel bepflanzt worden. Inzwischen hat man sich von einem lokalen Künstler ein verchromtes Metallobjekt anfertigen lassen, das das Ortswappen in eine moderne Formensprache übersetzen soll, mir aber Sorge bereitet, es könnte den Menschen hier das letzte bißchen Wohlwollen, das sie der Kunst gegenüber noch aufbringen, für immer austreiben (als vermittelnde Geste hat man noch eine Säule aus aufeinandergestapelten Findlingen daneben gestellt). Das schlimmste ist, daß auch beim Schießschartenhaus die alte Brombeerhecke und die Knallerbsensträucher zur Straße durch einen grauen Plastikfolienzaun ersetzt wurden. Der Garten sieht aus wie ein Gegenentwurf zum Paradies, er verlängert tatsächlich «das Haus in die Natur hinein», wie Muthesius fordert, allerdings hatte er dabei sicher nicht solch ein Haus im Sinn gehabt. (Seit Silvio einmal über ihren Nachbarn, der kaum noch von seinem neuen Rasenmäher-Trecker herunterzubekommen war, gesagt hat: «Den läßt seine Alte nicht mehr ran...», sehe ich gepflegte Gärten zudem noch einmal mit anderen Augen.) Was geht in Menschen vor, die die Natur so hassen? Was hat man ihnen angetan? Und wie sollen ihre Kinder lernen, daß Abweichungen von der «Norm» das Leben bereichern? Wackelnde Türklinken, knarrende Dielen, Spinnweben, geflickte Geländer, ausgetretene Stufen, Mauerfugen, Rost? Wer «Unkraut» bekämpft, hat nicht gelernt, das Fremde zu akzeptieren (wobei ironischerweise zum «Unkraut» meist die einzigen regionalen Gewächse zählen, die in den Gärten noch vorkommen). Ich war versucht, zu klopfen, um den Bewohnern die Stelle bei Morris vorzulesen, in der er von Bauherren verlangt, ihr geplantes Haus *den Bäumen anzupassen, statt sie zu fällen.* Man müßte eigentlich auf jeden einzelnen zugehen und ihm anbieten, ihn zu therapieren, es ist nie zu spät, sein Schönheitsempfinden neu aufzubauen wie die

Darmflora nach einer Diarrhöe. Dafür müßte man zunächst herausfinden, welche Bedürfnisse hinter den Gestaltungsentscheidungen des Patienten stecken. Welche Gefühle unterdrückt er? Warum fürchtet dieser Mensch sich, zu Ende geboren zu werden? Wie könnte man ihm helfen, sein anästhesiertes Bewußtsein wiederzuerwecken für Empfindungen von Glück und Unglück, Schmerz und Freude, Trauer und Wut? Vielleicht könnte man gemeinsam Bildmaterial durchgehen und die Empfindsamkeit trainieren, wie man ja auch daran arbeitet, Psychopathen das Gefühl von Angst beizubringen, das ihnen fehlt? Da das Haus nun einmal steht, könnte man die Zeit, bis es einstürzt, mit Studien überbrücken, damit sich wenigstens die Nachkommen ein anderes bauen, nur daß die Trümmer wegen der modernen Baustoffe als «Sondermüll» gelten würden und, anders als nach dem Krieg, nicht wiederverwendet werden könnten (damals war es ein gefragter Beruf, beim Abriß zu arbeiten, weil man an Material kam). Natürlich würden auf diese Weise geschulte Menschen irgendwann auch so unter Häßlichkeit leiden wie ich. Aber welcher Gewinn an Intensität auf der anderen Seite! Solange es weh tut, lebt man. Und welcher Nutzen für die Allgemeinheit! Der arme Morris ging sogar soweit, Schönheit vor Komfort zu stellen, eine gewisse Unbequemlichkeit galt es, hinzunehmen, wenn die Ästhetik die Form der Möbel bestimmte. Sicher hat es in seinen Häusern, die er bis zur Türklinke selbst entworfen hat (ein schönes Haus war für ihn die wichtigste Schöpfung der Kunst), immer gezogen, und die Stühle, die er produziert hat, sehen auch nicht sehr bequem und praktisch aus. Er wollte lieber in einer Torfhütte in Island leben, als noch mehr Kissen, Polster oder Teppiche zu ertragen. Man könne sogar soweit gehen, eine Weizenähre nicht mehr zu essen, weil man ihre Schönheit sosehr bewundert, schreibt er. Dann verhungert man eben, aber dafür hat man der Schönheit gehuldigt! Es geht, wie gesagt, nicht um Geschmack. Es geht um die Menschwerdung des Menschen, die Veredlung jeder Tätigkeit, durch die eines Tages Hoffnung und Freude an die Stelle von Furcht und Pein treten werden. Hoffnung und Freude statt Angst vor dem Abstieg werden es sein, die den Menschen veranlassen, zu arbeiten. Der einzige uns Menschen, die wir nicht mehr an Gott glauben können, immer gewisse Trost, wie er uns aus schöpferischer Arbeit (und jede Arbeit könnte schöpferisch sein) erwächst, ist vom Kapitalismus zerstört worden (und der Sozialismus hat ihn darin noch übertroffen). Morris hat sich dafür geschämt, daß ihn seine Arbeit glücklich machte, während andere zu einer monotonen Schinderei verdammt waren. Tatsächlich muß auch ich mich immer vor Klara rechtfertigen, daß mir meine «Arbeit», seit ich bei der «Neuen Hausfrau» gekündigt habe und keine Werbetexte mehr für «Eierschalensollbruchstellenerzeuger», «Dauer-Backmatten», «Mini-Korkfaszienrollen» oder «Lackier- und Relaxsocken» schreibe, sondern in jeder freien Minute an meiner Studie über die Schönheit sitze, Spaß macht, so daß ich davon am Nachmittag angeregt zurückkomme, während das Familienleben mich auslaugt. Sie sieht allerdings nicht ein, daß ich täglich einen Mittagsschlaf brauche, auch wenn ich ihr erkläre, daß ich mich dabei sozusagen «arbeiten lege». In der Schmogrower Kirche ist früher, um die übermüdeten Dörfler, die bei der Predigt einnickten, zu wecken, eine knarrende Schlafklapper eingesetzt worden, so etwas hätte Klara sicher gern für mich. Ich genieße es, wenn ich die Kinder und Klara im Haus höre, leise genug, damit ich die Gespräche nicht verstehen muß, aber doch wahrnehmbar, so daß ich mich nicht allein fühle, ich kann ja jederzeit «erheitert zu dem Alltagskreise kehren, / den Weib und Kinder scherzend um mich schlingen». Ohne sie würde ich ein so trauriges Bild abgeben wie eine leere Kleiner-Feigling-Flasche auf einem regennassen Trafohäuschen am Sonntagmorgen. Gerade jetzt höre ich von unten Getrampel und Geschrei, anscheinend hat Ricarda einen ihrer seltenen Wutanfälle, vielleicht will sie bei der Hitze kein «ärmliches Hemd» anziehen, das ihre Haut gegen die Sonne schützen soll, sondern verlangt ein «unärmliches». Ich lasse die Ohrstöpsel inzwischen meist auch drin, wenn ich wieder nach unten zur Familie gehe, das Wichtigste bekomme ich ja durch Gesten und Gesichtsausdrücke trotzdem mit. Wie angenehm ist es, außer Hörweite zu sein und nicht reagieren zu müssen! Manchmal lagen hier oben im Frühjahr tote Hornissen in den Betten. Als es nach dem Krieg keine Bettwäsche gab und man die übriggebliebenen roten Federbetten unbezogen benutzte, scherzten die Schwestern, daß sie jetzt wie Königinnen schliefen, in purpurner Wäsche (aus denen die Ratten allerdings fein säuberlich die Blut- und Eiterflecken herausgeknabbert hatten). Der Dachboden war wie das Unterbewußtsein des Hauses, hier roch es wie nirgends auf der Welt, Staub, Gebälk, bepullerte Matratzen, Marderkot, dazu die gestaute Hitze. Zwischen anderem Gerümpel verstaubte der von der Nachbarin Berthaluise Quitz geerbte russische Raduga-Fernseher, der sich zumindest als Heizung geeignet hätte, nur daß diese Fernseher oft Wohnungsbrände verursachten («Hüte dich vor blonden Frauen und Technik, die die Russen bauen!»). Frau Tatziet war manchmal bei Berthaluise fernsehen gegangen («Die mochte den Kanzler Schmidt so gerne hören», sagt Frau Fiddeke) und hat ihr nebenbei die Augen getropft. Schon beider Eltern waren befreundet gewesen, damals hatte es einen in die Hecke geschnittenen Durchgang gegeben, um sich schneller besuchen zu können. Einmal hatte man fröhlich bei Berthaluise beisammengesessen und eine Karte verschickt: «Wir sind bei Berthchen froh vereint, / es ist teils schön, teils gut gemeint.» Tante Lore hat vor Quitzens Haus immer einen Knicks gemacht, weil ihre Lehrerin sie in der Schule einmal kritisiert hatte, daß sie unhöflich sei und nicht richtig grüße. Neben dem Fernseher steht eine Holzkiste mit der halbverblaßten Aufschrift «BULLRICH MAGENSALZ», sie enthielt Utensilien für die Käfer- und Schmetterlingsjagd, die ein entfernter Verwandter hier untergestellt hatte. Er betäubte die zarten Wesen und spießte sie mit Nadeln auf, um sie in seinen Kästen zu verwahren. Im Ställchen, das zwischen den Geburtswellen auf dem Boden verstaut war, und das wie die Kinderwagen für Generationen von Kindern benutzt worden ist, habe ich zum erstenmal aufrecht gestanden und mich dabei an den bunten Stäben festgehalten und mit den Abakus-Schiebekugeln gespielt oder ein Kind in einem anderen Ställchen angelächelt, während Frau Tatziet am Spinnrad saß. Wir spielten auf dem Dachboden mit Frau Tatziets Spinnrad, wir rochen an der Pfefferminze, die auf einer quer gelegten Tür trocknete, wir bestaunten die «Tabak-nägel» aus Holz in den Balken, an denen man aufgefädelte Tabakblätter zum Trocknen (und nebenbei auch zum Holz-schutz) aufhängte, wir betrachteten unsere Grimassen im Glasklumpen, zu dem im Krieg ein Brand die Glasvorräte für Frühbeetfenster eingeschmolzen hatte. Wir versteckten uns in der Räucherkammer, die es in allen Siedlungshäusern gab, und sahen uns schaudernd die totenstarren Gesichter der Porzellanpuppen an, voller Mitleid, daß Kinder früher mit so etwas abgespeist wurden, während wir die schon bei ihrem ersten Erscheinen auf der Welt *vollkommenen* Playmobil-Figuren zur Verfügung hatten (wie viele Jahrtausende hatten antike Künstler gebraucht, um sich von der Venus von Wil-lendorf zum Doryphoros vorzuarbeiten?). In «Sperlingslust» war man in Sicherheit vor Erwachsenen, die einen zum «Hel-fen» abkommandieren wollten. Bei Gewitter, es gab in jedem Sommer sehr heftige, mußte man allerdings runterkommen und unten schlafen, sonst hätte Herr Tatziet kein Auge zu-getan. Er hatte als Jugendlicher auf pommerschen Gütern erlebt, zu welch schlimmen Bränden Blitze führen konnten (Karl: «Ich dachte immer, weil ein Blitz so schnell ist, muß ich ihn auch so schnell auf dem Papier *malen.*»). Einmal ging ich hier oben in umgekehrter Richtung um den Schornstein und hatte das Gefühl, mich zu verlaufen, weil alles sofort so anders aussah. Zum Dachboden führt eine steile Leiter, auf der Frau Tatziet mit ihren Geschwistern Platz nahm, wenn man «Bilderkino» spielte, die obere Öffnung wurde mit Decken verhängt, bis auf ein kleines, beleuchtetes «Fenster», hinter das aus alten Illustrierten herausgerissene Seiten gehalten wurden, erst die weniger interessanten wie «Herbst», «Großherzog von Baden» oder «Parklandschaft» und am Schluß die Lieblinge, auf die alle warteten: «Leichte Kavallerie» und «Verliebt, verlobt, verheiratet». Am unteren Ende der Treppe gibt es einen Drehschalter aus Bakelit, der mit einem charakteristischen Schnappen nachgibt. Mit dem Mechanismus spielte ich gern, ich drehte den Schalter möglichst langsam und vorsichtig, weit über den Schnappunkt hinaus, bis er schließlich doch schnappte. (Was habe ich damals *noch* berührt und zu Gold gemacht, so daß es jetzt zu mir spricht?) Oben konnte man das Licht nicht mehr ausschalten, und die nächste Lampe gab es erst in der Kammer, man mußte also zweimal gehen oder es bis zur Kammer im Dunkeln schaffen. Die Dielen waren an einer Stelle so durchgetreten, daß der Boden nachgab, man wurde nur noch vom Teppich gehalten, so wie nach dem Krieg an manchen Brücken, die noch nicht wieder repariert waren, das Gleis in der Luft hing und man «Schwebebahn» fuhr. Man überlegte immer, wo unten Frau Tatziets Bett stand, in dem man bei einem Durchbruch landen konnte, während man knarrenden Schritts und leicht gebückt über den Dachboden ging, um die quietschende Tür zur Bodenkammer zu öffnen, auf der sich seit Jahrzehnten Gäste mit Bleistift und Taschenmesser verewigt hatten, manchmal in Versen, manchmal sogar mit ein paar Noten, Gäste, die ich als Erwachsene kannte und die hier als Kinder und Jugendliche übernachtet hatten allerdings hatte man damals noch auf mit Stroh gefüllten Matratzen geschlafen («Stroh und Schilf sind völlig gut / Wenn man lange nicht geruht.»). In der Kammer wurde man von der Aussicht durch die Luke über die Kirschbäume und Felder belohnt. Manchmal sah ich von hier oben meinen Vater, der plötzlich so klein wirkte und einen «Hubschrauberlandeplatz» auf dem Hinterkopf hatte, wie mein Bruder sagte. Der Strom kam damals noch durch überirdische Leitungen, auf denen Vögel ausruhen konnten und die Ableger zu den Häusern hatten, wo Porzellan-Isolatoren an der Fassade angebracht waren, im Krieg ein beliebtes Ziel für Scharfschützen, weil die herumfliegenden Splitter gefährlich waren (manche Schmogrower Kinder hatten sich damit amüsiert, die Eisenbahnermütze ihres Vaters an einem Stock aus dem Splittergraben zu halten, in dem man sich versteckte, und freuten sich, wenn sie getroffen wurde und sich drehte). Einmal war ich bei einer Ankunft schockiert gewesen, weil vom Ersten Mai noch eine etwas zerlumpte rote Fahne übriggeblieben war, die halb eingerollt aus der Luke hing. Herr Tatziet fühlte sich offenbar wegen seiner Vergangenheit so unter Beobachtung, daß er, um sich abzusichern, nicht nur «Bonzenkindern» Nachhilfestunden in Latein gab, sondern sogar, wenn auch mit diesem erbärmlichen Lappen, «flaggte», was wir in Berlin, oft als einzige in unserem Haus, nicht taten (seine Nichten aus dem Westen halfen dann meinen Cousinen, die zur Demonstration gingen, Friedenstauben aus Papier auszuschneiden). Solch eine Erinnerung daran, daß wir in der DDR lebten, wirkte in Schmogrow seltsam fehl am Platz. (Als eine Nichte einmal im «roten Schrank» Caro-Kaffee entdeckte und Frau Tatziet fragte: «Gibt's den denn in der Ostzone auch?», hatte Frau Tatziet knapp geantwortet: «Bei deiner Tante ist keine Ostzone.») Herr Tatziet war allerdings gleich in die neuge-

gründete «Gesellschaft zum Studium der Kultur der Sowjet-
union» eingetreten und hatte sogar nach Stalins Tod einen
Strauß mit Gartenblumen für die Schüler-Ehrenwache im
Schulfoyer mitgebracht. Die Fahne erinnerte mich daran,
daß auch viele Gäste ein Doppelleben führten. Hermann,
zum Beispiel, der groß, schlank und schweigsam wie sein
Meister war – manche Frauen hielten diese Schweigsamkeit
für Tiefsinn, und manche Männer hatten, nachdem sie im
Garten eine Weile neben ihm auf einer Bank gesessen hatten,
das Gefühl, ein philosophisches Gespräch geführt zu haben,
dabei hatte man kein Wort gewechselt –, bekam einmal
furchtbaren Ärger mit seiner Frau, weil er vor dem Heim-
kommen vergessen hatte, seinen «Bonbon» abzunehmen. Er
hatte ihr bis dahin verheimlichen können, daß er in die Partei
eingetreten war.

Es geht mir nicht um ästhetische Verfeinerung, Geschmacks-
tyrannei, Stilbewußtsein oder womöglich sogar darum, diejenigen, die angeblich nicht darüber verfügen, auf subtile Weise
zu diskriminieren, im Gegenteil, eine originelle, authentische
Geschmacklosigkeit fände immer meinen Beifall. Es geht um
die Poesie in den Dingen des Alltags, ohne die das Leben
keine Freude macht, so wie die Poesie des Provisorischen,
die fast allem innewohnte, was von Herrn Tatziets Hand
stammte. Er war ein Meister der bastlerischen Phantasie, der,
obwohl er in seinem künstlerischen Geschmack eher kon-
servativ war, als Bastler Kunstwerke schuf, weil er, ganz wie
Duchamps, in den Gegenständen die Dinge sah, die aus ihnen
werden wollten. Eine Waschmitteltrommel träumte davon,
als Zementmischer weiterzuleben, eine Sahnespritze wollte

lieber eine Wasserpistole sein, ein Telefonapparat ein Löt-kolbenständer, zusammengeklebte Eierkartons aus weißem Schaumstoff ein Lampenschirm, aber so nah wie mit seiner Idee eines Koffers, unter den auf Halbachsen zwei Kinder-wagen-Räder montiert werden konnten, und den man ein-händig mit einem eingehakten Krückstock lenkte und zog, war er dem Welterfolg nie gekommen. Nach Herrn Tatziets Tod wurden Lastwagen voll Schrott und Sperrmüll abtrans-portiert, der alte Badeofen neben dem Hühnerstall durfte endlich weg und würde kein Muffelofen zum Schmelzen von Emaille mehr werden. Bretter, die ihm vor Jahren vom «Zickenverein» (dem «Verband der Kleingärtner, Siedler und Kleintierzüchter», der auch Vorträge über «Sozialistische Landeskultur» organisierte und für den Frau Tatziet als «ge-sellschaftliche Arbeit» einmal im Jahr alles Kleinvieh in ihrer Straße zählen mußte) zugeteilt worden waren, lagen immer noch auf dem Heuboden. Und daß es im Stallgebäude eine Kammer gab, in die man durch den Hühnerhof gelangte und in der es ein weiteres kaputtes Klavier, Noten und Bilder, Zeugnisse, Briefe, etliche Versuche einer Erzählung über Spinoza und Berge von Zetteln mit Reimen aus dem Nach-laß von Tante Gretchen und Onkel Erich gab, der in seiner Freizeit gedichtet hatte, war in Vergessenheit geraten. Nie-mand hatte sich über diese Tür, die stets verschlossen ge-wesen war, gewundert, eine Öffnung in der Mauer zwischen dem Raum für die Hühner und dem Raum für das geerbte Gerümpel war mit einer Spanplatte verschlossen, auf der, kaum lesbar, mit Kreide geschrieben stand: «Vorwärts mit Wilhelm Pieck!», offenbar ein Überbleibsel einer «Kampfdemonstration» aus den späten vierziger oder fünfziger Jahren, anläßlich derer die Kinder aus dem Ort immer mit Kartoffelsalat, drei Mohnbrötchen und einem halben Ei bewirtet wurden.

William Morris hat sich sein Leben lang Paradiese erschaffen wollen, um seine Gegenwart zu ertragen. Als hätte er ganz allein die Fehler der Industrialisierung wiedergutmachen wollen, hat er in über einem Dutzend Handwerken manisch gearbeitet, die er erlernt und beherrscht hat. Alte Techniken zu studieren, war für ihn die romantische Wiedereroberung einer verlorenen Welt: Malen, Zeichnen, Gedichte und Romane schreiben, Bier brauen, aus Pflanzen Farben herstellen, um Stoffe färben, Gärtnern, Weben, Sticken, Tapetenmuster und Glasfenster für Kirchen entwerfen, Schriften schneiden, Bücher drucken auf Papier aus einer Papiermühle, in der alte Oberhemden von Bauern verarbeitet wurden. Nebenbei hat er Vorträge auf politischen Versammlungen gehalten, oft drei in einer Woche, um für den Sozialismus zu werben, zu dem er aus ästhetischen Erwägungen gekommen ist, weil der Kapitalismus, wie er ihn kannte, die Welt immer häßlicher machte und einen Teil der Bevölkerung zu entfremdeter Arbeit zwang und systematisch in die Armut trieb. Mit seinem Geld, denn er hatte ein Vermögen geerbt, hat er eine Firma gegründet, die schöne Dinge herstellte, die sich allerdings nur diejenigen leisten konnten, die in seinen Augen für die Ermordung der Schönheit verantwortlich waren. Er hielt das Bedürfnis nach Schönheit für einen Elementartrieb des Menschen. Was würde er zu unserem heutigen Leben sagen? Wie würde er den Gang durch einen Baumarkt ertragen, wo es leuchtende Feldsteine aus Plastik, Regenwasserspeicher in Gestalt von Baumstümpfen mit Zapfhahn oder Kunststoff-Papierkörbe in Knitteroptik gibt? Seine Frau betrog ihn mit einem seiner besten Freunde, dessen Bilder er auch noch bewunderte, sie stammte aus armen Verhältnissen und hat ihn immer abgelehnt, was er ihr nicht verdenken konnte, da sie ihn auf Druck der Familie und des Geldes wegen genommen hatte. Sie störte sich am Klappern seines Webstuhls. Morgens um fünf ging er an die Arbeit und schlief manchmal drei Nächte nicht. Und sein Nebenbuhler stand mittags auf und schlürfte halbrohe Spiegeleier und Schinken vom Teller.

Man möchte in einem Haus leben, in dem einem jeder Gegenstand, den man in die Hand nimmt, um sein Gewicht zu prüfen, sein Material und seine Form zu fühlen, wohltut, wie es hier in Schmogrow war.

Der Pinsel, der den Riegel der Hühnerklappe verschloß.

Die Abdrücke der ersten Regentropfen im Sand auf dem Hof.

Der Geruch des Holzschuppens im Sommer, wenn sich die Luft darin aufgeheizt hatte.

Das Geräusch, mit dem man morgens die Zeitung aus dem zuschnappenden Gepäckträger zog, wenn man beim Bäcker war und das Fahrrad im «Durchgang» abstellte.

Die selbstgeschnitzte, halbrunde Schutzschiene für die Klinge der Sense.

Die von der Sonne aufgewärmten Metallgriffe der alten Schubkarre und der kleine Knick darin, durch den man sie beim Schieben bequemer halten konnte.

Das überstehende Elfenbeinfurnier der Klaviertasten, das sich wie zu lang nicht geschnittene Fingernägel anfühlte.

Das Kobaltblau der Sintolan-Nachtischschüsselchen.

Die Ohrenkneifer im Briefkasten am Morgen.

Das Bronze-Kamel, das Herr Tatziet seiner Frau zur Verlobung modelliert hatte und das wegen seiner zu stark geknickten Vorderbeine nie stehen konnte und als Briefbeschwerer diente (für Beschwerdebriefe, wie er sagte).

Die Nachzügler unter den Regentropfen, die lange nach einem Gewitter auf ein auf dem Hof liegengebliebenes Plastikboot trommelten (das drei Schornsteine zum Ringewerfen hatte).

Das Knirschen, wenn man beim Himbeerennaschen eine Ameise zwischen die Zähne bekam, die einem in die Zungenspitze biß.

Das Trompeten der Stuhlbeine, wenn man zu einer Kaffeerunde stieß und sofort jemand aufsprang, um einem ein Gedeck zu holen.

Der Frieden, der sich über einen legte, wenn die beiden Zünglein der Laufgewicht-Balkenwaage in der Küche, nachdem man sie zwischen Daumen und Zeigefinger auf die gleiche Höhe gebracht hatte, einträchtig nebeneinander in der Schwebe blieben.

Der kreisrunde Rostabdruck den das nie benutzte Mückenspray auf das Wachstuch des Badezimmerregals gestempelt hatte, ich stellte die Dose, wenn ich ihn mir angesehen hatte, immer genau auf dieselbe Stelle zurück, damit ihn niemand entdeckte und wegwischte.

Der in jeder Nacht erneuerte Marderkot auf dem Findling

vor dem Berner Rosenapfelbaum (Frau Tatziets Lieblings-
äpfel, die, wenn man sie quer aufschneidet, tatsächlich die
Form von Rosen haben).

Das Schuffeln des Schleifsteins beim Schärfen einer Sense
oder das Singen einer Kreissäge, das immer von irgendwo zu
hören war und einen, ohne daß man es bewußt wahrnahm, in
eine Dorfstimmung versetzte.

Die Sämaschine, die im «Durchgang» hing und deren Fir-
menschild ich bei jedem Besuch mit Spucke vom Staub be-
freite, um es noch einmal genauer zu entziffern.

Das Knarren und Quietschen der Tür vom «roten Schrank»,
der man ins Wort gefallen wäre, wenn man sie etwa geölt
hätte, nein, man lauschte ihr immer wieder, um zu ergründen, was ihre Klage in einem ansprach.

Der warme Schlaf des Sonnenscheins auf den Backsteinen
der Stallmauer.

Das hauchdünne, glänzende Milchglaseis in den hartgefro-
renen Reifenspuren im Schlamm der Straße, das beim Zertreten mit einem hellen Klirren zersprang.

Nachts benutzte man in «Sperlingslust» einen Eimer, den
man am Morgen in der Mistgrube ausleerte. Nach dem Krieg
war die Flüssigkeit oft eingefroren gewesen, wie auch das
Wasser in der Waschschüssel, was wenigstens die Morgen-
toilette beschleunigte. Es lag immer ein gewisses Odeur im
Raum, das ich aber nicht als unangenehm empfand. Ich habe
bei NORMA nach einem geeigneten Glas gesucht, das ich als
Nachttopf verwenden könnte, die Öffnung mußte möglichst
groß sein und der Inhalt möglichst billig, meine Wahl fiel auf
Sauerkraut, das ich bei uns als einziger esse, Klara ahnt nicht,

warum ich hier so scharf darauf war. Von unten höre ich laute Kindergeräusche, ich versuche, zu erkennen, ob die Kinder fröhlich toben oder sich erbittert streiten, es klingt manchmal ganz ähnlich und geht auch nahtlos ineinander über. Das ist schon bei mir und meinen Geschwistern so gewesen. Silvio beschrieb einmal den Unterschied zwischen Zickericks Kindern und uns: «Sparkas streiten sich immer, wir hauen uns nur.» Die Tür zum Boden öffnet sich, jemand steigt zögernd die Leiter hoch, Schritte nähern sich, es wird gelauscht. Hoffentlich ist es nicht Klara, sie darf meine Schlafabdrücke im Gesicht nicht sehen. Es ist aber nur Karl, der mich gesucht hat. «Tritt näher, wunderlicher Zwerg», sage ich zu ihm. Er möchte mir zeigen, was passiert, wenn man zu zweit am Papier eines «Milka-Schokobons» zieht wie an einem Knallbonbon, ich soll staunen, wie überraschend lang der Kunststoff-Fetzen sich dehnen läßt, ohne zu zerreißen.

Immerhin machte Morris für die Entwicklungen der Moderne, unter denen er litt, nicht die Juden verantwortlich, wie es viele ökonomisch deklassierte Bildungsbürger in Deutschland taten, auch das Ehepaar Quarg, das mit Frau Tatziets Eltern befreundet war und schon vor ihnen in Schmogrow gesiedelt hatte. Sie unterrichtete Mathematik, er Englisch, beide hatten nach dem Ersten Weltkrieg den Schuldienst quittiert, weil sie nicht den Eid auf die Republik leisten wollten, um in Schmogrow von ihrer Pension und von der Zucht weißer Hühner zu leben, beziehungsweise dem Verkauf ihrer Eier. Jedes Huhn hatte sein Fallnest, so daß über die Eier, die beschriftet wurden, akribisch Buch geführt werden konnte, weshalb die Leute im Ort sich über die «Akademiker-Eier» lustig machten, die von den Schülern der Quargs in der nahen Stadt an ein Netzwerk von Abnehmern verkauft wurden. Sie boten auch Hähnchen und Junghennen an, die die Kunden manchmal gleich in ihre Aktentasche steckten. Im Straßenbild einer Großstadt, schrieb Vater Quarg, sehe man den hastenden Menschen gebeugt von Fron, Geld und Genuß, und manchmal als einziges Stück Natur und als Gruß einer fernen Welt den treuen, edlen Kopf eines Pferdes: «Wer möchte nicht im Gefühl grenzenloser Einsamkeit hingehen zu ihm und sagen: Bruder.» «Hinthertürs Meechen», wie Frau Tatziet und ihre Schwestern im Ort genannt wurden, gingen gern zum kinderlosen Quarg-Paar, im Sommer reiften dort die ersten Stachelbeeren. Mit dem Garten waren die Quargs eigentlich überfordert, denn ein richtiger Gärtner laufe gleich mit der Jauchekanne hinter Petrus her, wenn es geregnet habe, gab Erastus Quarg zu, der sich wegen der Trockenheit manchmal mehr als Müllarbeiter fühlte. Als Lehrer war Vater Quarg gern mit Schlittschuhen zur Arbeit in die Stadt gefahren, jetzt sah man ihn in jedem Winter, wenn der Fluß zufror und sich die Gastwirte Eis für ihre Eiskeller holten, auf den überschwemmten Flußwiesen mit hinter dem Rücken verschränkten Armen abseits vom Gewimmel der Jugend auf «Holländern» versonnen seine Bögen drehen, er fuhr weit und breit die besten Achter. Wie gern hätte ich gehört, daß diese naturverliebten Siedler und Gartenträumer auch geistig über ihrer Zeit gestanden hätten, aber sie waren bis ins Mark deutschnational und völkisch gesinnt und empfanden

Hitlers Machtübernahme als Erlösung von der verhaßten Republik mit ihrer «Herrschaft von Masse, Geld und Zahl, im Wahn und Schein der Freiheit». Sie haben von Schönheit geträumt und sind dem Irrationalismus verfallen. Welchen politischen Spielraum hatte man als dichtender Republik- und Demokratiegegner, der sich eine völkische, klassenlose, solidarische Gemeinschaft wünschte (wobei immer zu klären war, wer zu dieser Gemeinschaft gehören durfte), der ein Nebengebäude seines Anwesens als Lokal an den «Stahlhelm» und seine Jugendorganisationen vermietet und sogar einen weithin sichtbaren, monumentalen Stahlhelm aus Beton hatte an seinem Haus anbringen lassen, um gegen die Nazis zu sein? Angeblich waren sie irgendwann auf Distanz zu ihnen gegangen, vielleicht neigten sie ihnen doch zu sehr zum Pöbeln, es reichte jedenfalls, um beim Kriegsende nicht auf die Flucht zu gehen, weil man sich vor den Russen nicht fürchtete (aber vielleicht war das auch schon eine Legende?). Über ihren Tod wurden im Ort verschiedene Geschichten erzählt:

– Im Haus waren als Bombenflüchtlinge drei Essener Schwestern von Mutter Quarg untergebracht sowie weitere Verwandte aus Berlin mit vom Rauch entzündeten Augen. Erastus Quarg hätte sich vor die Frauen gestellt, als die Russen sie vergewaltigen wollten. Sie hätten ihm ins Bein geschossen, und er sei Tage später am Wundbrand gestorben, seine Frau sei daraufhin irre geworden, hinter den Deichen umhergestreift und spurlos verschwunden.

– Sie wären den Russen entgegengegangen und verschleppt worden.

– Sie wären, weil sie ihre Hühner nicht so schnell einfangen konnten, zu spät aufgebrochen, um zu den Amerikanern zu fliehen, und von der Front überrollt worden.
– Sie hätten sich vergiftet.
– Sie hätten für die Russen Vieh nach Osten treiben müssen und sich dort angesiedelt.
– Sie wären im Boot geflüchtet, ein Volltreffer hätte Vater Quarg zerfetzt und seiner Frau einen Arm abgerissen. Sie hätte es noch geschafft, ihn am anderen Ufer zu verscharren, und sei dann ins Wasser gegangen.

Das Grundstück, eines der wenigen im Ort mit noch unzerstörten Gebäuden, verfiel und diente den Schmogrowern als Quelle für Baumaterial. Jemand zog sogar noch ein unveröffentlichtes Manuskript mit Gedichten von Vater Quarg aus den Trümmern («Wo wir wohl Weihnachten feiern dieses Jahr? / Unter der Erde vielleicht, mit der Freunde Schar.»). Später errichteten die Russen hier ihren Soldatenfriedhof, die Gebäude wurden abgerissen, die Frauen des Ortes mußten, wenn sie sich für ein paar Gramm nasses Brot morgens zur Arbeit einteilen ließen (um sechs Uhr, denn die Russen richteten sich nach Moskauer Zeit), Rotarmisten exhumieren (die Zinken von Mistgabeln wurden dafür abgewinkelt, um die Toten besser aus der Erde ziehen zu können, in die Panzer schickte man vierzehnjährige Jungen, um die Leichen zu bergen), die Bürgermeisterin besorgte den Arbeitenden Schuhsohlen und Hacken, manche Frauen nahmen, weil sie auf die kümmerliche Ration angewiesen waren und sich deshalb zur Arbeit stellten, ihre Kinder mit, die abseits im Dreck spielten. Es war damals aber auch noch üblich gewesen, daß man als Landarbeiterin seine Kinder einschloß, wenn man aufs Feld ging. Die Toten wurden von Männern, die noch über ein Gespann verfügten, in Mörtelkisten transportiert, wegen der Hitze fand das nachts statt, vorne saß der Bauer und mümmelte sein Brot, hinten lagen die stinkenden Leichen. Nachdem die SED gegründet worden war, warb die Bürgermeisterin, die «Schnaps-Schneidern» genannt wurde, weil ihre Eltern eine Abfüllanlage für Schnaps betrieben hatten, und die die in dieser Zeit auf dem Programm stehende «Wiedererweckung des verschütteten Klassenbewußtseins» mit handfesten Mitteln angehen wollte, für diese Partei, deren Mitglieder auf ihre Lebensmittelkarten eine größere Zuteilung von Fleisch bekamen, mit den Worten: «Wollen Se Fleesch? Immer rin in die Fleeschpartei!» Es gab doch kein Fleisch, und wenn die Freibank-Fleischerei ein krepiertes Pferd zu Kesselgulasch verarbeitete, mußten ein paar Jungen mit Zweigen die grünen Fliegen vom Topf verjagen. Aber auch der Hunger nach Kultur, der einige wenige zu den Leseabenden bei den Quargs geführt hatte, war nach dem Krieg allgemeiner und unbefriedigter (als erstes öffneten die Friseure); als in der Stadt wieder Theater und sogar Opern gespielt wurden, bildete sich ein Kreis Interessierter, die vom «Rippenbrecher» genannten Theaterbus regelmäßig zu Aufführungen gefahren wurden (am Eingang des Theaters stand ein Behälter für von den Zuschauern gespendete Nägel und Briketts). Dr. Bock wurde nach einem Theaterbesuch gefragt, wie ihm dieses moderne Stück über die Erfolge einer sowjetischen Kolchose gefallen habe? «Die Kulissen waren schön ...» Als einmal Brecht gespielt wurde und die Schauspieler Masken trugen, wurde einigen Schmogrowern von diesem Anblick schlecht, Frau Zickericks Mutter mußte mit grünem Gesicht aus der Vorstellung getragen werden, sie war völlig verstört.

Ich blicke aus der doppelflügligen, halbrunden Luke, die als einzige im Haus nicht gegen Plastikfenster ausgetauscht worden ist. Vor der Einfahrt sitzt Ricarda auf einem Hockerchen, einen zweiten Hocker hat sie mit einem der alten Küchenhandtücher bedeckt, auf deren Lasche verwaschene chinesische Schriftzeichen stehen, was wir als Kinder noch grenzenlos exotisch fanden, ein Produkt aus China! In einem Zahnputzbecher hat sie Eiswürfel hingestellt, die sie sicher heimlich aus dem Kühlschrank genommen hat. Gestern hatte es Tränen gegeben («Ich will eine Schwester zum Bruder!»), weil Karl mit überraschendem Erfolg vor dem Haus Falläpfel und ausgerissene Blumen an Passanten verkauft hatte (hoffentlich «kauft» er sich für das Geld nicht wieder Parkscheine am Automaten), seine Schwester aber nicht hat mitmachen lassen. Den ganzen Tag hatte sie schon geplant, auch etwas zu verkaufen, sie wußte nur nicht, was, jetzt sind ihr offenbar die Eiswürfel eingefallen. Sie sieht so bedauernswert aus, daß ich überlege, irgendwo zu klingeln, um jemandem Geld in die Hand zu drücken, damit er ihr einen Eiswürfel abkauft, bevor sie schmelzen. (Die ständige Rührung über meine Kinder zehrt an meinen Kräften. Als ich einmal verreist war, habe Ricarda, wie Klara mir verraten hat, eine Viertelstunde nach mir geweint. «Wir können Papa ja morgen anrufen», tröstete Klara sie. «Aber dann hab ich vielleicht keine Sehnsucht mehr ...», gab sie schluchzend zur Antwort.)

Klara möchte nicht, daß die Kinder so scharf auf Geld sind, daß sie schon auf der Straße «betteln», aber mich beruhigt es insgeheim, wenn sie dieses Handwerk erlernen, es kann ja sein, daß sie, um zu überleben, irgendwann einmal auf das Mitleid anderer angewiesen sein werden.

Als ich nach Herrn Tatziets Schlaganfall, von dem er glaubte, daß er ihn erlitten hatte, weil ihn der Schrecken darüber, daß ein paar Gästekinder, ohne den Verkehr zu beachten, mit Rollern die damals noch etwas steilere Einfahrt heruntergerast waren, in der folgenden Nacht noch einmal aus der Erinnerung heimgesucht hatte, zum ersten Mal wieder nach Schmogrow kam, saß er auf der weißen Bank vor der immer noch blauen Hauslaube und sah so verändert aus, daß ich kaum wagte, ihn anzusehen. Bis dahin war er seit meiner frühesten Kindheit für mich der gleiche geblieben und kaum gealtert, im Sommer stets braungebrannt, mit vollem Haar, groß und ohne jeden Bauchansatz. Jetzt war er noch hagerer als sonst und konnte seine Augenlider nur mit Mühe öffnen, er schien mich kaum zu sehen; als eine Mücke sich, von ihm unbemerkt, auf seine Wange setzte, wußte ich nicht, wie ich ihn taktvoll auf die Gefahr, gestochen zu werden, hinweisen sollte, zumal er sich Mücken normalerweise nur behutsam von der Haut wedelte. Er hielt mich für einen jungen Menschen, der sich mit der vielversprechenden neuen Welt der Computer auskannte (was damals sogar noch stimmte, heute reizt mich daran nichts mehr – was ist das Öffnen einer E-Mail gegen die flackernden Blitze, die man sieht, wenn man im dunklen Hausflur den Klebefalz eines Briefumschlags aufreißt?). Herr Tatziet machte sich Hoffnungen, von mir in seinem Vorhaben unterstützt zu werden, einen Drucker anzuschaffen, mit dem er Texte in einer Größe ausdrucken könnte, die ihm die Lektüre erlaubte. Denn die dtv-Großdruck-Ausgaben, die den Tatziets seit längerem aus dem Westen geschickt worden waren und die die Bibliothek um

Kindheitserinnerungen heimatvertriebener oder aus der Mode gekommener Erfolgsschriftsteller ergänzten, reichten für ihn nicht mehr aus. Seine Frau, die ihm zur Stimmungsaufhellung abends aus bei ihnen bewährten, heiteren Büchern wie Edna Ferbers «Das Komödiantenschiff» vorlas, hatte für Technik kein Verständnis. Überhaupt mißtraute er ihrer Bereitschaft, sich seiner speziellen Probleme wirklich aus innerer Überzeugung anzunehmen, obwohl sie ihr Leben lang nichts anderes getan hatte, und auch ich redete mich heraus, denn ihn mit der Bedienung eines Computers, die damals noch ein Vermögen kosteten, vertraut zu machen, schien mir hoffnungslos. Er hatte einen bei jeder Gelegenheit auf die Gefahr, durch zu trübes Leselicht unheilbar an «Schwundsicht» zu erkranken, hingewiesen, hatte sich dieses Gebrechen aber selbst, so glaubte er zumindest, im Schuldienst mit der blaßblauen Schrift der Ormig-Hektographien zugezogen. Da er auf die Benutzung seiner Wörterbücher und Lexika angewiesen war, bekam er von der Krankenkasse zu seinen zahlreichen optischen Instrumenten, Mikroskop, Lichtlupe, Ferngläser, Teleskop, Brillen, halbkugelförmige Lupen mit einem kleinen Glaspickel für noch stärkere Vergrößerung, einen Apparat gestellt, der wie ein Mikrofiche-Lesegerät funktionierte. Das Blatt wurde waagerecht auf eine Fläche gelegt und von dort auf einen Bildschirm projiziert, die Vergrößerung ließ sich variieren, man konnte einzelne Buchstaben in A4-Größe lesen (wie lange brauchte man auf diese Weise wohl für den «Zauberberg»?). Als das Gerät geliefert wurde, waren zwei Männer nötig, um es vom Auto in seine Stube zu tragen, die ich bei dieser Gelegenheit zum erstenmal betrat. Er war schon an den Tagen davor nervös gewesen und hatte in abendlichen Einsätzen eine Ecke des Schreibtischs freigeräumt und ganze Müllsäcke mit Papierresten gefüllt und sie zugeknotet, aber es gelang ihm nur mit größter Mühe, unter Anleitung der Lieferanten vom Stuhl aus mit dem Finger den an der Rückseite des Geräts befindlichen Schalter zu ertasten, nie habe ich die Demütigung eines Menschen durch Technik als so bedrückend empfunden. Seine Frau erklärte den Männern so leise, daß er es nicht hörte: «Ein alter Studienrat...», ein Begriff, mit dem sie sicher nichts mehr anzufangen wußten. Wir wurden von Herrn Tatziet sofort wieder aus dem mit Büchern, vergilbten Zeitschriftenjahrgängen und Bildern vollgestopften Raum, in dem noch ein weiteres, kaputtes Klavier stand, gescheucht, ich ahnte noch nicht, was er hier zu verbergen hatte. Nach seinem Tod wurde das Gerät, das er nicht beschädigen wollte und deshalb nie benutzt hatte, im selben Zustand wieder abgeholt. Es war ihm immer schwerer gefallen, sich durch den Tag zu schleppen. Stündlich wartete er ungeduldig auf die Radionachrichten, die er, um von den geschickt verschleierten Lügen nichts zu verpassen, mit zusammengekniffenen Augen verfolgte, spöttisch den Kopf schüttelnd, wenn er in seinem Mißtrauen der Menschheit gegenüber wieder einmal bestätigt wurde, da er, wie er es auch mir empfahl, «zwischen den Zeilen las». Er litt mit den Ostdeutschen mit, die in dieser Zeit massenhaft ihre Arbeit verloren. Er vermutete hinter den wirtschaftlichen Verwerfungen geheime Strippenzieher, «Cui bono?» hätten schon die Römer gefragt, für ihn waren es «die Geldmenschen», die «im Trüben fischen» wollten. Sogar mit Erich Honecker, dessen Flucht die meisten Ostdeutschen weit weniger berührte, als wenn ihnen ihr Ehepartner weggelaufen wäre, hatte er Mitleid. Honeckers Odyssee führte ihn nach seiner Absetzung zwischenzeitlich in die Obhut eines evangelischen Pfarrers, in die Hoffnungstaler Anstalten in Lobetal, wohin wir jedes Jahr ein Paket mit aussortierter Kleidung für die dort lebenden Menschen mit Behinderung geschickt hatten, weswegen ich mir vorstellte, daß Erich Honecker jetzt unsere verwaschenen Nickis und die Jeanshosen mit verlängerten Beinen trug, die wir schon abgetragen aus dem Westen bekommen und neuer Kleidung aus heimischer Produktion selbstverständlich immer vorgezogen hatten. Zwischen den Mahlzeiten, die Herr Tatziet aus Langeweile kaum erwarten konnte, obwohl ihm nichts mehr so schmeckte wie früher, saß er manchmal mit auf die Faust gestütztem Kopf am Tisch. «Möchtest du dich oben hinlegen, oder soll Richard dir im Garten eine Liege aufstellen?» fragte Frau Tatziet, und er überlegte hin und her und klagte: «Immer diese Entscheidungen...» Sein Leben lang hatte es ihn gequält, Entscheidungen treffen zu müssen, die Frage, ob er eine Erbschaft annehmen sollte oder nicht, bewegte er monatelang in seinem Herzen. Einerseits war es ja ein schönes Gefühl, Dinge geschenkt zu bekommen, andererseits hieß das aber auch, daß man mit Behörden verkehren und Formulare ausfüllen mußte und vielleicht die Blicke von Neidern auf sich zog; Frau Tatziet war strikt dagegen, weil sie wußte, daß alles, was einmal die Schwelle ihres Hauses überschritt, dort wie durch einen Fluch festgehalten wurde und in bereits jetzt überquellenden Wunderkammern und Schubla-

254

den landete wie der Honig in den Waben von Herrn Tatziets Bienen. Die Ordnung im Haus wäre durch eine Erbschaft für immer dahin gewesen (sie selbst pflegte sich von Briefen, Photos, Kinderzeichnungen, «Triumphgemüse», wie sie mitgeschickte Zeitungsartikel über Erfolge von Nachkommen, Begegnungen mit Prominenten oder Besuche von Staatsoberhäuptern nannte, in deren Rücken man im Bild Longus sah, wie er ihnen diskret ins Ohr dolmetschte, was natürlich nur uns auffiel, nach einer Weile zu trennen, diese Dinge, die Freude gemacht hatten, galten für sie nun als «abgefreut»). Um seine Bienen konnte Herr Tatziet sich nicht mehr kümmern, ein Imkerkollege, der nach dem Krieg zu Fuß aus Ostpreußen in den Ort geflüchtet war und mit dem er sonntags gern stundenlang über die Imkerei philosophiert hatte, mußte nachsehen kommen und schnitt bergeweise Wildbau heraus, den er in einer Schüssel in die Küche stellte. Wir lutschten den Honig aus den Waben und spuckten das Wachs aus wie Kaugummi (Ricarda: «Wenn man ein Baby im Bauch hat, darf man keinen Kaugummi verschlucken.»). Ich hoffte, die Spezialgetränke, die wir Herrn Tatziet, weil er jeden gewöhnlichen Fruchtsaft für «gepanscht» hielt und mit den Worten «Der Wein von Krossen wird am besten ungenossen weggegossen ...» wegstellte, von überall her besorgten, Pepsin, Rotbäckchen-Saft aus der Apotheke, Lauchstädter Heilbrunnen, CONTREX, dazu die Ilja-Rogoff-Knoblauch-Pastillen, das von ihm selbst von den Rähmchen gekratzte Propolis, die einzige Medizin, der er vertraute, und natürlich der Honig seiner Bienen würden ihn wieder in den alten zurückverwandeln, wie sollte Schmogrow ohne ihn weiterbestehen? Wäre

Manfred von Ardennes Sauerstoff-Therapie, die dieser Tüftler von Weltniveau angeblich bereits mit Erfolg an sich selbst anwendete, einen Versuch wert gewesen? Während ich im «Grünen Gewölbe» Thomas Mann las, sah ich durchs Fenster Herrn Tatziet schwankend wie eine Stockrose im Wind auf dem Rabattenweg «rumlaufen gehen», eine erforderliche tägliche Schrittzahl, und ich hoffte, daß er nicht vor meinen Augen stürzen würde. Am Abend kam er zu mir in die Stube, warnte mich: «Ich mach mal ‹ratsch› ...», bevor er die Vorhänge zuzog, sich neben mich an den Ofen setzte, mich aufforderte, das Leselicht anzuschalten, und meine Meinung zur politischen Lage hören wollte. Ich war auf diesem Gebiet vollkommen ahnungslos. Wenn es so etwas wie «Vernunft» gab, dann konnte es ja nur eine davon geben, und wie man die Akteure auf demokratische Weise darauf verpflichten sollte, sich daran zu orientieren, war mir im Kapitalismus genauso schleierhaft wie im Sozialismus. Für mich zählte als Wegweiser durch das Leben nur die Literatur, gern hätte ich Herrn Tatziet zum Trost «Das nächste Dorf» von Kafka vorgelesen, es stand doch alles irgendwo geschrieben, man mußte nur die Texte finden. Wenn Frau Tatziet ihren Mann in seinem letzten Winter mit Handschuhen und einer alten Mütze mit Ohrenklappen zum «Rumlaufen gehen» präparierte und ihm nach der Rückkehr die rote Nase trockentupfte, sagte er manchmal dräuend: «Und alles dieses währet, wenn's hochkommt, achtzig Jahr ...», und sie erwiderte: «Na, ein bißchen machst du noch, oder?» Seine Kraft reichte aber nicht mehr lange, die zuletzt noch angeschafften Gummilaken wurden nicht mehr gebraucht. Zum Begräbnis kamen

Verwandte, Freunde des Hauses, Nachbarn, Kollegen und ehemalige Schüler aus dem Ort, der Pfarrer verwarf vor Schreck über die Größe der Trauergemeinde seine Rede. Die Schwestern hatten für die Vorbereitungen wieder wie nach dem Krieg zusammengelebt und tagelang geputzt und gekocht. Sogar die Bücher waren nach Jahren wieder einmal ausgeklopft worden, jedes mit einem Knall, wie ihn die Startklappe unseres Sportlehrers machte. Die Wiederbegegnungen, vor allem aber die noch wochenlang eintreffende Post mit Erinnerungen, versetzte sie in einen Zustand entrückter Gehobenheit (im übrigen war ausgerechnet am Begräbnistag von neun bis zwölf Uhr «das Wasser weg»). Als die Trauergäste vom Friedhof kamen, denselben von hohen Robinien umrahmten Weg, den der Brautzug bei der Hochzeit der Tatziets hinab in den Ort gegangen war (unterwegs hatten die Blumenkinder damals Blüten gestreut, und es hatte ihnen leid getan, daß sie zertrampelt wurden, aber Helmtrud hatte ihnen versichert, daß das seine Richtigkeit habe, und für Nachschub gesorgt. Der Weg war noch unbefestigt gewesen, erst der Reichsarbeitsdienst hatte ihn gepflastert und dabei alte Grabsteine mit eingearbeitet, mein Vater behauptete, er hätte hier vor der später erfolgten Asphaltierung hebräische Buchstaben gesehen), öffnete ihnen Frau Tatziet mit den Worten die Tür: «Kommt rein, ist kalt draußen, drinnen gibt's warme Brühe», und man fühlte sich wie Max in «Wo die wilden Kerle wohnen», als er von seiner Reise wiederkehrt und das immer noch warme Essen auf dem Tisch steht. Was war mit Herrn Tatziets Bienen geschehen? Die letzten beiden Völker hatten sich bei ihm von selbst eingerichtet gehabt. Hatte jemand daran gedacht, ihnen zu sagen, daß ihr Imker gestorben war, dessen Gesicht sie nach seiner festen Überzeugung erkannten? In manchen Gegenden verlangte das eine alte Sitte, sonst würden sie widerspenstig. Waren sie verhungert oder erfroren, oder hatte sich ein Imkerkollege ihrer angenommen? Es hatte ihm immer etwas von einem Magier gegeben, daß er diese auf uns so fleißig wirkenden Wesen dazu brachte, für ihn zu arbeiten, wie auch früher die Seidenraupen, die einzigen Insekten, bei denen das uns Menschen gelingt. Seltsam, daß er nicht geangelt hat, auf diese Art zur Ernährung der Familie beizutragen, wäre mit einem Arm sicher leichter gewesen (vor allem im Winter, wenn man auf den überfrorenen Wiesen am Fluß nach Hechten Ausschau halten konnte, die man mit einem Keulenschlag auf das Eis durch eine Druckwelle betäubte, um sie aus dem Wasser zu holen und zu töten), aber er interessierte sich nun einmal besonders für Tätigkeiten wie Segeln, Imkern oder Bogenschießen, für die man eigentlich drei Hände gebraucht hätte. (Erst mit sechs Jahren habe ich bei einem Spaziergang bemerkt, daß Herrn Tatziets Körper unvollständig war und überrascht ausgerufen: «Mutti, Herr Tatziet hat ja nur einen Arm!» – «Psst!» Ich malte mir daraufhin immer aus, ob es schlimmer wäre, mit einem Bein oder mit einem Arm zu leben, und machte Versuche, vorsorglich mit den Füßen schreiben zu lernen, wie die Behinderten, die die Motive auf den UNICEF-Postkarten, die wir zu Weihnachten immer aus dem Westen bekamen, mit Mund oder Füßen gemalt hatten. Die Überlegung ließ sich noch weiterführen: Wie viele und welche Körperteile brauchte man überhaupt zum Leben? Reichte nicht ein Gehirn unter einer fliegenden Käseglocke wie bei Captain Future? Herr Tatziet selbst war gar nicht immer so pietätvoll, wenn es um seine Behinderung ging, er behauptete manchmal, sein Arm sei ihm eines Tages «abgehauen» wie in Wilhelm Hauffs Märchen «Die abgehauene Hand».) Der Imkerverein hatte ihm im Ort ein Ansehen verschafft, hier wurde er respektiert und nahm regelmäßig an Sitzungen teil, sicher fühlte er sich dadurch weniger als Außenseiter, die Stichpunkte notierte er auf der Rückseite von Briefumschlägen, wie man es seit dem Krieg, um Papier zu sparen, gewohnt war. Beim Festumzug zum Jubiläum des Ortes, bei dem von den Urmenschen über Napoleon bis zu den Kietzer Fischern wichtige Vertreter aller Epochen durch Ortsbewohner dargestellt wurden (Frau Zickerick zog einen mit einer Bratpfanne und einer Kaffeemühle bepackten Bollerwagen hinter sich her, mit einem Plakat, auf dem neben einer in Notenschrift angedeuteten Melodie die Worte: «Nach der Heimat zieht's mich wieder» standen), trug jede Berufsgruppe ein Schild voran, das Herr Tatziet entworfen und auf dem Hof aus Sperrholz gesägt und bemalt hatte («Er kam, sah und sägte …»), für die Imker natürlich eine Biene (im ganzen Ort sah man an Grundstückstoren von ihm gemalte Schilder mit Hunden, die aggressiv aussehen sollten: «Vorsicht vor dem Hunde!», dabei wäre, wie er meinte, ein «Vorsicht Bienen!»-Schild gegen Diebe viel effektiver und ein «Vorsicht vor dem Menschen!»-Schild ehrlicher gewesen). Wir waren stolz, als wir ihn inmitten der weiß wie Raumfahrer gekleideten Imker entdeckten, wie immer freundlich lächelnd, den Gardinenstoffschleier hochgeschlagen. Es waren im übrigen nur Män ner. Frau Tatziet, die ihren Garten den Bedürfnissen der Bienen anpassen mußte und deshalb, um «Trachtlücken» zu schließen, Borretsch anbaute, sogar eine Weide, die immer ein bißchen im Weg stand, hatte man wachsen lassen (ihr kurzer Stamm sah seltsam gedrungen aus, eigentlich hatte nur jemand bei Tante Lores Hochzeit an dieser Stelle zur Dekoration einen Bogen von Weidenruten in den Boden gesteckt), mokierte sich manchmal über die vielen Imkergespräche, denen sie in ihrem Leben zwangsläufig beigewohnt hatte. Imker fänden den Frühling und Sommer immer zu warm, zu trocken, zu feucht oder zu kühl. Und dann wurde endlos vom Sommer 47 geschwärmt, als jeder Zaunpfahl von Honig getrieft habe.

Herr Tatziet hatte immer nach Nachfolgern Ausschau gehalten und junge Menschen behutsam an die Faszination für die Imkerei heranführen wollen, im Bienenhaus wurde der sonst eher schweigsame Mann gesprächig. Man durfte dann vor dem Schleudern die Waben entdeckeln oder schaudernd eine Biene in die Hand nehmen, die er einem reichte, nicht ahnend, daß es sich um eine stachellose Drohne handelte. Er machte das «Tüten» vor, das Geräusch einer Königin, die, kaum geschlüpft, umgehend die Waben der Beute nach anderen Königinnen absucht, um die Konkurrentinnen totzustechen. Oder er wies einen auf eine Hornisse hin, die vor den Fluglöchern des Bienenhauses hin und her flog und darauf lauerte, eine unvorsichtige oder geschwächte Biene zu fangen. Sie wagte nicht, sich auf eines der Flugbretter zu setzen, denn die Wächterinnen hätten sie sofort unter sich begraben und mit ihrer Körperwärme getötet. Einmal rief er mich herbei, weil er eine Biene beobachtet hatte, die reglos dasaß und zu schlafen schien, ihre herabhängenden Fühler zuckten ab und zu ganz leicht, und er behauptete, daß sie in diesen Momenten von Blüten träume.

Ich hatte auch nach seinem Tod immer eine Scheu, das Bienenhaus zu betreten, in dem lange nichts angerührt worden war. Ursprünglich hatte es freigestanden, zu meiner Zeit war es im Gestrüpp aus Pfeifensträuchern, Brombeeren und Flieder, dessen süße Blüten wir aussogen, schon nicht mehr zu sehen gewesen. Die Farbe, mit der die Flugbretter gestrichen waren, um den Bienen die Orientierung zu erleichtern, war abgeblättert, man erkannte aber noch Blau, Gelb und Grün (Rot nehmen Bienen nicht wahr). Innen roch es nach Honig, Holz, Wachs und Verbranntem, im von ihm «Schmok» genannten Smoker, den Herr Tatziet im Volkseigenen Kontor für landwirtschaftlichen Bedarf Gr.–Berlin, Abt. Imkerbedarf («vormals Honig Nageler») in der Warschauer Straße gekauft hatte und dessen Qualm den Bienen einen Waldbrand vortäuscht, so daß sie schnell ihre Honigmägen füllen und nicht ans Stechen denken, wurden Eierverpackungen, trockenes Gras, Jute, Sägespäne oder auch einfach Dachpappe zum Glimmen gebracht. Kaputte Kästen stapelten sich am Boden, mit Wachs verschmutzte Rähmchen verschiedener, inzwischen ungebräuchlich gewordener Formate hingen an Fleischerhaken, ich sah eine dreizähnige Zange, die mich an den Kopf eines Warans erinnerte, wachsverkrustete Spachtel und Abdeckgabeln, ein Glasröhrchen mit einer seitlichen Öffnung und einem Stopfen, mit dem man eine Königin vorsichtig einsammeln, zu einem Gitter schieben und von außen mit einem Farbpunkt markieren konnte, Glasbehälter standen in alten Beuten, Trichter hingen griffbereit unter der Decke, als ich die Rückwand einer Beute öffnete, entdeckte ich ein großes Wespennest. Eine Kaffeebüchse enthielt makellos glatte Murmeln verschiedener Größe in marmorierten Brauntönen, das über Jahre gesammelte Propolis, mit dem die Bienen ihren Stock verkitten. Der Raum kam mir vor wie das Innere eines Gelehrtenschädels, hier herrschte «le beau désordre», eine Unordnung, die System und Geheimnis hatte und so schön war, daß man das Bienenhaus als Objet trouvé in ein Museum hätte versetzen können. Das Haus für seine Bienen ist eigentlich ein Selbstporträt des Imkers, in Herrn Tatziets Fall vielleicht sein bestes, obwohl er so zahlreiche andere hinterlassen hat, immer wieder hat er seine Züge und seinen ernsten, fast schmollend wirkenden Blick, den man sonst an ihm gar nicht kannte, erforscht und festgehalten. (Frau Tatziet wünschte sich von ihm von der Front ein Selbstporträt, auf dem er einmal nicht so ein Gesicht machte, als wenn er sich selber ansah, sondern so eines, wie wenn er sie ansah.) Die Beuten, die Herr Tatziet verwendet hat und die man in der DDR länger als im Rest der Welt benutzte, waren nach der Wende unüblich geworden, mit aufeinandergestapelten Zargen ließ sich der Brut-, aber vor allem der Honigraum bequemer erweitern, Styropor war leichter, zwar weniger pittoresk als Holz, aber besser wärmegedämmt. Über hunderttausend Völker waren nach der Wende innerhalb eines Jahres eingegangen, weil der Staat die Imkerei nicht mehr subventionierte. Bis dahin war der Honig von einer Zentralstelle in Meißen aufgekauft und von dort in den

Westen weiterverkauft worden (deshalb war es mir möglich, meinem Vater zum Geburtstag mit einem Glas «echtem Bienenhonig», das ich irgendwo ergattert hatte, eine Freude zu bereiten), man bekam sogar die Aluminiumkannen mit als Frisbeescheibe geeignetem runden Plastikdeckel geliefert. Die LPGs kamen morgens mit einem Traktor, um bis zu zehn Bienenwagen als Kolonne abzuholen und auf ihren Feldern Richtung Ostsee wandern zu lassen, für die Bestäubung gab es Geld, zum Schleudern wohnte der Imker im Wagen und bekam in dieser Zeit auch noch bezahlten Urlaub. Am Auto erkannte man, wie viele Völker ein Imker hatte: Bei fünf Völkern war es ein Trabant, bei sechzig Völkern schon ein Lada. Herrn Tatziets immerhin ein Dutzend Völker bauten noch in Kästen, die eine Wand des Hauses bildeten und von innen wie Schranktüren geöffnet wurden. Die Rähmchen standen *neben*einander und nicht *hinter*einander, man durchblätterte sie wie die Seiten eines Buchs. Zum Herausziehen benutzte Herr Tatziet eine spezielle Zange, die ihm sein Imkervater, ein Bastelimker, gebaut hatte und mit der er mit weniger Mühe einhändig greifen konnte. Zudem verwendete er ein sehr kleines Rähmchenformat, um bequemer damit hantieren zu können. Aus einem alten Schrankfuß und dickem Draht hatte er sich eine Art Notenständer zum Abstellen der herausgenommenen Rähmchen gebaut. Herr Tatziet hatte sich immer amüsiert, daß man seit Aristoteles gedacht hatte, der Bienenstaat werde von einem König regiert, das war bis ins achtzehnte Jahrhundert eine brenzlige Frage gewesen, denn wie konnte eine Frau einen Staat führen? Eine der «Frauen», die das bei ihm taten und die vom Geschehen im

Stock weniger als jede andere Biene mitbekamen, zeigte er uns einmal in einer vergitterten Schachtel, als er von der Belegstelle eine befruchtete Königin erhalten hatte. Im mittelalterlichen Katholizismus war die Biene ein Symbol der Jungfräulichkeit gewesen, denn man glaubte, Bienen würden ohne vorherigen Liebesakt geboren. Deshalb galt auch das Wachs als besonders reine Substanz und wurde für Kirchenkerzen verwendet. Zudem waren die Bienen, um den Bienenstock sauberzuhalten, bereit, bis zum Frühjahr zu leiden, bevor sie ihre Kotblasen entleerten, schon dafür mußte man sie bewundern. Herr Tatziet hatte einmal in einem langen Winter mehrere Völker verloren, die Bienen waren geplatzt, sie starben lieber auf diese qualvolle Weise, als ihren Stock zu beschmutzen. In der Antike dachte man, Bienen stächen Diebe und Ehebrüchige, angeblich durfte man nicht ungewaschen sein oder aus dem Liebesbett kommen. Dabei hat die Königin bei ihrem Begattungsflug auf dem «Tummelplatz», der einzigen Gelegenheit neben dem Schwärmen, bei der sie den Stock verläßt, Verkehr mit vielen Drohnen nacheinander, die von ihrem Mundgeruch angelockt werden (und die für ihr Glück damit bezahlen müssen, daß sie mit ausgerissenem Geschlechtsorgan zu Boden fallen und sterben, ohne ihre Kinder je kennengelernt zu haben, was allerdings den wenigsten Insekten vergönnt ist), um danach fast ihr ganzes Leben im Dunkeln zu verbringen und befruchtete Eier zu legen, wobei sie sich auf den Waben in Spiralen bewegt. Hat Herr Tatziet die Bienen als seine Kinder betrachtet? Genau wie bei Kindern ist es bei Bienenvölkern schlecht, nur ein oder zwei davon zu haben, denn dann verleitet einen die Neugier, zu oft nachzusehen, was sich bei ihnen tut, womit man Kinder nervös macht und Bienen stört und schwächt. Körperlich näherte er sich ihnen im Alter an, für ihr Sozialleben waren Gerüche wichtiger als der Sehsinn, und auch dafür, daß sie bei Unruhe, zum Beispiel durch zu frühes Öffnen, Durchfall bekamen, hatte er sicher Verständnis. In der Schwarmzeit hängte er selbstgefertigte Holzgestelle in die Bäume, an denen sich die Traube niederlassen sollte. Er war in dieser Zeit angespannt, zwar wäre es ihm gesetzlich gestattet gewesen, beim Verfolgen eines Schwarms, wenn die Bienen ohne einen Anflug von Wehmut alle Brücken zu ihrer alten Heimat abbrechen, ungefragt die Nachbargärten zu betreten, aber dieses Recht hätte er nur bei Fiddekes, sicher aber nicht bei Kleisters eingefordert. Außerdem bestand immer die Gefahr, daß sich ein Schwarm Hohlräume in den Wänden des Hauses oder unter dem Dach aussuchte, Bienen taten oft nicht, was man von ihnen erwartete, das machte viel von ihrem Reiz aus. Mit einer speziellen Stangenkonstruktion schaffte er es, einhändig einen Schwarm, der sich an einem Ast niedergelassen hatte, in einen Kasten einzuschlagen, der für eine Nacht in den kühlen Keller kam, wo niemand die Bienen, die sich beruhigen sollten, stören durfte. Er hatte immer versucht, die schwärmenden Bienen von einer bereitgestellten leeren Beute zu überzeugen, damit sie sie direkt bezogen. Man mußte nur herausbekommen, mit welchen Geräuschen oder Gerüchen man sie anlocken konnte, das Holz der Beute mit Blättern der schwarzen Johannisbeere einzureiben, führte manchmal zum Erfolg. Im Winter tüftelte Herr Tatziet an einer Schwarmwarnanlage und füllte viele

Blätter mit geheimnisvollen technischen Zeichnungen. Verschiedene Klappen sollten sich dadurch, daß eine bestimmte Menge Bienen hindurchging, öffnen und von Magneten offengehalten werden, Kontakte wurden betätigt, Stromkreise geschlossen, und am Ende läutete neben dem Kopfkissen des Imkers eine Klingel. Im Garten standen an den sonnigsten Stellen selbstgebaute Wachsschmelzen auf Holzgerüsten, die durch Kurbeln und Zahnräder angekippt und gedreht werden konnten, so daß die Scheibe des Kastens immer der Sonne zugewandt war und die braun gewordenen, alten Waben schmolzen, weiß-gelbe Stalaktiten hingen hinter Glas, das Wachs tropfte so langsam, daß man es beim Fließen nicht beobachten konnte, in eine alte Sandkuchenform (die Frau Tatziet vielleicht seit langem suchte). Das Wachs brachte mehr Geld als der Honig, im Krieg hatte sogar die Wehrmacht Wachs aufgekauft, um damit Panzer witterungsfest zu machen (und massenweise Kürbisse für Kürbismarmelade). Imker waren keineswegs nur freundliche, naturverbundene, ältere Herren, viele waren Eigenbrötler, Streithammel, Geizhälse, Weltfremde, Besserwisser, Geheimniskrämer, Neider, Egoisten und Hobby-Eugeniker, die manchmal untereinander erbitterte Feindschaften pflegten, keiner gönnte dem anderen den Erfolg. Oft waren es Kriegsinvaliden, aber auch immer schon Dorflehrer, die ihr kümmerliches Gehalt mit Imkerei aufbessern mußten, wozu sich die Sommerferien anboten, außerdem brauchten sie für diese Form von Landwirtschaft kein eigenes Land. Für Herrn Tatziet waren die Bienen ein Beruhigungsmittel, er zog sich gern zu diesen Wesen, die ihrerseits nur in Gesellschaft leben können, zurück und verbrachte Zeit mit ihnen, um sich von den vielen Menschen im Haus, der Liebe seiner Frau und dem Ärger in der Schule abzulenken. Da waren einerseits die Schüler, die er, ein Studienrat, der, wenn der Bus wegen der verschneiten Straße nicht kam, die zehn Kilometer in die Stadt zu Fuß stapfte, weil sonst für ihn zwar nur eine, für die Schüler aber dreißig Stunden ausgefallen wären, mit seinen alten Methoden nicht mehr in den Griff bekam, was seine Lieblingsschüler in schwere Loyalitätskonflikte stürzte, wenn ihre Klasse ihm auf der Nase herumtanzte und er sich nicht anders zu helfen wußte, als mit dem Zeigefinger auf einen Störenfried zu deuten und zu sagen: «Quamquam sunt sub aqua, sub aqua maledicere temptant!» (während der Russischlehrer verkündete: «Die Klasse ist ein Klavier, ich drücke auf die Tasten und die Antwort erschallt.»). «*Er* braucht keine Schultüte zur Versüßung des Schullebens», sagte Frau Tatziet spöttisch, aber auch mit leicht bitterem Unterton, denn ihr Mann, der eigentlich solch ein Langschläfer war, stand am ersten Schultag unverdrossen um 6 Uhr früh auf, um zum Appell oder zur Protestaktion gegen die durch die westlichen Kriegshetzer angeblich geplante Sprengung des Loreley-Felsens zu marschieren, und wenn eine Kollegin nach der Pause im Lehrerzimmer beim Aufstehen sagte: «Wir müssen …», korrigierte er sie: «Wir dürfen!» Früher hatte er, wenn er eine Klasse mit jungen Schülern betrat, in der Chaos herrschte und niemand Notiz von ihm nahm, die Tasche, die er an einem Riemen über der Schulter trug, aufs Pult geworfen und sich der Tafel zugewandt, an die er Pferde, Kühe und Tiere aller Art zeichnete, nach und nach verstummten die tobenden Kinder und schauten ihm voller Bewunderung zu. Dann drehte er sich um, und die Stunde konnte beginnen. Inzwischen waren die Röcke kürzer geworden, an den Füßen tauchten die ersten Turnschuhe auf, und die Jungen hielten ihre «Guitarren» nicht mehr hoch vor der Brust oder waagerecht auf den Knien, sondern tief in der Hüfte hängend: «Wir wollen keinen Ulbricht und keinen Grotewohl, / wir wollen Elvis Presley und seinen Rock 'n' Roll!» Andererseits galt Herr Tatziet als ehemaliger Soldat in diesem Teil Deutschlands automatisch als Kriegsverbrecher und fühlte sich mißtrauisch beäugt. Er hatte erlebt, daß ein Schüler während der Abiturprüfung von der Staatssicherheit verhaftet worden war, weil er an einem Musikpreisausschreiben des RIAS teilgenommen und ein Fahrrad gewonnen hatte. Man schrieb dafür an eine der wöchentlich wechselnden und im Radio verkündeten Westberliner Tarnadressen, deshalb wurde dem Schüler Agententätigkeit vorgeworfen, und er landete im Gefängnis. (Herr Tatziet machte allerdings dem RIAS Vorwürfe, seine östlichen Hörer mit diesen Tarnadressen in unverantwortlicher Weise ans Messer zu liefern.) Die Schüler hörten ja fast alle Westradio, vor allem den «Insulaner» oder die «Schlager der Woche», am Tag danach summten sie in der Schule die neuesten Sorgentöter-Schlager oder Lieder von Bully Buhlan («Ham se nich, ham se nich, ham se nich 'ne Frau für mich?»), oder man klimperte sie im Vorbeigehen beiläufig auf dem Flügel in der Aula (wie Herr Tatziet manchmal, als hörte ihn niemand, einhändig ein paar Takte aus dem «Forellenquintett» klimperte, um seine jungen Gäste zu beeindrucken). In der Lehrerversammlung ergriff niemand offen die Partei des Schülers, denn man wollte sich nicht dem Vorwurf aussetzen, «in das Fahrwasser des Gegners», der verhaßten «Adenauer-Clique», geraten zu sein, es war wichtig, «den Schülern immer wieder deren Arbeitsweise zu zeigen». Manche Schüler seien eben leider «politisch schwankend», deshalb sollte man «keine Fehlerdiskussion führen», die nütze nur dem Gegner. Natürlich gebe es im Land Dinge zu kritisieren, aber: «Probleme lösen wir im Weiterschreiten.» (Seltsamerweise waren die politisch schwankenden Lehrer bei den Schülern oft die beliebtesten.) Ein Kollege, Lateinlehrer und selbst von proletarischer Herkunft, hatte unvorsichtigerweise, weil es die Wahrheit war, behauptet, auch in der Weimarer Republik hätten einzelne Arbeiterkinder schon studieren können, er selbst, zum Beispiel, und nicht nur Angehörige der privilegierten Klassen, insbesondere des «Besitzbürgertums», ein Fortschritt, den sich allerdings die SED auf ihre Fahnen schrieb. Das sei zwar vielleicht in seinem Fall zutreffend gewesen, hieß es in der Versammlung, die ihm Gelegenheit zur Selbstkritik bieten sollte, aber man dürfe solche «Einzelerscheinungen» nicht «isoliert voneinander betrachten» und «verallgemeinern». Nach einer langen Diskussion, in der die meisten Kollegen dem Direktor zustimmten, dankte er seinen Kollegen, ihm geholfen zu haben, seine falschen Auffassungen zu überwinden, er gab zu, politisch aus einer anderen Zeit zu stammen und es schwerzuhaben umzulernen, womit sich sicher auch Herr Tatziet angesprochen fühlen durfte, der sich in dieser Diskussion als einer der wenigen lieber gar nicht zu Wort gemeldet hatte. (Als sein Kollege vor seiner Pensionierung schwer erkrankte, besuchte ihn Herr Tatziet, er scheute sich, seinen Lateinunterricht zu übernehmen, obwohl er diese Sprache, die, wie er sagte, so leicht sei, wie ein Kreuzworträtsel zu lösen, so gern wieder unterrichtet hätte, aber er fürchtete, sein Kollege würde, ohne die Aussicht, wieder an die Schule zu können, sterben.) Beim Essen zu Hause zitierte Herr Tatziet süffisant die neuesten Einsichten aus der Schule, zum Beispiel über die ewige Streitfrage, ob dieser Teil Brandenburgs nun ursprünglich germanisch oder slawisch gewesen sei: «Das Land gehörte den Slawen und ist uns von Stalin geschenkt worden.» Oder er freute sich über ein Aufsatzthema für die zehnten Klassen: «Der Sieg des Fortschritts in dem Epos ‹Die Lieder des Li Yü Tschain› von Dschao Schu Li».

Als er einmal im «Kulturhaus», wie das «Schützenhaus» inzwischen hieß, obwohl die «Kultur» ja eigentlich immer eher bei den Tatziets gepflegt worden war (nach der Wende wurde es wieder in «Schützenhaus» umbenannt), eine Ausstellung mit Schülerbildern zu Siegmund Jähns Flug in den Kosmos vorbereitete («Aber komisch, eigentlich könnte der Alf doch gar nicht im Weltall atmen, wir können ja auch nicht im Weltall atmen, nur in der Stadt», sagt Karl) und dafür mit ausgeschnittenen Buchstaben einen Titel an die Wand heften wollte: «UNSERE ASTRONAUTEN, HELDEN DES ALLS», wies ihn Frau Kleister, die das «Kulturhaus» leitete, scharf zurecht: «Das heißt *Kosmo*nauten, Sie bringen uns in Deuwels Küche, ändern Sie das!» (Sie war dort auch für die Bibliothek verantwortlich und hatte am Anfang dafür gesorgt, daß alle Bücher von adligen Autoren aussortiert wurden, weshalb es lange keine Werke von Goethe, Fontane oder Chamisso zu lesen gab; einmal empfahl sie Frau Tatziet «Madame Bovary» mit den Worten: «Kenn' Se Flau-Bert? Nehm' Se Flau-Bert! Könn' Se lesen, wie 'ne Arztfrau ihren Gatten betrügt.») Welche Schuld hatte Herr Tatziet im Krieg seiner Meinung nach auf sich geladen? Hatte er darüber wenigstens mit seiner Frau gesprochen? In seinen Feldpost-briefen, deren Papier sich viel schlechter erhalten hatte als das der Briefe ihres Vaters aus dem Ersten Weltkrieg, war immer nur von «viel Arbeit» die Rede, waren damit Kampf-handlungen gemeint? «Meine ganze bisherige Rußlandzeit empfinde ich manchmal wie eine interessante und oft hüb-sche Reise, obwohl du wohl an meinen zeitweise seltenen Briefen gemerkt hast, daß ich Arbeit genug habe», schrieb er noch 43 und berichtete nebenbei von seinem ersten Sauna-besuch im Leben. Er genoß es, als Einzelgänger, der er war, wenn die Kameraden, sobald er das «Soldatenheim» betrat, sich freuten und ihn bei seinem Spitznamen «Fieseler Storch» riefen. Später schrieb er, daß es nun «nach vorne» gehe, wo sicher «alles dran» sein werde, «den Krieg habe ich also hier nicht verpaßt». Seine vertraute Handschrift vermittelte ihr ein Gefühl von Nähe zu ihrem Mann, er wirkte durch sie fast präsenter als in Wirklichkeit. Notorisch schreibfaul («Noch ist dem Mann kein Hengst zu wild, kein Fluß zu rasch und tief / Nur e i n e s fällt dem Helden schwer: zu schreiben einen Brief»), berichtete Herr Tatziet vom Soldatenleben am liebsten mit Karikaturen. Er skizzierte Skulpturengruppen, zwei schreitende Löwen, in ihrer Mitte ein Brontosaurus, die er in seiner freien Zeit aus Schnee gebaut hatte, um die Mann-

schaft zu überraschen (derbere Naturen pinkelten Haken-
kreuze in den Schnee), nicht ohne Stolz berichtete er von
seinen Erfolgen auf dem Schießplatz, denn er war ein besonders guter Schütze. Einmal machte er einen «Kursus» mit,
um sich «auf Elefantenjagd zu spezialisieren», womit das
Bekämpfen von Panzern durch Überrollenlassen, Anspringen
von hinten oder gezielte Schüsse in die Sichtschlitze gemeint
war. Auch Pakete trafen ein, denn seine schmutzige Wäsche
schickte man damals als Soldat, wenn man konnte, von der
Front nach Hause.

Daß Herr Kleister, von dem man irgendwie wußte, daß er
bei «Horch und Guck» war, und der ja auch manchmal in
voller Uniform auftrat, sein Gemüse mit Gift bespritzte,
führte dazu, daß Herr Tatziet Frau Dr. Kientopp um Rat
fragte, die ihm erklärte: «Entweder Sie verhungern, oder Sie
werden vergiftet. Vergiften dauert länger …» Dennoch aß er
am Ende nichts mehr von den Früchten des eigenen Gartens,
und auch die Gäste durften von den Bäumen und Büschen,
die an der Grundstücksgrenze zu Kleisters wuchsen, nichts
pflücken; aber noch bitterer war, daß er zusehen mußte, wie
seine Bienen ahnungslos ins offene Messer rannten und ihr
Nervensystem geschädigt wurde, so daß sie die Orientierung
verloren und vielleicht nicht mehr zu ihm zurückfanden. Die
Giftfrage hatte immer wieder zu Spannungen geführt, obwohl Herr Tatziet seine Bedenken sicher nicht offen aussprach, aber zu spüren müssen sie gewesen sein, wenn er an
der Gartengrenze entlangging und sorgenvolle Blicke warf,
denn Herr Kleister hatte der Anpflanzung einer speziellen,
stark rankenden Brombeersorte eines Tages sogar einen

Stacheldraht folgen lassen, über den die Rehe, vor denen er angeblich schützen sollte, allerdings fröhlich sprangen, wie Herr Tatziet abends beobachtet hatte und manchmal schadenfroh beim Essen bemerkte. Auch ein Wachhund, der angeschafft wurde, erwies sich als so zutraulich, daß er mit einer Hundepfeife und scharfen Rufen diszipliniert werden mußte, wenn er wieder einmal auf den Hof der Tatziets ausgebüxt war, um mit uns zu spielen. Bei Kleisters schien selten jemand zu Hause zu sein, die Fenster waren auch abends immer dunkel, was aber daran lag, daß Herr Kleister Jäger war und seine Augen an die Dunkelheit gewöhnen wollte, um beim Jagen besser zu sehen («Tiere sterben doch nicht. Nur, wenn man sie totschießt», sagt Ricarda.). Wenn eine der Töchter von Herrn Tatziets Brüdern aus dem Westen zu Besuch war, spielte sie gern mit Viola, Kleisters wegen ihres Phlegmas von manchen Spöttern, an denen es in Schmogrow ja nie mangelte, «die Bratsche» genannte Tochter, mit der sie sich angefreundet hatte. Heimlich taufte sie sogar in einer auf der Liegewiese hinter dem Haus aus abgeernteten Maispflanzen errichteten «Kirche» ihre Puppe: «Im Namen des Vaters, der Mutter und des Sohnes…» Herr Tatziet wäre entsetzt gewesen und hätte Blut und Wasser geschwitzt, Herr Kleister könnte erfahren, daß die Puppe seiner Tochter missioniert worden war und an Gott glaubte! Nach Herrn Tatziets Tod wurde der Stacheldraht stillschweigend wieder entfernt, nicht einmal ein Zaun war in Zukunft mehr nötig, es blieben nur die selbstgegossenen Zementpfeiler, an deren Oberfläche man den Kies aus dem Fluß erkannte. Herrn Kleisters Frau beendete den Nachbarschaftsstreit, indem sie bei ihrem Kondolenzbesuch nach Herrn Tatziets Beisetzung versöhnlich zu Frau Tatziet über deren verstorbenen Gatten sagte: «*Mir* hat er nich jestört ...»

8. BAUMSCHWUNG

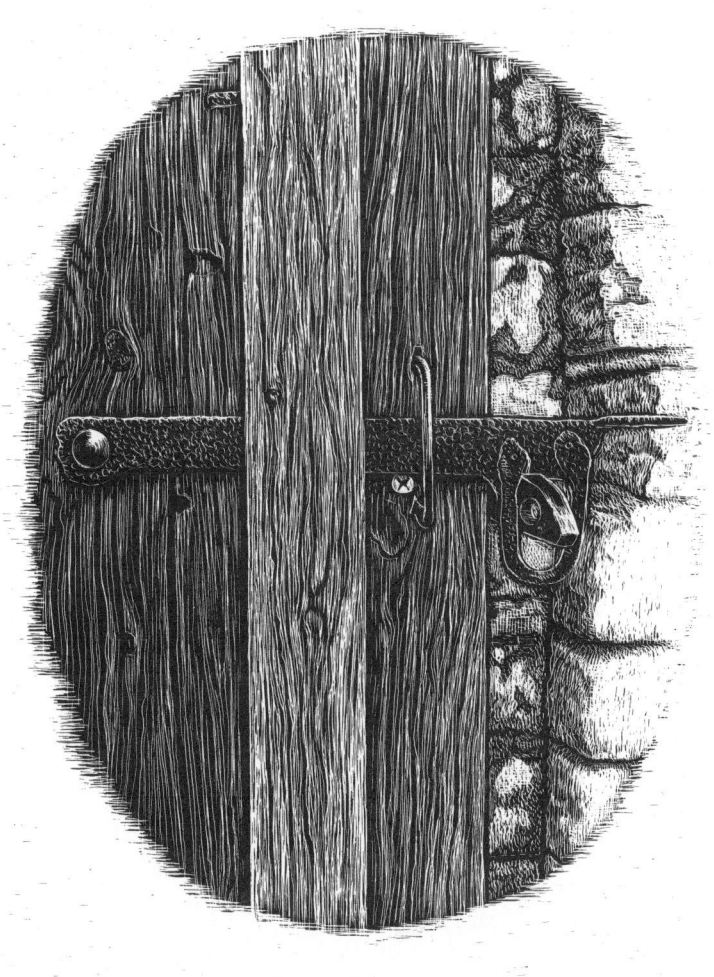

Zu den Vorzügen der Kastanie gehörte es, das ganze Jahr über Laub, Kastanien, Blüten und Zweige fallen zu lassen, so daß der Hof fast täglich geharkt werden mußte, eine Aufgabe für verlegene Gäste, die sich nützlich machen wollten, für die es aber keine geeignete Arbeit gab. Wenn ich von Frau Tatziet den Hof harken geschickt wurde, ahnte ich natürlich nicht, daß ich in Wirklichkeit nur aus dem Verkehr gezogen werden sollte, weil meine sporadisch aufflackernde und von mir selbst am meisten bestaunte Hilfsbereitschaft von ihr als störend empfunden wurde, so wie wohl auch einmal, als sie mich hinten im Garten einen altersschwachen Johannisbeer-strauch ausgraben ließ und ich mich – ich hatte schließlich Frau Tatziets Maxime: «Mach es *gleich* richtig!» im Ohr –, weil die Wurzeln immer tiefer reichten, in einen langen, ungleichen Kampf verstrickte. Frau Tatziet hatte mir bei-gebracht, den Hof «mit System» zu harken. Um angesichts der großen Fläche nicht zu verzweifeln und keine Stelle aus-zulassen, harkte man ein Parkettmuster, indem man immer eine Reihe Streifen in einem 45-Grad-Winkel zog und die Streifen auf dem Rückweg im rechten Winkel dazu. Die Konzentration auf das Muster lenkte einen von selbstmit-leidigen Gedanken ab und wirkte überhaupt wohltuend. Die aufgefächerten Metallfinger der Laubharke glitten mit einem sommerlichen Kratzgeräusch über den Boden, und was ihnen beim erstenmal entging, kam vielleicht auf dem Rückweg beim «Nachharken» mit. Man glitt über winzige Löcher, aus denen Ameisen unermüdlich Sandkorn für Sandkorn wuch-teten, ohne zu verzagen, wenn sie von vorn beginnen muß-ten. Man harkte über einzelne Maikäferflügel, setzte eine entkräftete, staubige Biene abseits auf eine Blüte, fand Glasmurmeln, Überraschungsei-Figuren oder den Ohrring, der im letzten Jahr verlorengegangen war. Das Zusammengeharkte bildete einen Wall, der mit jeder Reihe erfreulich wuchs, am Ende schob man ihn quer zu einem Haufen zusammen und fuhr alles mit der Schubkarre zum «Kompositorium». Nun war der Hof ein frischgebohnertes Zimmer, man hätte die Gäste gern dazu verpflichtet, wenigstens eine Weile einen Umweg zu machen oder auf Zehenspitzen zu gehen, aber das wäre falsch gewesen. Jeder, der über den Hof ging, vergrämte mit seinen Sohlen das im Untergrund lauernde Unkraut, ich schlurfte sogar extra stark, um mich nützlich zu machen und weil es mich beunruhigte, daß der Hof von den Rändern her zuwuchs (wie auch der Strand der Badestelle immer kleiner wurde). Es sollte alles so sein wie immer, jedenfalls so, wie ich mir einbildete, daß es immer gewesen war. (Inzwischen kommt man nicht mehr gegen wilde Kamille, Gras und neuartige, gesichtslose, aber zähe Pflanzen an, die nur ihren kleinsten Teil als Spähtrupp an die Oberfläche schicken. Möglich, daß der Schatten der Kastanie fehlt, möglich aber auch, daß solche an die Trockenheit gewöhnten Pflanzen in unseren Regionen für den Moment Profiteure des Klimawandels sind. Wer weiß, vielleicht sind es ja Heilpflanzen für uns noch unbekannte Krankheiten?)

Frau Tatziet bewunderte die Figur des Straßenkehrers aus «Momo», der sich nicht zur Eile antreiben läßt, sondern sich immer nur auf den nächsten Besenstrich konzentriert. Aber manchmal ging es durchaus um das Ergebnis, nämlich wenn aus dem Flurregal die lange Holzkiste mit Schlägern und

Kugeln geholt wurde und der Hof sich in ein Spielfeld verwandelte, weil genug Mitspieler für eine Partie Krocket zusammengekommen waren. Dann wurde der Sand, bevor man die Drahttore hineinspießte, noch sorgfältiger geglättet und am Ende sogar mit einem langen Brett nachgezogen, damit kein Steinchen oder Erdklumpen die Bahn der Kugeln beeinflussen konnte, obwohl das natürlich den Reiz ausmachte und erfahrene Spieler jede Wurzel und jede Unebenheit des Terrains kannten und beim Schlag einberechneten. Nun ging die Reise durch die verschiedenen Tore los, und unterwegs wurde, wenn zwei Kugeln sich berührten, die gegnerische Kugel «wegkrocketiert», indem man sich mit dem Fuß auf die eigene stellte und ihr, möglichst, ohne den Fuß dabei zu treffen, einen kräftigen Schlag versetzte, dessen Impuls zur fremden Kugel weitergeleitet wurde, so daß sie davonschoß und man ihr schadenfroh nachsah, mehr noch als durch das Spielglück durch den Ärger des Kontrahenten belohnt. (Schon in Rixdorf war fleißig «wegkrocketiert» worden, ein Mittel für schüchterne Herren, sich bei jungen Damen ins Bewußtsein zu rücken, beziehungsweise ihnen auf einer symbolischen Ebene sogar etwas näherzutreten, wie Onkel Fritz, ein Schwager von «Marunkelchen», einer von drei Brüdern, die damals einen «Raubzug» unternommen und gleichzeitig in die Familie eingeheiratet hatten, ihr, sechzig Jahre, nachdem er die ersten Male zu Gast im Pfarrhaus von Rixdorf, noch als Begleitung des Bruders und nicht als Prätendent auf die Hand einer der Töchter, gewesen war, zu einem Zeitpunkt, als von den drei Paaren nur noch drei «Einspänner» übrig waren, in einem späten Geburtstagsbrief verriet. Er habe seine Schüchternheit durch «gewaltsames, rohes Kokettieren» zu verstecken gesucht, denn die vielen Mädchen waren ihm etwas Unbekanntes und daher unheimlich gewesen.) Die wulstigen Wurzeln der Kastanie, deren Stamm seltsamerweise leicht schraubenförmig gewachsen war, bildeten an einer Stelle eine erhöhte Mulde, in die sich manchmal eine Kugel verirrte. Mit besonderem Geschick konnte man diese Stelle aber auch als Rampe nutzen, so daß die Kugel ein Stück den Stamm hoch, und dann *um die Ecke* weiterrollte, der legendäre «Baumschwung», der nur selten gelang. Manchmal ging meine Mutter mitten in einer Partie mit zwei Eimern Abwaschwasser quer über das Spielfeld und kippte sie am Stamm einer Robinie oder im Fliedergebüsch aus, wie es immer schon gemacht worden war und wie sie es auch gemacht hätte, wenn auf dem Hof gerade vor 70 000 Zuschauern das Finale der Fußballweltmeisterschaft stattgefunden hätte und die Mannschaft ihres Sohns im Begriff gewesen wäre, zu gewinnen. Keinen Respekt vor dem englischen Spiel hatten auch die Schafe, die, wenn sie sich auf dem abendlichen Heimweg losrissen und ihre langen Ketten hinter sich herschleifend zum Stall rannten, die Ordnung der Kugeln durcheinanderbrachten. Sie hatten es eilig, sich in ihrer Buchte auf die bereitgestellten Schüsseln mit Äpfeln und Kartoffeln zu stürzen, sie zermalmten ihr Abendbrot zwischen ihren Zähnen und versetzten sich dabei aufmüpfige oder zurechtweisende Stöße mit dem Kopf.

Der Hof, auf dem nicht wie bei anderen Schmogrower Häusern ein vor Vernachlässigung halb irre gewordener, angeketteter Hund, Baumaterial, Autowracks oder ein Misthaufen störte, war eine Bühne für Theateraufführungen, Spielplatz für «Länderklau», «Steh-geh» oder Völkerball, Arbeitsfläche für Bastelprojekte oder beim Maisbrechen, Tanzfläche bei Festen oder bei «Reise nach Jerusalem», Stellfläche bei gemeinsamen Nachttopfsitzungen der Kleinsten, Trockenboden für Wäsche oder Heu. Oft wurde am Nachmittag nach dem Baden der Leinensack mit den großen, hölzernen Boccia-Kugeln ausgekippt, deren Farben man nur noch in einer Rille um die Mitte erkannte. Man zog mit dem Baumkratzer eine Linie und ließ beim Warten, bis man dran war und eventuell der Zollstock geholt werden mußte, seine zwei Kugeln mit ihrem angenehmen Gewicht in den Händen klackern. Manchmal kamen hier auch alle Besucher zusammen, die Erwachsenen bildeten einen Reigen, sangen «Wir öffnen jetzt das Taubenhaus», und in der Mitte hockten wir Kinder mit unseren gestreiften Schlaghosen, den breiten Hosenträgern, den mit Pflaster verklebten Brillengläsern als Täubchen, schwärmten durch die sich bildenden Lücken aus und flogen, bevor das Taubenhaus wieder geschlossen wurde, rechtzeitig heim «in guter Ruh». Nach dem Krieg hatte Tante Lore nicht nur den Pfarrer in die Nachbardörfer mit ihren zerstörten Kirchen begleitet, wo sie für den Gottesdienst, den Tante Lore mit ihrer Geige um eine Dimension bereicherte, Brot, Butter und Kartoffeln bekamen, sondern auch an jedem Sonntagabend auf dem Hof für alle interessierten Schmogrower zum Tanz aufgespielt («... in die Mitte, auseinander, bitte, zueinander, voneinander, einen kleinen Kreis ...»). Die Radioapparate hatte man ja auf der Kommandantur abgeben müssen, sie vergammelten dann auf einem

Frachter im Regen. Tante Lore und «Reimwild» waren auch im unter den Schwestern «Halbe Lunge» genannten Kirchenchor, dessen Mitglieder sie nur schwer überzeugen konnten, wenigstens im Bach-Jahr etwas von Bach zu singen, warum nicht «Befiehl du meine Wege»? Eine wegen ihrer gepflegten, imposanten Erscheinung «Kluckchen» genannte Schmogrowerin mit von einem Fuchsfell umrahmten, üppigen Busen meinte einmal, als jemand Kritik an der musikalischen Gestaltung des Chors gewagt hatte: «Na, wo ick stand, hat's jut jeklungen.» Höhepunkt der selbstorganisierten Kulturgenüsse war die Feier aus Anlaß von Goethes 200. Geburtstag im Jahr 1949, kurz vor der Gründung der DDR, die die Schwestern für den ganzen Ort organisiert hatten und die natürlich auch auf dem Hof stattfand, eröffnet durch einen Vortrag von Pastor Fruchtbar, einem studierten Germanisten und Vater von sieben Kindern, der nach dem Krieg zu Fuß mit Talar im Rucksack und umgehängter Gitarre im Ort angekommen war, wo er einen in den Westen geflohenen Amtsbruder ersetzte, von einer Schmogrowerin mit dem Ausruf «Wir haben einen Hirten!» begrüßt. Es gab Versrezitationen und Gesang, viele Schmogrower trugen zum erstenmal im Leben auswendig ein Gedicht vor, die Bescheidenen wählten eines, bei dem sich ein paar Zeilen wiederholten, damit der Aufwand beim Lernen geringer war, und manche erfuhren nebenbei mehr über den Namenspatron ihrer Straße, die bei der Errichtung der Siedlung noch «Dirschauer Straße» geheißen hatte, da viele Siedler damals aus den nach dem Ersten Weltkrieg verlorenen Gebieten in Polen stammten. Den Vogel schoß allerdings einmal mehr Tante Hulda ab, die voller Inbrunst zu rezitieren ansetzte: «Fest gemauert in der Erden / Steht die Form, aus Lehm gebrannt». Tante Isolde und «Marunkelchen» blieb fast das Herz stehen, bis Tante Hulda sie mit den Worten: «Wer sollte dir nich kennen, jroßer Joethe!» erlöste. Goethe galt «Marunkelchen» und ihren gebildeten Mitschülerinnen und Freundinnen als ideeller Geliebter, dessen Charakterfehler man dem eigenen Gatten nicht verziehen hätte, während sie einen an Goethe heimlich reizten, eine Welt, für die Goethe nicht mehr zuständig war, konnte man nur ablehnen.

Man durfte keine Krocket-Partie über Nacht stehenlassen, damit Herr Tatziet bei seinen Kontrollgängen im Dunkeln nicht über die Tore stolperte, es mußte also noch in der Dämmerung zu Ende gespielt werden. Auch die Kinder mußten alle über Tage gebuddelten Gruben, aus denen sie wie Soldaten aus Schützenlöchern guckten, mit Brettern abdecken, weil Herr Tatziet fürchtete, daß ein Reh sich ein Bein brechen könnte. Herrn Tatziets Ängste nahmen im Alter zu, davon wurde man anscheinend nie erlöst. Heimlich hatte er sogar noch Angst, die Polen könnten Schmogrow kassieren, er lebte immer in «Alarmbereitschaft» und vermißte bis zuletzt einen Friedensvertrag. Er sah es nicht gern, wenn wir in der Weide kletterten, obwohl ich in den Ferien extra meine Fingernägel wachsen ließ, um mich wie ein Eichhörnchen am Stamm festkrallen zu können. Der Teich wurde trockengelegt, aus Angst um Kleinkinder und Babys, und er glaubte einem nie, daß man im «Wäldchen» nicht rauchte. Obwohl der Unfall lange vor seiner Zeit passiert war, litt er heftig beim Gedanken an das Dienstmädchen, das bei einem Brunnenbau im Ort von herabstürzenden Seilen dreißig Meter in die Tiefe gerissen worden und bei ihrer Bergung schon tot gewesen war. Er konnte zwar nicht hellsehen wie der Postbote, der «ein Ereignis» für den 20. Juli vorausgesagt hatte, und wie eine Nichte, das sagenumwobene «Sternkiekerfriedchen», das Tante Lore geweissagt hatte, daß sie Theaterschneiderin würde, aber ihn bedrängte, je weniger seine Sinne funktionierten, um so stärker seine Vorstellungskraft. Bei jeder Abfahrt wand er sich fast vor Kummer darüber, was passieren konnte, wenn der Fahrer beim rückwärtigen Einbiegen auf die Straße ein vorbeifahrendes Auto übersehen sollte. Seine Sorge beschäftigte einen schließlich selbst so sehr, daß man sich kaum noch auf das Lenken zu konzentrieren schaffte und den Rückspiegel (Ricarda: «Wir ham ja zum Glück ein Spiegelbild») am Feldsteintorpfeiler abknickte oder sich an den Grabstein-Findlingen von Frau Tatziets Vater, Mutter und Schwester eine Beule im Kotflügel holte.

In den ersten Jahren hatte auf dem Hof noch ein Spillingsbaum gestanden, die Früchte ließen sich dort von den Kindern besonders bequem aufsammeln, was einem sonst schnell über den Kopf wuchs. (Der Pfarrer war einmal «von hinten» durch den Garten gekommen und hatte, weil so viele Spillinge im Gras vergammelten, gegenüber Helmtrud moniert: «Wie gehen Sie denn mit Gottes Gaben um?» Solange ihr keiner half, sie aufzusammeln, waren es für sie eher Geschenke des Teufels.) Kein Mus der Welt eignete sich in meinen Augen besser als Brotaufstrich, ich zählte die Gläser im Flurregal, die noch blieben, und freute mich, wenn der große

Topf zum Einkochen, aus dem ein für Elefanten geeignetes Fieberthermometer guckte, zum Einsatz kam und man vom abgeschöpften Schaum naschen durfte. Inzwischen war von diesem Spillingsbaum nichts mehr zu sehen, und die Kastanie war der Mittelpunkt des Anwesens. Sie stand nur etwas zu nah am Haus, so daß bei Sturm herabfallende Äste Schaden angerichtet hätten, auch deshalb hatte Frau Tatziet wohl solche Angst vor Gewittern (nachdem die Feuerwehr einmal gekommen war, um einige Äste abzusägen, fand Herr Tatziet den Baum sogar *noch* bedrohlicher). Offenbar hatte diese Gefahr niemand bedacht, als der Baum gepflanzt worden war, ein dünnes Stämmchen mit einer Bank darum, das man auf frühen Fotos hinter den Menschen kaum entdeckt und das, wie in den Alben zu sehen, mit den Jahren heimlich immer kräftiger geworden war, wobei der Baum sein enormes Wachstum mit Langsamkeit tarnte. Jetzt erstreckte die Kastanie ihre Äste über Giebel, Geräteschuppen und Hühnerstall, und ihre Wurzeln strebten in die Abwasserrohre. So war aber auch ein breites Dach entstanden, das fast den ganzen Hof beschattete, bei Hitze für ein angenehmes Mikroklima sorgte und bei Regen eine Weile das Wasser abhielt, bis es durchbrach und den Hof in Minuten in eine Schlammlandschaft verwandelte, in der wir spielten. Zudem waren natürlich die Kastanien begehrt, die wir «im scharfen Krieg uns an die Köpfe warfen» und die vollkommen wirkten, wenn sie braun glänzend aus der aufgeplatzten, stachligen Schale lugten. (Karl: «Papa, auf dem Hof haben wir heute Dritter Weltkrieg gespielt, mit *Kastanien*.»)

Wenn wir Glück hatten, bescherte uns der Larven-Zyklus

ein Maikäferjahr wie einmal, als ich auf dem Fahrrad in die Stadt mitgenommen wurde und die Maikäfer auf der Chaussee unter den Reifen knirschten. Die «Engerlinge» fanden wir ja auch beim Graben unserer Schützenlöcher, wobei wir nie, wie erhofft, auf Grundwasser stießen, das kam erst viele Meter tiefer. Nach dem Krieg waren die Hühner mit Maikäfern gefüttert worden, es soll aber bei den Eiern durchgeschmeckt haben. Herr Tatziet schickte den Schwestern noch aus dem Lazarett den Rat, Öl für Lampen und Geräte aus Maikäfern zu pressen. Wir sammelten «Bäcker», «Müller», «Schornsteinfeger» und die besonders seltenen «Kaiser» mit rötlicher Flügeldecke und betrachteten sie als unsere Haustiere. Wir beobachteten, wie sie stillhielten und «pumpten». Als einmal ein Käfer entwischte und plötzlich wegflog, sprang Sylvana Zickerick auf und schlug ihm mit der flachen Hand mehrmals auf den Kopf, bis er notlanden mußte und sie ihn einfing und zurück zu den anderen brachte. Sylvana sagte auch: «Ich hab dich zum Fressen gern» und verschluckte einen Marienkäfer, die Ricarda «Mandarinenkäfer» nennt. «Quäle nie ein Tier im Scherz, denn es fühlt wie du den Schmerz.» Das war eben die Frage! Wir durchtrennten Regenwürmer (die hatten ja «kein Herz»), um zu sehen, ob beide Hälften für sich allein weiterlebten (vielleicht sogar die vier Viertel?), wir probierten, ob Feuerwanzen wirklich nicht verbrannten, wir sperrten Spinnen ins Fahrerhäuschen des bulgarischen Plastikkippers, wir warfen Schnecken zu den Hühnern, die sich nach diesen Leckerbissen eine wilde Hetzjagd lieferten, und fütterten die Schafe mit schaufelweise Körnern aus der Hühnerfuttertonne, dabei freuten wir uns über ihren

Appetit und rechneten uns aus, jede Menge «Milch zu produzieren», sie starben nach unserer Abreise fast an einer Kolik.

Der Stamm der Kastanie war schon immer unser Anschlag beim Versteckspielen gewesen, besonders gern spielte ich «Versteck im Dustern», auch wenn Herr Tatziet warnte: «Nach sechs passieren die Unfälle.» Um diese Zeit schien man übermütig zu werden, Frau Tatziet nannte das und eine in Schüben auftretende, nicht zu bändigende Albernheit «Erholung vierten Grades». (Als Regel galt allerdings: «Asoziales Benehmen *außerhalb* des Hauses ist verboten.») Zudem zeigten die Objekte gegen Abend gern ihre Tücke, tatsächlich schlug sich ein Versteck spielender Vater einmal an der Kastanie die Nase blutig. Frau Tatziet trat deshalb rechtzeitig auf den Hof und sang mit ausgebreiteten Armen die Worte: «Einmal muß man schließen, / laßt euch's nicht verdrießen, / einer muß den Anfang wagen, / gute Nacht zu sagen.» Man kannte alle Verstecke, die Fontäne im leeren Teich, die Nische zwischen den geöffneten Stalltüren (auf deren Rückseite ein großes Zorro-«Z» aus Brettern geschrieben stand), das «Sommerklo», den hohlen Nußbaum, das Fliedergebüsch, die Himbeerbüsche, hinter denen ein Pfahl in den Boden gerammt war, den Frau Tatziet als Schafott für altersschwache Hühner verwendete, um sie mit zwei Beilhieben zu töten. («Trauer und Verzweiflung lag auf unseren Hühnern», zitierte Frau Tatziet gern aus einem Schüleraufsatz über die Zeit nach dem Krieg.) Der Suchende wagte sich vorsichtig, Schritt für Schritt, als betrete er dünnes Eis, vom Anschlag weg, wenn er erfolglos blieb, lockte er die Versteckten aus der Reserve: «Mäuschen, Mäuschen, pieps einmal!», die

«Mäuschen» schlichen in seinem Rücken in Richtung Kastanie, manchmal kam es zu einem Wettlauf, an dessen Ende
man, wenn man als erster am Baumstamm anschlug, «erlöst!» rief, wie befreit fühlte man sich dann! Man hätte daraus lernen können, daß man im Leben für seine Erlösung
selbst zuständig ist. (Wo kann ich jetzt anschlagen und «erlöst!» rufen, um mich wieder so zu fühlen?) Man war be-
rauscht davon, in der Dämmerung noch wach zu sein, und
jubelte innerlich, in der Welt der Kinder zu leben, durch die
sich die Erwachsenen bewegten wie die gesichtslosen Menschen bei «Biene Maja», von denen man höchstens manchmal ein Hosenbein sah. Einmal rannte ich, die Abkürzung
durch den «Durchgang» nehmend, in meine von Frau Tatziet
«Muttersparka» genannte Oma, die gerade zu einem Besuch
eingetroffen war und mich in die Arme schließen wollte, aber
wir spielten Fangen, und ich war auf der Flucht, weshalb ich
mich schnell losriß. Bald darauf wurde sie nach einem Sturz
auf der Treppe ihrer Kirche, die ihr Schwiegersohn aus Hin-
gabe an diese Institution stets eigenhändig kehrte, für immer
ins Krankenhaus eingeliefert, und ich war ihr weggelaufen!

Wenn Frau Tatziets Schwestern gekommen waren und
,vielleicht sogar ihre Tanten, wurde im Garten «Begegnen»
gespielt, eine Tradition, die noch aus Rixdorf stammte und
seither in den verschiedenen Zweigen der Familie gepflegt
wurde. Dafür, daß es ein Spiel sein sollte, enttäuschte «Begegnen» mich allerdings, weil es gar keinen Sieger gab. Alle teil-
ten sich zu Paaren auf, die durch den Garten spazierten, jedes
Paar einigte sich als erstes auf ein berühmtes Paar, das man
sein wollte, und wenn man einem anderen Paar begegnete,

stellte man die beiden vor die Wahl, sich zwischen Adam und Eva, Dick und Doof, oder was man sich sonst ausgedacht hatte, zu entscheiden. Seiner Wahl entsprechend, wurde man neu zugeteilt, so daß sich immer neue Paare bildeten, die bis zur «Begegnung» mit dem nächsten Paar zusammen spazierten und zum Plaudern verdammt waren. Es war mir unangenehm, mit einem der mir aus der Distanz wohlbekannten, von nahem aber völlig fremden Erwachsenen längere Zeit zu zweit zu sein, zwischen meiner Welt hier unten und ihrer dort oben gab es kaum Berührungspunkte. Und mit meinen Eltern oder Geschwistern wollte ich erst recht nicht durch den Garten spazieren, das wäre sogar noch peinlicher gewesen, gerade *weil* wir uns kannten. Ich geriet einmal an Tante «Reimwild», die mich für unsere Begegnung zum Glück gar nicht brauchte. Sie sang mir einen von den Schwestern in Jugendtagen gedichteten Kanon über den «Pinienhain» vor, den Hang hinter dem «Wäldchen», über den an einem Fliederwall entlang, am Grenzstein vorbei, ihr Rückweg von der Schule geführt hatte, in einem Gebüsch hatten die Geschwister damals eine «Regenwurmzucht» angelegt. (*Hin*zu, wenn die Zeit genau bemessen war, ging man die Straße hinunter, nur *rück*zu, wenn zu Hause das «Helfen» drohte, ging es den Hang hinauf, man konnte sich Naturstudien widmen und im Garten trödeln, bis man sich genug «beobst» hatte.)

«Sitzt du im Schatten der Pinien
nicht von der Sonne beschienien,
dicht stehen sie wie Sardinien,
stechen dich Nadeln wie Bienien.»

Tante «Reimwild» sang mit dem durchdringenden Chorsopran älterer Damen, den ich vom Weihnachtsgottesdienst fürchtete, und kam erst wieder zu sich, als sie mich an Tante Hulda weiterreichte, die eine Tante von Tante «Reimwild» war und der ich zufiel, weil sie sich für «Goethe» entschieden hatte. (Tante «Reimwild» war «Schiller» gewesen: «Ach, die ‹Glocke› hat viel' Strophen / es ist zum Davonzuloofen!») Ich hatte noch nie ein Wort mit Tante Hulda gewechselt, zum Glück saß man in Schmogrow beim Essen als Kind ja auf der «Vogelstange» genannten, lehnenlosen langen Bank und damit weit von den Erwachsenen entfernt, in der «unteren Suppenregion», wie Frau Tatziet sagte. Wie alt ich denn sei? fragte sie mich. «Du bist ja noch ein Frühlingshühnchen!» Sie zeigte auf Pflanzen und nannte sie beim Namen, als stelle sie mir die Kinder aus dem Heim vor, in dem sie im Westen arbeitete: «Staudenlupine. Sehen die Blätter nicht aus wie die Hände neugeborener Kinder, die aus der Erde greifen? Ist deine junge Seele schon für das erdgebannte Erdenferne von Farben, Blumendüften, Dämmern und Falterflügen empfänglich?»

«Wir haben einen Schulgarten in der Schule.»

«Ach? Und was macht ihr da?»

«Wir jäten meistens.»

«Wie sinnig.»

«Manchmal grubbern wir auch.»

«Man sollte sich wieder des Krells erinnern...»

Mir gingen die Verben aus. Ich mochte das Fach überhaupt nicht, man durfte seine Schürze nicht vergessen, und ich hatte einmal eine Vier bekommen, weil ich in einer

Klassenarbeit bei «Nenne fünf Laubbäume»: Kastanie, Linde usw. geschrieben hatte und nicht Kastanien*baum*, Linden*baum* …

«Es ist doch zu döselich heute! Fast rixdorfisch. Wenn man dort nachts aus dem Fenster der Giebelstube auf den Kirchhof sah, durch dessen schleierhaftes Lindengrün der Mond schimmerte, sangen manchmal drei Nachtigallen, im Park, am Teich und im Kirchhof. Ich habe ein so schönes Zusammenklingen selten gehört.»

Ich überlegte, was ich sagen könnte, aber mir fiel nicht einmal ein Wort ein, das sich anbot, geschweige denn ein ganzer Satz.

«Im Winter kriecht die Wärme tief ins Erdinnere, um auszuruhen und sich zu sammeln. Kaum ist das Frühjahr da, schwillt die Frucht am Baum, bis sie, ‹von der eignen Fülle schwer›, zu Boden fällt. Ich lasse im Herbst an jedem Baum eine Frucht hängen, damit der Wind sich seinen Tribut brechen kann und mir nicht zürnt.»

Sie deutete auf einen Vogel, der in einer Baumkrone verschwand. «Was wissen wir vom Segen des langsamen und geduldigen Beischleppens jedes einzelnen Halms ins Nest? Verbrüdere dich in deinem Garten mit der Arbeit, dann wirst du seines teilhaftig.»

Sie zog ihre Schuhe aus, stellte sich barfuß auf den Acker und schloß die Augen. Ich trug natürlich Socken, ich mochte ja Sand an den Füßen nicht, Gras noch weniger. Aber Tante Hulda nötigte mich, meine Sandalen und Socken abzustreifen und mich neben sie zu stellen, sie nahm mich sogar an die Hand.

«Fühlst du, wie sich deine Zehen im Erdreich verwurzeln wollen?»

Ich gab mir Mühe, aber ich fühlte nur, daß ich jetzt abends meine Füße würde waschen müssen. (Was ich eigentlich nie tat, denn in Schmogrow waren sie morgens ganz von selbst wieder sauber, genau wie die dreckigen Hosen, aus denen man nur kurz den Sand klopfen mußte.)

«Manchem scheint dieser Boden mager, mich erinnert er an die Reinheit des Meeresgrunds.»

«Ich will auf keine Wespe treten.»

«Wenn ich mich von meinem Garten verabschiede, weinen die Blüten und sehen dabei aus wie benetzte Kinderwangen, wenn die Mutter geht.»

Nebenan harkten Fiddekes Heu zusammen, im Hintergrund das Finnhütten-Dach der Typhus-Kirche.

«Sie kämmen den Pelz des Rasens wie bei einem großen, guten Tier.»

Und plötzlich begann auch Tante Hulda zu singen:

«Mein Jauchzen hat sich in Schluchzen verkehrt,
mein Lachen verkehrt sich zu Weinen.
Ich hatte zuviel vom Leben begehrt,
da hat's mich das Leben ganz anders gelehrt.
Ich durft mich mit dir nicht vereinen,
all Freude muß ich verneinen.»

Ich hielt Ausschau nach anderen Paaren, denen wir «begegnen» könnten, aber es waren wohl schon alle unbemerkt zum Kaffeetrinken verschwunden, vielleicht hatten wir den

«Gong» überhört, niemand außer uns genoß mehr hier hinten, nah am «Wäldchen», die «döseliche» Stimmung.

«Der Boden, der heißt Leiden auf meiner Seele Grund,
darauf die Blumen sprießen so wundersam und bunt.
Und fällt auch mal ein Regen und fehlt der Sonnenschein,
so soll auch das zum Segen,
so soll auch das zum Segen
für meine Blumen sein.»

Sie deutete auf eine Blume, an der eine Spinne ihr Netz baute: «Sieh, die Braut wird mit einem Schleier geschmückt. Und hier wächst Schöllkraut, gut gegen Warzen. Fingerhut, er kam aus dem Wald in unsere Gärten. Solche Pflanzen haben eine besondere Beschwingtheit in ihrem Wesen.» (Ich habe die Kinder heute gerade noch daran hindern können, Wasser aus giftigen Fingerhutblüten zu trinken, wie sie es bei den Ameisen in «Die lustige Grille» gesehen haben!)

Am Findling vor dem Berner Rosenapfelbaum forderte Tante Hulda mich auf: «Berühre doch einmal dieses schlafende Tier mit der Hand. Noch bis in die Nacht strahlen die Steine Wärme ab, während die Blumen sterben und nur bei manchen wie der Lilie der Feuerschlund liebesbrünstig auflodert. Fühlst du, wie der Stein atmet? Ich hoffe, wir machen ihm keine Angst.»

Als wir endlich zurück durch das Rosentor gingen, sagte sie: «Rosen sind meinem Herzen nicht nahe, es sind Züchtungen, nur die Heckenrose spricht mich in ihrer Wildheit an. Siehst du hier ein Unkraut im Beet?»

Ich zeigte auf etwas Grünes, das neben etwas mit Blüten wuchs.

«Was er nicht säte, steht beim Menschen nicht hoch im Kurs, wie Gäste, die man nicht erst zu bitten braucht. Dabei ist jede Pflanze schön, auch die Erbse, schon wenn sich kleine Erdpforten heben, weil der Keim sein Häuptchen zum Licht streckt, sie hat nur das Pech, als nützliches Gemüse zu gelten, deshalb beachten wir ihre Schönheit nicht. Gemüse! Die vielgestaltige Pracht dieser uns so zugeneigten Gewächse kann man doch nicht mit einer Umbildung des Wortes ‹Mus› abtun!»

Sie beugte sich zu einer Blume herab, auf der eine Biene Nektar sammelte.

«Ob diese Biene bei all ihrer Geschäftigkeit und Gewissenhaftigkeit auch ein heimliches Vergnügen daran empfindet, so unbeschwert auf und ab zu wippen?»

Dann kam das Alter, in dem man für seine Innenwelt, obschon man niemandem davon erzählte, geschätzt werden wollte, das Gefühl, verkannt zu sein, wärmte einen beständig. Ich hielt beim Radfahren mein Gesicht in den Gegenwind, möglichst bei Regen, um charaktervollere Züge zu bekommen. Frau Tatziet nannte es «die zugehängte Phase», wegen der von Jugendlichen bevorzugten Frisur, die die Gesichter hinter einem nur widerstrebend gelüfteten Schleier verbarg. Mit vierzehn würden Mädchen nach hinten in den Garten gehen, um zu weinen. Teenager mit schlechter Laune seien schwierig, sagte sie, mit guter Laune aber noch schwerer zu ertragen. Es war mir jetzt peinlich, daß die Tatziets nichts von der wirklichen Welt zu wissen schienen, in der ich lebte. Diese gehörte für mich auch nicht hierher, es wäre schon ein Stilbruch gewesen, meinen Kassettenrekorder mitzubringen, der für mich zu Hause der Mittelpunkt meines Daseins war. Ich mußte sie im Grunde davor beschützen, schon weil sie draußen in der anderen Welt so hilflos gewirkt hätten. Frau Tatziet ahnte ja gar nicht, wie wir jungen Leute zusammenzuckten, wenn sie statt «Das hat er schon erledigt» «Das hat er schon bewichst» sagte. Wie stellte es meine Loyalität auf die Probe, als einmal vor einer Nachrichtensendung, für die das Radio zu früh eingeschaltet worden war, denn Herr Tatziet hatte wieder ungeduldig auf die Fortsetzung der Geschehnisse in der Welt gewartet, die ihn so in Unruhe versetzten, ein Gitarrensolo zu hören war und Herr Tatziet, angesichts von David Gilmours in den oberen Lagen mit unglaublichem Sustain singender Fender Strat, nachdem er dieser Katzenmusik eine Weile gelauscht hatte, spöttisch grunzte! (Andererseits war Klara peinlich berührt, als ihr Chef bei einer Autofahrt an der Ampel Schlagzeugsticks rausholte und auf dem Lenkrad übte.) Andere hatten meine Skrupel, die Tatziets mit Unerfreulichem zu belasten, nicht und berichteten in ihren Briefen an Frau Tatziet über ihren schweren Alltag in der Stadt im trüben Jammertal jenseits der Ferien. Sie suchten auf diese Weise Trost, denn man wußte, was Frau Tatziet im Leben erlitten hatte, bewunderte sie dafür, daß sie selbst nie klagte oder traurig zu sein schien, und nahm deshalb wohl an, sie hätte auch die Kraft, sich den eigenen Nöten zu widmen. «Nun heule nicht, schimpfe erst ein bißchen, und denke dann ruhig über alles nach», riet sie Verzweifelten. Besonders in Anspruch genommen wurde sie von Tante Gerlinde, die «Hazel» genannt werden wollte, Frau Tatziet nannte sie allerdings «mannstoll», weil sie es schon immer darauf angelegt hatte, mit jungen Männern Affären zu haben, und sich ja auch nie mit einem einzigen Freund zufriedengeben konnte, sondern mindestens zwei brauchte, zwischen denen auf diese Weise ein leistungsfördernder Konkurrenzdruck herrschte. Wenn sie am 1. Mai an der Tribüne mit den Regierenden vorbeiging und die Männer mit den auffällig einheitlichen weißen Schirmmützen ansprach, die dort standen: «Na, kommt ihr mich mal wieder besuchen?», war das allerdings nicht kokett, sondern aufrührerisch gemeint. «Hazels» vaterlose Tochter, die oft allein in Schmogrow gewesen war und dort die Natur entdeckt hatte, hatten die Tatziets einmal dabei beobachtet, wie sie versteckt hinter einem Busch einen Indianertanz aufführte. Im Osten hatte das junge Mädchen das Gefühl, zu ersticken, aber als sie später in den Westen floh, konnte sie nirgends Fuß fassen, ihre alte Heimat fehlte ihr, sie brach den Kontakt zur Mutter ab, beide schrieben nun unabhängig voneinander sehnsuchtsvolle Briefe an Frau Tatziet und sparten nicht mit Details über ihre Männer- und Geldsorgen, ihre verletzten Seelen und die Medikamente und Getränke, die ihnen durchzuhalten halfen (sie träume jede Nacht, daß sie erschossen werde, von Hitler persönlich, und immer mit einem Kopfschuß, schrieb die Tochter, während «Hazel» berichtete, ihre Großmutter habe im Todeskampf geglaubt, im Keller würden Kroaten massakriert). Es endete nicht gut, «Hazels» Tochter erhängte sich, nachdem ihr kleines Kind von einem schweren Spiegel erschlagen worden war. «Hazel» selbst sah sich als

Künstlerin, was vor allem aus der Art sprach, wie sie sich breitbeinig und burschikos, als sei sie die Großmutter von Günter Grass, vor die Leinwand setzte, um Wind und Wetter trotzend «Pleinair» zu malen. Als sie einmal einen knackigen Männerhintern in Jeanshosen gemalt hatte und Herrn Tatziets Urteil einforderte, habe der sich eine Stunde mit dem Bild in seiner Stube eingeschlossen, um sich damit auseinanderzusetzen, weil die moderne Ästhetik und die erotische Kühnheit ihn offenbar so herausgefordert hätten, wie sie meinte. Vielleicht war er aber auch nur von Skrupeln geplagt gewesen. Seltsamerweise behauptete «Hazel», die als erste und einzige für sich eingeführt hatte, abends zum Biertrinken ins LPG-Casino «Zur Grünen Gurke» zu gehen, von wo sie erst als «Spätheimkehrer» wiederkam, von Frau Tatziet, sie sei in ihren letzten Jahren Alkoholikerin gewesen, dabei trank sie nur bei «Hazels» Besuchen vom Underberg aus dem «roten Schrank», weil sie ihre Gegenwart so anstrengte. (Jugendliche Mitbewohner durften sich vom «Bärenfang»-Honigschnaps, den Herr Tatziet in früheren Zeiten auf dem «roten Schrank» für sich verwahrte, in das daneben bereitstehende Glas, das mit einem Engelchen bedruckt war, nur so viel füllen, daß der Schnaps gerade so an den Unterrock des Engelchens heranreichte.)

Die Kinder, mit denen man aufgewachsen war, waren größer geworden, die Jungs hatten einen Schnurrbartflaum, entblößten beim Baden muskulöse Oberkörper, und ein Mädchen konnte eine ganze Runde aufwerten, an der einen sonst nichts gereizt hätte. Es war unvermeidlich, sich in Schmogrow zu verlieben. Das war mir schon klar gewesen, als meine

Mutter mir angekündigt hatte, daß in diesem Jahr, wo ich zum ersten Mal allein nach Schmogrow fahren würde, ein Mädchen anwesend sein würde, dessen Vater hier nach dem Krieg Nägel aus den Dachbalken vom Stall gezogen und geradegeklopft und dessen Mutter mir schon «den Po abgewischt habe». Als etwas störende Anstandsdame würde auch Silvio kommen. Das Erfinden lag ihm im Blut. Er baute aus Strohhalmen ein Karussell, an dem er Fliegen festband, die es anschoben. In einem Schulaufsatz hatte er geschrieben, sein Vater nehme ihn nachts zum Wildern mit, was zu einer Untersuchung führte. In der Chemieprüfung verpestete er den Vorbereitungsraum mit Qualm, so daß es Feueralarm gab. Seiner kleinen Schwester redete er ein, sie müsse Pfützenwasser trinken, denn «Dreck reinigt den Magen». Er behauptete auch, am Geschmack der Eier erkennen zu können, von welchem Huhn sie stammten.

Statt Mörtel hatte man für die Reparatur des Stalls nach dem Krieg eine Lehm-Kalk-Mischung verwendet, die Fugen waren inzwischen vollkommen durchlöchert von Wildbienen und Schlupfwespen, die aber noch niemand für schützenswert hielt. Wir warteten, daß sie angeflogen kamen, spritzten sie naß, so daß sie sich setzen mußten, beschossen sie mit Gummiringen und sammelten die toten Insekten auf einem großen Haufen, um sie christlich zu bestatten. Charlott mußte auf Silvios Wunsch für sie beten, es hatte ihn begeistert, daß der Pfarrer ihm nach dem Gottesdienst am Ausgang der Typhus-Kirche die Hand gegeben hatte («Er hat mir die Absolution erteilt!»). Nie wäre ich in Schmogrow in die Kirche gegangen, wir waren ja nie zu Weihnachten hier, aber da Charlott katholisch und einer ihrer Onkel sogar Pastor war und sie, wie von zu Hause gewohnt, am Sonntag in die Kirche gehen wollte (sie wollte Architektin werden und fand es interessant, daß es hier keinen «Chiostro» gebe), mußte ich natürlich mit und kam mir, während mich das wütende Orgelgewitter wie üblich langweilte, tugendhaft und Silvio gegenüber, der lachen mußte, als es hieß, man werde bei der Taufe «umgewandelt zum Glied am Leibe Christi», auf vertrautem Terrain vor, ich war ja «kirchlich», kannte den Text vom Vaterunser auswendig und war wie für einen Vertretungslehrer, der zu unserer Hausgemeinschaft gehörte und in der Schule nur pro forma so tat, als behandle er mich wie die anderen Schüler, für Gott kein Unbekannter. («Und denn isser da reingegangen, wo die Mutter von dem Gustav Gottesgespräche macht, oder so», hat mir Karl über «Emil und die Detektive» erzählt.)

Einmal verabredete ich mit Charlott, uns in aller Frühe zu wecken, um den Sonnenaufgang zu bewundern. Wir schafften es tatsächlich, so früh aufzustehen, leider wachte auch Silvio auf und kam mit, wir wanderten zu einem einsamen Berg, wo im Frühjahr Adonisröschen blühten. Wir schauten über den Abhang nach Osten, von wo im Januar 45 berittene Vortrupps und später Panzer gekommen waren, während hier oben wegen ihrer Uniformaufnäher «Blitzmädchen» genannte Frauen Dienst taten, die jedes Objekt im Luftraum auf vorgedruckten «Flugansage»-Zetteln melden mußten: «Gradnetz», «Kennuhrzeit», «Zahl/Baumuster», «Flughöhe», «Flugweg» (die Betonreste ihrer Unterstände waren noch zu sehen), und warteten auf das Naturschauspiel, von dem in der

Literatur so oft die Rede war, bis die Sonne plötzlich als orangefarbene Scheibe über dem dunstigen Horizont erschien. Ich hatte mir mehr versprochen gehabt, wahrscheinlich hätte man sich lieber den Sonnen*unter*gang ansehen sollen. Zurück im Haus, erlebten wir Frau Tatziet zum ersten Mal verärgert, denn sie hatte sich große Sorgen gemacht, als sie unsere leeren Betten entdeckt hatte, wir hatten nicht daran gedacht, sie vorzuwarnen. Eine Umarmung und tröstende Worte von Charlott, der niemand etwas übelnehmen konnte, bogen das wieder hin, allerdings schlief Charlott in der folgenden Nacht sechzehn Stunden, wie später auch nach jeder Chorfahrt, auf denen sie immer so unter dem Essen litt. Ich machte schon Pläne, mit ihr bis nach Masuren zu paddeln, und suchte auf meiner wasserfesten Wasserwanderkarte, die ich an einem Zeitungskiosk erstanden hatte, in völliger Verkennung der beim Paddeln üblichen Distanzen, eine durchgehende Strecke heraus, aber sie hatte Angst vor den Mücken. Lautlos auf kleinen, windungsreichen Flüssen zu paddeln, über deren Uferböschung sich dichtbelaubte Baumkronen neigten, oder Hand in Hand auf den Schienen einer Eisenbahnstrecke zum Horizont zu wandern, so stellte ich mir das Ende aller Fragen vor. Dafür drückte ich mich dann, mit Charlott im kommenden Herbst nach Schmogrow zu fahren, sie saß dort allein mit Frau Tatziet, die ihr das Spinnen beibrachte und dabei von ihren Geschwistern erzählte, manchmal, was kaum jemand bei ihr erlebt hatte, mit Tränen in den Augen, ein Taschentuch hatte sie zum Glück immer griffbereit in der Schürze, damit kein Kind «ungeschneuzt entschreite». (Weil für ein Stipendium Italienischkenntnisse verlangt wurden, sang Charlott der Kommission spontan eine Puccini-Arie vor, sie landete daraufhin für immer in Italien, und wir verloren uns aus den Augen.)

Als wir uns in Schmogrow endlich küßten, in der schlimmsten Mittagshitze auf einer Anhöhe über der Badestelle, arbeiteten meine Sinne, statt mich, wie ich es für diesen Fall erwartet hatte, mit einer Ohnmacht zu beschenken, nur um so aufmerksamer, ich konnte mich nicht von den Ameisen ablenken, die an meinen verschwitzten Beinen hochkrabbelten, und der Geschmack fremder Spucke war mir unangenehm. Ich konnte Mädchen nur ihre Kugel wegkrocketieren, Nähe stellte sich nicht her, es war noch ein weiter Weg. Trotzdem fühlten wir uns romantisch, beziehungsweise spielten, daß wir uns romantisch fühlten, wenn wir gemeinsam *eine* Kirsche aßen, oder mit langem Grashalm im Mund wie das «Heideprinzeßchen» (Ich: «Schau mal, das Bild hängt in der Nationalgalerie» – Karl: «Wohnen da die Nationalspieler?») über Felder streiften, natürlich *querfeldein*, die von den Menschen vorgegebenen, uns einen fremden Willen aufzwingenden Wege verachtend, und ich dabei auch noch auf der Blockflöte blies. Dann lagen wir im Sand der Badestelle und lasen «Farm der Tiere» in einer DDR-Ausgabe, die es durch die Zensur und wie so manches im Laden kaum erhältliche Buch bis nach Schmogrow ins «Grüne Gewölbe» geschafft hatte. Wir fühlten uns subversiv und überlegen, weil wir natürlich durchschauten, daß hier auch unser Staat kritisiert wurde, vielleicht sogar in erster Linie, wir waren eben nicht so gleich wie die anderen Schafe. Sie war immer vor mir fertig mit der Seite, was mich so unter Druck setzte, daß ich mich nicht mehr konzentrieren konnte und am Ende nur noch so tat, als lese ich. Ohne daß ich es mir eingestehen wollte, ging mir die Harmonie zwischen uns, auf die ich mich durch den Entschluß, sie zu küssen, für immer verpflichtet hatte, auf die Nerven, vor allem, weil sie bei allen Entscheidungen, selbst wenn es nur um die Wahl des Heimwegs ging (unten oder oben?), mir den Vortritt ließ: «Sag du!» Lieber wäre es mir gewesen, sie hätte entschieden und ich hätte mich gegängelt gefühlt. Ich wollte mit ihr allein sein, um etwas zu «erleben» («Na? Haste was *erlebt*?» fragte Silvio mich jeden Abend), aber wohin man sich auch zurückzog, sie wurde von Insekten attackiert, und ihre weißen Söckchen färbten sich schwarz von zerdrückten Mückenleibern. Außerdem hatte sie mir erzählt, wie «eklig» sie ihren Fagott-Lehrer fand, der die Zwerchfellarbeit seiner Schülerinnen eigenhändig überprüfte, indem er seine Hand unter dem Pullover auf ihren Bauch legte und dabei hin und wieder nach oben «abrutschte». Ich wollte mich nicht verdächtig machen, zur selben Kategorie Mann zu gehören, zu welchen Taten wir Männer fähig waren – und den Gedanken daran konnte eine Frau ja nie ganz abschütteln –, das wußte ich von einem Fall, von dem Tante Karola einmal aus ihrer Praxis als Tierärztin berichtet hatte, als sie längere Zeit gerätselt hatte, warum eine Stute unter mysteriösen Unruhezuständen litt, bis man den Liebhaber fast in flagranti erwischte und an seiner bei der Flucht zurückgelassenen Hose identifizieren konnte.

Tante Lore sagte immer, daß sie sich schon vor der langen Heimfahrt harmlose, aber ausreichend ergiebige Themen überlege, um unterwegs mit ihrem Mann einen Streit vom

Zaun zu brechen, damit er nicht am Lenkrad einschlief. Sie waren ja hochbetagt, was bei Westautos zum Glück weniger ins Gewicht fiel. Die beiden hatten im Alter den Seniorentanz entdeckt und wurden nicht müde, seine Segnungen zu preisen, sogar, wer im Rollstuhl saß, konnte noch mittanzen, er blieb einfach sitzen und schwenkte bunte Chiffontücher. Sie hielten durch ihr Engagement eine Reihe von Gruppen im weiteren Umkreis ihres Wohnorts am Leben, solange man tanzte, starb man nicht, und wenn, dann war man dabei wenigstens nicht allein. Ihr Mann hatte nach dem Krieg den Fehler gemacht, sich aus der amerikanischen Kriegsgefangenschaft in die Heimat entlassen zu lassen, die Russen hatten ihn direkt wieder eingesammelt und mitgenommen, er mußte einige Jahre unter Tage Loren schieben (jetzt lasse er sich «von Lore schieben»). Es berührte sie später unangenehm, daß an seinem Grab Birken standen, eine unwillkommene Erinnerung an die Zeit in Sibirien. Seit der Gefangenschaft hatte er gern im Kopf Schach gegen sich selbst gespielt, denn das hatte ihm geholfen, die schlimmsten Zeiten zu überstehen. Nachdem er Rentner geworden war und irgendwann verwundert feststellte, daß er sich manchmal gar nicht mehr vorstellen könne, einmal Physiker gewesen zu sein, hatte ihn seine Frau für den Seniorentanz geworben, und er hatte sich, weil ihn das Thema packte, gleich darangemacht, eine Systematik der für Senioren geeigneten Tänze zu erstellen, die ständig erweitert wurde. Er sagte sogar die Entdeckung von Tänzen voraus, die noch gar nicht bekannt waren, die aber theoretisch möglich gewesen wären. Er besaß einen Kassettenrekorder, bei dem man mit einem nachträglich eingebauten Knopf das Tempo variieren konnte, je nach Alter und Agilität der Beteiligten, auf schnelle Drehungen und «Seitengalopp» wurde ja ohnehin verzichtet. Auch im Urlaub in Schmogrow wurde natürlich auf dem frischgeharkten Hof getanzt, schließlich hatte man hier schon in der Jugend barfuß die in der «Trillerscheune» gelernten Reigen ausprobiert und nach Kontratänzen die Symmetrie und Regelmäßigkeit der mit den Füßen in den Sand gezeichneten Ornamente bewundert (in der «Trillerscheune» wurde dafür sogar Mehl gestreut).

Tante Lore war bis ins hohe Alter eine anmutige Tänzerin, wie Frau Tatziet oft bewundernd sagte, sie hatte schlanke Fesseln, ganz anders als Frau Tatziet, die sich auf Fotos sichtlich für ihre Beine schämte und immer wie gegen ihren Willen hingestellt und zum Stillhalten gezwungen wirkte. Es war immer etwas Besonderes, wenn Tante Lore zu Besuch kam, weil sie Weltläufigkeit verströmte, einen Draht zur Jugend hatte und Fröhlichkeit verbreitete, während Frau Tatziet die strenge Ausstrahlung ihrer Mutter geerbt hatte und erst im Alter weicher wurde. Eine Tochter von Oma Quade sagte einmal zu Frau Tatziet: «Wann kommt denn Tante Lore?» – «Na, Pfingsten.» – «Dann komm ich Pfingsten, dann *lohnt* es sich wenigstens.» Frau Tatziet konnte sich beim Tanzen gar nicht mehr so schnell bewegen und nur schwer bücken, was ihr Schwager nicht bemerkte, der uns unbarmherzig im Kreis herumjagte, der rettende Kassettenrekorderknopf kam nicht zum Einsatz. Als ich bei einem Reigen, bei dem die einen mit den Händen eine Brücke bildeten, durch die die anderen gebückt und hurtig hindurchhuschen mußten, Frau Tatziets Hand hielt, war das für mich ein ungewohntes Gefühl. Man macht sich nicht bewußt, daß ältere Menschen, schon lange bevor sie sterben, kaum noch berührt werden.

III

9. TRIUMPHGEMÜSE

Als ich mit dem Küchenschwamm den Boden der Zwiebel-muster-Kaffeekanne abwaschen will, fällt mir wieder auf, daß meine rechte Hand zu groß für die Öffnung ist, während die linke gerade so hindurchpaßt, so daß ich mich, wenn ich die Faust balle, wie ein Pavian in einer Termitenhügelfalle fühle. Offenbar haben die Porzellangestalter nicht damit gerechnet, daß ihre Kanne in ferner Zukunft einmal von einem Mann abgewaschen werden würde, jedenfalls von keinem rechtshändigen. Oder wollten sie den Männern eine Ausrede verschaffen, sich um diese Arbeit zu drücken? Um den Schaum von der Innenseite der Töpfe zu spülen, schwenke ich sie mit etwas frischem Wasser darin wie ein vom Traum schnellen Reichtums beseelter Goldsucher sein Sieb, und wenn ich Wasser aus dem Hahn auf eine kochendheiße Pfanne fließen lasse und es mit wütendem Zischen verdampft, bis das Metall etwas abgekühlt ist, stelle ich mir vor, ich sei ein Recke, der sich ein so scharfes Schwert schmiedet, daß er damit Felsen durchschneiden kann. Was mir als Kind eine Qual war und in der Stadt meistens noch ist, genieße ich in Schmogrow. Selbst die Wäsche hänge ich gern auf, ich gehe dafür sogar barfuß durchs Gras, außerdem habe ich in einem der Stahlrohre, zwischen denen die Wäscheleine aufgespannt ist, ein Wespennest entdeckt, die Insekten haben uns also doch noch nicht ganz aufgegeben. Wenn man lästige Arbeiten achtsam erledigt, verlieren sie viel von ihrem Schrecken, so ist es auch mit dem Abwasch, und das Schlimmste kann man ja einweichen. (Klara wirft die Stahlschwämme, die erst nach der Wende ihren Weg zu mir gefunden haben und die ich regelmäßig nachkaufe, immer nach einer Woche weg, weil sie angeblich stinken.) Als Kind hat es mich bedrückt, daß jedem Essen die Strafe des Abwaschens folgte, ich verbrachte manchmal viel Zeit damit, das Geschirr so platzsparend zu stapeln, daß es wirkte, als sei ein Abwasch noch nicht unbedingt nötig, lieber hätte ich es gesehen, wenn wir praktische Pappteller zum Wegwerfen und Flugzeugbesteck aus Plastik benutzt hätten (vielleicht sogar durchsichtiges!). Auf Besteck hätte man auch ganz verzichten können wie die Familie Hedenhös in «Die fröhlichen Steinzeitkinder», unserem Lieblingskinderbuch, das es nur in Schmogrow gab und aus dem Frau Tatziet, wenn sie Kinder entsprechend essen sah, gern zitierte: «Weil Besteck noch nicht bekannt / futterte man aus der Hand.» Außerdem hätte ich lieber *vor* dem Essen abgewaschen, um es hinter mir zu haben, so, wie ich es als Junggeselle gehalten habe, weshalb bei mir, obwohl ich in der Summe genausoviel abwusch wie heute, immer dreckiges Geschirr in der Spüle stand (den letzten Abwasch müßten bei diesem System allerdings meine Erben übernehmen, jedenfalls, wenn ich nach dem Essen sterbe und nicht davor). Manchmal fiel das Los auf mich, weil meine Mutter meiner Tugendhaftigkeit nachhelfen wollte und bei Tisch für alle vernehmlich gefragt hatte: «Wolltest du nicht abwaschen?» Sie fürchtete immer, wir könnten durch die mangelnde Bereitschaft ihrer Söhne, beherzt wie Dorfkinder anzupacken, unser Recht verwirken, im nächsten Jahr wiederzukommen, dabei war das gar nicht möglich, dazu genoß Herr Tatziet die Anregung durch meinen Vater viel zu sehr, der beim Essen immer auf dem Ehrenplatz neben ihm sitzen durfte (warum saßen Väter damals nie bei ihren Kindern?) und dessen spöttische Bemerkungen er sich besonders gern von Frau Tatziet direkt ins Ohr wiederholen ließ. Später lernte ich, daß sich beim Abwasch intimere Gesprächsgruppen bildeten, die gemeinsame Tätigkeit auf engem Raum in der schwülen Atmosphäre einer Banja sorgte für ein temporäres Gefühl von Komplizenschaft und löste die Zungen, man verpaßte im Grunde etwas, wenn man sich davon ausschloß. (Hella schilderte einmal Tante Lore ausführlich die verschiedenen Nachteile ihrer vielen, durchweg minderwertigen DDR-Messer, mit dem einen ginge das nicht, mit dem anderen das, in der Hoffnung, Lore würde ihr das mitgebrachte West-Messer aus Solingen überlassen, der Stadt der Schmiedekunst, aber Lore, die das Messer sogar für Hella vorgesehen hatte, zog den Schluß, daß Hella offenbar schon eine Menge Messer habe, und schenkte es jemand anderem.) Wenn ich allerdings in späteren Jahren alleine kam, schickte mich Frau Tatziet meist mit den Worten: «Ich mach den Abwasch, du kannst dich verkrümeln» zu meinen Büchern, es genügte ihr, daß ich im Haus war, und für mich war es schön, mich schon durch meine Gegenwart nützlich zu fühlen, bei Klara ist es inzwischen ja leider gerade umgekehrt. Auch vor Begräbnissen wusch Frau Tatziet immer selbst ab, damit die Nägel sauber wurden, und abends fand sie es angenehm, ihre geplagten Hände, die mit den geschwollenen Fingerknöcheln für alles, was komplizierter gebaut war als eine Gartenschere, zu grob geworden waren, in die warme Lauge zu tauchen, so daß sie nach einem Tag Gartenarbeit einweichten, ganz sauber wurden sie ja nach so langen Jahren nicht mehr. Ich hätte in dieser Zeit das Abwaschen auch übernommen, es lag mir eigentlich, da man dabei sein eigener Herr war, im Gegensatz zum Abtrocknen, einer untergeordneten Tätigkeit, mit der man immer erst später fertig wurde, egal wie sehr man sich beeilte. Beim Abwaschen wußte ich genau, was zu tun war, es waren immer dieselben Handgriffe und Bewegungen, und alle von mir geliebten Gegenstände gingen noch einmal durch meine Hände, das Glasschüsselchen mit Henkel (das man für Herrn Tatziet deckte, den Henkel nach rechts gedreht, damit er mit einer Hand bequem sein Kompott austrinken konnte), der gelbe Gummi-Eierbecher mit Saugnapf, der doppelwandige, mit Wasser gefüllte Milchtopf, die an einen Wehrmachtshelm erinnernde Schöpfkelle, der silberne Kaffeelöffel mit dem besonders schmalen Griff, den ein Hammerschlagmuster zierte, das Löffelchen aus Elfenbein, das seit vielen Jahren auf den Kaviar wartete, für den es eigentlich vorgesehen war, die winzige, wie für Puppen gedachte Muskatnuß-Reibe, das rote Plastikschüsselchen mit den weißen Punkten, das wie ein Fliegenpilz aussah, oder die von Tomatenmessern zernarbten Sprelacart-Stullenbrettchen mit dem Strichmuster unserer Schulbänke. Die Küche hatte zwar unter einem Boiler ein kleines Metallwaschbecken mit Ausguß, es wurde aber nicht benutzt, da das Wasser von dort nicht in die Sickeranlage unter dem Hof, sondern in die Jauchegrube abfloß, die sich dann zu schnell gefüllt hätte. Zum Händewaschen vor dem Essen gingen wir ans Becken in der Waschküche, Hermanns Frau hatte uns beigebracht, uns immer *zwei*mal die Hände zu waschen, erst die dreckigen Hände und dann *noch einmal die sauberen.* Man hatte aber das Gefühl, in Wirklichkeit nicht seine Hände, sondern das von Gartenerde schmutzige Seifenstück zu waschen, dessen Oberfläche von eingeschlossenen Sandkörnern aufgerauht war. Für den Abwasch trug man das heiße Boilerwasser in einem Eimerchen zur Emaille-Schüssel, das dreckige Abwaschwasser wurde in zwei Eimer gekippt, die unter dem Tisch standen. Wenn beide voll waren, wurden sie nach draußen getragen und an einem Baum, der einem besonders durstig vorkam, oder in die Fliederbüsche ausgekippt, wo dann im Frühjahr besonders schöne «Dnjepr-Blumen» wuchsen, die so genannt wurden, weil Frau Tatziets Bruder Hartmann die ersten Zwiebeln von der Ostfront geschickt hatte. Die Holzgriffe der Eimerhenkel waren längst verschwunden, die dünnen Drahtbügel schnitten in die Finger, aber man tat so, als mache es einem nichts aus, um nicht wie ein verwöhntes Stadtkind zu wirken; als ich einmal einige Wochen in Schmogrow war, beobachtete ich mit Genugtuung, daß sich an meinen Händen von der Gartenarbeit Hornhaut bildete. Irgendwann würde sie vielleicht so dick wie bei Herrn Pinkepaul, der mit bloßen Händen ungerührt Wespen zerdrückte. Ich versuchte sogar manchmal, die Eimer mit ausgestreckten Armen zu halten, um den Zuwachs meiner Kräfte zu prüfen, so, wie ich es auch mit zwei Kohleneimern schaffen wollte; wenn ich soweit wäre, in dieser Haltung die Kellertreppe hochzusteigen, würde ich in die Welt hinausziehen und Heldentaten vollbringen wie der Bauernbursche im russischen Märchen, der sieben Jahre auf dem Ofen liegt, sich mit Sonnenblumenkernen stärkt und einmal im Jahr probiert, ob er schon das Dach des Hauses hochstemmen kann. Wegen dieser Schlepperei ging man sparsam mit Wasser um, als erstes wurde das Besteck abgewaschen, mit einem Spritzer Fit aus der Flasche, die sich einfach nie leerte, das saubere Besteck kam in einen braunen Steinguttopf, vor dem Abtrocknen übergoß man es noch einmal mit etwas heißem Wasser aus dem Boiler und kippte diese Pfütze, um nichts zu verschwenden, anschließend mit in die Abwaschschüssel. Dann kamen die Glasschälchen und Gläser, erst jetzt die Brettchen und Teller, das Wasser wurde immer trüber, aber lohnte es sich, noch einmal frisches einzulassen? Wenn, dann wurden vorher mit dem dreckigen Wasser die Töpfe und Pfannen vorgespült. Während man abwusch, füllten die Abtrockner die Essensreste in kleinere Schüsseln, wischten draußen die Wachstuchdecken ab, suchten überall nach schmutzigem Geschirr und stellten es neben einem ab, man hatte sich schon gefreut, aber dann waren noch die angebrannten Pfannen und die Auflaufform aus Jenaer Glas übrig. Es waren immer mehrere Abtrockner damit beschäftigt, das Geschirr abzutrocknen, damit es sich nicht zu hoch in der grünen Plastikschüssel stapelte, Hella war einmal der gute WMF-Topf, der ganz oben abgestellt worden war, auf den Fuß gefallen, sie bekam einen Gips mit rundem Gummiabsatz und nähte sich einen geblümten Überzug für die Fußspitze. Nach dem Abtrocknen wurden das Kaffeegeschirr und die Kompottschälchen aus Glas auf einem Tablett mit geflochtenem Korbrand, das an einem Nagel an der Wand hing, zum Eckschrank in der Stube gebracht, der seltsamerweise – leider lebt niemand mehr, der den Grund dafür wüßte – «Peter Schmidt» hieß und in dessen Aufsatz Blumenvasen verstaut waren, die nie oder höchstens anläßlich einer Begräbnisfeier

benutzt wurden. Ich sehe gern beim Abwaschen durchs Hof-
fenster, an das eine Wespe oder manchmal auch eine Hornisse klopft, und freue mich am schönen Geschirr, den Geräten aus meiner Kindheit, den silbernen Suppenlöffeln mit
den verschnörkelten Initialen ferner Vorfahren, der ocker-
farbenen «Reibesatte», einer großen Steinzeugschüssel, in
der immer die Makkaroni dampften (mit Schinkenwürfeln
und einem halben Stück Butter garniert, es gab wohl auch
eine Methode, sie so zu kochen, daß der Schinken durch Unterdruck *in die Röhren* gesaugt wurde), den bunten Plastik-
schüsseln von Krups (ein Name, der für mich «verboten»
klang, wegen der Kanonen von «Krupp»), denen der Mixer
nichts anhaben konnte und die anders als unsere Plastik-
schüsseln als Rutschbremse einen praktischen Gummiring
am Boden hatten, der länglichen Zitronenpresse aus Glas
mit vom Gestalter für die beste Preßleistung optimierten
Huckeln, der bauchigen, gepunkteten «Plunkenkanne», die
in Jahrzehnten nie auf den Terrazzo-Boden gefallen ist, der
zwei größere graue Flecke hat, weil er, wie es hieß, am Kriegsende von russischen Soldaten auf der Suche nach versteckten
Schätzen aufgehackt worden sei und mit Zement ausgebes-
sert werden mußte. (Sie hätten aus Enttäuschung Radio und
Barometer erschossen, den Porträts die Augen ausgestochen
und einen Scheißhaufen in einem Buch hinterlassen. Solche
Geschichten über die kindisch-unberechenbaren, kulturell
rückständigen, im Grunde herzensguten, aber durch Alkohol
völlig enthemmten Russen – die, wenn sie sich in einem
Handspiegel betrachteten, ungläubig dahinter nachsahen, ob
sie selbst dort standen – machten viel die Runde, so hatten

sie sich aus den Kirchenbüchern Zigaretten gedreht oder sie als Klopapier benutzt und das Klavier – gut, daß man keine Würste darin versteckt hatte! – auf den Hof gezerrt und als Futterkrippe für ihre Pferde, die davon vielleicht musikalisch geworden waren, verwendet –, was hätte Hermanns Frau dazu gesagt, die immer verhinderte, daß etwas anderes als Noten aufs Klavier gestellt wurde: «Das Klavier ist ein Kunstgegenstand!») Ein Handwerker aus der nahen Kreisstadt war im Ersten Weltkrieg in italienische Kriegsgefangenschaft geraten und hatte anschließend vor Ort die Terrazzo-Technik erlernt und nach seiner Rückkehr zu Hause eingeführt, ich stellte mir immer vor, daß die Böden in Küche und Flur von seinem Betrieb stammten. Wenn in letzter Zeit Hermann zu Gast gewesen war, mußte man beim Abwaschen vorsichtig sein, denn dann waren eventuell die Messer frisch mit dem Schleifstein geschärft, und es war gefährlich, das Besteck wie gewohnt mit schwungvollem Griff tatendurstig aus der trüben Seifenlauge zu fischen. (Frau Tatziet wetzte ihr wichtigstes Messer höchstens manchmal am Boden eines Keramiktopfs.) Irgendeine spezielle Kunst mußte ich auch erlernen, um mich für das Haus nützlich zu machen, Ofensetzer, Elektriker, Klempner, Dachdecker, Klavierstimmer, Tierarzt, Bildhauer, Zahnarzt, Schornsteinfeger – Hella hatte sogar Volkslieder für Klavier gesetzt und als Buch herausgegeben, dessen Schmogrower Exemplar natürlich schon ganz zerfleddert war –, es gab so viele Berufe, mit denen man hier höchstes Ansehen genossen hätte, aber sie hätten mich zu sehr eingeengt. Zudem war mein Rückstand auf die Dorfkinder, die längst allein ihre Motorräder und Mopeds warteten, Hühnern ungerührt den Hals umdrehten, Trecker fuhren, furchtlos mit der «Kreischsäge» umgingen und beim Baden kraulen konnten, schon viel zu groß. «Wenn du Fahrrad fahren willst, dann repariere es selbst», war ihnen von ihren Eltern gesagt worden, wenn eine Scheibe kaputtgegangen war, hieß es: «Wo der Glaser wohnt, weißt du», und an die Mädchen ging die Warnung: «Kratz dir nicht die Windpocken auf, sonst bekommst du keinen Mann.» («Winterpocken», sagt Ricarda.) Ich wasche ab, genieße den Moment der Stille und sehe Ricarda und Karl draußen mit den Stelzen spielen, die mein Vater gebaut hat, aus Fahnenstangen, die es vor einem 1. Mai in der Kaufhalle gegeben hatte, sonst war Holz ja kaum zu bekommen gewesen. (Nach langem Üben war es mir gelungen, auf diesen Stelzen zu gehen, wie der Schäfer in Herrn Tatziets Lexikon, einmal um das Haus, auch über den Beton der Jauchegrube, wo es besonders schwierig war.) Mein Vater hat Herrn Tatziet immer wieder mit solchen Basteleien erfreut, Puppen aus Maisstroh, Pappmaché-Köpfe vom gesamten Politbüro (zum Glück kam es dort selten zu Umbesetzungen) oder geschnitzte Holzfiguren mit angeklebten Wollfrisuren, die aussahen wie die Puppe der Steinzeitkinder, sein Meisterwerk war in unseren Augen allerdings ein grünlich-brauner Pappmaché-Kothaufen, den wir zu Hause bei jedem Fest einem Erwachsenen auf seinem Stuhl unterschoben. Ich konnte weder zeichnen noch mit Ton modellieren, ich hielt mich für vollkommen unmusikalisch, und ich traute mir nicht zu, jemals so gut Latein oder Griechisch zu beherrschen wie Herr Tatziet, der bis ins hohe Alter verzweifelten Medizinstudenten vor dem Examen Einzelunterricht gab.

(Ein wenig wurden die jungen Frauen und ihre belebende Wirkung auf den älteren Herrn von Frau Tatziet mit Eifersucht betrachtet: «Zum Anfang schätzt sie ihn als Lehrer / dann aber immer mehr und mehrer.» Für sie war der Mittwoch neben dem *Jour fixe* der «edlen Tanten» der zweite gefürchtete Wochentag, denn mittwochs fuhr Herr Tatziet bei Wind und Wetter mit dem Bus in die Stadt, um seine Schüler zu unterrichten, und auf dem Rückweg mußte er fast rennen, um den Bus nach Hause zu schaffen, vor allem bei Glatteis machte ihr das Sorge. Wegen seiner über lange Jahre gepflegten Gewohnheit, zum Bus zu eilen, hatte er sich außerhalb von Schmogrow einen schnellen Schritt angewöhnt, den wir an ihm gar nicht kannten.) Beim Abendbrot (Ricarda: «Armenbrot») habe ich die griechischen Buchstaben auf der Kefir-Flasche entziffert, es wird einem ja heutzutage auf vielen Produkten etwas Unwichtiges in immer mehr Sprachen mitgeteilt, so daß die freie Fläche auf der Verpackung für diese Botschaften kaum noch ausreicht und Wäscheschnipsel erstaunliche Größe annehmen. Ich freue mich, daß ich mir immer mehr davon übersetzen oder es wenigstens entziffern kann, auch wenn man dadurch wenig Neues erfährt, aber es gelingt mir noch nicht bei jeder Version, und das ist ja vielleicht auch gar nicht nötig, würde mir aber trotzdem das Gefühl geben, meine Lebenszeit nicht verschwendet zu haben. Herr Tatziet hat einmal gesagt, daß er in seiner Jugend immer dachte, er würde im Leben wenigstens alle Hauptstädte der Welt sehen, am Ende war es bei einer Handvoll geblieben, und in manchen davon war er auch nur als Soldat gewesen. Hat er «den Himmel in des Hauses Schranken» gefunden?

(Wie gern hätte er einmal das Kreuz des Südens gesehen!) Wenn er bei Tisch abwesend wirkte, was oft der Fall war, sagte Frau Tatziet manchmal: «Er ist wieder am Meer.» Während Frau Tatziets Vater schon als junger Mann alleine in München, Glasgow und New York Weihnachten gefeiert hatte, haben die beiden, bis auf ihre Hochzeitsreise, einen Aufenthalt im Harz als «Kurlauber» und das Begräbnis des ältesten Bruders von Herrn Tatziet, der bald nach seiner Rückkehr aus der Kriegsgefangenschaft nach einigen nächtlichen Hausdurchsuchungen durch die Russen mit seiner Familie in den Westen geflohen war (seine Tochter hatte sich auf dem Bahnhof umgedreht und zu den Leuten gesagt: «Wir flüchten nämlich!» – «Na, wir ooch ...») und direkt vor dem Mauerbau auf einer Kur im Schwarzwald gestorben ist, nie längere Reisen unternommen. In den Ferien kamen ja die Gäste, und außerdem waren Tiere und Garten zu versorgen. Genausowenig wie ihre Schafe hätte man sich sie selbst in einer Stadtwohnung vorstellen können. Die Hochzeitsreise hatte sie an die Ostsee geführt, sie waren mit Herrn Tatziets Motorrad (der dann im Krieg requirierten «Rosinante») aufgebrochen, von dem ich beim Kramen im Schuppen noch Einzelteile zu finden hoffte, aber ein verchromtes Auspuff-Ende erwies sich als alte Staubsaugerdüse. Gleich in der ersten Nacht mußte Herr Tatziet sich von der Fruchtsuppe, die seine Braut ihm gekocht hatte, übergeben. Sie hatte zwar einen gutaussehenden, großgewachsenen, studierten Assessor geheiratet – wegen des Altersunterschieds dachten im Ort manche, er sei am Gymnasium ihr Lehrer gewesen, tatsächlich hatte sie ein Jahr übersprungen, um das Abitur schneller zu machen und früher heiraten zu können – und brauchte in der kurzen Zeit, in der sie bei Verwandten in Berlin lebten, wegen ihrer «neuen Würde als Frau Assessor» zum ersten Mal einen Hut, zumal ihre nunmehr nicht mehr zu Zöpfen geflochtenen, sondern aufgesteckten Haare unter keine Mütze mehr paßten, aber eben auch einen ständig von der «Lehrerkrankheit», also Halskatarrh, Erkältungen oder Grippe geplagten Ernährungssonderling – es wunderte ihn später immer, daß er in Rußland nicht einmal einen Schnupfen bekommen hatte –, der sich vor allem vor der Kombination von Obst und Wasser fürchtete. Ich erinnere mich an mein Entsetzen, als Herr Tatziet sich einmal in der Mittagsruhe nie gehörte Würgelaute ausstoßend von seiner Frau gestützt die Treppe zum Bad hochkämpfte, weil ihm ein Gericht nicht bekommen war, was er, der schon gelb im Gesicht wurde, wenn mehr Augen aus dem Essen rausguckten als rein, sich zwar meist nur einbildete, was aber trotzdem zu lebenslangem Verzicht auf bestimmte Lebensmittel führte, weshalb es in Schmogrow zum Beispiel nie Schweinebraten gab, der angeblich zu fett für ihn war, sondern an besonderen Sonntagen einen Rinderbraten, der in der Speisekammer eine Nacht in Buttermilch einweichte. Mein Vorschlag, einen Handlauf auf der rechten Seite der Treppe anzubringen, damit Herr Tatziet sich mit seiner rechten Hand abstützen könnte, wurde von ihm abgelehnt, denn über Kreuz fiele es ihm leichter, sich hochzuziehen. Seit dem Lazarett hatte er solche gutgemeinten, allerdings von Ahnungslosigkeit zeugenden Hilfsangebote mit einem Ausspruch von Onkel «Witz» abgewehrt: «Danke, es geht so schon schwer genug.»

Kaum, daß sie zurück von ihrer Hochzeitsreise waren, hatte der Krieg begonnen, und nach dessen Ende hatte Frau Tatziet, keine fünfundzwanzig Jahre alt, schon ein Leben hinter sich und ein anderes, als sie geglaubt hatte, vor sich. Am Tag, als Hedwig, die als hübscheste der Schwestern gegolten hatte, nach fünf Wochen Krankheit in der Typhus-Kirche starb, war Frau Tatziet selbst an Typhus erkrankt und lag beim Begräbnis im Delirium, allerdings zu Hause, weil es in der Kirche, anders als die Mutter gehofft hatte, auch nicht mehr zu essen gegeben hatte und zudem sehr schmutzig war, wenigstens schützte Typhus im Haus die anderen Bewohner vor Übergriffen der Russen. (Frau Tatziet hatte, was ihren Mann sehr freute, als er im Lazarett davon erfuhr, im Fieber phantasiert, daß er sie mit Honig versorgte. Es verletzte sie, daß er im Sterben nach seinem älteren Bruder rief und nicht nach ihr.) Wie muß sie ausgesehen haben nach den Übergriffen der Russen, nach Hunger, wochenlangem Überlebenskampf, dem Verlust ihres Kopfhaars durch die Krankheit, als sie es nach ihrer langwierigen Genesung am letzten Tag des Jahres 1945 endlich ins Lazarett ihres Mannes in der englischen Zone geschafft hatte? Sie war schockiert über den Reigen der jugendlichen Verkrüppelten beim Tanzvergnügen, die beim langsamen Walzer oder bei Schlagern, wie «So wird's nie wieder…», meist auch noch miteinander vorliebnehmen mußten. Sie litt an Heimweh nach ihren Schwestern und dem Garten und unter der unausgesprochenen Zurückweisung der Familie des schon vor vielen Jahren an Krebs gestorbenen Vaters («Genieße gern, was man dir ungern gibt», empfahl ihr ihr Mann), die sich durch den Verlauf der Ereignisse darin bestätigt sah, daß es leichtsinnig gewesen war, ins östlich der Elbe gelegene asiatische Hinterland Europas zu heiraten. (Die Not des vergangenen Sommers erschien ihr angesichts ihres hiesigen Status und der Unsicherheit von seiten des Wohnungs- und Verpflegungsamtes, ob sie dort bleiben dürfe, geradezu köstlich.) Aber erst dadurch, daß Tante Lore, die auf dem Grundstück zunächst einen Gartenbaubetrieb etablieren wollte, angesichts des unrealistischen Abgabesolls, der ständigen Einmischung der Behörden und der für «Selbstversorger» weggefallenen Lebensmittelkarten, aufgab und in den Westen ging, wo ihr Bräutigam nach seiner Rückkehr aus russischer Kriegsgefangenschaft eine Heimkehrerbeihilfe für ein Physik-Studium ergattert hatte, und Tante «Reimwild», die ihre Erlebnisse mit den Russen aus der Kindheit gerissen hatten, nachdem sie zum eigenen Trost die Ruine der Typhus-Kirche von Schutt befreit hatte, beruflich in größtmöglicher Distanz zum männlichen Geschlecht (sie reichte Männern nicht einmal mehr die Hand), Diakonie-Schwester geworden war, war es an ihr, Haus und Garten ihrer Mutter zu hüten, die ihr Kosmos wurden. Wenn sie im Winter zur Kaufhalle ging oder für Besorgungen in die Stadt fuhr, setzte sie ihre selbstgestrickte Wollmütze auf, zog ihren immer altmodischer wirkenden, dunkelbraunen Mantel an und nahm eine schwarze Kunstlederhandtasche mit (die immer noch am Stuhl vor ihrem Pult hängt), was sie mit einem Schlag um Jahre älter machte. Sie wirkte dann weniger respekteinflößend, manchmal geradezu hilflos. Erst bei diesen Gelegenheiten wurde einem bewußt, wie schlecht sie sah und wie sehr ihr die moderne Welt, in der sich ständig etwas änderte (vor allem in der Kaufhalle, wo nach der Wende durch regelmäßige Umsortierungen der Waren die Kaufgewohnheiten der Kunden unterlaufen werden sollten), Schwierigkeiten bereitete. Ich war immer froh, wenn sie zurückkam, ihre Außenwelt-Kostümierung ablegte und wieder ihre gewohnte Rolle als Herrin des Hauses einnahm. Später fuhr sie fast nur noch zu Begräbnissen (dazu brauchte man feste Schuhe, hatte sie gelernt). Haus, Bücher, Garten, Schafe und vor allem die vielen Gäste waren ihre Welt, der Ersatz für Reisen, und die Kinder der Gäste ersetzten ihr die eigenen Kinder, soweit das möglich war. Man nahm ihren Rat, dem reiche Erfahrung zugrunde lag, gern in Anspruch, sie wußte, welches Getränk wie schnell wieder aus den Kindern herauskam, daß sich Geschwister weniger stritten, wenn die Eltern abwesend waren, sie durchschaute es, wenn Kinder sich süß und artig gaben und man «immer das Gefühl hatte: ‹Ich weiß allerhand Wörter, aber hier darf ich sie ja nicht sagen …›», und sie verführte Jungs zum Lesen, indem sie ihnen als Lesestoff Bedienungsanleitungen gab. Weil meine Schwester Eigelb nicht mochte, wurden für sie die Eier vom «behinderten» Huhn reserviert, das seltsamerweise Eier ohne Eigelb legte. Solche kleinen, als Kind genossenen Privilegien vergaß man sein Leben lang nicht.

Ich halte einen schönen Kaffeelöffel hoch und betrachte mich in seiner Wölbung, in der ich wie im Spiegelkabinett auf dem Rummel aufgedunsen zu sehen bin, ein Bild, das ich für Klara und die Kinder hoffentlich erst im Alter abgeben werde. Wir haben wegen der Mücken heute drinnen gegessen, am runden Tisch mit der blau karierten Wachsdecke («Chic, charmant und dauerhaft», steht auf dem Etikett), dessen Füße durch eine kleine, runde Fläche verbunden sind, auf der Herr Tatziet einmal als Kind geschlafen haben soll, während er überall gesucht wurde. An den Wänden der Eßecke hängen Bilder von Vater Knoll, die er Helmtrud im Tausch für Grünzeug überlassen hat. Ein leuchtendrotes Mohnfeld in Öl (es wirkte schon etwas «gerohlfst», wie die Studenten an der Kunsthochschule in Weimar es nannten, wenn einer von ihnen den gespachtelten Strich ihres Lehrers nachahmte) und eine Pastellzeichnung von einem blühenden Apfelbaum auf einer Anhöhe über einem Fluß, der in Windungen auf den Horizont zufließt. (Wenn Gärtnermeister Wannakat, der aus Ostpreußen stammte, Veilchen brachte, wollte er kein Geld, es reiche ihm, «den blühenden Boskop anzugucken». Helmtrud ärgerte sich immer, wenn Schmogrower ihrer Meinung nach despektierlich von «Bosköppen» sprachen, sie sagte demonstrativ: «Der Schöne von Boskoop.») Von Amadeus Knoll, Wandervogelfreund und als Kunst-, Musik- und notgedrungen auch Sportlehrer Kollege am Gymnasium von Frau Tatziets Vater, wurde erzählt, daß er einmal bei einer Wanderung, als ein anderer Maler angesichts eines frischgepflügten Kartoffelackers geseufzt hatte: «Das schöne Braun!» hinzugefügt habe: «Und so billig!» (Denn Farbe kostete ja Geld und auch noch unterschiedlich viel.) Die Oberlehrer hatten beim Wandervogel, der sich ursprünglich an der Romantik der «Kunden» genannten Landstreicher, Aussteiger aus der bürgerlichen Gesellschaft, die einen eigenen Jargon pflegten – man grüßte sich, indem man sich beim Händedruck mit dem Zeigefinger die Handflächen kitzelte –, orientiert und den Jungen Erlebnisse fern von autoritärem Elternhaus, Prügelschule und moralisierender Kirche versprochen hatte, bald die Führung übernommen und ihn mit Seh- und Horchübungen, Schätzen von Entfernungen, Kartenlesen und Pflege des Winkertums als Vorschule für das Militär betrachtet. Ein echter Wandervogel brauche an der Front keinen Spirituskocher und erst recht keine «Handwärmer» (wenn Frau Tatziet später von Irmchen Grothe, einer Altersgenossin, die auch noch als Greisin dieser Bewegung begeistert die Treue hielt, Besuch bekam, spottete sie über deren «Wandervogel-Vogel»). Über der «Denkliege» hing eine andere Flußlandschaft, bei dieser schlängelte sich ein Fluß durch ein Vorgebirge mit hohen Bäumen vor steilen Abbruchkanten. Es stammte von einer Freundin aus Berliner Wandervogelzeiten, einer der wenigen Frauen, die es damals gewagt hatten, sich gegen alle Widerstände als freie Künstlerin durchzuschlagen, wofür sie Herr Tatziet besonders geschätzt hatte, und die bei Kriegsende verhungert war. Sie war in Wandervogelzeitschriften mit Vignetten vertreten gewesen, einsame Haine, Bauernkaten, Feldwege, mir gefiel ihre auf einem abgeernteten, hügligen Acker stehende Baumgruppe, über der Krähen aufstiegen, das Bild hing im «Grünen Gewölbe» über dem Samtsofa, vielleicht hätte die dargestellte Stimmung nach einer Restaurierung gar nicht mehr so düster gewirkt, die Patina hatte das Bild im richtigen Geist vollendet. In meiner Vorstellung war auf allen Bildern in Schmogrow Schmogrow zu sehen. Ein kleines Mädchen, das in einer stillen Gartenecke im Gras saß, hielt ich für Frau Tatziet als Kind. Und über dem Klavier (das inzwischen wieder für Musik verwendet wurde) hing ein stark nachgedunkeltes Ölbild vom Pfarrgarten in Rixdorf, der tatsächlich aussah wie der von Bäumen, Gebüsch und Rabatten umrahmte Hof in Schmogrow.

Auf dem ovalen, hölzernen Brotteller steht um eine Sonnenblumenblüte «Unser Brot gieb uns heute» eingeschnitzt, Generationen von Schülern waren vom «ie» verwirrt gewesen (vielleicht auch davon, daß man Gott ausgerechnet um «Brot» bat, wenn man schon einmal mit ihm sprach). Das Brot wurde mit einer Brotschneidemaschine geschnitten, immer das frische, denn Frau Tatziet war der Meinung, altes Brot würde ja nur noch älter, das frische bleibe aber nicht frisch. Alle Bettelei hatte nie zum Erfolg geführt, meine Eltern schafften solch eine wundervolle Maschine mit Saugfuß nicht für unsere Küche an. Von der Brotschneidemaschine drohte zwar Gefahr für unsere zarten Finger, die man sich mit der kreissägerunden, gezackten Schneide (Ricarda: «Das sieht aus wie eine CD») abtrennen konnte, aber das war es wert, wenn man statt der unharmonischen Sägebewegung mit dem Brotmesser (die nie zu exakt gleich dicken Scheiben führte) an einer Kurbel drehen konnte, wie es unserer modernen Zeit entsprach (im Westen wäre die Maschine freilich sogar *in den Tisch versenkbar* gewesen!). «Wenn Männer im Haushalt helfen wollen, müssen sie Maschinen haben», sagte Frau Tatziet, die noch Jahre, nachdem sie ihn geschenkt bekommen hatte, den Mixer verschmähte und sogar Eischnee mit der Hand schlug. Wie beim Angeln, wenn man die Schnur einholte, kurbelte man mit der rechten Hand, mit der linken drückte man den Brotlaib gegen die Schneide (die sich durch einen versteckten Mechanismus wundersamerweise *gegen-läufig* zur Kurbel drehte!), die Dicke der Scheibe wurde mit einem Hebel eingestellt, für den Kanten drehte man ihn einmal ganz auf. Die Scheiben wurden anschließend auf dem Brotteller einladend aufgefächert. Wollte man beim Essen eine Scheibe Brot, fragte man den, der am nächsten am Brotteller saß (sofern man sich das bei ihm traute, ich wartete oft darauf, mich als Trittbrettfahrer einem fremden Brotwunsch anschließen zu können). und erhielt die Gegenfrage: «Zu Fuß?», womit gemeint war, ob man damit leben konnte, die Scheibe mit der Hand gereicht zu bekommen, weil man unkompliziert war und sich nicht ekelte, oder ob es der ganze Teller sein mußte, von dem man sich selbst eine unberührte aussuchen konnte («sehr verdienstvoll» war es natürlich, dabei im Blick zu haben, ob noch genug Scheiben für die anderen blieben, und eventuell zu fragen: «Soll ich noch mal Brot schneiden gehen?»). Man mußte als erfahrener Gast auch darauf achten, daß man Schüsselchen und Näpfe, aus denen man sich bedient hatte, ohne dazu aufgefordert werden zu müssen, zurück auf die Reise um den Tisch schickte. Wenn in den länglichen, pastellfarbenen Meladur-Schälchen (das gleiche Material wie bei unseren dreigeteilten Schulspeisungstellern und den quadratischen Schälchen für Quarkspeise, die im Konsum in Schmogrow auf ein Brett geschraubt als Wechselgeld-Mulde genutzt wurden) mit den kleinen Spießen mit Perlmuttgriff nicht mindestens vier Sorten Wurst lagen, dann streifte, so hieß es, Ortwins Blick «so suchend über den Tisch», und Frau Tatziet bekam Schuldgefühle, obwohl Ortwin und seine Frau Hella und sogar ihre Söhne ganz offensichtlich nicht zum Verhungern neigten. («Adorno sagt …», so hätte es in den Gesprächen, die er als Student mit seinen Freunden, aufstrebenden jungen Männern mit schwarzumrandeten Brillen und damals als aufmüpfig verschriener scheitelloser Brecht-Frisur, in Schmogrow führte, oft geheißen, sagte Frau Tatziet. Später wurde Ortwin Komponist, seine Partituren waren in einer Art Geheimschrift verfaßt, man konnte nur hoffen, daß wenigstens er selbst sie entziffern konnte. Wenn die energische Hella – sie stemmte immer bedrohlich die Hände in die Hüften, wenn sie irgendwo dazukam – mit ihrem älteren Sohn, der später auf Tuba umstieg, Klavier übte: «Die Hand muß so stehen, daß ein Apfel drunterpaßt!», geriet sie schnell außer sich und rief wütend: «Fis!!!» – «Na, wo ick stand, hat's jut jeklungen.») An Käse gab es im Konsum nur drei Sorten: Tollenser, Gouda und Emmentaler, sehr selten auch bulgarischen Schafskäse (Karl: «Der Neandertaler war so 'ne Puppe, aber es gibt ja auch Käse.»). Vor dem Krieg hatte es noch Roquefort gegeben, aber der war, wie Frau Schulz, geborene Brandt (ihre Schwägerin hieß Frau Brandt, geborene Schulz), eine Nachbarin aus der Straße, sagte, «so ein Käse, den frißt nicht mal Trentelmanns Hund». Tollenser hieß eigentlich Tilsiter, durfte aber nicht mehr so heißen, weil Ostpreußen, zumindest bei uns, auch als Erinnerung abgeschafft worden war, was meine Mutter stets aufs neue empörte. Herr Tatziet, von dem ich lernte, wie man «Tollensee» betonte, hatte diesen See als junger Mann mit einem Segelboot (Ricarda: «Sägeboot») befahren, so wie viele Brandenburger Gewässer; einmal hatte er dabei zu Besuch in Caputh, wo eine Cousine mit ihrem begüterten Mann wohnte (der zu Frau Tatziets Hochzeit mit einem Auto mit offenem Dach erschienen war und das Paar damit von der Kirche zurück zum Haus gefahren hatte), den charakteristischen weißen Haarschopf von Albert Einstein gesehen, da auch der berühmte Physiker hier zur Entspannung segelte. In Caputh hatte Herr Tatziet sich in Frau Tatziet verliebt, die als junges Mädchen zu dieser gemeinsamen Cousine geschickt worden war, um kochen zu lernen. (Nach dem Krieg mußte die Cousine, damit die Gemeinde das Grundstück nicht konfiszierte, mit ihrem greisen Vater, Onkel Fritz, den Zierrasen in Gemüsebeete verwandeln. Sie starb kinderlos, Herr Tatziet erbte das Haus, aber da inzwischen die Stasi dort einen Bungalow gebaut hatte, wagte er nie, sein Erbe zu reklamieren, sogar nach der Wende scheute er sich, jemandem Unannehmlichkeiten zu bereiten, und ließ die Sache auf sich beruhen.) Als er am 1. August 1932, sein Faltboot über der Schulter, in Schmogrow den Hang vom Fluß hochkam, regten sich auch bei Frau Tatziet Gefühle für ihn. Dieses Tages wurde jährlich gedacht, allerdings schafften die beiden es nie, den geplanten Ausflug zu der Stelle zu unternehmen, genau wie es in «Die Fahrt zum Leuchtturm» nie zur Fahrt zum Leuchtturm kommt, was Frau Tatziet gut beobachtet fand. Literatur wurde von ihr besonders geschätzt, wenn sie sich vor der eigenen Lebenserfahrung bewährte, das hintersinnige Geschick, mit dem in «Pippi Langstrumpf» von verstorbenen Müttern und ständig abwesenden Vätern (die bestenfalls, wie Tante Hulda es ausdrückte, als «Schein-Werfer» fungierten) erzählt wurde, fand sie geradezu weise, und Tante Karolas Liebe zu ihrem verheirateten Professor, den die Partei zwang, um der sozialistischen Moral zu genügen, diese Affäre zu beenden, erinnerte sie an «Buridans Esel», wobei sie besonders der letzte Satz des Buchs beeindruckte, in dem es über die betrogene Ehefrau hieß: «Wer kennt sich in Elisabeth aus!». (Karola bekam trotzdem auch ein zweites Kind von ihrem Liebhaber, denn sie wollte, wie sie sagte, «keine internationale Brigade». Später wiesen ihre Söhne alle Bewerber schon an der Tür energisch ab. Mit größtem Weltschmerz kam sie als Studentin zu uns zu Besuch, und mein Vater schmierte ihr Käsestullen, ihr Leben lang war ihr dadurch bewußt, wie wichtig Käsestullen sein können.) Ich hatte es beim Abendbrot vor allem auf die Tomaten aus dem Garten abgesehen, denn bei uns gab es fast nie Tomaten zu kaufen, erst recht nicht in ihrer veredelten Form als Ketchup. Ich schmierte mir eine Stulle mit Butter, belegte sie möglichst vollständig mit Tomatenscheiben, die sich mit dem Messer mit gezackter Klinge bequem schneiden ließen (Frau Tatziet sägte mit diesem Messer auch die zu groß geratenen Pillen ihres Manns in mundgerechtere Portionen), mit Zwiebelstückchen, Käsewürfelchen und «Bollenpiepen», kleingeschnittenen Zwiebeltüten aus dem Kräuterbeet, nach denen man sogar mich schicken konnte, weil ich die Pflanze erkannte. Dann streute ich über alles Pfeffer und Salz und betrachtete dabei die Reiskörnchen, die sich schon immer im Salzstreuer befunden hatten, wohl, damit das Salz nicht klumpte. (Klara hat das Salz bei uns zu Hause leicht angefeuchtet, damit nichts mehr durch die Löcher rieselt, so daß die Kinder, ohne es zu merken, trotz heftigen Nachsalzens, weniger Salz zu sich nehmen.) Beim Kochen wurde das Salz aus einem braunen Steinguttopf entnommen, in dem ein elegantes, wie ein Einbaum geschnitztes Holzlöffelchen mit einem wikingerschiffartigen Griff lag, manchmal mußte man es erst mit den Fingern aus der Salzdüne fischen. Wie gern hätte ich es heimlich an mich genommen, aber dann hätte ich mich nicht mehr so gefreut, hierherzukommen und es hier vorzufinden! Während die Dorfkinder uns Berliner um unsere dreieckigen Milchtüten («Picasso-Euter») beneideten, fanden wir es aufregend, daß man hier Milch aus Flaschen trank, deren Alufoliendeckel noch dazu, als seien es Orden, mit bunten Streifen farblich codiert waren, je nachdem, ob es sich um Schlagsahne, saure Sahne, Buttermilch oder Milch handelte. An der Oberfläche schwamm ein dicker Klumpen Sahne, vor dem ich mich ekelte, weshalb ich immer zwei Löcher in die Alufolie stach, um beim Eingießen Luft in die Flasche zu lassen und gleichzeitig die Sahne zurückzustauen. Den Dorfkindern war das zu umständlich, sie schnappten sich die Flasche, drückten die Alufolie mit dem Daumen ein, gossen sich den glucksenden Klumpen Sahne in den Becher und schluckten ihn anstandslos und anscheinend sogar mit Genuß runter. Vielleicht wurden sie davon so kräftig, denn während unsere Körper in ihrer Entwicklung hinterherhinkten, hatten sie schon ein breites Kreuz, Stimmen wie Opernsänger, konnten Motorrad fahren, Pferde striegeln, hatten keine Angst vor Hunden, und die Mädchen waren wahrscheinlich das, was der Herr Lenz «strotzig» genannt hätte. Jeder bekam etwas Pfefferminztee eingeschenkt, der mit frischer Pfefferminze aufgebrüht wurde, und es war «verdienstvoll», wenn er für alle reichte, was nur gelang, wenn man die Becher und Tassen sparsam füllte (beim Abwaschen mußte man dann tief in die Plunkenkanne greifen und die nassen Pfefferminzblätter herausfischen). Frau Tatziet hielt im Alter abwehrend ihre Hand über ihre Tasse, sie wollte nachts nicht «rennen» müssen, und dehydrierte deshalb immer wieder. Wir tranken aus gepunkteten Bunzlauer Tassen, sie hatten einen tiefen Blauton, bei den später nachgekauften war die Öffnung etwas größer und das Blau blasser, ich zog die alten vor, «das wirkliche Blau», wie Frau Tatziet sagte, in Anspielung auf eine Erzählung von Anna Seghers. Ihre weißen, leicht erhabenen Punkte fühlten sich für mich an wie die Klumpen, die in «Ameise Ferdinand» auf den Flügeln des arroganten und intriganten Fräuleins Siebenpunkt klebten, nachdem die Käfer und Mücken sie zur Strafe für ihre verleumderische Intrige, die Ferdinand fast eine Bastonade durch den Hirschkäfer eingebracht hätte, mit Dreck beworfen hatten.

Wir Kinder saßen auf der «Vogelstange» aufgereiht, die, da sie lehnenlos war, als gut für den Rücken galt. Meine Tante, die in meiner Familie bei jedem Essen als leuchtendes Beispiel angeführt wurde, saß kerzengerade auf ihrem Stuhl und lehnte sich *auch mit Lehne* nicht an, das war ihr bei der «Kinderlandverschleppung» mit dem Stock beigebracht worden. Frau Rumpusch, die Hebamme aus der Nachbarschaft, mit deren Kindern Frau Tatziet und ihre Geschwister befreundet gewesen waren, hatte als Kind ein Hausmädchen zum Aufpassen gehabt, deren Verlobter die Lehnen der Chippendale-Stühle *absägte*, um ihnen richtiges Sitzen beizubringen (er weckte sie auch nachts, um ihnen Rechenaufgaben zu stellen). Aber selbst solche Geschichten bewirkten bei mir nichts, ich nahm mir zwar gerades Sitzen vor, sackte aber, ohne es zu merken, immer recht schnell wieder in mich zusammen. Noch wurden Kinder nicht an den runden Tisch aufgenommen, der das Kopfende der Tafel bildete und an dem die Erwachsenen saßen, Herr und Frau Tatziet immer am selben Platz, und neben Herrn Tatziet mein Vater, wobei es sonst keine Rangordnung gab. Frau Tatziets Cousin Roderich Hinthertür, ein Professor, der es geschafft hatte, eine Theorie der Gesellschaft zu erarbeiten, in der er ohne den Menschen auskam, und der trotz seines Status für Frau Tatziet ihr kleiner Cousin blieb, der bei ihrer Hochzeit Blumen gestreut hatte, als Ferienkind die Dunggrube reinigen mußte und darunter gelitten hatte, daß es zum Frühstück nicht wie bei ihnen Brötchen, sondern Haferbrei gab, den er «Porridge» nannte, saß, wenn er aus dem Westen zu Besuch angereist war, neben Manni Kudrow, der unter Umständen, wenn es heiß war, kein Hemd trug, oder neben Uwe Pinkepaul, einem der Söhne von Herrn Pinkepaul, der, wie so viele junge Männer hier, zum Arbeiten, das ja vorwiegend in der Freizeit stattfand, seine alte NVA-Uniformjacke nutzte (er wollte tatsächlich Opernsänger werden, setzte seinen kräftigen Bariton dann aber als Bauleiter ein und kam, da er ihr Patensohn war, immer mit einem Blumenstrauß zu Frau Tatziets Geburtstag zu Besuch). Wir waren aber gar nicht daran interessiert, bei den Erwachsenen zu sitzen, weil uns deren Gespräche langweilten:

«Ich hab, weil ich nicht ‹freiwillig› zur NVA wollte, nur Lehrer studieren können. In der Sprechausbildung an der Uni hat er mir an die Gurgel geschnipst: ‹Aphonisch! Kommen Sie morgen mit einer trockenen Schrippe.› Dann wurde aufgenommen, Sprechen mit vollem Mund. Das würde ich nicht durchhalten. Zum Glück konnte ich auf Dolmetscher wechseln.»

«Ich wollte Englisch und Französisch machen, da hieß es: ‹Zwei kapitalistische Sprachen, das geht nicht!›»

«Bei den letzten Bundestagswahlen hätte man für dasselbe Ergebnis auch Münzen werfen können. Wobei auch das nicht nötig gewesen wäre, da dabei ja statistisch gesehen immer 50:50 herauskommt. Man soll zwischen Parteien wählen, deren Programme sich gar nicht unterscheiden können, und zwischen Politikern, die höchstens einen größeren oder geringeren Unterhaltungswert haben.»

«Zum ersten Mal im Westen war ich als Dolmetscher für einen sorbischen Chor, der in Wales bei einem Sängerfest aufgetreten ist.»

«Seine Frau sei tot, hat er beim Einkaufen gesagt: ‹Aber een scheenes Grebel hat se gekriegt, ganz so, wie sie's sich gewünscht hat, mit allem Drum und Dran.›»

«Die Kubaner schicken ihre Dolmetscher in die ganze Welt und verdienen gut daran, nur die Dolmetscher selbst bekommen fast nichts davon ab.»

«Ich bin in Kairo immer zu Fuß gegangen, um meinen kleinen Tagessatz zu sparen, manchmal haben mich die Bauarbeiter mit Steinen beworfen, weil ich so auffiel.»

«Wir sind als junge Burschen hinter den Pferden groß geworden, heute bist du als Bauer nur noch ‹Antragsteller›. Und wehe, du bist nicht ‹förderkonform›.»

«Ich sei ‹steinreich›, hat der Doktor behauptet, nachdem er meine Galle gesehen hat.»

«Dann kannst du ja meine ‹Liquiditätslöcher› stopfen.»

«Bezahl doch mit Klingen der Münze, statt mit klingender Münze ...»

«Dorfkinder stehen gleich wieder auf, wenn sie hingefallen sind, sie wissen ja, daß es sich nicht lohnt zu weinen, weil sie keiner bedauert.»

«Ich verstehe nicht, warum Konsenssuche im Gespräch rationaler sein soll als Dissenssuche.»

«Mein Vater hat mir im letzten Heimaturlaub seinen Talisman geschenkt. Hätte er ihn mal behalten ...»

«Und meiner hat mir auf dem Sterbebett gesagt: ‹Schmied ist zu schwer ...›»

«Wir mußten zum Pflichteinsatz im Schlachthof Eberswalde, Fleischbeschau. Wenn zwanzig Rinder Finnen hatten, kamen sie in die Kühlkammer, das tötet sie ab. Aber die anderen zwanzig Rinder vom selben Hof haben wir lieber nicht noch mal genauer untersucht, weil gar kein Platz mehr in der Kühlkammer gewesen wäre.»

«Meine Igelit-Sohlen sind beim ersten Frost gebrochen.»

«Ich hatte doch noch nie eine Panzerfaust in der Hand gehabt, da sagt er: ‹Ist doch eine Beschreibung dabei ...›»

«In der Schule haben wir auf Packpapier und Zeitungsrändern schreiben gelernt.»

«Ich muß immer, wenn mir die Schere runterfällt, daran denken, wie eine Bombe auf unser Haus fiel, ich hatte gerade genäht, und meine Schere hat sich ins Parkett gespießt.»

«Zum erstenmal hatte ich bei der Jugendweihe Hackenschuhe, und dann durfte ich am selbstgemachten Eierlikör nippen.»

«Damals waren Campingbeutel ‹in›.»

«Und der Direktor sagte: ‹Wie Löwenzahn auf Mauerresten wächst, so sproß aus der Asche des zerschlagenen Hakenkreuzes der Trieb einer ganz neuen Gesellschaftsordnung.›»

«Ich hab neulich den Wartburg von unserm Nachbarn angefahren, jetzt grüßen wir uns endlich.»

«Es schreibt sich nicht ‹Ford Gorgast›, sondern ‹Fort Gorgast›, manche kapieren das nie ...»

«Als das Fort endlich fertig war, war das Dynamit erfunden, und man konnte nichts mehr damit anfangen ...»

«Nach dem Krieg haben sie im ‹Kulturhaus› in der Wochenschau gezeigt, wie ein Euter seziert wurde, da bin ich umgekippt.»

«Ich hab da ‹Gitarren der Liebe› gesehen.»

«Und ich ‹Die glorreichen Sieben›.»

«Der Landfilm kam alle zwei Wochen mit seinem Projektor.»

«Durch das viele Drängewasser haben wir immer jede Menge Wildgänse auf den Feldern und durch den Kot erhöhte Nitratwerte, wir müssen Strafen zahlen, obwohl wir gar nicht zuviel düngen!»

«Ich spür jetzt nachts auch immer stärkeres Drängewasser.»

«Weil mein Vater eingezogen war, hat meine Mutter gebacken, und ich mußte als junges Mädchen in der Stadt das Brot ausliefern, zum Glück wußte unser Pferd, wo die Kunden wohnten, und hat ganz von allein vor den richtigen Türen angehalten.»

«Und aus der Decke guckten ein paar graue Haare raus, als sie meine Großmutter in die Erde gelegt haben.»

«Wenn ich bei mir am Morgen die Hundehaufen vom Rasen sammle, fühlt sich das wie Ostern an, man freut sich einfach, was zu finden.»

«In der Kaufhalle muß man verstehen können, wie der Preis war, dann ist das Hörgerät richtig eingestellt.»

«Zum zweiundneunzigsten Geburtstag hab ich mir belegte Brote gewünscht, als Jugenderinnerung, das ist ja heute ganz unüblich.»

«Die Achtundsechziger-Bewegung hat an den Universitäten zu riesigen Partizipationsbürokratien geführt und damit zu einem immensen Zuwachs an organisierten Entschuldigungen dafür, daß nichts geschieht.»

«Ich hab die nie verstanden, statt sich zu freuen, daß sie studieren durften, streikten die. Wir wären froh gewesen.»

«Reich mal den Proppentrecker rüber.»

«Wer ist eigentlich mit abwaschen dran?»

«Semper saudumm quaestans.»

Wir Kinder verglichen den hellen Schatten, den die Sonne mit Hilfe unserer Uhren auf unsere gebräunten Arme gestempelt hatte, oder wir langten mit dem Arm über den Kopf, um zu prüfen, wer von uns schon sein Ohr erreichte und «schulreif» war, die Glücklichen, die schon soweit waren (Ricarda: «Wenn ich einen Schulrucksack hab, dann kann ich 'n Rabiner ranhängen»), tauschten sich über die Marotten ihrer Lehrer aus, die offenbar in diesem Beruf gelandet waren, weil sie sich für keine nützliche Tätigkeit geeignet hätten; man ging durch, welche originellen Ausdrücke man im Moment benutzte («Belastend …» oder «Das ist 'ne Krankheit …»), Westkinder wurden zu ihrer Sprache befragt, um die neugelernten Formulierungen («ätzend») nach den Ferien als erster bei uns einzuführen, so wie überhaupt zu jedem Detail aus ihrem Alltag, (Gab es dort wirklich zu Weihnachten Erdbeeren zu kaufen? Was war der Unterschied zwischen «5-Minuten-Terrine» und «Unox Heiße Tasse»? Wie schlecht ihre Zensuren waren! Aber sie waren stolz darauf …) Ich versuchte, mir ihre Witze zu merken, die ich dadurch ja praktisch in den Osten schmuggelte. («Was hat man, wenn man eine HB umgekehrt in den Mund nimmt? Einen BH …» Wie bitte? Ich kannte weder «HB» noch «BH».) Dadurch, daß wir so aufmerksame Zuschauer aller Sendungen im Westfernsehen waren, konnten wir manchmal auch ganz konkrete Fragen stellen und die Westkinder damit in Verlegenheit bringen, wir kannten uns besser aus als sie, während sie von uns gar nichts wußten. Ihre Eltern hatten verschiedene Wege gewählt, sich mit ihrer Erziehung von den völkischen Idealen ihrer eigenen Eltern zu distanzieren. Die einen durften zu unserem Erstaunen, anders als wir, nicht fernsehen, weil sie «anthroposophisch» waren – ob sie auch wie ihr Prophet glaubten, daß die Honigbiene in Atlantis aus der Wespe gezüchtet worden war? –, sie kannten die West-Comics nicht, die wir liebten, weil sie keine Comics lesen durften, und sie bekamen als Leckerei «Wurzelbonbons», bei denen es sich in Wirklichkeit um kleingeschnittene Möhren handelte (während ich noch lange von einem Zusammenhang zwischen Rudolf Steiner und «Steiner – Das Eiserne Kreuz» ausging). Die anderen erinnerten uns an die Kinder aus dem Sesamstraßen-Vorspann, die mit nutellaverschmiertem Mund in der Pampe saßen und fröhlich mit den Händen patschten, das Gesicht voll Fingerfarbe. Sie trugen im Haus rutschfeste «Stoppersocken» und nannten ihre Eltern beim Vornamen, sie sagten auch «Sprit» statt «Benzin», «Bal-*kohn*» statt «Bal-*kong*» und «Deutschland» statt «BRD». Nach der Schule würden sie sich für 3000 Mark die Zähne bleichen lassen und mit der Kreditkarte ihrer Eltern auf Weltreise gehen, und ihre Eltern würden aus den Kontobewegungen erschließen, wo sie sich befanden. (Einmal hatte im Haus der Anthroposophen ein Wasseradersucher, der wegen Schlafproblemen geholt worden war, mit der Wünschelrute Anzeichen für die störende Präsenz eines Fernsehers ausgemacht, und tatsächlich war ein Fernseher zum Vorschein gekommen, den der Vater heimlich vor der Mutter in einem Schrank versteckt hatte, um wenigstens die Nachrichten sehen zu können.)

Klara ist der Meinung, wir müßten eigentlich in einem «Wohnprojekt» mit anderen Familien leben, es sei falsch, allein zu sein, also nur mit uns, das widerspreche der menschlichen Natur. Die Kinder bräuchten Gesellschaft, Anregung und Differenzerfahrung durch andere Erwachsene und ihre Kinder, sie selbst sei in ihrem Leben am glücklichsten gewesen, wenn sie von vielen Menschen umgeben war. Ich deute das immer als Fluchtphantasie, warum reicht ihr unsere Familie nicht? Und wäre ein Leben wie in Schmogrow eine Lösung für uns? Hätte Schmogrow für die Gäste auch funktioniert, wenn sie länger als zwei Wochen geblieben wären? Die Erwachsenen waren sich ja in Wirklichkeit auch nicht alle grün, manche Frauen machten sich jahrzehntelang die

Busenfreundschaft mit Frau Tatziet streitig (was auch bedeutete, daß man sich Briefe schrieb, die *eben nicht* in der Briefschale im «Grünen Gewölbe» landeten, wo sie für alle zu lesen waren, und daß das mitgeschickte Material, das die Erfolge der Kinder dokumentierte, nicht als «Triumphgemüse» bespottet, sondern aufbewahrt wurde), man neidete es den anderen, wenn sie in der Zeit von Tante Lores Aufenthalt kommen durften, und die Männer wollten gern als Herrn Tatziets Meisterschüler gelten; Frau Tatziet achtete deshalb bei der Ferienplanung darauf, daß es zu keinen heiklen «Überschneidungen» kam. Mein Vater ärgerte sich über jeden, der beim Essen zuwenig oder zuviel sprach, oder der «in der Partei» war (besonders aber über Arno Quade, Oma Quades Mann, der als Architekt den Wiederaufbau der Heimatstadt meines Vaters geleitet hatte und die so klein geratenen Fenster der Neubauten mit den eingesparten Heizkosten verteidigte – vor allem war das, was vom alten Stadtzentrum nach dem großen Brand in den letzten Kriegstagen noch übriggeblieben war, der großzügigen sozialistischen Stadtplanung zum Opfer gefallen, aus den Steinen waren im Rahmen eines Neusiedlerbauprogramms Häuser in den umliegenden Dörfern gebaut worden).

Nach den überstandenen Schrecken des Kriegsendes war die Familie von Frau Tatziet, weil es in der Not ums Überleben ging, noch enger zusammengerückt, man genoß die Gemütlichkeit, wenn die Stube abends halbwegs warm war, weil die Mutter den Ofen mit Reisig befeuert hatte, die schwarzgeräucherten Wände wurden schon lange, bevor der Frühling kam, mit Forsythienzweigen geschmückt. Während

Mäuse die Klaviersaiten runterrutschten und dabei Harfentöne machten, wurde, nicht einmal mehr mit Hindenburglichtern, sondern beim Licht von aus Borke und Wollfäden gebastelten Funzeln, für die man Treckeröl benutzte (einst hatten solche Lichter bei festlichen Gelegenheiten auf dem Teich geschwommen), der Sämereien-Perlen-Knöpfe-Dreck auseinandersortiert, den man bei der Rückkehr von der Flucht dort, wo früher der Samenkasten und die Nähmaterialien gestanden hatten, vorausschauend zusammengefegt hatte, und Frau Tatziet strickte mit Wolle von aufgetrennten einzelnen Socken, angekokelten Wollhosen und von Mäusen angefressenen Kaffeewärmern an einem Pullover für ihren Mann im Lazarett (wie fühlte es sich an, den linken Ärmel zu stricken, den er nicht mehr brauchen würde?). Man plante die in der Woche anstehenden Arbeiten, überlegte, ob man am nächsten Tag für die Russen «rabottern» gehen sollte, um sich 200 Gramm Brot zu verdienen, das von oben wie Brot aussah, innen hohl war und von unten wie Kleister, der an der Wand geklebt hätte, man suchte Ideen, was man essen konnte, man bastelte Strohsterne und flocht Grabkränze, um sie zu verkaufen, aus Tannen- und Wacholdergrün, das mit dem Rucksack von weit her geholt werden mußte, da es in Schmogrow und Umgebung keine Nadelbäume mehr gab – sie waren alle als Tarnung für Schützenlöcher und Bunker abgeholzt worden –, und nicht zuletzt schrieb man auf den Rückseiten der vorgedruckten Flugansage-Zettel der «Blitzmädchen» und auf altem Feldpostbriefpapier lange Rundbriefe an die Verwandten, vor allem die Gleichaltrigen, in Ost und West, um sich nicht auseinanderzuleben. Als aus dem Westen die ersten Fotos eintrafen, wurden sie aufmerksam mit der Lupe studiert und festgestellt, daß man dort schon auf einem anderen Planeten lebte, während der Lebensstandard in Schmogrow gerade einmal von geklauten auf zugeteilte Kartoffeln gestiegen war. Statt zu siebt war man nur noch zu viert, Vater, Bruder und Schwester hatte man verloren, tagsüber grub die Mutter, die zu erschöpft war, um rabottern zu gehen, und deshalb keine Brotzuteilung bekam, trotz Kälte, Hunger, Wasser in den Beinen, das ihre Waden je nach Tageszeit anders aussehen ließ, und ständigem Durchfall, den sie mit Schachtelhalmtee behandelte («Gesegnet ist ihre Verdauung / und flüssig als wie ein Gedicht»), in verlassenen Nachbargärten Blumenzwiebeln und Stauden aus, um die Gräber von Mann und Tochter im Vorgarten zu schmücken, damit sie im Frühling blühen würden, nach dem nächsten Winter würde sie schon selbst dort liegen, ein weiteres Opfer von Hungertyphus oder Diphtherie, wer wollte das schon noch genau unterscheiden. Das Haus würde aber auch in Zukunft im Sommer von Ferienkindern, Verwandten, ausgehungerten Stadtkindern und Besuchern aus Schmogrow bevölkert sein, man brauchte Menschen und vor allem Kinder, denn man empfand es auf die Dauer nicht als Befriedigung, sich «immer bloß mit den Zuckerrüben im Garten anzugrinsen». (Die Schwestern freuten sich, als wieder Kinder wie mein Vater kamen, die miteinander spielen konnten und nicht nur immer auf das nächste Essen schielten.) Tante Lore sorgte für das Kulturprogramm, man führte «Die zertanzten Schuhe» oder «Der Hasenhirt» auf, mit mehr als zwanzig Mitspielern, die Hauslaube war das Prinzessinnengemach, die Königstochter stand auf dem Kopf und wackelte mit den Beinen, Frau Tatziet stellte meist «das Volk» dar und mußte «Rhabarberrhabarber» murmeln – als Kind hatte sie immer einen Engel spielen wollen, um das lange Haar offen tragen zu dürfen –, und als man «in Vaters Stube», die inzwischen leerstand, für «Die Jungfrau Maleen» probte, eigentlich ein ernstes Stück, hatten Lore und «Reimwild» die Befürchtung, sich beim Üben eine Blinddarmentzündung «anzulachen» wie einmal Onkel «Witz», als er für das Weihnachtsfest, wenn in seiner Familie immer selbstverfaßte Märchenspiele und lebende Bilder aufgeführt wurden, «Kasperle zieht aus, das Gruseln zu lernen» einstudierte. («Die werfen mit toten Köpfen», hat Karl mir einmal erklärt, als er eine meiner alten Schallplatten mit dem richtigen Märchen gehört hatte.) «Reimwild» hatte eigentlich ihren Beruf verfehlt, sie war die geborene Komödiantin. Mit einigen Mitschülerinnen hatte sie schon am Stadttheater bei «Orpheus und Eurydike» das Ballett verstärkt und in Griechen-Gewändern «Hängt hier die Wäsche auf und hängt dort die Wäsche auf» gemimt, was ihnen dann von der Schulleitung untersagt worden war.

Wie wichtig Geschwister waren, wie schön es sein mußte zusammenzuhalten! Während wir uns vor jedem Essen erbittert um «das goldene» Sitzkissen stritten, um eines der Henkelschälchen für den Nachtisch, den Honigbären, das Küken im Bauernhofrelief, das der Puddingoberfläche vom Boden der Schüssel eingeprägt wurde, um das zeitweise im Keller deponierte rote Fahrrad der Matschkinder aus dem Westen, den Baumkratzer, den Zuckerwürfelgreifer, den «Vergesse-

nen Pharao», den mit Sand gefüllten grünen Stofffrosch in
der Wohnung von Onkel Pierre, den Sperrsitz in der U-Bahn,
den Halteknopf im Bus und den noch selteneren Knopf an
manchen Fußgängerampeln (allerdings trinken Karl und
Ricarda auch nichts von ihrem Saft, wenn sie beim Essen einmal welchen bekommen, sondern lauern wie bei einem Duell
darauf, daß der andere zuerst schwach wird und sie dann
«mehr» haben). Eine Art Kommune war der Haushalt schon
bei seiner Entstehung gewesen, Schwestern von Helmtrud
waren damals zum Helfen und Lernen anwesend, Brüder kamen zu Besuch, es gab immer junge Lehrlinge und «Maiden»
in Garten und Küche (meist «aus gutem Hause», ein junger
Mann aus Frankfurt am Main, der «wegen seiner Farbe Bruno
hätte heißen müssen», sprach den dortigen Dialekt, was alle
entzückte, denn, wenn man die Augen schloß, meinte man,
den jungen Goethe vor sich zu haben), die Arbeit fand, wenn
möglich, auf der Hauslaube statt, und es wurde dabei gesungen oder «Hauslaubengeplauder» veranstaltet. Wenn der
Vater vom Gymnasium kam, korrigierte er am Strand Auf-
sätze, die Großmutter zog die kleine Frau Tatziet mit dem Bollerwagen durch den Garten, der Vater legte, da er den Theo-
rien von Lebensreformern anhing, Wert darauf, daß sie
soviel wie möglich nackt lief, aber auch die Erwachsenen
arbeiteten leicht bekleidet, Helmtrud trug nie einen BH. (Auf-
gestaute Ausdünstungen galten als Hauptursache für Krankheiten, Kleidung war verweichlichend und lebensverkürzend.
Helmtruds Bruder Treumund Worms war dafür bekannt, daß
er im Schwimmbad das Tragen der «Zwangshose», dieses
«Tugendfetzens», der nur den «Trikotagekapitalisten» nützte,

verweigerte, da er solch ein Kleidungsstück für unsittlich hielt, er zog auch hier das «Eigenkleid» vor. Er widmete dem «Lichtkampf» der «Lichtfrohen» gegen die «Bierphilister» viel Energie, denn er wollte seinen Leib der segnenden Sonne geben, statt ihn mit nassen Lappen zu behängen. Im übrigen sei es auch nötig für die Aufzucht einer besseren Rasse, daß sich Mädel und Jungen nackt und in der Bewegung sähen, besonders, ehe sie heirateten, so könne Deutschland unter ihren Nachkommen auf «Edlinge» hoffen. Der Badeanzug könne in Zukunft das Kennzeichen der Häßlichen, Geilen und Geschlechtskranken bleiben. In Gegenden, wo die Mädchen als Landestracht kurze Röcke trügen, seien ihre Beine schon jetzt besser geformt, die natürliche Auslese scheide die Besitzerinnen häßlicher Beine von der Fortpflanzung aus, und so würden durch das Nacktbaden auch Bierwänste, Schnürfurchen und Doppelkinne verschwinden. Man konnte sich vom Nacktbaden sogar erhoffen, daß die «perversen Plattfüßler», womit man damals die Juden meinte, die aus Gier nach Geld und Macht Genußsucht und Bruderhader im deutschem Volk schürten, erkannt und vertrieben würden.) Die Großmutter, die früh verwitwete Frau eines Lehrers an einer Berliner Kadettenanstalt, war erstaunt über die Lebensweise ihrer Tochter, dieses «verrückten Fräuleins», das zwar nicht wie die Jungen zu ihrer Zeit «Postflieger in Alaska» hatte werden wollen, aber auch keine stickende, Konversation treibende Gastgeberin in einem angesehenen Hause mit guter Küche, wie von den Eltern geplant, sondern Gärtnerin, sie konnte das Projekt aber einordnen, da die Verhältnisse sie an Carl Larssons Bildband «Das Haus in der Sonne» erinnerten.

Sie konnte sich nicht lassen, wie braungebrannt hier alle waren, und daß die Männer barhäuptig liefen, sie selbst trug den «Stinkmorchelhut» einer ihrer Töchter, einen hohen, oben runden Filzhut mit weicher Krempe, der beim Wandervogel in Mode gekommen war. Beim Baden bekam sie allerdings vom heißen Sand gleich einen «Gletscherbrand» an den nicht ans Sonnenlicht gewöhnten Waden und Schienbeinen, und in den Arm «biß» sie, wie sie meinte, eine Wespe. Sie bedauerte, ihre niedrigen Hausschuhe nicht mitgenommen zu haben, denn «zur Strandpartie wären sie gerade das Gegebene».

Sicher war damals schon ganz Ähnliches gegessen worden wie zu meiner Zeit, Gurkenscheiben, Teewurst, Schmorgurken, selbstgemachte Kräuterbutter (wobei Hella einmal von Frau Tatziet zurückgepfiffen worden war, als sie die Butter mit einem Muster verzieren wollte, man mußte Rücksicht auf Herrn Tatziets, wenn es um Anlässe sich zu ekeln ging, besonders reiche Vorstellungskraft nehmen), Paprika, saure Gurken, am besten schmeckte das frische Brot aber nur mit Butter und etwas Salz. («Ich brauche nur eine Butterstulle mit Salz!» sagte mein Vater manchmal trotzig und wütend, wenn meine Mutter gemeinsam Pläne für den Wochenendeinkauf machen wollte.) Selten fehlte eine Büchse Hering in Tomatentunke. Frau Tatziet zitierte gern einen Vers, den mein Vater einmal für ein Geburtstagsgedicht an sie gereimt hatte: «Apfelmus und Büchsenfisch / kommen täglich auf den Tisch.» Der leise mitschwingende Spott über das profane, geschmacklich dissonante Angebot gefiel ihr besonders. Frau Tatziet schmierte ihrem Mann die Stullen und schnitt sie ihm mundgerecht, obwohl er das bei seinem Geschick auch mit einer Hand gekonnt hätte. (Sie spann auch nur dann am Spinnrad, wenn er sich im «Grünen Gewölbe» aufhielt, denn wenn er oben im Schlafzimmer «klopfte», weil er sie brauchte, hörte sie das wegen des Krachs, den das Gerät machte, nicht.) Sie schob ihm das Brettchen hin, und er fragte: «Worum handelt es sich?», bevor er davon probierte. Er bekam auch vorsortierte Tabletten hingestellt, ein täglich anders zusammengesetztes, aber immer sehr buntes Häufchen Edelsteine und Perlen, die er nur widerstrebend schluckte. («Lebertran, wenn ich den schon riechen hör!» hatte ein Kind in Tante Huldas Kinderheim gesagt.) Wenn ihm eine davon besonders suspekt war, tat er so, als bekomme er sie nicht runter, ohne daran zu ersticken, und spuckte sie sich wieder in die Hand. (Ich bestaunte die modernen Kapseln, die zwar *aussahen*, als seien sie aus Plastik, die sich aber angeblich im Magen *auflösten*.) Nur seine Obsidian-Tropfen nahm er anstandslos und grüßte dabei, bevor er das Gläschen wie einen Wodka hinterkippte: «Obsidiania!»

Wenn Herr Tatziet gute Laune hatte, dann verriet er uns einen rumänischen Satz, der nur aus Vokalen bestand: «Oaia aia e a ea.» («Dieses Schaf gehört ihr.») Oder er stellte Scherzfragen: «Mäh'n Äbte Heu? Nie mäh'n Äbte Heu! Wenn Äbte mäh'n, mäh'n Äbte Gras ...» Es konnte sogar soweit kommen, daß er den Kopf quer legte und uns vorführte, wie er mit dem Ohr wackeln konnte, was er tatsächlich erstaunlich gut beherrschte, vielleicht hatte er das im Krieg bei seinen endlosen Wachdiensten an der Ostfront geübt. Interessant waren auch Erinnerungen an seine Zeit als junger Assessor, als er an Dorfschulen in Orten jenseits des Flusses eingesetzt gewesen war, die heute zu Polen gehörten und die sich wie eine Gedichtzeile aufsagen ließen: «Schrimm, Schroda, Bomst, Meseritz, Krotoschin, Paradies, Filehne», eine Weile hatte er dort den Zeigefinger eines zerbrochenen Gipsabgusses als Tafelkreide benutzt (nach dem Krieg behalfen sich die Lehrer mit von der Decke herabgefallenem Stuck). In einer Unterkunft waren die Toilette sehr klein und die Tür zu kurz gewesen, so daß man seine Schuhe darunter durchgucken sah. Die Wirtin, die jungen, unbegabten Mädchen Gesangsstunden gab, übte selbst am Klavier unermüdlich ein Schubert-Lied: «Du holde Kuh – nst!» («Das Lied war zu vergleichen / dem Unkenruf in Teichen.»)

An guten Abenden redeten in Schmogrow alle auf polyphone, wie von unsichtbarer Hand arrangierte Weise durcheinander, Herr Tatziet verglich das Tischgespräch mit dem Straßenverkehr, alle müßten die Verkehrsregeln einhalten und an den Kreuzungen warten, nur seine Frau sei die Feuerwehr und dürfe gleich durch. Wenn die wie bei einer Fuge ineinander verwobenen Einzelgespräche einmal durch Zufall gleichzeitig verstummten und es für ein paar Sekunden still wurde, machte das meine Mutter nervös, und sie sagte: «Ne?»

Manchmal war Bringfried Milde gekommen, der Ortschronist, der, als er aus Thüringen nach Schmogrow geheiratet hatte, erwartet hatte, daß es hier keine Geschichte zu erforschen gäbe. Inzwischen war er längst Rentner und ertrank im Material, weil er sein Leben damit verbrachte, noch mehr Material zu sammeln und zu ordnen – zum Glück hatte ein

Lehrer seine Klasse Sütterlin lernen lassen, damit sie später einmal die Briefe ihrer Eltern lesen könnten! Er befragte Einwohner, Nachkommen von Emigranten, über dem Ort abgestürzte Piloten, Soldaten, die hier ein paar Wochen in einem Laufgraben gehockt und das Mittagessen aus der Feldküche, wenn es in der ersten Linie eintraf, in gefrorener Form bekommen hatten, Flüchtlinge, die es beim Trecken durch den Ort gespült hatte, wo sie ihre unterwegs gestorbenen Verwandten begruben oder Kinder zur Welt brachten, Pflichtjahrmädchen, die nach dem Zusammenbruch plötzlich auf sich allein gestellt gewesen und nur durch Zufall rechtzeitig geflohen waren. Er wußte, wer noch Werkzeuge aus der Schmiede seiner Vorfahren im Schuppen hatte, auf welchen Grünflächen einmal Häuser gestanden hatten, und bei wem im Haus noch Bilder von Fräulein Knortz, von Amadeus Knoll oder vom «kleenen Maler» hingen, einem Schweizer, der bis zum Krieg jedes Jahr in den Ort gekommen war, um die Landschaft zu malen, die ihm wegen der fehlenden Berge so reizvoll erschien. Am liebsten hätte Bringfried Milde gleichzeitig in allen Haushalten des Orts gelebt, um nichts zu verpassen, oder sich wenigstens von überall den Hausmüll und die Papiertonne liefern lassen, um das Material noch einmal persönlich durchzusehen, eventuell zu archivieren und tiefer zur historischen Wahrheit vorzudringen, die sich immer wieder entzog. Es war ja schon kaum möglich, einen einzigen Menschen zu begreifen (nicht einmal diesem Menschen selbst). Wie tief mußte man in eine Seele blicken, um sie zu verstehen? Kam eine Chronik ohne Familiengeheimnisse, seelische Abgründe, Sexualität, Verdrängtes, Schuld aus?

Wenn jemand starb, ohne ihm weitere Einblicke gewährt und Aufschlüsse ermöglicht zu haben, empfand er das als persönlichen Verlust. Deshalb kümmerte er sich um die Ältesten im Ort und brachte auch Frau Fiddeke manchmal ihre Einkäufe oder begleitete sie zum Arzt, jeder Mensch war wie ein Schacht, der in die Tiefe führte und der nach seinem Tod für immer verschüttet sein würde, und jeder Mensch hatte ein Schicksal, wenn man nur «ein bißchen kratzte», wie Frau Tatziet sagte. Da der Ort sein Roman war, war es ihm aus professioneller Sicht im Grunde auch nicht unrecht, wenn hin und wieder ein Unglück passierte und die Chronik dadurch interessanter wurde. Bringfried Milde hatte schon ein rundes Jubiläum verpaßt, um seine Schmogrow-Chronik zu veröffentlichen, jetzt war er in Eile, es wenigstens bis zum nächsten Jubiläum zu schaffen. Um Zeit zu sparen, hatte er sich ein Fahrrad geleistet, mit dem er, ohne den Ort zu verlassen, schon «einmal um die Welt» gefahren war. Er hätte eine Enzyklopädie herausgeben können, in der jeder Einwohner, jedes Gebäude, jeder Betrieb vorkam einschließlich der früheren Abfahrtszeiten der Buslinie und der Speisekarten vom «Schützenhaus» – wenn man doch wenigstens *ein paar* der Germanen und Slawen befragen könnte, die hier gesiedelt hatten! Was war eine Chronik ohne ihre Stimmen wert? «Nur noch vier Jahre!» sagte Bringfried Milde, wenn man ihm begegnete, und radelte schnell weiter zu einem Gesprächstermin.

Als ich später allein kam, fragte ich Frau Tatziet nie etwas über ihr Leben, ich hatte das Gefühl, was sie sagen wollte, würde sie auch von selbst sagen. Außerdem war sie eher neugierig, was *ich* zu erzählen hatte, aber da sie am liebsten hören wollte, daß es mir und meiner Familie gutging und «alles in Minne» war, blieb mir nicht mehr viel Stoff. Wir schwiegen deshalb etwas beklommen, und ich war immer froh, wenn das Essen beendet war. Sie schob mir nach und nach alle Schüsseln hin: «Was is 'n hiermit? Ißte so was?» Es gab Bratkartoffeln, Bohnenreste vom Mittag, aufgebratene Nudeln mit Eiern von den eigenen Hühnern, die so schmeckten, daß man sie nicht salzen mußte (Frau Tatziet hatte das nur einmal im Leben in einem Hotel in Leipzig tun müssen), und die, wenn man sie täglich umdrehte und auf den Kopf stellte, angeblich ein Jahr frisch blieben. Am Ende saß ich von Schüsseln umstellt, die ich leeren sollte, weil es die eigentliche Aufgabe eines Manns war, sich von den Frauen in seinem Leben füttern zu lassen. Wenn tatsächlich etwas übrigblieb, hieß es: «Kriegen's die Hühner.» (Oder mit Ricardas Worten: «Ich biete das mal den Hühnern an.») Draußen die schwarze Nacht, wenn man jetzt die Abwaschwassereimer am Baum auskippte, war das ein wenig schauerlich, und man sah sich vor, nicht aus Versehen Tomte Tummetott einzuweichen, der hier wartete, bis alle schliefen, um seinen Kontrollgang durch Haus und Hof anzutreten.

Wir Kinder waren abends erhitzt und müde von der Gartenarbeit und vom Baden und Versteckspielen, ein Sonnenbrand auf den Schultern deutete sich an. Während wir nicht ins Bett gehen wollten, konnte es Frau Tatziet im Alter kaum erwarten, das selbst zu dürfen. Sie legte sich auf die «Denkliege», hörte mit einem ihrer beiden Radios eine Nachrichtensendung und schälte sich dabei einen Apfel aus dem Keller oder knabberte ein paar Walnüsse, die im Herbst in selbstgebastelten Holzrahmen mit einem Metallgeflecht als Boden auf dem Ofen trockneten. Später saß ich dabei neben ihr auf dem unverwüstlichen Thonet-Schaukelstuhl (ein Möbelstück sollte so lange halten wie der Baum, aus dem es gemacht worden ist). Seine Bögen hatten sich am Boden schon zu einer glatten Plattfuß-Fläche abgenutzt, so daß man nur mit etwas Schwung schaukeln konnte und es bei jeder Schaukelbewegung zwei Kippmomente gab. Durch die Radionachrichten und durch die Lokalzeitung, die sich nach der Wende in «Märkische Oderzeitung» umbenannt hatte, man sagte aber nur «MOZ» – was Frau Tatziet amüsierte, da in dieser Zeitung tatsächlich viel «gemotzt» wurde –, aber auch durch das kostenlose Anzeigenblatt mit der Rubrik «Die schöne Brandenburgerin» und das noch schmucklosere Amtsblatt mit seinen Textaufgaben («Die Stadtverordnetenversammlung Schmogrow beschließt die im Abwägungsprotokoll aufgeführten Einzelbeschlußempfehlungen zu den Stellungnahmen der Behörden und der Öffentlichkeit in der Gesamtheit als Abwägungsbeschluß»), das aufmerksam studiert wurde, war sie informiert über das Geschehen in der Welt (neuerdings mußten Politiker immer «ihre Hausaufgaben machen», fiel ihr auf), und sie setzte es in Bezug zu Ereignissen aus ihrem Leben oder zu dem, was sie über Bekannte oder Verwandte erfahren hatte, die aus einer in den Nachrichten erwähnten Gegend stammten oder schon einmal eine Urlaubskarte von dort geschickt hatten, dann klang ihr ein Erdbeben-Epizentrum oder ein neues Bürgerkriegsgebiet «bekannt». Einmal in der Woche rief Alwine Krumm, eine ebenfalls kinderlos gebliebene Schulfreundin, bei ihr an, deren Eltern eine Bonbonfabrik besessen hatten und die im Westen Professorin für Geschichte geworden, aber ledig geblieben war (sie wollte nicht «die Frau im Vorwort» sein, in Schmogrow hätte man sie eine «Überstudierte» genannt) und Bücher von Horst Janssen (ob sie in den Band mit erotischen Szenen nach Hokusai auch selbst reingekuckt hatte?) oder Christine Brückners männerkritische Dialoge «Wenn du geredet hättest, Desdemona» schickte – zu Frau Tatziets Hochzeit hatte sie ein Kranzgedicht beigesteuert: «Gleichst einer Knospe noch bisher, die langsam sich erschließt, doch nun – von lieber Hand gepflückt – zu vollem Glück erblüht.» (Frau Tatziet hatte nach alter Sitte im linken Schuh Senf und im rechten Dill versteckt gehabt und heimlich gemurmelt: «Ich hab Senf und Dille, red ich, schweigst du stille.») Alwine lästerte auch im Alter noch gern über eine in ihren Augen weniger intelligente Mitschülerin: «Schließlich war sie ja doch bloß Unterprima – einmal Unterprima, immer Unterprima!» Sie erzählte, daß ihre greise und halb demente Mutter, wenn sie sie mit Quark füttern wolle, jedesmal frage: «Ißt Frau Tatziet auch Quark?», und wenn sie das bejahe, mache ihre Mutter den Mund für den Löffel auf. Alwine rief immer dienstags um 18 Uhr an, und Frau Tatziet mußte sich vorher überlegen, was sie ihr erzählen könnte, da ja ihrer Meinung nach nichts passiert war. Weil sie sich sowenig wichtig nahm, blieb eigentlich gar nichts Erwähnenswertes mehr übrig, von Briefen hatte sie mehr als vom Telefon. (Überhaupt schickte es sich eigentlich nicht, in Schmogrow anzurufen, man schrieb. Bei Tante Lore war das

Telefon sogar ganz bewußt auf den ungeheizten Flur verbannt worden, wo es für lange Gespräche zu ungemütlich war). Auch wenn Bringfried Milde sie befragte, war es für ihn zum Verzweifeln, weil Frau Tatziet immer wortkarger wurde. Den Vorschlag mancher Gäste, doch einmal ihr Leben aufzuschreiben, lehnte sie unwillig ab.

Wenn es endlich spät genug war («Dürfen wir schon schlafen gehen?» – Frau Tatziet sprach auch nach dem Tod ihres Mannes immer nur von «wir»), wankte sie aus der Eßstube und stieg langsam die Treppe hoch, sie kam aber meist noch einmal runter, um in der Küche eine der Wärmflaschen zu füllen, die Pulloverchen gestrickt bekommen hatten und die immer im Regal aufeinanderlagen wie ein Liebespaar. (Dafür stand sie dann am Morgen um 6 Uhr auf und heizte den Ofen in der Eßstube mit einer Schütte Kohlen, oft auch noch im Juli oder schon im September: «Wenn ick nu nich wäre jekommen, denn hätten Se sich Weihnachten 'ne andre Wohnung müssen nehmen», hatte der Ofensetzer einmal gesagt, nachdem er zwölf Eimer Flugasche herausgeholt hatte.) «Wenn meine Oma im Bett det Been hochhebt, denn dampft det!» sagte Opa Harnuschs Enkel, denn seine Oma benutzte für ihr Federbett statt einer Wärmflasche einen im Ofen angewärmten Ziegelstein. Nachdem Frau Tatziet schlafen gegangen war, konnte es mir passieren, daß ich von einem Bild in der Zeitung, einer Tennisspielerin beim Aufschlag oder einer wie eine viel zu schöne Lehrerin wirkenden Frau aus einer Brillenwerbung oder, mit viel gutem Willen, auch der «Schönen Brandenburgerin» abgelenkt wurde und mich gezwungen sah, in der Waschküche die Plastikwanne mit den

Zeitungen der letzten Wochen nach mehr Krücken für meine Phantasie zu durchwühlen, mit magerem Ertrag (vielleicht waren mir andere zuvorgekommen), ich durchblätterte die kostenlose Fernsehbeilage und den Sportteil der Lokalzeitung in der Hoffnung auf das Dekolleté einer Schlagersängerin oder eine Hockeyspielerin im Minirock. Es war immer ein Hohn für mich, wenn eines der Schafe, die sich dabei auch noch mürrisch gaben, den weiten Weg zum «Bock Marley» genannten Schafbock (Ricarda: «Schäferbock») bei Marlies im «Busch» geführt wurde, damit es «was erlebte», um *meine* Bedürfnisse kümmerte sich niemand in solcher Weise! Wie leicht zu beglücken wir in der Jugendzeit gewesen waren, als uns schon die nackten Brüste des Südsee-Mädchens auf dem Etikett vom Sambalita-Maracuja-Fruchtsaft-Likör im endlosen Spirituosen-Regal in der Kaufhalle in Aufruhr versetzt hatten! (Seit der Wende ist sie nicht mehr oben ohne, und der «Bautzener Senf» schreibt sich «Bautz'ner Senf», damit er sich besser verkauft. Welche Summe der Marketing-Berater wohl für diesen Apostroph in Rechnung gestellt hat?) Ich schämte mich und dachte gleichzeitig daran, wie ich nach Herrn Tatziets Tod im Auftrag von Frau Tatziet hinten im Garten mehrere Müllsäcke mit Skizzen verbrennen mußte, die er mit dem Hinweis «Nicht für G.!» hinterlassen hatte («Nennst du die Dichter nach Heine / so sei auch der meine genannt / ich habe alle Gedichte / bis auf das eine verbrannt», hatte er, wenn das Gespräch auf Nachlaßfragen gekommen war, vielleicht mit einer gewissen Vorahnung rezitiert), angeblich hatte er hier Material für seine neuartigen Papierziegel gesammelt. Es handelte sich aber um unzählige Aktstudien von jungen Frauen mit durch die transparente Kleidung schimmernden üppigen Formen und Paaren in Posen, die es nicht mehr erlaubt hätten, wie die Verfechter der Nacktkultur, die sogar bei der Geistesarbeit am häuslichen Schreibtisch ihre Kleider ablegten, behaupten zu können, ihre gesellig genossene Nacktheit sei nur eine Form, gesünder zu leben und sich an der Schönheit zu erfreuen, denn Gott habe den Leib des Menschen wie weiße Säulen eines hellenischen Tempels in seine Schöpfung gepflanzt, was gab es Natürlicheres, als diese Schönheit zu betrachten? Ich staunte, wie «blütenstetig» Herr Tatziet in seinem Geschmack gewesen war, genau wie seine Bienen, die auch immer einen Tag lang die Blüten der gleichen Blumen und Pflanzen anflogen, aber angesichts der Fülle des Materials, die ja sicher schon nur ein kleiner Ausschnitt war, litt ich auch mit ihm mit, da er hier ein apokryphes Werk der Verdrängung und Entsagung hinterlassen hatte, das den Menschen erst vollständig machte. Immerhin hatte er Kunst studiert, nach Ansicht von Banausen aller Zeiten ja nur ein Vorwand, wenigstens in der Ausbildung den nackten weiblichen Körper betrachten zu dürfen. Und verlängerte sich unser Leid nicht ins Leben unserer Kinder hinein, weil wir nicht gelernt haben, darüber zu sprechen? Tatsächlich schien wie bei den meisten Erwachsenen alles, was an körperliche Nähe erinnert hätte, aus dem Leben der Tatziets ausgespart gewesen zu sein, ihre Zärtlichkeit war eine liebevolle Fürsorge füreinander, aber im Gegensatz zu ihren vielen, an der Liebe verzweifelten und über der Suche danach oft sogar zugrunde gegangenen Gästen, wirkten sie wie das einzige Paar, dem es gelungen war, sich nicht auseinanderzuleben, in ein jahrelanges Nachspiel von rituellem Streit, Vorwürfen, Verärgerung, Herabwürdigung, Entfremdung und Verbitterung bis zum Elend einer Scheidung, vielleicht mußte man dafür einen Preis zahlen? Ich dachte an Vater Quarg, der für junge Mädchen geschmachtet hatte, die ihn und seine burschikose Frau mit den Wandervogel-Haarschnecken besuchten. («Für den Einzelnen beruht Wert und Würde der Ehe auf der Erfahrung des Gärtners, daß ein Beschränken und Zurückdrängen der Triebe, Blüte und Frucht um so schöner und reicher werden lassen», schrieb er.) Sie wiederum schrieb an Helmtrud, die damals noch eine junge, unverheiratete Frau gewesen war, über das unerwartete Geschenk ihrer für sie so besonderen Freundschaft: «Hoffentlich will ich nicht zuviel – immerhin sind wir ja beide so frei von Sentimentalität, daß ein äußerliches ‹Zuviel› oder gar ein Gefühlsverbundensein ausgeschlossen ist.» Ich dachte an Hermann, der angeblich am Tag der Silberhochzeit der Tatziets wegen «Hazel» seine Querflöte, auf der er spielen sollte, an einem Baum zerschmettert hatte, an Onkel Erich, der einmal, statt eine Leiter zu halten, auf der Frau Tatziet stand, um Kirschen zu pflücken, plötzlich ihre Waden gepackt hatte (er lebte mit Frau und Schwiegermutter in zwei Zimmern, jedesmal, wenn es wieder Krach gegeben hatte, weil er sich mit seinen Zigarren ständig Löcher in den Anzug brannte, zog er sich zurück, um zu dichten – ähnlich wie Michels geschnitzte Holzmännchen waren Onkel Erichs unzählige mit Reimen beschriebene Zettelchen das Denkmal solcher Auszeiten –, aber seine Frau rief ihn, wenn sie die Wäsche machte, irgendwann auf den Hof, um ihr beim Wringen zu helfen), ich dachte an Opa Knops, den seine Vorlieben sogar ins Gefängnis gebracht hatten, was aber, wie alles Unerfreuliche in Schmogrow, anschließend vollkommen ignoriert wurde, ich dachte an Tante Lore, deren erste große Liebe, ein begabter, komponierender und dichtender junger Mann, der als Kind mit seinen Geschwistern viele Sommer in Schmogrow verbracht hatte und dem auch Hedwig hinter ihrem Rücken gefühlvolle Briefe an die Front schrieb, im Krieg gefallen war, sogar die alte Bäckerin hatte eine Schußwunde am Hals gehabt, die ihr ein eifersüchtiger Liebhaber zugefügt hatte, und deshalb immer einen hohen Kragen getragen. Was für Umwege erotisches Verlangen damals gehen mußte! Der von den Wandervögeln für sein «Lichtgebet», das einen nackten Jüngling beim Sonnengruß zeigte, verehrte Fidus, der auch viele Bücher, die in Schmogrow standen, mit seinen «lichtfrohen» Paaren, die er – die Männer mit Haarknoten – nackt bei der Arbeit auf dem Acker oder bei der «Schildwache» an den «Grenzmarken» des Reichs zeigte, illustriert hatte, war, fast noch ein Knabe, zu einem älteren Maler gepilgert, der in der Nähe von München mit ein paar Getreuen von der Polizei beargwöhnt, gekleidet und frisiert wie der Heiland, ein Aussteigerleben führte, und dem er bei «Reibesitzbädern» nach der Methode des Heilkünstlers Louis Kuhne assistierte. Bei diesen Bädern setzte man sich in eine Wanne, hielt bis zu einer Stunde lang die Vorhaut vor der Eichel – bei dieser Anwendung die «Applikationsstelle» – wie einen Wurstzipfel zusammen und wusch leise «mit dem Reibetuche» unter kaltem Wasser fortwährend die äußerste Spitze dieses Zipfels, denn an dieser Stelle vereinigten sich alle Ner-

venausläufer des Körpers, hier sei die Wurzel des «Lebens-
baums», so daß die Lebenskraft des Organismus durch die
kalten Waschungen angefacht werde; Augen und Ohrenlei-
den, Scharlach, Pocken, Cholera könnten so behandelt werden, sogar Raucher würden nach dem Reibesitzbad manchmal keine Zigarette mehr vertragen, weil ihr Magen wieder
die Kraft habe, sich erfolgreich gegen das Nikotingift aufzu-
lehnen. Es gelte aber zu bedenken, daß er, schrieb Kuhne,
mit dieser Methode zwar *alle Krankheiten* heilen könne, aber
nicht *alle Kranken*. Ich dachte schließlich daran, wie meine
Mutter sich jede auf uns wie eine Mesalliance wirkende
Verbindung zwischen zwei Menschen erklärt hatte: «Das ist
die sexuelle Hörigkeit.» Ein «Geschlechtsniesen» von Zeit
zu Zeit war wohl für niemanden zu vermeiden und keine
Schande. Manchmal überraschte mich Frau Tatziet beim verzweifelten Wühlen in den Zeitungen – ich hatte inzwischen
schon das Gefühl, vergessen zu haben, wie Frauen überhaupt
aussahen –, weil sie noch einmal mit aufgelöstem, überraschend langem und grauem Haar, das sie nachts offen trug
(wie die Droste es zu ihrem Bedauern nicht gedurft hatte:
«Nun muß ich sitzen fein und klar, / Gleich einem artigen
Kinde, / Und darf nur heimlich lösen mein Haar / Und lassen
es flattern im Winde!»), und ohne Gebiß im Mund ihre ver-
gessene Wärmflasche oder ihre Lesebrille holen kam und
einen Blick in die Waschküche warf, weil die Tür offenstand
und das Licht brannte, und ich erschrak, weil ich mich er-
tappt fühlte, aber noch mehr über den ungewohnten, etwas
zu jugendlichen, aber auch etwas gespenstischen Anblick,
den Frau Tatziet in dieser Aufmachung bot.

10. EXPEDITION

Ich gehe die einen Bogen beschreibende Flurtreppe, deren mit grünem Linoleum belegte Stufen ich gern gekehrt habe, zum Badezimmer hinauf, es war immer befriedigend, zu sehen, wie sich der Dreck vermehrte, den man «Stuf' um Stufe» mit dem Handfeger auf die Kehrschaufel schob. Quer über dem Mülleimer in der Küche war eine Leiste so angebracht worden, daß man die Kehrschaufel hineinklemmen konnte, der Griff des Handfegers ließ sich in den Griff der Kehrschaufel stecken, das war vielleicht sogar überall auf der Welt so. Wenn man die Eßstube kehrte, drückte man zum Abschluß die leicht abgewinkelte Kante der Kehrschaufel so flach auf den Boden, daß der Dreck über diese Rampe auf die Fläche geschoben werden konnte, es blieb aber immer noch ein feiner Kehrichtstreifen übrig, den man aufkehren konnte, indem man die Schaufel im Winkel von Neunzig Grad dazu hielt und den Streifen hochschob, wodurch entlang der Kante wieder ein neuer, noch feinerer Streifen entstand (die Methode hatte mich ein Mädchen im Kindergarten gelehrt). Es war gar nicht möglich, jemals *alles* aufzukehren, der letzte Streifen wurde deshalb mit einem beherzten Strich und einem leisen schlechten Gewissen über den Boden verteilt und damit unsichtbar gemacht, als Opfergabe an die Göttin Hygieia. Ich gehe die Flurtreppe nach oben und lasse dabei meine Hand über das Geländer gleiten, nicht weil ich Halt bräuchte, sondern weil ich das angenehme Profil des Holzes unter mehreren Schichten Lack spüren möchte, von deren Farben mir nur die oberste vertraut ist und als «richtige» erscheint. Man geht am Spieleregal vorbei, auf dem die mit Tesaband reparierten Schachteln von «Reversi», «Racko», «Quips» und «Scrabble» liegen (das «Q» natürlich ohne dazugeschriebenes «u», in Schmogrow wurde die Herausforderung angenommen!), sowie alte Puzzles aus «Ravensburg», einer der westdeutschen Städte, wie Großwallstadt, Großenkneten, Tauberbischofsheim, Brokdorf, Reit im Winkl, Quickborn, Leimen oder Schifferstadt, die aus verschiedenen Gründen über ihre Grenzen hinaus berühmt waren. Wenn man in Ravensburg, der Stadt der Gesellschaftsspiele, abends durch die Gassen spazierenging, hörte man aus den geöffneten Fenstern der Häuser leise das hohle Klackern von Würfeln in Würfelbechern und das Tapsen von Spielsteinen auf Spielfeldern aus Pappe, die man auf die Hälfte oder sogar auf ein Viertel ihrer Größe zusammenklappen konnte. Auf den Puzzles (in amerikanischen Filmen wurde manchmal «*Pazzle*» gesagt) waren das «Holstentor in Lübeck», das «Historische Köln» oder das Blumenmeer einer Gartenschau (viel blauer Himmel!) zu sehen. Man mußte sie geduldig zusammensetzen wie ein Archäologe eine antike Vase, wie niederschmetternd, wenn am Ende stundenlanger Bemühungen ein Teil fehlte (weil jemand es verbummelt hatte, bei der Vase hätte es auch Bosheit unserer Vorfahren gewesen sein können, die einfach eine Scherbe verschwinden lassen hatten …)! Hella war dafür berühmt, daß sie den 1000-teiligen Bodensee *mit der Rückseite nach oben* puzzelte. Beim Schmogrower Exemplar von «Memory» unterschieden sich einige Motive von denen, die wir von zu Hause kannten, Klara und die Kinder ärgern mich immer, weil sie behaupten, auf dem Bild mit der Kastanie, deren Blütenstände sie für Birnen halten, sei ein Birnbaum zu sehen, sie haben eben die Kastanie in Schmogrow nie blühen sehen! (Karl: «Papa, ich spiele heute mit *dir*, und wir werden *Hochhaus* gewinnen!») Ich liebte am meisten «Expedition», ein Spiel, in dem man als Archäologe (Karl: «Echologe») ein «Idol» finden mußte und sich dadurch dicke Stapel von Spielgeld sicherte, das immer wieder zu zählen solchen Spaß machte, zumal es sich um «DM» handelte (auch wenn die Scheine kleiner waren als die echten Scheine und ein Forschungsreisender darauf abgebildet war), vielleicht konnte man sie den Verkäuferinnen im Intershop heimlich als Westgeld unterjubeln? (Es gab natürlich auch bei «Expedition» Streit zwischen uns Geschwistern, weil jeder es schaffen wollte, der Archäologe zu sein, Bergsteiger, Segler oder Taucher konnten auf ihren Expeditionen von vornherein nur deutlich weniger Geld verdienen.) Kam man auf das Feld «Forschungsclub», konnte man Glück haben: «Wenn Du als erster oder zweiter das Spiel beendest, erhältst Du 1000 DM für den Verkauf Deiner Expeditionsberichte» oder auch Pech: «Dein Mitgliedsbeitrag im Forschungsclub ist im Rückstand. Bezahle 500 DM.» Die Spiele aus dem Westen hatten harmonischer gestaltete Figuren, die, weil dort keine «Materialreserven» erschlossen werden mußten, nicht hohl waren und auch nicht unbedingt aus Plastik (und wenn, dann hatten sie keinen störenden Grat), sondern aus Holz (man hätte sie in Notzeiten als eiserne Reserve zum Verfeuern gehabt, um sich wieder einmal aufzuwärmen). Durch die Abbildungen auf den Schachteln von «Check» oder «SuperHirn» öffnete sich uns ein Fenster auf den Alltag im Westen. Bei «SuperHirn» sah man einen nicht nur selbstsicher, sondern geradezu arrogant wirkenden grauhaarigen Mann im Anzug mit offenbar überlegenem Geist, der die Fingerspitzen beider Hände zu einer Raute aneinanderlegte und den Betrachter über eine spiegelglatte, dunkle Tischfläche hinweg herausfordernd gelassen ansah, hinter ihm stand eine geheimnisvolle Asiatin im engen, weißen Kleid, offenbar seine Partnerin, eine Raubkatze, die der furchtlose Mann allein mit der hypnotischen Kraft seiner Intelligenz zu zähmen verstanden hatte, so daß er ihr sogar den Rücken zuwenden konnte (ein Risiko blieb natürlich). Neben den Spielen stand auf dem Regal eine grüne Blech-Keksdose der Lüneburger Zwiebackfabrik, die einmal «‹Krystall›-Gebäck ges. gesch.» enthalten hatte: «Als unübertroffen anerkannt! Aerztlich empfohlen! In Blech aufbewahrt stets kroß! Jeder Hausstand sollte davon eine Dose im Hause haben! In diesen Dosen darf kein anderes Fabrikat verkauft werden!» (Was hieß «ges. gesch.»? «Gestern geschickt»? «Gesagt geschehen»? «Gesund gescheit»?) Genau wie bei den Aachener Truhen bemängelte Frau Tatziet an solchen Behältern, sie nähmen «leer» so viel Platz weg. Deshalb ist die Dose auch nicht leer, es liegen Ostereier darin, die wir mit unserem Vater vor vielen Jahren bemalt haben, einige stammen auch von Künstlern unter den Gästen, allerdings könnte ich nicht sagen, welche. Auf der vorletzten Stufe der Treppe mache ich unwillkürlich eine Meidbewegung, es fällt mir erst auf, als ich sie mache, und in diesem Moment fällt mir auch wieder ein, daß diese Stufe knarrt, und daß ich, wenn ich früher nachts nach langen Lektüren im «Grünen Gewölbe» (Frau Tatziet: «Abends werden die Faulen fleißig») auf Zehenspitzen nach oben geschlichen bin und die Tatziets nicht wecken wollte, die vorletzte Stufe immer ausgelassen habe. Das Knarren war nämlich sogar ein zweites Mal zu hören, wenn man den Fuß wieder von der Stufe hob, weshalb ich, wenn ich doch in diese akustische Falle getreten war, manchmal ganz ähnlich wie beim Füßewaschen am Strand eine Weile unschlüssig auf einem Bein balancierte, bevor ich den Mut faßte weiterzugehen. Jetzt spiele ich mit dem vertrauten Geräusch und trete die Stufe immer wieder wie die Gummi-Schildkröte zum Aufblasen der Luftmatratze oder wie ein Kalkant den Blasebalg, der eine Orgel mit Luft versorgt («Mit de Beene bloß, vastehn Se?» wie Frau Harnusch erklärte), um mir den unverändert klingenden Klagelaut anzuhören, mit dem die Stufe sich immer noch an mich wendet. Die Kinder sitzen schon in der Wanne und bekommen Sonnencreme, Sand, Ketchup- und Kakaoflecken und die Hitze des Tages von Körper und Gesicht gespült, erst wollten sie nicht rein, jetzt kommen sie nicht raus, sie toben so wild, daß ich schnell nasser bin als sie. Sie fanden es aufregend, daß ich Feuer im Badeofen machen mußte, um das Wasser zu erhitzen, und auch mir hat das immer Freude gemacht, es war beglückender, etwas für die Wärme im Haus tun zu müssen, als einfach an einem Regler zu drehen und abzuwarten. Weil ich von selbst nie daran gedacht hätte, schickte mich Frau Tatziet abends immer schon vor dem Abendessen hoch, den Badeofen zu heizen, damit das Wasser anschließend warm genug war und für alle reichte. Ich wuchtete den Hackklotz aus dem Holzschuppen und machte etwas Kleinholz (manchmal erinnere ich mich in der Holzabteilung vom Baumarkt an den Geruch, schließe kurz die Augen und halte die Nase an ein Bretterbündel).

Karl möchte, daß ich ihn einmal dort einsperre, wie Michels Vater es mit Michel tut (oder bringt sich Michel vor ihm in Sicherheit?), er hat schon heimlich ein paar Scheiben Brot im Holzschuppen deponiert, wir sollen auch einmal «Blutklöße» kochen, die es bei Astrid Lindgren immer zum Mittag gibt. Am liebsten würde er in «Berlinbü» leben, mit Freunden, die solche sprechenden Namen hätten wie Nisse, Pelle, Pisse, Bosse, Olle und «Anders». Unter dem weißen Holzstuhl im Bad steht der Eimer mit Kohlenanzünder, man bricht einen Klumpen von der Tafel ab wie ein Stück Blockschokolade, früher habe ich vor jeder Abreise mehrere Packungen auf diese Weise zu Würfeln zerkleinert, um Frau Tatziet noch etwas Arbeit abzunehmen. Ich mußte ihr auch immer öfter die Gläser aufschrauben, und zu allem Unglück kamen nach der Wende an den Verpackungen ständig neue (manchmal wie zum Hohn «Komfortöffnung» genannte) Verschlußsysteme auf, oft endemisch auf ein Produkt beschränkt, mit denen man sich kritisch auseinandersetzen mußte, was sie nicht mehr konnte (mitunter waren die pfiffigen Verschlüsse das einzige, was die Produkte zweier konkurrierender Marken voneinander unterschied). Wir nannten diese immer neuen Schikanen, die uns das Leben schwermachten und bei vielen Gelegenheiten dumm aussehen ließen, «Ossi-Sicherung», weil nur Ossis daran scheiterten. Ich stocherte die Asche durch den Rost (in dem sich verbogene Nägel aus Holzresten verklemmt hatten) und ließ sie, um keine Wolke zu machen, vorsichtig von der Schütte in den Ascheeimer rutschen, der, wenn er voll war, wieder möglichst vorsichtig in die runde Aschetonne neben der Einfahrt geleert wurde. (In meinen Autarkheitsphantasien dachte ich früher darüber nach, wie man die Asche im Garten verwenden oder wenigstens vergraben könnte, um das Geld für die Müllabfuhr zu sparen. War es möglich, sowenig Geld zu verbrauchen, daß man in Schmogrow leben und sich selbst versorgen und somit davon freikaufen konnte, sich in einem ungeliebten Beruf prostituieren zu müssen, wie es das Schicksal der meisten Erwachsenen war? Könnte ich mich mit den Einnahmen aus Blut-, Plasma- und Samenspenden, dem Verkauf meines Kopfhaars und der Arbeit als Medikamententester über Wasser halten, wenn ich zusätzlich heimlich im Tierpark das Kleingeld aus dem Krokodilbecken fischte und ab und zu einen Preis bei einem Kreuzworträtsel gewann?) Dann brachte ich den Kohlenanzünder zum Brennen (nachdem ich beim ersten Mal versucht hatte, ein Brikett nur mit Streichhölzern anzuzünden, und dabei eine ganze Schachtel verbraucht hatte) und legte Papier und Holzspäne darauf, und wenn diese brannten, kamen zwei bis drei Briketts dazu, bis man, wenn sie rot glühten, auch die untere Klappe schloß. In späteren Jahren gab es im Bad einen Heizstrahler mit einer Strippe, an der man dreimal ziehen mußte, um ihn auf die stärkste Stufe zu stellen, Herr Tatziet, der notorisch fror, sagte dann: «Volle Pulle!» Die Kinder amüsieren sich, ohne daß ihnen jemand Ideen liefern müßte, sie sind glücklich mit dem sprudelnden Wasserhahn und ihren Taucherbrillen, mit denen ausgerüstet sie sich allerdings genau wie am Fluß nur mit der Nasenspitze unter die Oberfläche zu tauchen trauen. Ich sitze auf einem Hocker daneben und warte auf einen passenden Moment, der Spielverderber zu sein und ihr Vergnügen zu beenden. Es stehen mir aber wie immer zähe Verhandlungen bevor, als ginge es um die Verlängerung eines Atomwaffensperrvertrags. Ich beobachte, wie mir in solchen Momenten Elternfloskeln, die ich eigentlich ablehne, in den Sinn kommen. Mein Mund formt die Worte wie von selbst, als redete ich «in Stimmen», und ich frage mich, wo ich sie aufgeschnappt habe. Wenn ich solche Floskeln aus Spaß am Zitat ironisch anbringe, verdreht Klara gequält die Augen, weil Kinder angeblich keine Ironie verstehen und das Gesagte so oder so «etwas» mit ihnen «mache».

«Ich guck mir das nicht mehr lange an!»

«Das geht auch schneller!»

«So werden wir keine Freunde …»

«Lernt man das bei euch in der Schule?»

«Man darf euch anscheinend nicht loben …»

«Oder braucht ihr eine Extraeinladung?»

«Haben wir uns verstanden?»

«Sitzt du auf deinen Ohren?»

«Da geht's lang!»

«Muß erst was kaputtgehen?»

«Das ziehen wir dir von deinem Taschengeld ab.»

«Da muß ich mich wohl verhört haben?»

«Muß man dir alles dreimal sagen?»

«Ich sag's nicht noch mal!»

«Wenn ich das sage, *meine* ich das auch so!»

«Euch geht's wohl zu gut?»

«Sonst schlägt's 13!»

«Wo soll das hinführen?»

«Wenn das alle so machen würden!»

«Nein heißt Nein!»

«Nimm dir *den* mal zum Vorbild.»

«Du bist hier nicht der einzige.»

«Auf *dem* Ohr bin ich taub!»

«Letzte Verwarnung!»

«Dafür hast du doch jetzt lange genug Zeit gehabt!»

«Na, na, na, na …!»

«Das ist nicht mehr lustig.»

«Da sind noch andere Leute.»

«Muß ich wieder schimpfen?»

«Das geht auch leiser!»

«Bei der Armee kannst du das auch nicht machen.»

«Von *dir* hätte ich das nicht erwartet!»

«Die anderen Kinder haben auch 'ne Mütze auf.»

«Wenn du morgen erkältet bist, mußt du dich nicht wundern …»

«Ihr kennt meine Meinung!»

«Es muß auch was geben, worauf man sich noch freuen kann.»

«Dann gibt's Weihnachten aber weniger.»

«Damit du's gleich weißt!»

«Das ist das erste Vernünftige, was ich von dir heute höre.»

«Du denkst wohl, du kannst dir *alles* erlauben?»

«Wenn du 18 bist, kannst du machen, was du willst.»

«Deinen Chef kannst du dir später auch nicht aussuchen.»

«Sieh mich an, wenn ich mit dir rede!»

«Wenn du so bist, hab ich *gar* keine Lust!»

«Ich mein das *ernst*!»

«Ich bin immer für einen Spaß zu haben, aber man muß auch wissen, wann Schluß ist.»

«Daß mir das *klappt*!»

«Wenn das kaputtgeht, kauf ich euch *keinen* neuen.»

«Hab ich mich klar genug ausgedrückt?»

«Kann ich mich darauf verlassen?»

«Und? War das jetzt so schlimm?»

«Ich red doch schon seit Stunden.»

«Dann kann man das mit euch also nicht machen.»

«*Wirst* du wohl!»

«Macht ihr das zu Hause auch?»

«Das gilt auch für dich!»

«Alle beide!»

«Du mußt auch jeden Quatsch mitmachen!»

«*Wir* unterhalten uns noch!»

«Das ist kein Spielzeug!»

«Ich mach gleich mit!»

«Das war nicht für deine Ohren bestimmt!»

«Das könntet ihr doch nun *wirklich* mal.»

«Schlaf nicht ein beim Essen!»

«Schling nicht so!»

«Gerade *du* hast es nötig!»

«Solange du noch Spucke im Mund hast, hast du keinen Durst.»

«Ich hab keine Lust, euch die ganze Zeit hinterherzuräumen.»

«Muß ich erst laut werden?»

«Das kostet *Geld*!»

«Jetzt ist aber gut!»

«Widersprich mir nicht!»

«Ihr habt es so gewollt!»

«Es wird dich schon nicht umbringen.»

«Andere Kinder wären froh.»

Für mich war es ungewohnt, daß das Waschbeckenwasser in Schmogrow nicht aus einer Mischbatterie, sondern aus *zwei* Hähnen kam, deren rissige Porzellanknöpfchen mit «heiß» und «kalt» beschriftet waren. Wenn man den Kaltwasserhahn aus Messing bis zu einem bestimmten Punkt öffnete, vibrierte die Leitung, und es röhrte bis in den Keller hinunter wie ein Alphorn, man drehte vor Schreck schnell wieder zu, um das Haus nicht zum Einsturz zu bringen. Zum Leben auf dem Land gehörte der kümmerliche Wasserdruck, das Wasser, das manchmal so schmutzig war, daß die Wäsche nicht sauber wurde, kam nicht krachend aus der Leitung geschossen wie in unserer Neubauwohnung, wo es den Hahn nach oben riß wie der Zügel einen Pferdehals. (Wie mußte der Wasserdruck erst im Westen sein?) Dafür mußte man sich beim Wasser aus dem Badeofen vorsehen, da es kochend heiß war, was wir nun wieder nicht kannten, außerdem änderte sich die Temperatur, je nachdem, wie hoch man den Duschkopf hielt, der anschließend wieder in den an einer Schnur vom Bogen der nie benutzten Standbrause baumelnden Haken gefädelt wurde. Es gab auch eine Plastikschüssel, die in ein quer über die Wanne gelegtes Holzgestell paßte, vielleicht wuschen sich hier die alten Leute mit Waschlappen, so, wie sie es aus ihrer Kindheit kannten, auch vor dem «Sommerklo» stand ja ein rundes Gestell mit Emaille-Schüssel, Wasserkanne, Seifenstück und Handtuch. Tante Lore schickte später (frauenlose) Prospekte für Duschkabinen, aber es kam nicht mehr dazu, daß eine eingebaut wurde, auch deshalb verzichtete sie irgendwann auf ihre regelmäßigen Besuche, das Waschen in der Wanne war ihr zu beschwerlich, dafür schenkte sie ihrer Schwester eine elektrische Heizdecke für ihr Bett. Der ringförmige Griff des Badezimmerschlüssels hat sich in den vielen Jahren, in denen er gedreht worden ist, verbogen. Seine Form schmiegt sich an den Zeigefinger an, sie ist das Ergebnis der Berührung unzähliger Hände, ein kollektives Kunstwerk wie der Handabdruck im Fuß des Heiligen Jakob am Glorienportal der Kathedrale von Santiago de Compostela, der entstanden ist, weil seit Jahrhunderten jeder Pilger am Ziel des Jakobswegs erschöpft und erleichtert seine Hand auf dieselbe Stelle legt, mit ähnlichen Erwartungen, erlöst zu werden, betrat man ja auch das Klo. Von innen verschließt man die Tür, indem man die umgebogene Spitze eines Nagels in eine Öse fädelt, wenn man den Nagel nachlässig durch leichtes Antippen von unten wieder löst, klappert er beim Herabbaumeln, ein Geräusch, das sich mir tief eingeprägt hat, schon weil man abends und morgens darauf lauschte, um schnell zum Bad zu huschen, worauf man selten als einziger wartete, und weil ich davon in späteren Jahren geweckt wurde, wenn Herr Tatziet in der Nacht etliche Male auf die Toilette ging, wobei er unnötigerweise, nachdem er das Licht im Badezimmer angeschaltet hatte, noch einmal zurückging, um das Flurlicht zu löschen, falls es mich stören sollte, während ich wach lag und hoffte, daß er nicht stürzte. Heute denke ich, daß der Badezimmergeruch von Asche, Seife, Schwefel und Kohle auch einen

Anteil Urin enthielt, denn viele Kleinkinder benutzten den unergonomischen Nachttopf, zudem durften wir auf dem Klo die Spülung nicht ziehen und hier oben deswegen nur «klein» gehen, danach gossen wir mit einem länglichen Aluminiumgefäß eine Portion Wasserhahnwasser in die Schüssel; die Spülung mit ihren krachend herabschießenden Wassermassen war den Tatziets und den Honoratioren unter den Gästen vorbehalten, die Jauchegrube sollte sich nicht zu schnell füllen. Ricarda wäre nicht damit zufrieden, für «groß» aufs «Sommerklo» zu gehen, nicht etwa, weil sie sich dort gruseln würde, sondern weil sie Wert darauf legt, ihre «Poschokolade», deren Form sie uns jeden Tag deutet wie ein römischer Augur die Eingeweide eines Opfertiers («eine Familie mit Zipfelmütze», «ein Schnurrbart», «Luftballons», «ein richtiger Eisladen und eine Mama, die ein Eis bestellt, und ein Huhn»), sorgfältig mit «Popapier» zuzudecken, genau wie beim Abendbrot ihre Stulle mit Käse. (Im Herbst fuhr Frau Tatziet, die immer riet: «Die unangenehmen Arbeiten zuerst machen!», die Fäkalien ihrer Gäste in einer Wanne mit der Schubkarre in den Garten und verteilte sie mit einem an einer langen Holzstange angebrachten Schöpfeimer aus Zink auf dem Acker, so schloß sich der Kreis.) Für uns war der altmodisch barock geformte Porzellangriff der Spülschnur, die aus einer Zeit stammte, als die Kettenglieder noch aus Metall waren und nicht wie bei uns im Neubau aus Plastik, tabu, wir nutzten das «Sommerklo», auf dem man sich schutzlos fühlte vor den lichtscheuen Wesen am Boden der dunklen Gruft, zu denen ich schon einmal mit einer Taschenlampe hinuntergeleuchtet hatte, und wohin sich manchmal die Fäkalien- und Toilettenpapierpyramide, die sich auf einem Balken unter der Öffnung türmte (wenn sie nicht im Winter festfror) mit einem Plumpsen verabschiedete wie die Münzen aus den Sichtfächern hinter der Glasscheibe der Fahrkartenautomaten in Bussen und Straßenbahnen, die sich weiterdrehten, wenn man den Hebel wie bei einem einarmigen Banditen zog, bis das Geld in den Behälter purzelte. Anschließend verschloß man das fünfeckige Sommerkloloch mit dem genau dazu passenden Deckel, in den ein schwerer Holzgriff eingearbeitet war, mit einem dumpfen Ton wie das Rohr einer Posaune. Ältere Gäste hatten noch die Zeit erlebt, als das «Sommerklo» kein Dach hatte und man dort manchmal im Nieselregen saß, während man die aus dem «Neuen Tag», der Bezirkszeitung der SED, zurechtgeschnittenen Klopapierschnipsel studierte, sie empfanden das neue «Sommerklo», das ein paar Gäste, nicht ohne ein Richtfest zu feiern!, gebaut hatten, als schick (mein Vater hatte aus Resten vom Zement einen hohlen Männerkopf mit Schiebermütze als Deckel modelliert, den wir wegen einer eigentlich gar nicht angestrebten, aber nicht von der Hand zu weisenden Ähnlichkeit, «Brecht» nannten). Weil das «Sommerklo» für uns so düster war, stellten wir uns zum Pinkeln meist daneben auf die Betonkante des Misthaufens und versuchten, mit unserem Strahl die Mauer gegenüber zu bemalen (später ging ich so beim Lesen im «Grünen Gewölbe» rasch auf die Toilette, balancierte auf der Kante, schaute zu den Sternen hinauf, hörte die Linde rauschen und von Bienen summen, als würde sie gleich abheben, genoß den Güllegeruch und fühlte mich gleichzeitig zu Hause und als verschwendete ich meine besten Jahre, denn ich hätte in diesem Moment in New York, Tokio oder auf einem Schiff in der Südsee sein können). Einmal hatte ich den Sitz des «Sommerklos» versehentlich mit etwas Urin besprenkelt, und als ich das nächste Mal ging, wirkte die Holzfläche heller und sauberer, als ich sie kannte. Ich führte das auf meine Spezialbehandlung zurück und benetzte nun den ganzen Sitz großzügig, um ihn auf diese Weise noch sauberer zu bekommen, als mich Tante Karola am Schlafittchen packte, den Übeltäter, denn die wundersame Reinigung war nicht auf meinen Urin zurückzuführen gewesen, sondern darauf, daß sie das Holz gescheuert hatte. Ich fühlte mich mißverstanden und von den Erwachsenen ungerecht behandelt wie Alfons Zitterbacke. Tante Karola hatten wir einmal geärgert, denn der geschmiedete Haken des «Sommerklos» ließ sich mit langem Zeigefinger von außen durch den Türspalt aus der eingemauerten Öse heben, wir öffneten immer wieder die Tür und rannten davon, bis sie schließlich resignierend klagte: «Jetzt isse wieder rinjerutscht!», was wir natürlich zum Entsetzen meiner Mutter bei der nächsten Mahlzeit zum besten gaben. Manchmal lachten Erwachsene fast befreit über so etwas, dann wieder wurde man streng angesehen, sie waren unberechenbar. Mein Vater ging am Sonntagvormittag freiwillig aufs «Sommerklo», weil Berthchen Quitz immer den «Internationalen Frühschoppen» guckte, wobei sie ihren Raduga-Fernseher wegen ihrer schlechten Ohren so laut stellte, daß man vom Klo aus mithören konnte. In ihrem Haus war auch die Zahnarztpraxis untergebracht, wenn früher beim Bohren der Strom ausgefallen war, hatte der Zahnarzt gesagt: «Zurück zur

Natur!», und zu einem Bohrer gegriffen, der mit einem Fuß-pedal angetrieben wurde, während Pfarrer Fruchtbar bei Stromsperre seine Kinder versammelte und ihnen bei Ker-zenlicht E. T. A. Hoffmann vorlas, was ihnen so gefiel, daß sie manchmal heimlich selbst die Sicherungen rausdrehten. Meine Mutter tastete, bevor sie das «Sommerklo» betrat, in dem es natürlich keine Lampe gab – man mußte sich mit dem Licht begnügen, das durch die Astlöcher in der Tür drang –, immer als erstes mit der Hand, ob wieder Manni Kudrow dort lag, der einmal vor der «Dresche» zu Hause davongelau-fen war und für die Nacht hier Unterschlupf gefunden hatte. Später wurde er Pflasterer, und Herr Tatziet hob, wenn die Sprache auf ihn kam, immer das gelungene Ornament her-vor, mit dem seine Brigade den Uferweg der nahen Bezirks-hauptstadt geschmückt hatte. Jeder war zu etwas gut, jede Leistung mußte gewürdigt und respektiert werden. Weil er solchen Respekt vor der Arbeit anderer hatte, war es für Herrn Tatziet ein wichtiger Grundsatz, niemandem unnötig seine Arbeit zu erschweren, weshalb er das Geld für den Bus immer abgezählt in der Hand bereithielt und sich um den Postboten sorgte, der Longus' winzige Schrift entziffern mußte, die er sich vielleicht angewöhnt hatte, um die Stasi zu ärgern.

In einem zusammengezimmerten Regal, dessen Bretter-böden mit Fünfziger-Jahre-Muster-Wachstuch versehen sind, standen die Zahnputzbecher, die gefürchtete Sepso-Flasche, Weleda-Produkte, mit denen irgend jemand Frau Tatziet ver-sorgte – mit dieser seltsam eckigen Kartoffeldruck-Schrift auf der Verpackung – und daneben, wenn Westbesuch gekommen war, für den der Aufenthalt in diesem Haus immer wie eine Reise in die zwanziger Jahre war, bunte Zahnpasta-tuben. Manche davon standen auf dem Kopf, andere hatten sogar einen Druckknopf, einen «Spender», wie es in der Werbung hieß, mit dem sich ein immer gleich portionierter, bunt-gestreifter Zahnpastawurm aus der Tube schieben ließ. (Später gab es Zahnpasta auch in einem neuartigen Aggregatzustand, nicht fest, nicht flüssig, sondern «als Gel», so appetitlich, daß man davon naschen wollte, was ich auch versuchte. Es schmeckte nicht ganz so schlecht wie das betörend nach Apfel duftende, giftgrüne, fast durchscheinende Seifenstück.) Da dieser Mechanismus alle Gäste heimlich so reizte, leerten sich die Westtuben schneller als geplant, und ihre Besitzer mußten auf unsere Zahnpasta ausweichen, die nicht «Denta-gard», «Chlorodont» (Tante Isolde sagte: «Schlorodont») oder «blend-a-med» hieß, sondern «Rot-Weiß». Im Regal stand außerdem schon immer ein milchig-weißes Odol-Fläschchen mit Schwanenhals, das eigenartigerweise «von hier» war, ob-wohl auch im Westfernsehen für Odol geworben wurde, den-noch war das Wort bei uns nicht verboten worden, genauso wunderte ich mich ja, daß bei uns «Reclam-Bücher» verkauft wurden, obwohl es doch keine «Reklame» gab. Manche Jugendliche haben das Odol-Fläschchen später genutzt, um ihren Atem zu parfümieren, wenn sie am Ende des Gartens in Hinterürs Fliederlaube heimlich geraucht hatten, viel-leicht sogar Haschisch. Auf dem unteren Regalbrett liegen zwei Föne, eine schwere silberne Metallschnecke, für die man einen Hörschutz bräuchte, und die ehemals moderne, schlicht zylinderförmige «Luftdusche», die schon aus Plastik war und die man auch als Tischventilator einsetzen konnte. Wieviel Respekt hatte ich vor diesen Geräten, die zu Mordwaffen werden konnten, wenn man sie versehentlich in die Wanne fallen ließ! (Als Karla sich neulich die Beine rasierte, sagte Ricarda zu ihr: «Mama, warum pürierst du deine Scheide?») Die Kinder schlüpfen in ihre gestreiften Bademäntel, ich muß für den kurzen Weg ins Zimmer die Gürtel einfädeln und zuknoten. Ricarda guckt immer wieder nach, ob ihre «Wunde» am Bein (eine Schramme) schon geheilt ist, und will «das Pflaster ausziehen» und ein neues haben, mit buntem Prinzessin-Lillifee-Bild, mit dem die Pflaster für Kinder heute bedruckt sind, um sie von ihrem Leid abzulenken. Ich habe den Kindern erzählt, daß Kinder von Zahnpasta wachsen, noch glauben sie mir so etwas bei aller Skepsis wenigstens ein wenig. Ich muß bei ihnen «nachputzen», bis sie zehn sind, vielleicht war es auch zwölf? «Hast du nachgeputzt?» wird Klara später fragen, und ich kann nicht einfach «ja» sagen, ohne mich über die berechtigte Frage zu ärgern, weil in ihr so viel Sorge um das Wohlergehen und die Zukunft unserer Kinder und so viel Zweifel an meiner Verläßlichkeit als Vater zum Ausdruck kommen, daß es mich aggressiv macht, zumal ich es ja tatsächlich oft vergesse. «Ja, sogar vorher», sage ich dann. Ricardas Zahnbürste ist aus Bambus und kann, sofern ich sie nicht noch verwende, um die Hundescheiße aus den Profilsohlen der Kinderschuhe zu kratzen, kompostiert werden (allerdings nur der Stiel, den man dafür absägen muß), damit sie nicht schimmelt, muß sie besonders sorgfältig abgetrocknet werden. Ricarda spritzt sich lange mit geschlossenen Augen wie mit einem Zerstäuber kühlende Wassertröpfchen ins Gesicht, indem sie mit dem Finger über die Bürste gleitet. Karls Zahnbürste ist aus der Familie der Saugfüßler, zu der auch die Brotschneidemaschine, die Käsereibe, der gelbe Eierbecher, der rote Gummipömpel und die Topflappenhaken gehören. Vielleicht stammen sie aus der Raumfahrt und sind für die Schwerelosigkeit konstruiert worden wie der Klettverschluß, den Herr Tatziet, der wegen seiner fehlenden Hand am liebsten «Slipper» ohne Schnürsenkel trug, nicht mehr erlebt hatte. Ich führe den Kindern die wie bei «Alice im Wunderland» unendliche Schlange von Spiegelungen in den beiden Flügelchen des Badezimmerspiegels vor, in dem man sich fast, aber eben nur *fast*, von hinten sehen kann (wie wünschte ich mir, das tatsächlich zu können, um zu erfahren, wie meine stets problematische Frisur auf eventuell hinter mir gehende Mädchen wirkte!). Es klebt immer noch das Etikett vom Kauf am Spiegel:

VEB OSKO Neugersdorf
Betriebs-Nr. 93258282
Konsolspiegel 4040-3
H-fg 3 III TGL 24254
ENN 15318123
HSL 619123003050
Garantiezeitraum 2 Jahre
1 Stück EVP 17,65 M

Offenbar war in diesem Land jeder Gegenstand numeriert gewesen, vielleicht, damit man am Ende feststellen konnte, ob etwas fehlte.

Der zweite, viel ältere und auch größere Wandspiegel mit braunem Holzrahmen hat, was bis zum Tod der Tatziets niemand bemerkt hat, auf der Rückseite eine russische Bleistiftinschrift: «Память от Козаков донских!». (Damit war sicher nicht der Kalinka-Chor aus dem «Komödiantenstadl» gemeint, allerdings vielleicht auch keine Soldaten der Roten Armee, sondern Ukrainer aus einer Einheit, die ebenfalls vor den Russen floh. Wer sich bis zum Kriegsende wann im Haus aufgehalten hatte, Offiziere, Nachbarn, Flüchtlinge von «rechts der Oder», Volkssturmmänner, oder ob sich hier, weil man vom Dach aus über den Fluß sehen konnte, ohne selbst dabei gesehen zu werden, tatsächlich ein Wehrmachtshauptquartier befunden hatte, niemand wußte es genau.) Daneben hängt ein winziges, ovales Bild, das Frau Tatziets Großmutter als einjährigen Säugling zeigt, beim Baden in einem Holzbottich, mit einem Schwamm in der Hand und viel zu erwachsenem Ausdruck in den großen Kulleraugen. Deren Großmutter hatte dann wahrscheinlich noch ein Bärenfell getragen.

Neben dem Bad befindet sich die «Schreckenskammer», die immer verschlossen war (erst nach Herrn Tatziets Tod bemerkte ich, daß er die Vorhängeschlösser seiner Schuppen und Kammern nicht zuschloß, sondern nur auf den Kopf drehte, falls der Schlüssel verlorengehen sollte). In meiner Kindheit habe ich hier nie einen Blick hineingeworfen, und ich habe es auch sonst niemanden tun sehen, nicht einmal Herrn Tatziet. Was war dort wohl verborgen? Ich stellte mir vor, daß Herr Tatziet hier Waffen, seinen «Schmuckarm» oder sogar seinen echten, mumifizierten Arm oder eine verräterische Uniform aus dem Krieg untergebracht haben könnte. (Onkel Pierre hatte einmal mit dem Gedanken gespielt, die einzige DDR-Atomuhr, die er, nachdem sein physikalisches Institut nach der Wende «abgewickelt» worden war, vor der Verschrottung gerettet hatte und zu Hause weiterbetrieb, weil die exakte Zeit sonst unwiederbringlich verlorengegangen wäre, hier aufzubauen.) Als die Kammer ausgeräumt wurde, stellte sich der «Schrecken» als Ansammlung von Gerümpel in vollgestopften Regalen heraus, für Bastelarbeiten vorgesehene Materialien, verbogene Fahrradlampen, kaputte Luftpumpen (Ricarda: «Ich weiß, wie man Luft macht, mit einer Luftpumpe»), eingetrocknete Farbtuben, Vorräte von an den Rändern wie Mortadella-Scheiben vergilbten Skizzenblöcken, Aquarellpapier, Pergamentpapier, Schuhkartons voller «Lesefunde», also Steine, die Kinder Herrn Tatziet anvertraut hatten, damit er sie als Dinosaurierknochen oder Faustkeile identifizierte, auf Tonscherben konnten noch sichelförmige Nagelabdrücke oder eine durch den Eindruck von Fingerkuppen entstandene Musterborte zu sehen sein. (Herr Tatziet hatte die Vorstellung, daß man ein Lied, das der urzeitliche Töpfer beim Drehen der Scheibe gesungen hat, wie bei einer Schallplatte aus den Rillen, die er in diesem Moment in den Ton gekratzt hat, heraushören können müßte.) Inzwischen finde ich die Etiketten der Schuhkartons interessanter als die Steine: «Herrenstiefelette, Rindbox gl., schwarz, Porosohle geklebt, Lammfellbordüre, VEB Schuhfabrik ‹Banner des Friedens›, Weißenfels, EVP D-Mark 41,95». Vergraben unter Herrn Tatziets Materialreserven tauchten auch die Schattenspielfiguren der «Bremer

Stadtmusikanten» und anderer Märchen auf, die er in einem Nachkriegswinter als Belustigung für Gästekinder und Schulklassen aus der Stadt angefertigt hatte (hinter der Leinwand sitzend sprach Frau Tatziet bei den vielen Aufführungen mit tiefer Stimme den Text: «Nun? Hat die Ziege ihr gehöriges Futter?»), es gab ja kein Fernsehen, und die Winter waren lang, das klang auch aus Frau Tatziets Briefen heraus, schwer vorstellbar, aber auch in Schmogrow war nicht immer Sommer. In der kalten Jahreszeit war, wenn nicht gerade Stromsperre herrschte und man sich im Dunkeln mit Singen von Spottversen unterhielt, viel vorgelesen worden, in den fünfziger Jahren zum Beispiel «Vom Winde verweht». Die einquartierte Nachbarin las dann immer, weil sie kein Englisch konnte, «Mirrbuttler» statt «Mr Battler», die anwesenden Pfarrerskinder nannten Herrn Tatziet unter sich heimlich «Mr Ashley», weil er sie an diesen zurückhaltenden Gentleman erinnerte. Frau Tatziet vermißte im Winter ihre Gäste, einmal schrieb sie uns, daß sie ihrem Mann gegenüber das Ölbild erwähnt habe, das mein Vater im letzten Sommer vom Phlox und vom Rosentor gemalt hatte, da sei die Sommerstimmung wieder aufgekommen.

Es gehörte zu Schmogrow, daß ich die Geheimnisse des Hauses nie ganz ergründen konnte, man fand beim Wühlen und Suchen, beziehungsweise beim «Graben, Jäten und Harken», wie Frau Tatziet es nannte, wenn ich wieder etwas Interessantes zutage gefördert hatte, immer noch etwas Neues, eine unbekannte Klappe oder Tür, ein altes Gerät oder einen Koffer mit verstaubten illustrierten Zeitschriften und Büchern. Oder ich verstand endlich, warum es in Herrn Tatziets

Stube einen Wasserhahn ohne Becken gab – der Anschluß war für die Nachbarin gelegt worden, die nach dem Krieg mit ihrem Bruder dort untergekommen war. (In einem meiner wiederkehrenden, als besonders lustvoll erlebten Träume entdecke ich im Haus hinter einer bisher übersehenen Tür ein mir bis dahin völlig unbekanntes Zimmer, das ich aufregender finde als die Grabkammer von Tutenchamun.) Warum war in die verzinkte Gießkanne eine Fledermaus eingraviert (dazu die Abkürzung «BAT»)? Wozu diente das gebogene und gezackte Küchenmesser mit dem von einem kleinen, schrägen, scharfkantigen Dach beschirmten Loch in der Klinge? Warum waren die Deckenbalken im Schafstall verkohlt? Wer hatte beim kleinen Fenster vom «Durchgang» ein Stück Feldbahnschiene als Fenstersturz eingebaut und wer die Blume an die Tür gemalt? Warum wurde beim Mittagessen nichts getrunken, nicht einmal Wasser? Wann waren die Kaninchenställe zuletzt benutzt worden? Was hatte Opa Knops wirklich angestellt? Was war mit dem polnischen Fremdarbeitermädchen passiert, das am Kriegsende mit den Schafen nach Hause geschickt worden war und das nie angekommen ist (sie hatte den Ferienkindern auf Polnisch statt «Guten Tag» «Küß mir den Hintern» beigebracht gehabt, was diese allerdings erst merkten, als sie den Satz ausprobierten). Hatten die drei im «Durchgang» in alten Fahrradschläuchen aufgehängten, selbstgebauten Faltboote je ihre Jungfernfahrt erlebt? Warum hatten die Tatziets keine Kinder? (Ein Umstand, der Schmogrow für uns alle erst möglich gemacht hatte.) Und nicht zuletzt die Grabsteine für Frau Tatziets Eltern und Schwester, über die ich erst spät aufgeklärt wurde, Findlinge, auf denen sogar noch, stark verwittert, ihre eingemeißelten Namen zu lesen waren (das Metallkreuz auf dem Grab des Vaters war im Krieg eingeschmolzen worden) und die es erschwerten, rückwärts auszuparken.

Wenn man abends zu den vielen Mückenstichen und Brennesselpusteln auch noch Sonnenbrand auf den Schultern oder in den Kniekehlen hatte, wurden die gereizten Flächen mit Panthenolschaum aus der Spraydose eingerieben, es war ein besonders unangenehmes Gefühl, anschließend ein Schlafanzugoberteil überzustreifen, das an der Haut festklebte. Wenn wir in der «Strohstube» endlich fast begraben unter unseren aufgeplusterten Federbetten lagen, kam Herr Tatziet noch einmal mit dem «Friedensheft» hoch, um, obwohl ihm das widerstrebte, uns zuliebe Jagd auf Mücken im Zimmer zu machen: «Nein, sprach der Mörder, du bist mein, / Denn ich bin groß, und du bist klein.» Die Tapete hatte etliche Flecke, so daß man die lebenden von den toten Mücken schwer unterscheiden konnte, manchmal erwischte er auch eine, die sich schon mit unserem oder dem Blut unserer Vorgänger vollgesogen hatte. (Wenn man nachts zu lange auf Mückenjagd gewesen war, aufmerksam lauschend, um die Quelle des unangenehm hohen Tons zu finden, für den es seltsamerweise im Deutschen kein Wort gibt, bildete man sich dieses Geräusch schon selbst ein und hörte es auch, wenn man sich die Ohren zuhielt.) Das «Friedensheft» stammte von 1953, es war eine Broschüre des «Deutschen Friedensrats», aus der man erfuhr, wie hartnäckig sich der Westen, angestiftet von den USA, den verzweifelten Bemühungen der UdSSR um einen dauerhaften Frieden für die

Welt widersetzte. (Auch Luftwaffenoberst a. D. Rudel, der noch über Schmogrow Attacken auf russische Panzer geflogen war, wurde hier zitiert: «Es ist die oberste Aufgabe der deutschen Politik, wieder ein neues großes deutsches Reich zu schaffen. Der Ost-West-Konflikt kann nur militärisch gelöst werden.») Herr Tatziet hatte über die Schule einen ganzen Stapel von diesen Heften zugeteilt bekommen, um sie weiterzuverteilen, es würde also noch eine Weile Nachschub geben. (Im Sozialismus waren sogar die Tiere für den Frieden: «Das Schwein ist ein Friedenskämpfer», hatte ein Schüler von Herrn Tatziet in einem Aufsatz zu verkünden gewußt.) Mit den Worten: «Sleep well in your Strohsackbettgestell!» verließ Herr Tatziet das Zimmer. Das ferne Rauschen der Autos auf der Chaussee klang beruhigend, nach dem Krieg hatte es hier nachts Truppenbewegungen der Russen gegeben, Lastwagen und sogar Panzer wechselten den Standort, für so etwas interessierte sich der amerikanische Geheimdienst und befragte Übersiedler danach. Einmal hatte meine Mutter das Fenster geschlossen und dabei gesagt: «Sonst kommt der Zug rein», als ich dann im Dunkeln draußen das Pfeifen einer Lokomotive gehört hatte, weinte ich, weil ich dachte, sie würde mich überfahren. Nach der Wende wurde die Bahnstrecke, auf der wir noch manchmal angereist waren – in Holzabteilen, jedes mit einem eigenen Ausstieg – und deren eines Gleis die Russen gleich nach dem Krieg demontiert und mitgenommen hatten, endgültig stillgelegt. Frau Tatziet hatte uns manchmal mit einem großen Bollerwagen für das Gepäck abgeholt, weil der Weg vom Bahnhof so lang war – man hatte ursprünglich erwartet, der Ort würde in diese Richtung wachsen. Der Gang zum Bahnhof war für manchen Gast eine geschätzte Gelegenheit, mit Frau Tatziet einmal ganz in Ruhe ins Gespräch zu kommen, wenn man Herrn Tatziet vom letzten Zug aus der Stadt abholen ging. Vor dem Krieg hatte ein Busunternehmen einen Omnibus zwischen Bahnhof und Bushaltestelle pendeln lassen. An der Haltestelle gab es ein Schild, das immer umgedreht wurde: «Bus zum Bahnhof kommt noch!» oder «Bus zum Bahnhof ist durch!» Nach dem Kriegsende, als Bus und Züge nicht mehr fuhren, hing das Schild immer noch dort: «Bus zum Bahnhof kommt noch!» Frau Tatziet half das manchmal, trotz der bedrückenden Erfahrungen, die man in dieser Zeit machte, wenigstens für die Dauer eines Tages Hoffnung zu schöpfen.

Wenn die Erwachsenen außer Reichweite waren, begannen wir unsere Unterhaltung mit den Kindern im «Edle-Tanten»-Zimmer, in dem früher einmal die Seidenraupen untergebracht gewesen waren, weshalb es damals «Raupenzimmer» hieß (und seine Bewohner «Raupen»), beide Zimmer waren durch eine Tür verbunden, die nie geöffnet wurde und zur Hälfte hinter dem schweren Kleiderschrank verschwand, aber es möglich machte, durch das dünne Holz Gespräche zu führen.

«Wie viele Mückenstiche habt ihr?»

«Ich vierzehn.»

«Und ich zwölf.»

«Ich hab zwei Bremsenstiche, die zählen doppelt.»

«‹Wenn man draufpinkelt, juckt es nicht so›, sagt Herr Tatziet.»

«Wäschst du morgen für mich ab? Dann nenn ich dich Großwesir …»

«Ich hab im Garten Frau Ramischs Titten gesehn.»

«Was für Dinger?»

«Morgen kommt der Osterhase, kommt er nicht, kommt er doch, schießt er dich ins Pimmelloch.»

«Seid ihr versaut!»

«Warum summen die Bienen?»

«Was?»

«Weil sie den Text vergessen haben.»

«Ist der hohl …»

Wir hörten das Rumpeln der Marder, die in Zwischenräumen unter dem Dach lebten, manchmal trappelten sie quer über die Decke, als jagten sie sich, oder sie machten rhythmische Geräusche, die wir uns noch nicht erklären konnten, um diese Tageszeit waren es tatsächlich Marder und keine jungen Paare. Ich ziehe mit einem Knirschen die Schnur der zylinderförmigen Leselampe, in die, anders als in die Deckenlampen, eine längliche Birne mit kleinerem Gewinde eingeschraubt ist und deren Lichtschein man mit einem wie eine Granatenkartusche geformten, drehbaren Pergament-Lampenschirm regulieren kann, und fange an vorzulesen. Klara hat alle Bücher aussortiert, in denen Tiere wie Menschen gekleidet sind oder in denen das Verhalten von Kindern nach den Wünschen der Eltern manipuliert wird (sie hat deshalb an den Verlag geschrieben, in dem «Leo Lausemaus» erscheint, eine Buchreihe, die ich schon wegen der Alliteration im Namen der Titelfigur verbannt hätte). Die Kinder hören wie hypnotisiert zu und wir freuen uns, wenn wir einen weiteren Fliegenpilz entdecken, die man in fast jedem Kinderbuch sieht, im Wald dagegen nie. Danach drehe ich am

Mobile, das ich von zu Hause mitgebracht habe, den Jäger mußte ich Klara zuliebe entfernen und durch einen Hund ersetzen. (Was nützt das, wenn einer von Karls Freunden «zweitausend Männchen von Deutschland hat», wie Karl mir begeistert erzählt hat, «also *Kriegs*männchen!»?) Karl weint und tobt, weil Klara für einen Kuß noch einmal hochkommen soll, ich weiß aber, daß er damit seinen Frieden nicht finden, sondern dann sofort der nächste, genauso heftige Wunsch in ihm aufkommen würde. Klara ist davon überzeugt, daß aus seiner Sehnsucht nach ihr eine tiefe Verunsicherung spricht und er auf die Spannungen zwischen seinen Eltern reagiert, das würden «alle Psychologen» sagen. Ich rechne Karl und Ricarda vor, wie viele Tage wir noch bleiben werden, so, wie es mein Vater auch bei mir gemacht hat. Wenn wir Glück hatten, waren noch mehr Tage übrig, als schon vergangen waren (von den Ferien, vom Leben ganz zu schweigen). Morgen würde es Würstchen im Schlafrock geben, gelben «Familienpudding» oder Aprikosenkompott und Schafsmilch, die fett genug war, um nicht zu gerinnen, wir würden eine Wanderung zu den Buhnen der «elektrischen» Oder machen, auf die ich mein Angelzeug mitnehmen würde, und abends würde ich mit meinen großen Cousinen auf dem Hof Völkerball spielen. Ich singe den Kindern das Bummi-Lied vor und muß bei der dritten Strophe meine Tränen zurückhalten: «Und trägt jemand einen Schmerz / drückt ihn Bummi an sein Herz / streichelt mit den Pfötchen sacht / bis er wieder etwas lacht.» Wenn ich mich doch einfach zu ihnen legen und morgen als Kind wieder aufwachen könnte! Ich schließe wie immer die Tür, damit sie «Tür auflassen!»

schreien. (Wenn man die Tür zum Kinderzimmer schließt, sperrt man sich ja auch eigentlich selbst aus.) Vorher beuge ich mich aber noch einmal über sie, um das Bild ihrer Gesichter mit aller Kraft in mich aufzunehmen, wie im Lenin-Mausoleum das blasse Wachsgesicht Lenins, in den wenigen Sekunden, die man dort verharren darf, um es zu betrachten, bis die Wachen einen weiterschieben. «Guck mal, Schaf, das war früher mal deine Mama», hat Ricarda heute zu ihrem Schaf gesagt, das sie von Klara geerbt hat und fest im Arm hält (im Stehen wippt sie immer mit den Knien, um es zu wiegen, sie hat sich das von Müttern abgekuckt). Beim Kuß greife ich mit der Hand unter Karls Kopfkissen und entdecke dabei ein Stückchen Würfelzucker, das er in der Küche geklaut haben muß. Mir fällt ein, daß Klara es schon gestern bemerkt, ihm aber gelassen hatte, weil sie sein «Geheimnis» respektieren wollte. Solche ersten Alleingänge rühren mich so, weil sich darin sein Abschied von uns ankündigt, der ja schon mit seiner Geburt begonnen hat. Ich sorge für ausreichend «Verdunklung», indem ich Decken in die Fenster klemme, kontrolliere, ob sich unter den Betten Diebe befinden, und schließe die Reißverschlüsse der Schlafsäcke von Karl und Ricarda, wobei ich mich gegen die Vorstellung wehren muß, es seien Leichensäcke.

11. DIE SCHÖNHEIT DER UNS ZUGEWANDTEN SEITE

Wenn ich in der Eßstube Licht machen will und mit der hohlen Hand über den Ständer der Stehlampe gleite, um den Ersatz-Lichtschalter zu ertasten, den mein Vater einmal dort eingebaut hat, verblüfft mich immer die haptische Täuschung, zu der es dabei kommt und die mich schon als Kind verwirrt hat, denn durch seine spiralförmig geschnitzte Oberfläche fühlt es sich an, als drehe sich der Lampenständer in der Hand, während doch in Wirklichkeit die Hand sich bewegt. Es erinnert mich an den roten Bohrer aus meinem Kinder-Werkzeugkasten, dessen Achse durch Auf- und Abführen einer beweglichen Manschette zum Rotieren gebracht wurde; wieder freue ich mich, an ganz unerwarteter Stelle in meinem Leben dem Prinzip der archimedischen Schraube zu begegnen, das schon meinen nicht funktionierenden Ohrreinigungszapfen zugrunde liegt, wie schade, daß ich Herrn Tatziet nicht mehr von dieser Beobachtung berichten kann, und was hätte Archimedes erst gesagt? So etwas wie dieser vielseitige Grieche, der sich die Erlaubnis zu spielen über die Grenzen der Kindheit hinaus gesichert hatte, habe ich als Kind werden wollen. Es bewegte mich immer aufs neue, daß er nicht einmal *versucht* hat, sich vor den römischen Soldaten, diesen ewigen Störenfrieden antiker Andacht, in Sicherheit zu bringen; Forscher wie er, so hatte ich es auch in Schmogrow in einem Band aus der «Die Kleinen Trompeterbücher»-Reihe gelesen, in dem Kindern von Konrad Röntgen erzählt wurde, vergaßen, weil sie manchmal über Jahre kurz vor einer entscheidenden Entdeckung standen, im Eifer sogar zu essen. Archimedes mußte man zwingen, gelegentlich ein Bad zu nehmen, und wenn er sich danach mit duftenden Salben massierte, malte er schon wieder mit dem Finger geometrische Figuren auf seiner eingeölten Haut. Ich bin immer noch halb taub vom Baden, wobei ich meine Behinderung vorsorglich etwas übertreibe, um eine Entschuldigung in der Hinterhand zu haben, mich Klaras Anweisungen zu entziehen («Kannst du mir das noch mal erklären, ohne daß ich hinhören muß?»). Ich kann mir oft nicht merken, was sie zu mir gesagt hat (vor allem, wenn sie es gar nicht gesagt hat), und manchmal bemerke ich nicht einmal, daß sie mit mir spricht, was daran liegt, daß das Gehirn langjähriger Partner, ohne daß es ihnen auffällt, mit der Zeit ihre Stimmfrequenz ausblendet: «Und dem Meer anwohnend ein Fischer von Kind auf / Hört im stumpferen Ohr der Wogen Geräusch nicht mehr.» Klaras Stimme ist sozusagen mein Meeresrauschen, das ich nicht mehr höre, ohne das ich aber auch nicht leben kann, wie ich ihr zum Trost erklärt habe. Aber jetzt höre ich nicht nur nicht hin, ich höre sogar wirklich fast nichts, jedenfalls kann ich das behaupten (Ricarda: «Oder bist du schwerohrig?»). Auch Helmtrud war schon in mittleren Jahren so schwerhörig gewesen, daß sie in größeren Runden stets ihre Hand hinter das linke Ohr hielt. Sie besaß ein Hörrohr aus Bakelit, das man auf Reisen platzsparend in zwei Teile zerlegen konnte, man mußte direkt in den Trichter sprechen, als versuche man, über einen Grammophon-Trichter mit Richard Tauber in Kontakt zu treten. Sie lehnte es ab, einen Hörapparat anzuschaffen, um wieder «mehr vom Leben zu haben», *sie* habe am meisten vom Leben, wenn sie hinten im Garten arbeite, bei schönem Wetter, in der herrlichen Weite der Landschaft, *mehr* könne man wohl kaum haben («Such dir einen Beruf, der dir Spaß macht, dann mußt du nie arbeiten.»). Als Herr Tatziet unter der Hofkastanie bei Helmtrud um die Hand ihrer ältesten Tochter anhielt, war er gezwungen gewesen, mit so stark erhobener Stimme zu sprechen, daß Lore im Haus heimlich alles mithören konnte.

«Die Ringe fühlen sich in ihrem Kästchen gar nicht wohl.»

«Die Dinge wühlen dich in ihre Käffchen bannig hohl?»

«Wir möchten die Ringe erlösen.»

«Die Ringer lösen?»

«Die Ringe wollen nicht in der Schachtel bleiben!!»

«Du willst Schach betreiben?»

«Liebe Tante Helmtrud, ich möchte um die Hand deiner ältesten Tochter anhalten und dich Mutter nennen dürfen, dann werde ich dir auch öfter schreiben können als bisher, denn über das ‹Tante› bin ich immer etwas mühsam hinweggekommen.»

«Kannst du etwas lauter sprechen? Ich höre heute besonders schlecht.»

«Ich möchte um deinen Segen bitten.»

«Meine Sägen?»

Leider habe ich das Hörrohr bei meinen Erkundungsgängen durch das Haus und beim «Graben, Jäten und Harken» in versteckten Winkeln nie gefunden, vielleicht hat es ein russischer Soldat an sich genommen und es leistet jetzt in Rußland einem Harthörigen nützliche Dienste, Hauptsache nicht dem Geheimdienst! Ein ähnliches mechanisches Hilfsmittel habe ich in Herrn Tatziets letztem Winter, in dem ich viele Wochen in Schmogrow verbracht habe, um abzuwaschen, zu heizen und zu lesen, benutzt, denn er war halb blind, schwerhörig und vor allem nicht mehr gut zu Fuß, so daß er mich mehrmals am Tag zum Bienenhaus schickte, dem ich mich vorher allein noch nie so weit genähert hatte, um mit einem roten Gummischlauchstummel, einem Verbindungsstück für die Glasgerätschaften bei chemischen Versuchen, an den Fluglöchern der Beuten zu lauschen. Die Bienen jedes Volks erzeugen durch ihr Summen einen Grundton, wenn ich gegen die Beute klopfte, rauschte es kurz auf und pegelte sich schnell wieder auf ein gemeinsames «Ommm…» ein, das die Bienen aus Freude über die Gegenwart einer Königin anstimmen, sonst bleibt die Unruhe, vielleicht klingen wir Menschen in Krisenzeiten für Gott ja auch so. Ich wußte natürlich nicht, wie ein gesundes Volk zu klingen hatte, und mußte Herrn Tatziet das Geräusch, es nachsummend wie ein Chorleiter den von seiner Stimmgabel abgelauschten Kammerton, vorsichtig wie eine Schüssel mit Rhabarberkompott, die am Küchenfenster ausgekühlt ist, ins Haus transportieren. Waren die Bienen zufrieden oder aufgeregt? Vermißten sie ihren Bienen-Vater? Wurde es ihnen zu eng? War das Zuckerwasser knapp? Waren sie überhaupt noch am Leben oder hatte unter ihnen die Varroamilbe gewütet, die sich an ihren Körpern festbiß und für sie die Größe einer Katze hatte? Warteten sie bereits ungeduldig auf die ersten Sonnentage, um endlich ihre Kotblasen zu leeren? Oder spürten sie – daß sie das konnten, daran glaubte Herr Tatziet fest – ein Erdbeben, das in ein paar Tagen kommen würde? Die Sorge um seine Bienen und die Verantwortung für sie hielt ihn am Leben, bei aller Mühe, die ihm der

Alltag, obwohl er eigentlich nur noch aus Aufstehen, Waschen, Anziehen, Essen und Zubettgehen bestand, inzwischen machte («Und alles dieses währet, wenn's hoch kommt, achtzig Jahr ...»). Als ich Frau Tatziet die Lebenserinnerungen von Günter de Bruyn, den beide für seine Jean-Paul-Biographie schätzten, schenkte, weil er ihr Altersgenosse war und das Buch mir Anknüpfungspunkte für sie zu bieten schien – vielleicht würde es ja ein «Schmogrow-Buch» werden? –, hatte sie ihrem Mann abends daraus vorgelesen, aber die Schilderung der Erlebnisse des Autors als Soldat in den Wirren des Kriegsendes hatte ihn so aufgewühlt, daß er nachts nicht schlafen konnte, wie sie mir am Morgen gestand. Ich hatte nicht geahnt, daß diese so weit zurückliegenden Geschehnisse, von denen er nie oder nur verharmlosend sprach (er hatte mir einmal erläutert, warum das Maschinengewehr die friedlichste Waffe sei, weil man damit keinen gezielten Schuß abgeben könne), in ihm noch so lebendig waren, daß es seine Nerven so mitnahm, daran erinnert zu werden, beziehungsweise daß er sich sein ganzes Leben mühsam beherrscht hatte, um als der in sich ruhende Meister zu erscheinen, als der er so viele junge Menschen beeindruckt hatte. Ein gutes Gedächtnis war sicher nützlich, aber ein gutes «Vergeßnis» konnte sogar lebensnotwendig sein. In meiner Bewunderung für die Tapferkeit und Klaglosigkeit, mit der Frau Tatziet (und für mich stand sie darin stellvertretend für die Frauen ihrer Generation) das Leid, das der Krieg mit sich gebracht hatte, hinter sich gelassen hatte, übersah ich die vielen, die angesichts der fast vollständigen Zerstörung des Orts, von Hunger, Vergewaltigungen, Angst, Seuchen, dem Leben als «Heergeloofener», also als rechtloser Flüchtling, der sich in keinem Ort länger als einen Tag aufhalten durfte, des zusammengebrochenen Weltbilds und möglicherweise auch von Gedanken an die eigene Schuld, schwermütig wurden, Selbstmord begingen oder das noch Jahrzehnte später nach langen Aufenthalten in Nervenkliniken nachholten. Eine Frau aus dem «Busch», die unzählige Male mißbraucht worden war (man trug Hosen, schmierte sich Asche ins Gesicht oder tauchte – so, wie sich die Raupe des Schwalbenschwanzes gegen Feinde als Vogelkot tarnt – sein Kopftuch in Jauche, wer eine Beinprothese hatte, machte sie sichtbar, bei Männern schützte ein weißer Vollbart, aber manchmal wurden Frauen von anderen Deutschen verpetzt: «Die ist noch nicht dran gewesen!»), war noch dreißig Jahre nach dem Krieg ins Wasser gegangen, ihr Mann gab das Grundstück auf, und es verfiel, inzwischen sah man nichts mehr davon, nur noch den Baum, der in diesen Gehöften als Schutz gegen Blitze wuchs. Wie auf dem Friedhof, wo manche Gräber einzeln stehen, weil die Nachbargrabstätten aufgelassen und eingeebnet worden sind, so stehen die Loose-Gehöfte in der Flußniederung durch das Verschwinden von Nachbargehöften inzwischen noch vereinzelter als ursprünglich schon. Frau Tatziet sagte über die russischen Soldaten nur, wenn sie sich überhaupt dazu äußerte: «Zu Kindern waren sie netter.» Trotzdem war kein Groll gegen die Russen zu spüren, sie spottete, daß es «Aufbaurussen und Abbaurussen» gegeben habe, so, wie es ja überhaupt, wie sie «Levins Mühle» zitierend gern sagte, unter den Menschen immer «sone und solche» gab. Unzählige Frauen der Region hatten die vielen Vergewaltigungen, die zu Blutungen und Geschlechtskrankheiten geführt hatten, nicht überlebt, oder sie waren gleich vor Ort getötet worden. Jahrzehntelang war das Thema tabu gewesen, das Leid durfte nicht stattgefunden haben und war mit Scham besetzt. Ich wußte davon kaum etwas und bewunderte die Nüchternheit und den lakonischen Humor der Überlebenden. Für mich war es aufregend, daß die Erinnerung an den Krieg hier noch lebendig war und man, wenn man genau hinsah, überall seine Spuren fand, die manchmal, wie im Fall unserer Wehrmachts-Kochgeschirre, in den Haushalt integriert worden waren (andere benutzten mit Blümchen bemalte Glasminen als Puddingschüssel und Gasmaskenfilter als Sieb). Der Krieg war weit genug entfernt, um mich nicht selbst zu bedrohen, aber doch so präsent, daß er auch auf mein Leben eine Art schmückenden Schicksalsschatten warf. Daß die Familie Hinterhertür in der Nazi-Zeit überzeugt von der Richtigkeit der deutschen Politik gewesen war, konnte ich nur vermuten, es widersprach für mich den fröhlichen Gesichtern dieser Menschen und ihrer unkonventionellen Lebensweise, der für diese Zeit geradezu revolutionären Freiheit, in der die Kinder aufgewachsen waren (denn die Mutter «ließ sie laufen» wie die Hühner, die am Nachmittag aus dem Stall durften), ihrer Freude an respektlosen Anekdoten (als die Frauen des Orts einmal von den Russen aufgeladen und mit unbekanntem Ziel abtransportiert wurden – man fürchtete schon, es ginge nach Sibirien –, dann aber nur «rechts der Oder» ein von den Deutschen übriggebliebenes Kartoffelfeld abzuernten hatten, wobei man mit den Schuhen im Modder versank und steckenblieb, sagte Frau Harnusch: «Wie ick mir ooch drehe, meene Latschen kieken immer nach de Heimat!»), Frau Tatziets Charakter und Menschlichkeit und Herrn Tatziets Abscheu vor jeder Form von Gewalt und der Neigung der Familie zum Spott (den Uhrmachermeister und den Fleischermeister, die gemeinsam auf die Jagd gingen, nannte man «Piff und Paff», die Frau vom Pastor hieß «Pastete», aus Ribbentrop wurde «Rübentopf», Leni Riefenstahl hieß «Reichsgletscherspalte», «Blut und Boden, Brauchtum und Sippe» wurde zu «Blubo und Brausi», ein Mann, der viel älter als seine Frau war, wurde «der Knochen» genannt, und Irmchen Grothes kleiner Bruder, ein Stammbesucher unter den Ferienkindern, der wegen seiner Ungeschicklichkeit pro forma mit dem Hüten der wenigen Enten auf dem kleinen Teich betraut wurde, verdiente sich, da er mit seinem Händedruck dem Vorbild seines Namensvetters mit der eisernen Faust nicht gerecht wurde, den Namen: «Götz Grothe mit der labbrigen Pfote» – er ärgerte sich sein Leben lang darüber, so dafür verspottet worden zu sein, daß er nicht dem Bild der Nazis von einem strammen deutschen Jungen entsprochen hatte). Wie weit war die Begeisterung für Hitlers Programm gegangen? Die Einladung zu Frau Tatziets Hochzeit hatte ihre Mutter mit «Heil Hitler!» unterschrieben, aber war es wirklich wahr, daß sie stolz gewesen war, ihren Sohn, kaum daß er die Schule beendet hatte, in der Wehrmacht zu sehen? Die letzten einundsechzig Stunden als Zivilist verbrachte er am Strand, mit einem Freund in der Morgendämmerung in einem Paddelboot oder allein im Garten, noch empfänglicher als sonst für die Schönheit des geliebten Flusses, er sah Rittersporn, Mohn, Gottesaugen, Jasmin und Kartäusernelken blühen, Schwalben flogen unter der Hochsprungschnur der Kinder durch, immer wieder stieg er unter die Brause auf dem Hof, um sich zu erfrischen, nachts schliefen er und seine Freunde auf dem Heuboden, er hielt alles, was er liebte, ein letztes Mal mit seiner Kamera fest, beim Abschieds-«Festfreßessen» der HJ-Führerschaft des Ortes im ausgeschmückten Saal des «Alten Fritz» (in dessen Beetumrandung Kanonenkugeln aus dem Siebenjährigen Krieg eingearbeitet waren), mit Kaffee und etlichen Flaschen Most erhielt er von den Führern des Standorts «Mein Kampf» geschenkt und von den Führerinnen «Rufe in das Reich» (gewidmet «unserm Kameraden *zur* Erinnerung und bleiben*den* Andenken», wie er amüsiert feststellte). Schon als er im Sommer davor kaum noch zu Hause gewesen war, weil er, so, oft es ging, neben der Tanzstunde mit dem dazugehörigen Kaffeekränzchen in der «Trillerscheune» an den Kursen im Konter- und Ausdruckstanz teilgenommen hatte sowie an einem von der Klasse heimlich und zu diesem Zeitpunkt schon illegal organisierten «Bums», also einer Tanzveranstaltung mit «Sie», Torte, Tischkarten und Festrede in einem Pavillon einer Gaststätte am alten Wasserturm, fragte eine Tante, bei der Hartmann gern Kaffee trank und sich unterhielt, die Mutter, ob er denn jetzt nur noch ihr halber Sohn sei, und Helmtrud sah ihren Sohn freundlich lachend an und sagte: «Abnehmender Mond, letztes Viertel.» Hartmann war ein freundlicher, humorvoller, naturverbundener, musikalischer blonder Junge, der sich auf das Soldatenleben als «Lagermannschaftsführer» in Lagern der Kinderlandverschickung und

in Wehrertüchtigungslagern, von Waffen-SSlern in Parade-
schritt, Faschinenbinden und Partisanenbekämpfung ausge-
bildet, vorbereitet hatte, stolz und froh, als er dort nicht
mehr unter Heimweh litt, und der seiner Mutter am Mut-
tertag fröhlich von nächtlichen Strafaktionen am Sünden-
bock, den es auf jeder Stube gab, berichtete. Er selbst war
geschickt, beliebt und wurde schnell mit Verantwortung betraut, ob es das gemeinsame Liedersingen war oder die
ordnungsgemäße Übergabe des Lagers, bei der jeder Gegenstand durchgegangen wurde, um zu klären, ob er schon vorher kaputt gewesen war oder, was die Wirtsleute verlangten,
auf Kosten des Staates ersetzt werden mußte. Als Soldat in
der Ukraine genoß er das Campingleben im Bunker an der
Front, das ihm lieber war als der Dienst in der Etappe, weil
sie hier vom Feind eingesehen werden konnten und sich deshalb kaum Vorgesetzte blicken ließen (und weil man weniger
von den Gräueln hinter den Linien mitbekam?). Er konnte
sich eine «Satte» mit Milch füllen und in die Sonne stellen,
um eigene Buttermilch zu haben. Er freute sich, daß er ähn-
liche Gräser und Pflanzen wachsen sah wie zu Hause – sogar
ein Meer von Adonisröschen längs des Bahndammes –, denn
bis auf die Oderhänge reichten die Ausläufer der pontischen
Steppenvegetation. Selbstverständlich war für ihn, daß die
Deutschen in Zukunft in der Ukraine die Kolonialherren sein
würden, aber deshalb müsse man auch in gutem Einverneh-
men mit «den Eingeborenen» leben. Lange hatte er vergnügte
Feldpostbriefe von der Front geschrieben, immer mit den
neuesten Witzen, manchmal in Stegreifreimen verfaßt («Das
war eine Feindgranate / Eher Bombe als Tomate»). Die Sol-

daten lebten wie ein «Barfüßerorden», denn man zog beim Schlendern durchs Dorf keine Stiefel an, wo man sich für Geld von pittoresk ärmlichen Russen fotografieren ließ – das Foto («Du denkst wohl, ick schiele? Nee, ick kieke immer so...») wurde mitgeschickt –, er amüsierte sich über Hedwigs Rechtschreibung («Die Zeit bis zum Urlaub vergeht ja im Pfluge»), bedankte sich bei Tante Hulda für das praktische Brausepulver, die Bonbons, für das langweilige Buch von Fontane und den Kriminalroman, der von Hand zu Hand gehe, weil er wie ein schlechter Film sei, «also ausgezeichnet». («Wie es mir ansonsten geht? / Heute ist es schon zu spät. / Soviel sag ich dir nur schnell: / Seit gestern in der HKL.») Erst später dachte er darüber nach, wie schlecht den Menschen in der Heimat ihre Erfahrungen zu vermitteln seien und wie wenig ihm inzwischen an «Weltkriegsromanen» liege, womit der Erste Weltkrieg gemeint war, der Krieg der Väter und Großväter, der auch noch verlorengegangen war, aber was hatte das mit *ihrem* Krieg zu tun? Wenn ihm Tanten immer noch solche Wälzer schickten, komme ihm «das Kotzen». Man vermied sogar die Anrede «Kamerad», weil sie so nach «Weltkrieg» klang, überhaupt hatte man keine Zeit für Pathos, wenn einer starb, dann hatte er eben «ein Ding verplättet gekriegt». Im letzten Brief an Lore schlug er plötzlich einen anderen Ton an und schrieb ihr von einem Freund, der direkt neben ihm im Graben gefallen war und über den er ihr gern viel erzählen würde. Bei einer russischen Großoffensive ist Hartmanns Division, die einen Brückenkopf am Dnjepr bildete, in der Nähe des Ortes «Rosa Luxemburg» in einem Sumpfgebiet überrollt worden, seitdem fehlte jede Spur von ihm, nicht einmal gesehen worden war er noch, und Gefangene wurden bei solchen Angriffen kaum gemacht. Bis auf meinen Abschied nach einem Frühsommeraufenthalt, den ich immer wieder um eine Woche verlängert hatte, war es das einzige Mal, daß ich Frau Tatziet bewegt sah, als ich im Fotoalbum auf eine Seite mit Bildern ihres Bruders als Soldat stieß, von dem ich wie von den meisten ihrer Verwandten bis dahin gar nichts gewußt hatte. Sie konnte nicht hinsehen, weil der Ausdruck in seinen Augen mit der Zeit immer trauriger und leerer geworden sei. (Tante Lore meinte einmal, als sie eine Aufnahme ihrer amerikanischen Gaststudenten aus den sechziger Jahren sah, die hätten noch geguckt wie ihre Jungs vor dem Krieg.) Frau Tatziet hatte irgendwann selbst einen «kriegswichtigen» Einsatz gefunden, sie wohnte ja, seit ihr Mann eingezogen worden war, wieder bei Mutter und Schwestern, von dort fuhr sie in die Stadt, um ein Kindergärtnerinnenseminar zu leiten, bis dahin hatte ihre Ausbildung darin bestanden, daß sie einmal auf der Kreislandwirtschaftsschule einen Kursus über Quarkrezepte gemacht hatte. Später arbeitete sie in der Geschäftsstelle des Bürgermeisters. Als einmal im Radio zu Kleiderspenden aufgerufen worden war, erlebte sie, wie eine Frau die SA-Hosen ihres Seligen abgab, sie habe sich gesagt: «Willi, jetzt kommt deine Hose dran, mit Hemd, Mütze und Flickstoff in den Taschen, auch Koppel, ganz komplett.» Ihr Mann würde sich freuen, wenn sie die Sachen so in seinem Sinne opfere, meinte die Frau. Im Radio höre man so eine Szene manchmal mit Widerwillen und empfinde sie als schmierig gefärbt, in lebendiger Wirklichkeit fand Frau Tatziet sie ergreifend: «Mutter ist also längst nicht der einzige Nationalsozialist», schrieb sie an ihren Mann. Sprach daraus eine wenigstens geringe Distanz zur politischen Haltung der Mutter? Immerhin waren Frau Tatziet und Alwine Krumm mit ihrer Klassenlehrerin befreundet gewesen, die gegen das Regime war und den vorgeschriebenen Hitlergruß vor den Mädchen morgens so widerwillig machte, als schlage sie eine Fliege tot. (Fräulein Dr. Litty hatte einmal Umzugskram in eine Ecke geworfen, auf einen Träger, und sich entschuldigt: «Ach, ich dachte, Sie wären ein Haufen.») Und war es eine kleine Provokation, wenn Herr Tatziet, der mit anderen «Schneeschuhläufern» von einem Hauptmann Skiunterricht bekam, in seinen Briefen mit «Schi Heil!» grüßte (aber nie mit «Heil Hitler!»)? Wie hätte mich das gefreut! Wie wenn Herr Tatziet von seiner Studentenzeit in Berlin erzählte, als einmal ein Professor an einem patriotischen Feiertag, am Pult unfreiwillig flankiert von uniformierten Verbindungsstudenten, ungerührt einen Vortrag über Würmer gehalten habe. Aber nein, am Tag nach dem 20. Juli schrieb er an seine Frau: «Eben hatten wir eine Treuekundgebung. Es ist doch ein Glück!» (Oder klang die Erleichterung über das mißlungene Attentat in Wirklichkeit nicht etwas halbherzig und erzwungen? Die Feldpost wurde ja gelesen und zensiert.) Also war es sicher auch nicht ironisch gemeint gewesen, als er sie am Geburtstag des Führers fragte, ob sie heute auch zu ihrer kleinen Schar von Anhängern gesprochen habe? Waren die Quargs im Krieg tatsächlich von deutschnationalen, völkischen, antizivilisatorischen Schwärmern zu «Nazi-Gegnern» geworden und hatten deshalb gedacht, die Russen würden sie verschonen? Sie hatten sich ihrer jungen Freundin Frau Rumpusch angenommen, nachdem diese sich von ihrem Mann hatte scheiden lassen, und versuchte, sich im Ort als Hebamme selbständig zu machen. Es gab aber bereits eine Hebamme alter Schule, die überall verbreitete, Frau Rumpusch sei zu penibel und verbrauche deshalb bei Geburten so viele Laken. Die Alte ging einmal zu Erastus Quarg und stellte ihn zur Rede, weil sie ihn im Verdacht hatte, er würde ihrer Konkurrentin Hinweise geben, wo im Ort es bald Kundschaft geben würde, weil eine Frau schwanger war: «Sie lauschen immer, wo was is, und denn erzählen Sie es Frau Rumpusch. Hiermit erkläre ich Sie für einen jüdischen Marxisten!»

Was hatte man davon mitbekommen, als am 9. November 1938, am «Gedenktag der Gefallenen der Bewegung», das Wohnhaus und die darin untergebrachte Praxis des beliebten jüdischen Arztes von SA-Männern verwüstet worden waren, eines Offiziers, im Weltkrieg schwer verwundet, mit dem Eisernen Kreuz ausgezeichnet und längst zum christlichen Glauben konvertiert, der seine Kinder konfirmieren ließ und auf dem Fußballplatz, der nach dem nächsten Krieg «Kampfbahn des Friedens» heißen würde, die Schmogrower Mannschaft trainierte, Krankenbesuche als ehemaliger Ulan zu Pferd machte und von dem bekannt war, daß er sich schon unterwegs nach den finanziellen Verhältnissen seiner Patienten erkundigte, um sie gegebenenfalls, ohne ein Honorar zu verlangen, zu behandeln. (Aber wäre das Verbrechen weniger abscheulich, wenn er ein unbeliebter, geldgieriger, den jüdischen Glauben praktizierender Deserteur gewesen wäre?) Es hatten sich nur drei SA-Männer aus dem Ort gefunden, ein anderer hatte vorgegeben, als Läufer für Olympia trainieren zu müssen, und war zu einem Trainingslauf auf dem Deich verschwunden. Sie mußten sich mit Männern aus umgebenden Orten zusammentun und, nachdem sie ein erstes Mal an die Tür gehämmert hatten, noch einmal im SA-Sturmlokal, zu dem das «Schützenhaus» seit 1933 geworden war, einkehren und sich Mut antrinken. (Im Gebäude war nach der Revolution von 1848 ein Schützenverein gegründet worden, da man Übergriffe des Pöbels auf die Bürgerschaft fürchtete, die Bürger sollten an den dahinter liegenden Schießständen den Umgang mit Waffen üben. Die Heilsarmee führte hier später «Bet-Übungen» durch. Nach dem Krieg wurde in den Ruinen des «Schützenhauses» am Wochenende unter freiem Himmel getanzt) Beim zweiten Erscheinen am Haus des Arztes demolierten die Männer mit Äxten Tür, Mobiliar und Vitrinen und warfen alles in den Pool, wobei sie sich, betrunken wie sie waren, selbst verletzten und ihre blutigen Hände an den Gardinen abwischten (nach dem Krieg wurde einer der Männer beim Minensuchen von einer Mine zerfetzt). Frau und Kinder und die kranken Schwiegereltern des Arztes hielten sich die ganze Zeit im oberen Stockwerk versteckt. Nachbarn waren entsetzt gewesen, ein Mann griff nach seinem Jagdgewehr, aber seine Frau beschwor ihn: «Willst du uns alle unglücklich machen?!» Über die Straße wurde ein Spruchband gehängt: «BIST GETAUFT IN ODERWASSER UND BLEIBST DOCH EIN ARIERHASSER!» Schmogrower, die weiterhin die Praxis des Arztes aufsuchten, wurden am Schwarzen Brett vor dem «Schützenhaus» denunziert.

Wenn Herr Tatziet sich am Abend im «Grünen Gewölbe»

neben mich auf den Hocker am Ofen setzte und ein Gespräch über die politische Lage begann, die mich gar nicht interessierte, da ich gerade Thomas Mann, Musil, Beckett oder sogar Hölderlin las: «Nieder ins schwellende Gras regnet im Herbste das Obst», konnte ich nur abwarten, daß er ins Bett ging, denn ich machte mir seine Sorgen um die Welt nicht, für mich zählte nur die Literatur, alles andere war in meinen Augen banal und undurchschaubar und gab nicht viel Anlaß für Hoffnungen. Bestenfalls lieferte die Realität Material für den Künstler, er mußte es sich nur anverwandeln, so, wie ich mit Herrn Tatziets Monologen mehr anfangen konnte, wenn ich durch ihn eine Figur von Thomas Bernhard sprechen hörte. Von dieser Geheimmission konnte ich natürlich niemandem erzählen, ich tarnte mich als Student. Der Schock, als er einmal ein paar Wochen in der Kartoffelernte gearbeitet hatte, um sich das Geld für ein Fahrrad zu verdienen, und sich für seinen Lohn, nachdem er in Berlin aus der S-Bahn gestiegen war, noch ein Brötchen kaufen konnte, hatte Herrn Tatziet für sein Leben geprägt und ihm ein tiefes Mißtrauen gegen «die Geldmenschen» eingeflößt, geheime Strippenzieher, die am liebsten «im Trüben fischten». Auch jetzt profitierten sie seiner Meinung nach von den mutwillig angezettelten Wirren der Wende, die die Menschen in Ostdeutschland dazu gebracht hatten, sich zur Begrüßung nicht mehr zu fragen «Wie geht's?», sondern: «Haste Arbeit?» (Bei den einen wurde der Abschluß nicht anerkannt, und die anderen galten als «überqualifiziert». Dabei war es bisher nicht unüblich gewesen, daß Männer nach der Pensionierung noch ein paar Jahre als Pförtner ihres Betriebs arbeiteten, jeder wurde gebraucht. Die letzte Hoffnung für die Region war, daß Axel Schulz gegen George Foreman in Las Vegas Boxweltmeister würde, was für viele Demütigungen entschädigt hätte, die Zeitung zählte die Tage bis zum Kampf rückwärts und berichtete davon, was für Berge von Bohnen und Steaks Schulz nach dem Training vertilge, «knackig bleiben», sagte der Trainer und schickte seinen Schützling zum Bankdrücken, der allerdings auch gegen die parteiischen Kampfrichter zu kämpfen haben würde und am Ende nur mit einem K. o. eine Chance gehabt hätte, als Sieger ausgerufen zu werden; brauchte es noch mehr Beweise dafür, daß für Ostdeutsche vom Westen nichts Gutes zu erwarten war?) Über Politik nachzudenken langweilte mich, die Wahrheit lag auf einer höheren Ebene, und zuständig dafür war die Literatur und deren Spezialdisziplin, die Philosophie. Es lohnte sich eher, Theodor Mommsens «Römische Geschichte» zu studieren, als die «Tagesschau» zu sehen. Die Auswahl der Nachrichten und ihre Dringlichkeitshierarchie erschien mir willkürlich oder sogar manipulativ, woher wollten die fernen Redakteure wissen, was für mich mit meinem familiären Hintergrund, meiner Biographie, meinen Interessen sowie der Situation, in der ich mich im Leben befand, eine «Nachricht» war? Wer behauptete, daß die Dinge, die mich bewegten, nicht in Wirklichkeit wichtiger waren? Wenn ich in einer seelischen Zwangslage war, von Existenzängsten benagt oder von den ständigen Konflikten mit einer Freundin zermürbt, oder wenn von mir Entscheidungen über meine Zukunft verlangt wurden, rief ich in einem Akt von Notwehr in Schmogrow an und zählte die Tut-Töne, voller Angst, daß Frau Tatziet nicht mehr ans Telefon gehen könnte (das es in Schmogrow seit kurzem gab), gestürzt war oder vielleicht zu verwirrt, um mich zu erkennen, sie sagte aber immer: «Kannst kommen, is Platz. Is aber kalt.» Dann kaufte ich mir erleichtert ein dickes Buch (das Geld dafür verrechnete ich mit den Strom- und Heizkosten, die ich zu Hause sparte) und flüchtete nach Schmogrow, manchmal, um auch die Fahrkarte zu sparen, mit dem Fahrrad, um mich eine Woche ins «Grüne Gewölbe» zum Lesen zurückzuziehen, die Rituale von Schmogrow zu pflegen wie ein Tempelpriester die Sakramente einer ausge- storbenen Religion und die Maschine des Haushalts zu ölen, so daß alles wie immer blieb, denn das war es, wofür ich Schmogrow liebte und warum ich es brauchte. Wer wollte mir dafür einen Vorwurf machen? Welche Tätigkeit wäre nützlicher gewesen, als zu lesen? Bei nicht wenigen Tätigkei- ten, auf die andere stolz waren, wäre es meiner Ansicht nach ja weniger schädlich für die Allgemeinheit gewesen, wenn sie durch Lesen ersetzt worden wären. (Außerdem traf ich in Schmogrow auf Menschen, die es in meinem Bezirk kaum noch gab – obwohl ich eigentlich wegen solcher Menschen dorthin gezogen war – und bei denen es mir im nachhinein vorkommt, als sei ich in meiner Jugend noch dem Holländer- michel begegnet; und ich erlebte Dinge, die ich zu Hause verpaßt hätte, so wie einmal, als ich vom Lesesessel aus be- obachtete, wie sich eine Maus direkt vor meinen Augen furchtlos kopfüber von der Gardinenstange aus am Saum der Gardine zum Boden herabgleiten ließ und schnell hinter dem Schreibpult verschwand, an dem Frau Tatziet morgens, be- vor ihre Gäste oder gar ihr Mann, aufstanden, bei einer großen Kanne Tee ihre vielen Briefe schrieb: «Hoffentlich läßt sich der laufende Ärger mit Schimpfen über das kalte Wetter erledigen.») Bei einer meiner Ankünfte fand Herr Tatziet nur mein Fahrrad an die Hauswand angelehnt vor, weil die Eingangstür verschlossen gewesen und ich, nachdem ich geklopft hatte, um das Haus gegangen war, es habe von der Statur ausgesehen wie ein kleiner Stier, bemerkte er beim Abendessen. Er lachte allerdings spöttisch, als ich ihm erklärte, daß ich einundzwanzig Gänge hätte, die man auch bräuchte. Das war für ihn nur ein weiterer Beleg für die Verrücktheit unserer Zeit, in der er sozusagen Überstunden machte. Ich fand ihn in solchen Momenten altmodisch, und es versetzte mir einen kleinen Stich. Ich wartete dann, ohne den Blick zu heben (was ich ohnehin vermied, weil ich die Gesichter der Tatziets so in Erinnerung behalten wollte, wie ich sie von früher kannte), daß das Essen beendet war und ich mich wieder in die Stube absetzen konnte, wo ich manisch weiterlas, um dabei schneller als die Zeit zu sein, die mir weglief. Gäste störten mich damals in Schmogrow, vor allem, wenn Frau Tatziet ihnen berichtete, was sie in den letzten Tagen «von Drittmächten» erzählt bekommen hatte. Ich mußte mir immer wieder die Radiergummi-Enden meiner Bleistifte in die Ohren stecken, um Thomas Manns Sätzen folgen zu können, ich wollte hundertfünfzig Seiten am Tag schaffen, dazu brauchte ich bei meinem Tempo und den ständigen Störungen durch Mahlzeiten jede Minute. Mein Vater war als junger Mann in Schmogrow einmal krank geworden, weil er so gefesselt von «Krieg und Frieden» gewesen war, daß er nicht aufhören konnte zu lesen, nun war ich an der Reihe mit dem

«Zauberberg» und den «Brüdern Karamasow», dem «Mann ohne Eigenschaften» und dem «Grünen Heinrich» (bevor ich «Krieg und Frieden» beginnen konnte, oder gab es vielleicht eine Technik, mit beiden Augen gleichzeitig zwei verschiedene Bücher zu lesen?), wobei mich am «Zauberberg» besonders die «philosophischen Gespräche» begeisterten, die meine Mutter, wie sie immer wieder verkündete, «überblättert hatte». «Das sind meine Gedanken!» sagte ich einmal zornig, und es war mir sofort peinlich, aber es war ja so. (Frau Tatziet erinnerte sich, als ich ihr von meiner «Buddenbrooks»-Lektüre erzählte, daß die Schwestern immer empört «Grünlich!» ausgerufen hätten, wenn die Rede auf dieses Buch gekommen sei.) Die Ziehharmonika-Lampe, mit der man im Sessel las, ließ sich schwenken, herabsenken und verlängern wie ein Roboterarm, der Drehschalter am metallenen Lampenschirm machte ein vertrautes Knirschen, die Glühbirne wärmte im Herbst und Winter zusätzlich das Zimmer, hoffte ich jedenfalls. Herr Tatziet glaubte nicht nur, daß man von trübem Licht an «Schwundsicht» erkrankte, er glaubte auch, daß die Grellheit der bunten Farben der Werbebroschüren, die man seit der Wende ungefragt zugestellt bekam, den Augen schade, vielleicht war es aber auch nur eine List, um uns junge Menschen von den verwirrenden Versprechungen (und von den Reizen der abgebildeten Frauen) fernzuhalten. Frau Tatziet sah selbst immer schlechter, sie hatte oft entzündete Augen, und wenn sie ein Formular unterschreiben oder zur Kenntnis nehmen sollte, sagte sie, vor allem am Morgen, wenn die Augen noch müde waren: «Da muß ich erst meine Lesebrille holen», abends benutzte sie

sogar manchmal zwei Brillen übereinander. Beim Bücherregal in meinem Rücken handelte es sich eigentlich um einen
Türrahmen, die Tür war mit Brettern vernagelt worden, als
die Nachbarin und ihr Bruder hier einquartiert worden waren
(das Zusammenleben verlief prachtvoll, «immer liebend seit-
wärts»), nur zu Tante Lores Hochzeit waren die Bretter noch
einmal entfernt worden. Tante Hulda hatte sich damals bei
der Ankunft zur Feier über das mit Kerzen festlich beleuchtete Haus gefreut und gestaunt, daß zu ihrer Begrüßung Frau
Schulz mit einem dreiarmigen Leuchter in der Tür erschien,
dabei hatte es nur eine Stromsperre gegeben. In den Bücher-
regalen, die sich durchbogen, stand eine Gesamtausgabe von
Gustav Freytag in Fraktur, «Kriegsnovellen» von Detlev von
Liliencron, Novellen von Jacobsen, «Die Balladen und ritter-
lichen Lieder des Freiherrn Börries von Münchhausen» (mit
einer Widmung von Frau Tatziets Vater an seine Frau, anläßlich von «unserem ersten Weihnachten»), Bücher der von
Tante Hulda wie eine Heilige verehrten Ina Seidel (von der
auch eine Reihe vergilbter Zeitungsartikel aus dem Westen
handelten, die hier und da in den Büchern lagen und in denen
sie von ihrer Nazivergangenheit freigesprochen wurde), C. F.
Meyers «Sämtliche Gedichte», Ludwig Fuldas «Molières
Meisterwerke», Shakespeare, eine von den Leipziger Tanten
(«Ach gar?» – «Nu freilich ...») geerbte Proust-Ausgabe, die
niemand zu Ende zu lesen schaffte, weil Frau Tatziet die
Bände nicht auslieh («Standesdünkel und Bandwurmsätze»,
meinte Tante Lore resignierend). Die «Tanten» gehörten zum
Familienzweig der «schönen Oma», auf dem man, wenn man
einer Reihe weiterer Verästelungen folgte, irgendwo auch auf

Clara Schumann stieß. Sie waren zwei ledige Studienrätinnen gewesen, zu denen Frau Tatziet als junges Mädchen einmal geschickt worden war, um Manieren zu lernen, sie schrieb schon im Zug nach Hause: «Ich bin gut angekommen. Ich habe Tante Martha schon gesehen», und steckte die Karte noch am Bahnhof ein. Als Manieren brachte sie lediglich mit, daß man «Pardon» sagte, wenn man jemandem auf den Fuß getreten war und daß man sein heruntergefallenes Taschentuch schnell aufhob, damit kein Mann sich eingeladen fühlen durfte, das für einen zu tun (noch bei mir machte sie das einmal, ich wußte gar nicht, warum); interessanter als die Manieren war allerdings ein neuer Spruch: «Warum ist die Elbe bei Meißen so gelbe? Sie schämt sich, denn gleich hinter Meißen, pfui Deibel, beginnt Preißen.» (Die beiden Leipziger Damen hatten einmal von einem Zug aus eine Schafherde auf einem Hügel weiden gesehen, die eine hatte festgestellt, daß die Schafe geschoren waren, und die andere hatte präzisiert: «Wenigstens auf der uns zugewandten Seite!») Die Mischung der Bücher enthielt in sich die Geschichte des Hauses: «Seeteufel. Abenteuer aus meinem Leben von Felix Graf v. Luckner», «Nackt unter Wölfen», Clemens Brentano: «Aus der Chronika eines fahrenden Schülers», Chamisso: «Reise um die Welt», «Paula Modersohn-Becker in Briefen und Tagebüchern», Avenarius' «Hausbuch deutscher Lyrik», Ernst Wiechert: «Das einfache Leben», Hamsun: «Segen der Erde», Gobineau: «Die Renaissance», neben Willi Bredel: «Ernst Thälmann. Ein Beitrag zu einem politischen Lebensbild», Rosa Luxemburg: «Briefe aus dem Gefängnis», «Das kleine Mädchen und die Tauben» (herausgegeben vom «Deutschen Komitee der Kämpfer für den Frieden») und sowjetischen Autoren, mit denen man sich gewissenhaft vertraut machte, Aitmatow, Katajew, Bulgakow, Makarenko: «Der Weg ins Leben». (Manche Bücher stammten aus dem Besitz von Onkel «Witz», der in seine Bücher, wenn er sie verlieh, schrieb: «Gestohlen bei Widukind Worms», denn dann bekam er sie eher wieder zurück.) Hartmann hatte Tante «Reimwild» vor seiner Einberufung sogar noch eigenhändig Herders «Stimmen der Völker in Liedern» gebunden, vielleicht hatte ihm seine Mutter einen Lehrgang beim Schmogrower Buchbinder – denn so etwas gab es damals im Ort – geschenkt gehabt, wie «Reimwild», der die Schule so schwerfiel, als Weihnachtsgeschenk den Lehrgang beim Korbmacher?

Das ganze neunzehnte Jahrhundert hat gereimt wie von Sinnen, und gebildete Kreise setzten das in ihrem Alltag fort. (Nicht selten waren die Reime der Laien sogar origineller und witziger als die der anerkannten Autoren. Wer hat wohl den Abzählreim gedichtet, den ich von Karl gelernt habe: «Ein rosaroter Panther / pinkelt in die Fanta / trinkt sie wieder aus / und du bist raus»?) Die besten Verse wurden in Rixdorf geschmiedet, dort schüttelte man Reime aus dem Ärmel, deshalb hatte Hannchen, Onkel Erichs erste Frau, über sich und ihre acht Geschwister gereimt: «Wir sind alle große Lichter, wir sind Sänger, Maler, Dichter.» Je älter, um so kunstvoller, feiner ziseliert und individueller, aber auch um so unleserlicher war die Handschrift gewesen, mit der die Buchbesitzer ihre Namen im Einband vermerkt hatten, manche Buchstaben setzten mit verspielten Spiralen an, als hätte die Feder für den Rest des Worts ein paar Runden Schwung aufgenommen, alle hatten in der Schule mit sauber auf Hilfslinien gemalten Buchstaben begonnen und beim vielen Briefeschreiben ihre eigene Handschrift entwickelt, mit der man sich als Mann bei der Frau, um die man warb, einführte und aus der der Kenner den Charakter des Schreibers herauszulesen versuchte, man entschuldigte sich sogar, wenn man mit der Maschine schrieb. In manchen Büchern lagen getrocknete Blüten oder alte Briefe als Lesezeichen, wenn ich sie herausnahm, legte ich sie an dieselbe Stelle zurück, weil sonst die Information, bis zu welcher Stelle irgendjemand in früheren Zeiten einmal in diesem Buch geblättert oder gelesen hatte, für immer verlorengegangen wäre, und auch ich hinterließ einen solchen Gruß an einen späteren Leser im «Zauberberg», durch dessen letzte hundertfünfzig Seiten ich mich in meinem Exemplar zu Hause – ich hatte das Buch während meines Sommeraufenthalts nicht ganz geschafft – seltsamerweise durchquälen mußte. Mehr Briefe, die jeder lesen durfte, lagen in der Briefschale, man schrieb ja «Kollektivbriefe» im Bewußtsein, daß es «Mitleser» gab, auch untereinander schickten sich Frau Tatziet und ihre Schwestern Briefe weiter, das meiste wurde allerdings von Frau Tatziet umgehend weggeworfen oder verfeuert. Zwischen Ansichtskarten aus dem Urlaub und Geburtstagspost lag manchmal eine Todesanzeige in einem Briefumschlag mit schwarzem Rand, die Namen der trauernden Gatten, Kinder, Enkel und Urenkel hatten von Generation zu Generation mehr Bindestriche und klangen internationaler und weniger nach Wagner. (Manche Vornamen, auch die von Herrn Tatziet und von Hartmann, hatten sich in der Familie über Generationen erhalten, weil immer wieder ein junger Mann in einem Krieg fiel und ein Neugeborenes ihm zu Ehren nach ihm benannt worden war.) Ein spezieller Bestand an Büchern stammte von Teutwart, einem von Frau Tatziets jungen Gästen, einem Sohn von Oma Quade, mit dem Frau Tatziet besonders vertraut gewesen, der aber, ohne seine Schwester, mit der er zusammenwohnte, in die Pläne eingeweiht zu haben, denn das wäre zu riskant gewesen, mit einer fremden Frau in den Hohlraum eines schweren Baufahrzeugs eingesperrt von Fluchthelfern in den Westen gebracht worden war, wo er sich weniger unter Druck zu fühlen hoffte, wenn er mit «den Frauen in kein rechtes Geleise kam»; es waren viele Suhrkamp-Bücher, Teutwarts Name mit Bleistift vorn eingetragen, aber auch «Ulysses» und Henry Miller, er hatte diese Schätze bei Frau Tatziet untergebracht, falls ihm etwas zustoßen sollte. (Meine Mutter glaubte, daß er nicht mehr mit ihr sprach, weil sie sich einmal abfällig über «Alexis Sorbas» geäußert hatte.) So hatte sich «Watt» von Samuel Beckett nach Schmogrow verirrt, ein Autor, mit dem ich mich identifizieren konnte und der zudem ausreichend hermetisch schrieb, so daß man ihn trotz seiner Bedeutung und Bekanntheit nicht mit allzu vielen anderen Lesern teilen mußte. Von seiner Physiognomie her und mit seiner Einsilbigkeit hätte er auch ein bäuerlicher Nachbar in Schmogrow sein können. Wie sympathisch stellte ich mir Irland vor, ein Land ohne Eroberungsgelüste und Nazivergangenheit, aus dem Heinrich Böll einen Sehnsuchtsort der Deutschen gemacht hatte wie Astrid Lindgren aus Schweden. Am Ende mancher von Teutwarts Büchern gab es seitenlange Hinweise des Verlags auf andere Titel, die mich verwirrten, so viele Autoren und Bücher, die ich nicht kannte, fast jedes Buch interessierte mich («Zen Buddhismus und Psychoanalyse»! «Die Theorie des Schönen in Japan»! «Die Kunst des Bauchredens»!), wie sollte ich an diese Bücher kommen? Und wie sollte ich sie zu lesen schaffen, wenn ich meine Zeit an eine Arbeit verschwenden mußte, die mich vom Lesen abhielt? Sollte ich Mönch werden? Oder ins Gefängnis gehen? Ich dachte möglichst nicht darüber nach, solange ich in Schmogrow war, mußte ich keine Entscheidungen treffen, weil ich ja stellvertretend für die vielen Freunde des Hauses die Stellung hielt, das war Aufgabe genug. Deshalb machte mir Herrn Tatziets schwindende Lebenskraft solche Sorgen. (Oma Quade sagte lapidar: «Ach, der soll endlich sterben.») Ich schleppte weiter literweise Lauchstädter Heilbrunnen und vitaminreichen Rotbäckchen-Saft heran, in der Hoffnung, er würde seinen Ansprüchen genügen (was er nicht tat). Ich hätte ihm auch gern zu einem guten Kaffee verholfen, weil ihm kein Kaffee mehr schmecken wollte, obwohl seine Frau für ihn schon die alte Kaffeemühle hervorgekramt hatte, mit der man nach dem Krieg gestoppeltes Getreide oder Körner, die man in einer zerschossenen Mühle zusammengefegt hatte, zu Mehl gemahlen hatte, um sich morgens «Stalinschmalz» zu kochen, einen dünnen Kleister aus Mehl und Zwiebeln, zum Mittag gab es dann «Rotznasensuppe», in Wasser geriebene Kartoffeln. (Zusätzlich ging man «botanisieren», also Brunnenkresse, Löwenzahntriebe, Sauerampfer, Brennesseln, junge Melde, Rübenblätter suchen, Tee wurde mit Apfelschalen aufgegossen. Die Kaninchen, die im Garten wüteten, schaffte niemand einzufangen, man konnte ihnen nur sehnsüchtig hinterhersehen und sich dabei die Lippen lecken. Eigentlich ernähren wir uns ja jetzt ganz ähnlich, nur freiwillig, obwohl ich manchmal mosere: «Rocky Balboa ißt kein Quinoa!») Herr Tatziet argwöhnte, daß der Kaffee in den Packungen, auf denen ich für ihn das Haltbarkeitsdatum suchen mußte, heimlich gegen abgelagerten Kaffee ausgetauscht worden sei. (Sein Großvater, der Rixdorfer Pfarrer, hatte in einer Choleraepidemie bei Hausbesuchen alle Ansteckungsgefahren «mit seinem excellenten Kaffee» im Keime erstickt.) Außerdem mißtraute er dem Wasser aus der Leitung, da es ja ständig unter Druck stand und nicht die Qualität von frei aus einer Quelle sprudelndem, unzerquetschtem Wasser haben konnte. Im Grunde schmeckte ihm nichts mehr wie früher, seine Frau sollte das Kochbuch ihrer Mutter heraussuchen, um deren alte Rezepte zu studieren, im Krieg hatte ihm doch sogar eine rustikale Erbsensuppe aus der Gulaschkanone so gut geschmeckt, daß er sich immer noch daran erinnerte. (Dabei hatte er oft erzählt, wie er einmal, um seinen mißtrauischen Rekruten das Essen schmackhaft zu machen, vorgekostet und sich anschließend übergeben hatte.) Wie mußte sich das für Frau Tatziet, die ihr ganzes Leben seinen speziellen Bedürfnissen und seiner komplizierten Ernährungsweise gewidmet hatte, angefühlt haben? Sie äußerte sich nicht zu seinen nachlassenden Kräften, nur einmal bemerkte sie mir gegenüber, daß ihr an ihrem Mann auffiel, wie sich seine Hand im Alter verändere. (Als sie Herrn Tatziet noch allein ließ und einmal außer Haus war, hatte Frau Schulz ihn dabei überrascht, wie er sich ein Ei briet, woraufhin sie nach ihrer Rückkehr zu

Frau Tatziet sagte: «Wenn sie nich da sind, findet ihr Mann *allet*!»)

Ins «Grüne Gewölbe», in dem Tante Isolde früher Mittagsschlaf gehalten hatte und ich nun las, hatte abends manchmal ein Dutzend Menschen gepaßt, wobei einer auf dem Korbsessel neben dem Fenster sitzen mußte, vor dem Herr Tatziet immer warnte, weil man sich dort unbemerkt verkühle. Als ich endlich länger aufbleiben durfte, konnte ich das aufregende Abendprogramm der Erwachsenen mitmachen, um das ich immer geprellt worden war und von dem man manchmal am Morgen Reste vorfand, leere Kognakbohnen-Packungen, Zettelblöcke mit Zahlenkolonnen von rätselhaften Gesellschaftsspielen, Rotweingläser mit eingetrockneter Neige (die Korken wurden aufgehoben, weil Herr Tatziet sie nutzte, damit seine Bienen bei der Fütterung vor dem Einwintern bequemer an das Zuckerwasser kamen). Oft spielten wir im «Grünen Gewölbe» «Check» von Parker («Weltbekannt durch MONOPOLY»), von denen auch «SuperHirn» stammte. Auf der Schachtel von «Check» saßen zwei Paare unter einer tief hängenden Lampe an einem mit grünem Filz bespannten Tisch und errätselten die mit verdeckten Buchstaben gelegten Wörter der anderen, wobei sie unterschiedlich weit gekommen waren; ein Herr («E_ERGIE_ARKT») rauchte Zigarillo und trank Kognak aus einem Glas mit schwerem Boden, sicher war er ein «Unternehmer» oder spekulierte an der Börse. Man hatte die Bundesrepublik, in der die Deutschen endlich einmal für ein paar Jahre Urlaub von sich selbst nehmen konnten, genutzt, um vermögend zu werden, er trug blaues Hemd und dunkelblauen Schlips, während sein Gegenüber mit seinem grünen Rollkragenpullover wie Thomas Gottschalk im Vergleich zu Frank Elstner um Nuancen sportlicher und jugendlicher wirkte. Ihre Frauen («M_DE_ _CHA_») waren edel und gepflegt wie Mordopfer bei «Derrick», etwas unnatürlich, mit Solariumsbräune, dunklem Lidschatten, langen roten Nägeln, einem Rubin am Finger, goldenen Armreifen und tiefem Ausschnitt über dem flachen Busen. Im Schein der Lampe sah man Rauchschwaden, denn alle rauchten und nutzten klobige gläserne Aschenbecher. Die konzentrierte, professionelle Atmosphäre, wie sie auch in «Cincinnati Kid» mit Steve McQueen beim Pokern herrschte, gefiel mir, Spielen wurde hier ernst genommen. Manchmal hielt in Schmogrow jemand mitten am Tag inne, bei der Arbeit auf dem Kartoffelacker, mit der Schubkarre auf dem Weg zum «Kompositorium» oder beim Bohnenknispeln, wenn jeder seine Bohnen mit einem hellen «Pling» in die Schüssel in der Mitte warf, und verkündete voller Vorfreude: «Ich hab ein Check-Wort!», weil ihm ein besonders ungebräuchliches Wort, das auch ohne die verbotene Pluralendung genau zwölf Buchstaben hatte, eingefallen war, und das noch dazu seltene Buchstaben enthielt und möglichst kein «e» («Ach, Schiete, ‹Carraramarmor› hat dreizehn Buchstaben!»). Meistens wurden aber die schweren Wörter als erstes geraten, weil sich alle aus der Runde darauf einschossen. Außerdem konnten einem die «Ereigniskarten» einen Strich durch die Rechnung machen, wenn man zum Beispiel eine zog, die einem befahl, einen Buchstaben aufzudecken. (Am seltsamsten war sicher das Ereignis: «Sie sind ganz normal an der Reihe.») Ich hatte einmal Silvio nicht verbessert, als sich

nach langem Rätseln herausstellte, daß er «lequidieren» gelegt hatte, ich kannte das Wort ja aus «Tim in Amerika»
(«Weißt du, ich hab mir zwei Wörter von Kapitän Haddock
gemerkt», hat Ricarda neulich gesagt: «Kartoffeltierchen und
Halblunken.»). Frau Tatziet, die, um Klarheit zu schaffen,
den Duden bemühte, rechnete es mir hoch an, daß ich nicht
darauf bestanden hatte, recht zu behalten, sondern großzügig nachgab, um Silvio nicht zu demütigen. Sie hatte schon
oft erlebt, daß in der ersten Klasse «das große Wunderkin-
dersterben kam», wenn die Ernüchterung über die tatsäch-
lichen Fähigkeiten der von ihren Eltern jahrelang für hochbe-
gabt gehaltenen Kinder einsetzte, aber auch, wenn sich ein
Kind tatsächlich als «schulschlau» erwies, wie sie das nannte,
hatte das in ihren Augen für das wirkliche Leben nicht viel zu
bedeuten – einen neuen Nachbarn am Ende der Straße, einen
Professor, der nach seiner Pensionierung hier gebaut hatte,
nannte sie nie bei seinem Namen «Neumann», sondern immer «Neuschlau». (Andererseits amüsierte sie sich über den
ganz anders als bei «Stadtkindern» gearteten Ausdruck auf
den Gesichtern der «Dorfkinder», wenn die Lokalzeitung,
die wie ein immerwährender Kalender funktionierte, ihre
rituell wiederkehrenden Fotos von Einschulungen druckte.
Sie kannte diese Gesichter schon aus der Zeit, als sie im
Krieg als Hilfslehrerin in der «Latschenschule» im Ortsteil
«rechts der Oder» gearbeitet hatte: «Da looft det neue Frol-
lein!» erklärte ein Schüler, der nicht schreiben konnte, aber
dafür wundervolle Oderkähne mit Besatzung an die Tafel
malte, zu seiner Mutter, als er sah, wie sie auf dem Rückweg
durch den Ort ging. Ein Schüler hatte einen Aufsatz mit den

von Herrn Tatziet gern zitierten, unfreiwillig lautmalerisch geratenen Worten: «Um zum Zug zu kommen ...» begonnen, ein anderer hatte geschrieben: «Wovon stammen unsere Haustiere ab? Von unseren Vorfahren.» Am besten war aber der Schüler, der bei Rechenaufgaben als Ergebnis immer «10» herausbekam. Als eine Kommission ihre Arbeit kontrollieren kam, gab Frau Tatziet diesem Jungen «7+3» zu rechnen, und alle staunten über die prompte Antwort und zogen zufrieden weiter.)

Auch über unserem runden Tisch im «Grünen Gewölbe» hing eine Lampe, die zu den Wundern von Schmogrow gehörte, weil man den wie ein Leporello gefalteten Pergamentschirm tiefer ziehen und wieder nach oben gleiten lassen konnte, das Kabel verschwand spurlos in einem Bakelit-Ei. Abends wirkte das düstere Krähenbild über dem grünen Sofa, dessen Samtbezug mir, wenn ich ihn mit den Fingerspitzen berührte, eine Gänsehaut machte, noch melancholischer. Viele Schmogrow-Gäste zog es, wenn sie Kummer hatten, hierher zurück wie verwundete Tiere, und Kranke ließen sich gern auf dem grünen Sofa gesundpflegen. Frau Tatziet stellte solchen Gästen ein Bild von Kaiser Wilhelm auf den Tisch und sagte: «Doch heute strahlt ein jedes Aug' / Heut strahlt jedweder Mund: / Wer seinen Kaiser schauen darf, / Der wird gewiß gesund!» In der Nische neben dem Fenster hing Herrn Tatziets Öl-Porträt von «Marunkelchen», das er, weil der Kopf etwas schief zum Rahmen ausgerichtet war, «ohne Sinn und Verstand» gemalt habe, wie er fast verärgert sagte, wenn man ihn danach fragte, ein Frühwerk aus ihrer alten Heimatstadt Eberswalde, in der es einen gebildeten Freundeskreis gegeben hatte (und wo ja auch die verehrte Ina Seidel lebte), nach dem sich die Familie, vor allem aber die Mutter, seit der Flucht und den Zerstörungen durch die Bomben für den Rest ihres Lebens zurücksehnte. Sie bedauerte es, daß sie so weit entfernt von ihren Söhnen lebte, von den beiden älteren trennte sie sogar die Zonengrenze (auch wenn die Enkel aus dem Westen zum Geburtstag Briefe in Schönschrift schrieben, in denen sie über ihre schulischen Erfolge berichteten, ein Lehrer sei beliebt, weil sie bei ihm stricken dürften: «Er kommt bei uns, trotzdem wir die schlimmste Klasse der Mittelschule sind, sogar ohne Schläge durch, was bei fast keinem andern Lehrer der Fall ist»), sie wäre gern mit Tante Gretchen nach Schmogrow gezogen, was zu Herrn Tatziets heimlicher Erleichterung am mangelnden Wohnraum im halbzerstörten Ort scheiterte, die «Schnaps-Schneidern» hatte andere Pläne für die Wohnung, die im Haus von Berthchen Quitz freigeworden war («Hier stehen und Schmorgurken einmachen», hatte Tante Gretchen von der Aussicht durchs Fenster begeistert schon geschwärmt.). «Marunkelchen» hätte ihren jüngsten Sohn, das Nesthäkchen, bei dessen Geburt ihr früh verstorbener Mann – sie lebte sechzig Jahre als Witwe – prophezeit hatte: «An diesem Kind wird seine Mutter viel Freude haben», gern täglich gesehen, sie schrieb in ihren letzten Jahren, wenn sie in der kalten Wohnung, die sie mit Tochter und Schwiegersohn, der ihr Altersgenosse war, teilte – von der Tochter tagelang ins Bett verbannt, damit sie nicht erfror –, die Briefe aus der Verlobungszeit ihres Vaters ab, des Pfarrers aus Rixdorf, Dokumente einer hysterisch-keuschen, fast manischen Beschwörung eines unendlichen Glücks, das sich mit der Hochzeit endlich einstellen würde, und in die keine weitere Erfahrung mit dem realen Gegenüber eingeflossen war, als daß man ihn kennengelernt hatte: «Ach, mein Kind, mein süßes, heißgeliebtes Kind, geht wohl durch deine Seele jetzt auch solch tiefes inniges Sehnen nach mir, wie durch die meinige nach dir? Dabei ist freilich eine so drückende Schwüle, wie heute schon den ganzen Tag, daß Leib und Seele matt und müde sind und ich, wenn es ein anderes Mittel der Mittheilung gäbe, gar gern die Feder weglegte. Wenn sich doch telegraphieren ließe! Du weißt, wie ich das meine, mein süßestes Kind, mein kleines Schnäbelchen. Es geht doch nichts über die Telegraphie; aber die alte Art, welche unsere Eltern als Brautleute schon ebensogut gekannt und geübt haben wie wir. Wir brauchen kein transatlantisches Kabel; Lippe auf Lippe und die Leitung ist hergestellt. Ja, mein Kind, wenn das jetzt so möglich wäre. Ich habe solche wichtige Depesche aufzugeben; weißt du, welche? Kind, mein Kind, ich habe dich lieb, ich habe dich so lieb, daß ich's gar nicht recht ohne dich aushalten kann, das ist die Depesche, daß sie nun auf diesem Wege erst viel später zu dir kommt, das würde so viel eben nicht thun. Aber das ist der Unterschied bei dieser Telegraphie, daß die Mitteilungen so viel angenehmer und köstlicher für den Sender wie für den Empfänger sind, als wenn sie brieflich durchs Wort geschehen.» Über sich selbst berichtete «Marunkelchen» ihrem Sohn noch in ihrem letzten Brief zerknirscht von ihrem größten Versagen, als sie als junges Mädchen einmal in Berlin unaufgefordert Adolph von Menzel in seinen schweren Überzieher helfen wollte, der kleine Mann war empört gewesen, daß sie sich das als Frau herausgenommen hatte. Sie schämte sich damals so sehr, daß sie dieses Erlebnis mit dem berühmten Maler lange niemandem gegenüber erwähnte. Wie anders hätte diese Begegnung verlaufen können, wenn sie damals nicht noch so ein junges, törichtes Mädchen gewesen wäre! Könnte Menzel doch sehen, mit welchem Interesse sie heute die Erläuterungen zu den Bildern in seinem Kinder-Album in sich aufnehme, wenn sie sich an diesem Buch erfreue, wie gerade jetzt, da sie es ungehörigerweise als Schreibunterlage verwende!

Herr Tatziet war von seinen Mitschülern wegen seiner künstlerischen Begabung (er machte sich auch beim Militär bei seinen Kameraden beliebt, indem er im Rücken der Offiziere schnell Karikaturen an die Tafel zeichnete) «Tizian» genannt worden. Von Onkel «Witz» hatte er die Gewohnheit übernommen, sein Auge zu schulen, indem er auf Bahnfahrten übte, Landschaften und Gebäude blitzschnell zu erfassen und zu skizzieren. Seine Frau konnte er allerdings überhaupt nicht zeichnen, obwohl er zahlreiche Versuche dazu unternommen hatte, die Skizzenbücher waren voll davon. Teils lag es daran, daß sie nicht gern stillsaß, teils daran, daß er sie idealisierte, vielleicht fürchtete sie auch, daß er sie zu genau ansah. Schon bei den Fotos, die nach der Hochzeit mit ihr und ihrem Mann und verschiedenen Gruppierungen von Verwandten gemacht worden waren, hatte sie ganz offensichtlich das lange Warten gestört, und sie guckte deshalb fast mißmutig (die Zöpfe waren an diesem Tag, bevor die Haare für immer hochgesteckt wurden, mit Hühnerringen geflochten gewesen). In der Familie hatte es im neunzehnten Jahrhundert einen Porträtmaler gegeben, der nach der Erfindung der Fotografie verhungert war, so, wie ein reicher Onkel, der eine Kaffeerösterei besessen habe, an einem Herzinfarkt gestorben sei, weil er von Berufs wegen immer seinen Kaffee verkosten mußte, sagte Herr Tatziet. Andere Verwandte trieb ihr denkmalgeschütztes Fachwerkhaus in den Ruin. Herr Tatziet gedachte solcher Belastungen, Mißgeschicke und Schicksalsschläge, auch wenn sie sich lange vor seiner Geburt ereignet hatten, mit einem Bedauern in der Stimme, als seien sie gerade erst passiert und noch dazu ihm selbst. Ich wußte als Kind nicht einmal, daß es sich auf dem Bild im «Grünen Gewölbe» um «Marunkelchen» handelte, und noch als ich es erfuhr, befremdete mich die Vorstellung, daß Herr Tatziet eine Mutter gehabt haben sollte und sogar Geschwister und Nichten und Neffen (für die er sich «Onkel Ponkel à la Lonkel» nannte), denn seine richtige Familie waren doch seine Gäste, also wir alle.

Manchmal fanden sich im «Grünen Gewölbe» genügend Mitspieler für das Dudenspiel, jemand suchte aus dem Duden ein Wort, das keiner kannte, «der Torkel», «die Schmicke», «der Pflatsch», «der Krickel», der Duden war voll von Begriffen, die man noch nie gehört hatte, auch für uns Deutsche war Deutsch eine Fremdsprache. Zur Sicherheit fragten wir meinen Vater, der das Wort meistens doch kannte, aber nicht mitspielte, er stellte sich allerdings gern in die Tür und gab Kommentare ab, ohne sich aufs Mitmachen zu verpflichten, so daß er die Freiheit hatte, jederzeit wieder zu verschwinden. (Daß auch Herr Tatziet immer zuhören konnte, wurde mir erst klar, als ich nach seinem Tod in seinem Zimmer arbeiten durfte, der Kachelofen, der die «Meisterstube», das «Grüne Gewölbe» und die Eßstube wärmte, funktionierte wie ein Hörrohr, und wenn eine Runde von jungen Gästen abends kein Ende fand, meldete sich manchmal eine Gespensterstimme: «Hier spricht der Ofen!») Dann mußte sich jeder für dieses Wort eine nach Duden klingende Definition ausdenken (war «die Schmasche» ein «Lammfell» oder «ein lederner Gesäßschurz zum Herabgleiten von Almwiesen», war «der Gelzenleichter» der «Abstrich des ungefilterten, fermentierten Maischesuds bei der Weinherstellung» oder «*landschaftlich für Schweineschneider*»?), die anschließend von einem Spieler mit neutraler Stimme, ohne zu stocken und ohne zu lachen, vorgelesen wurden. Zwischendurch kam Herr Tatziet und sagte: «Ich mach mal ‹ratsch› …» oder Frau Tatziet, die solche Geschenke als lästigen Wanderpokal betrachtete, brachte eine Schachtel Pralinen aus dem «roten Schrank» («Eßt ihr so was?»), in dem die zerbrechlichen Weingläser leise klirrten, wenn man durchs Zimmer ging, wo aber auch Marmeladen- und Honiggläser standen und Vorräte von Papiertaschentüchern, Streichhölzern (Ricarda: «Streichelhölzer») und Glühbirnen lagerten sowie die Gartenscheren, von denen die rote aus der Schweiz für Frau Tatziet reserviert war, weil nur diese gut zu benutzen war, während die älteren, die natürlich nicht weggeworfen wurden, eher an Trainingsgeräte erinnerten. Jemand hatte vor Jahrzehnten ein Sarah-Kirsch-Gedicht in Schönschrift abgeschrieben, den Rand des Papiers wie eine Schatzkarte leicht angekokelt und es von innen an die Schranktür geheftet:

Werte Ameise
bitte unternimm keine Reise
in unseren Schrank
wir wüßten keinen Dank
wir müßten Pulver streuen
du würdest es bereuen

(Die vom Rhythmus erzwungene Betonung der Penultima von «Ameise» entzückte mich.)

Es dauerte lange, bis alle sich ihre Definition ausgedacht und aufgeschrieben hatten, in diesen Minuten war es vollkommen still im Raum bis auf ein leises Gickern, wenn sich jemand über einen Einfall freute, und das Ticken des Regulators, den Tante Lores Mann jedes Jahr reparierte, wobei er im Uhrenkasten einen Zettel mit komplizierten Berechnungen über die Ganggenauigkeit hinterlegte. (Der im Ersten Weltkrieg mit seinem Flugzeug abgeschossene Hartmann, ein Bruder von Helmtrud, dem Frau Tatziets Bruder seinen Namen verdankte, hatte sich, wenn er beim Sonntagsausgang aus der Kaserne nach Hause kam, manchmal vor diese Penduluhr gesetzt und die Zeiger scharf beobachtet, weil er die Erfahrung gemacht hatte, daß die Zeiger feststanden, solange man sie anschaute, und nur unbeobachtet fortzuschreiten wagten.) Jeder freute sich darauf, daß seine Definition vorgelesen würde, nachdem man sich solche Mühe damit gegeben hatte. Wenn die Definitionen zur Aufführung kamen, durfte man sich bei der eigenen nichts anmerken lassen, es sei denn, man wollte Verwirrung stiften, indem man noch einmal nachfragte, weil man angeblich nicht alles verstanden hatte, was aber durchschaut werden konnte. Wir gingen nach solchen gemeinsam überstandenen Kreativstrapazen angeregt und erschöpft zu Bett und verwendeten die neugelernten Wörter («Znüni») in den nächsten Tagen oder sogar für immer wie eine Art Familiensprache. Mit den Schulfreunden zu Hause funktionierte das Dudenspiel leider nicht, genau wie das ausgeborgte oder sogar sorgfältig nachgebaute «Check» dort keinen Spaß machte und man auch die Bücher, die man von hier mitnahm, weil die Ferien zu kurz dafür gewesen waren, nicht zu Ende las. Frau Tatziet empfahl einem ohnehin, Bücher und Spiele lieber hier zu *besuchen.*

Ich achtete nach dem Spielen darauf, als Letzter das Licht zu löschen, weil ich wußte, daß Frau Tatziet sonst vielleicht noch einmal aufgestanden wäre, um das selbst zu tun, so, wie sie vor dem Essen, wenn im «Grünen Gewölbe» noch Licht brannte, immer hinwankte, um den Schalter zu drücken; eine Lampe, die für sich allein leuchtete, das fühlte sich an wie ein über das Wochenende unbemerkt laufender Wasserhahn, das hatte man im Krieg und auch noch lange danach tief verinnerlicht, als die Länge der Tage, da man nur über selbstgebastelte Funzeln verfügte, vom Sonnenlicht abhing: «Verbrauch nicht mehr als 100 Watt / damit dein Nachbar auch was hat.» Onkel Erich hatte 1945 sogar an die «Stromversorgungsstelle» seiner Stadt schreiben müssen, weil er mit Bestürzung festgestellt hatte, daß er mit seiner Frau und Schwiegermutter über das zugelassene Maß «elektrischen Strom» verbraucht hatte. Er bat, bei der Beurteilung dieses Tatbestandes zu berücksichtigen, daß er als Studienrat von achtundsechzig Jahren auf künstliche Beleuchtung angewiesen sei, daß zudem seine schwer herzkranke Frau an nächtlichen Angstzuständen, Herzbeschwerden und Atemnot leide, die für sie und ihre Umgebung «in der Finsternis ganz unerträglich» seien, und daß seine dreiundziebzigjährige Schwiegermutter häufig Nierenkoliken habe und bei solchen Anfällen bisweilen Licht brauche, wobei sie sich, um zu sparen, ja schon meist im Dunkeln mit ihren Schmerzen durchquäle, er selbst schließlich leide an der Blase: «Ihre Haltlosigkeit gegenüber dem Harndrang habe ich schon längere Zeit nur steuern können durch regelmäßige Bestrahlung mit der Heizsonne». Er sei wie erlöst gewesen, als sie wieder Strom erhalten hatten, das Aussetzen der Behandlung wegen der einschränkenden Bestimmungen habe aber auch prompt wieder «einen Zustand gezeitigt, der für einen Lehrer, der vor der Klasse steht, Angst und Qual bedeutet». Im übrigen seien weder seine Frau noch er je Mitglied der NSDAP, der SA oder der SS gewesen.

Das «Grüne Gewölbe», in dem wir spielten und ich später las, war früher Hartmanns Zimmer gewesen, auf dessen Rückkehr aus dem Krieg man noch lange gewartet hatte. Hier hatte er für die Schule Latein gelernt, nachts Radio gehört und auf dem Akkordeon geübt (bei Frau Tatziets Hochzeit hatte er auf dem Hof den Gästen zum Tanz aufgespielt). Vielleicht hatten die Schwestern immer noch die Hoffnung gehabt, er würde irgendwann bärtig, zerlumpt und mit durchgelaufenen Sohlen wieder auftauchen (manches Schmogrower Kind hatte seinen Vater bei der Heimkehr nicht erkannt und gestaunt, wen die Mutter da umarmte; ein Junge hatte den gefürchteten Brief mit der Todesnachricht, ohne daß er sich später erklären konnte, warum, aus der Post genommen, versteckt und irgendwann sogar vernichtet). Tante Lore schaltete vom Westen aus einen schwedischen Freund ein, der bei ihnen als Kind die Sommerferien verbracht hatte und mit Hartmann befreundet gewesen war, er bemühte sich beim Internationalen Komitee vom Roten Kreuz in Genf um Informationen. Als 1970 der endgültig gemeinte Bericht über die wahrscheinlichen Umstände von Hartmanns Tod eintraf, ging Frau Tatziet einmal ohne Kartoffelhacke, Drahtkorb, Schubkarre, Gartenschere oder Schafe an der Kette nach hinten zu «Hinthertürs Fliederlaube», nicht einmal die Gänseblümchen, die sonst «die suchende Seele erquickten», trösteten sie heute. Sie schaute lange nach Osten über die Oder, wo ihr Bruder irgendwo lag, wenn ihn überhaupt jemand begraben hatte, wo sollten ihre Gedanken ihn suchen? Seltsam, jetzt fiel ihr ein, wie Hartmann einmal im Zug in die Stadt ein Lineal gefunden hatte und wie traurig er gewesen war, als er es drei Tage später wieder verlor, ebenfalls im Zug. Sie hatte ihn damals für sein Jammern gescholten, so, wie sie ja überhaupt die nüchterne, ältere Schwester gewesen war, für die Mutter nach dem frühen Tod des Vaters die erste Vertraute («Wehren Sie nicht ab! Das Leid bringt Sie in Gottes Nähe», hatte der Pfarrer zur Mutter gesagt.). Wenn Frau Tatziet in der Zeit, als er im Sterben lag, in der Schule von den Lehrern gefragt worden war, wie es ihrem Vater ginge, hatte sie nicht gewußt, wie sie darauf antworten sollte, denn sie hatte gelernt, daß man sich für Nachfragen Erwachsener nach dem Befinden als erstes höflich bedanke, aber sie konnte doch nicht sagen: «Danke, sehr schlecht.» Sie war von ihrer Mutter zur Tatkraft und in der Schule zum Intellekt erzogen worden, sie war deshalb niemand, dem der kleine Bruder seine Gefühle geschildert hätte, auch nicht als Soldat, das tat er bei Lore («Andere Kinder feiern unser Ostern», hatte sie ihm von zu Hause geschrieben, was ihn sehr berührte.). Für Hartmann hatte sich der Verlust des Lineals, nachdem er so unverhofft in seinen Besitz gekommen war, schlimmer angefühlt, als wenn es ihm sowieso schon gehört gehabt hätte, jetzt tat es Frau Tatziet leid, daß sie damals so schroff zu ihm gewesen war. Sie dachte daran, wie ihr Vater seinen Kindern einmal einen Rest Farbe, der beim Bronzieren eines Leuchters übriggeblieben war, überlassen hatte, jedes der Kinder hatte damit im Garten ein Blatt seines Lieblingsbaums angemalt, eine Weile suchten sie «ihre» Blätter regelmäßig auf, um sie mit Kniefall zu begrüßen, Frau Tatziet das Blatt eines Fliederbuschs, der genau hier hinten gewachsen war. Weil sie so in Gedanken versunken war, achtete sie nicht auf Fiddekes Pferde, die über die Koppel gelaufen kamen, leise schnaubten und ihr die Hände leckten, ein tröstliches Gefühl, auch wenn sie, wie sie später dachte, sicher nur das Salz ihrer Tränen angelockt hatte.

12. EIN LEBEN OHNE PHLOX IST EIN IRRTUM

Klara bringt heute die Kinder ins Bett, und ich flüchte vor einer Hornisse, die sich in die Eßstube verirrt hat – unter dem Dach der Hauslaube gibt es in diesem Jahr ein Nest –, ich konnte sie nicht befreien, weil sie, sobald ich die Tür einen Spalt öffnete, mit wütendem Brummen auf mich zuflog, wahrscheinlich wird sie am Morgen tot auf dem grünen Linoleum liegen. Ich gehe also noch einmal allein durch den Garten, eigentlich hatte ich nur auf den Hof gehen wollen, um den Sternenhimmel zu bewundern, mich an das Rauschen der Kastanie zu erinnern («warst so schön, breitwipflichter Baum») und mir den Schnee vom Herzen zu streifen, aber nachdem ich eine Wurfmöhre aus Schaumgummi aufgehoben und in den Schuppen gelegt habe, damit kein Reh darüber stolpert, zog es mich weiter in die Dunkelheit, obwohl es etwas nieselt, Frau Tatziet nannte es «Kapuzenregen». Früher bin ich vor dem Schlafengehen immer noch einmal rausgegangen, ganz bewußt ohne Jacke und deshalb fröstelnd, leicht benommen von der Leseanstrengung des Tages und mit dem Bedürfnis, meine Gedanken zu ordnen, vielleicht würde sich ja endlich eine Klarheit einstellen, auf die man in solchen Momenten des Absetzens immer hofft. Bei so einer Gelegenheit habe ich einmal die Silhouette eines Marders beobachtet, der über den Dachfirst des Schuppens Richtung Hühnerstall spazierte (ob er wußte, daß Marder immer nur die Hühner vom Nachbarn holen?), ein anderes Mal schwebte eine weiße Eule quer über den Hof. Herr Tatziet kannte sich mit dem Sternenhimmel aus, vielleicht hatte er ihn in den langen Nächten auf Wache in Rußland mit einer aus einem Schulbuch gerissenen Karte studiert, um die Langeweile zu vertreiben, wenn seine Ohren eine Pause vom Wackeln brauchten. Jedes Jahr bekam er den «Kalender für Sternfreunde» ins Haus, der über vierzig Jahre von einem Astronomen herausgegeben worden ist und seitenweise Tabellen mit für mich wertlosen Zahlenkolonnen enthielt («Äquator-Horizontalparallaxe», «Nautische Dämmerung», «Ephemeriden der Sonne»). Seine Lateinnachhilfestunden unterbrach er gern, wenn die Sterne günstig standen oder das Nordlicht zu sehen war, um mit dem Schüler draußen durch ein Fernrohr, für das er ein Stativ gebaut hatte, den Blick in Räume zu tauchen, «die des Sehers Rohr nicht kennt». Mir sagen die Sternbilder leider nichts, was man nicht unterscheiden kann, das bemerkt man nicht, Minerale, Käfer, Kakteensorten, Vogelstimmen, Schrifttypen, Kleiderstoffe, geologische Formationen, gotisches Maßwerk, Schwächen der Bauernstellung, Holzverbindungen, Bienentänze, frühkindliche Bedürfnisse, Projektilgeräusche. Ich habe gelesen, daß Männchen der blauen Libelle, von der es am Fluß so viele gibt, auf dem zweiten Hinterleibsring eine wie ein Hufeisen aussehende Zeichnung haben, warum ist mir das nicht aufgefallen, als ich sie beim Schwimmen ganz aus der Nähe beobachtet habe? Immer wieder erstaunt mich meine Blindheit, nicht nur, wenn ich im Kühlschrank die Butter suche. Wenn ich mich umdrehe, sehe ich die von einer nackten Glühbirne schwach beleuchtete Hauslaube, die früher ganz hinter wildem Wein verschwunden war, im Schlafzimmer darüber brennt Licht, Klara liest wohl noch vor. Seltsam, daß das Haus dort steht. Wenn ich es nicht besser wüßte, wäre ich siebzehn Jahre alt, und es wären Herr und Frau Tatziet, die gerade zu Bett gehen, und die Gier, mein Leben zu leben, und die Angst, es schon halb verpaßt zu haben, würden mich fast erwürgen. Ich versuche, mich zu erinnern, wie Schmogrow sich für mich mit dreißig, zwanzig, zwölf oder fünf Jahren angefühlt hat, immer ein wenig anders, aber es fällt mir schwer, diese Gefühle im Gedächtnis so sorgsam zu archivieren, daß ich mich jederzeit darin versenken kann. An welcher Kreuzung im Leben bin ich falsch abgebogen? Jetzt suche ich ständig nach einer Gelegenheit, um an der Gegenwart, die wie ein Erwachsener mit ihrem Körper eine Tür versperrt, unbemerkt vorbeizuschlüpfen. Aber das geht nur, wenn ich allein bin und nicht zurückgerufen werde, wie es meine Kinder immer tun, sobald ich ins Träumen komme, mit diesem seltsam gedehnten, leicht nach oben gleitenden, offenen Vokal am Ende: «Papáaa?» (Sie tun das, wie Karl mir verraten hat, weil ich sonst vielleicht nicht gleich hinhören würde, wenn sie etwas zu mir sagen, und: «Dis wär ja Sprachverschwendung.») Ich freue mich, daß sie noch an mir hängen, aber jedesmal zerreißt mein mühsam gewebtes Spinnennetz. Wenn ich morgens nach dem Aufwachen nicht als erstes nach einem Buch greifen kann wie ein Ertrinkender nach einem Rettungsring, leide ich darunter für den Rest des Tages. William Morris mußte nie seine Arbeit unterbrechen. Aber vielleicht hätte er gar nicht soviel zu arbeiten gebraucht, wenn er sichere Bindungen zu Bezugspersonen, am besten natürlich zu Frau und Kindern, gehabt hätte? Und wenn er sich seine unglückliche Beziehung unbewußt gesucht hat, weil sie sein nie zur Neige gehender Treibstoff war? Ob man nun Tapetenmuster entwirft oder wie Onkel Erich alte Kaffeebüchsen mit auf Papierschnipseln notierten Gedichten füllt, bis die Gattin einen zum «Wringen» ruft:

«Daß ein Ringlein von Gold
das den Finger schmückt
wie ein Mühlstein so schwer
auf der Seele drückt»

Es ist ernüchternd, daß man keinen Schritt weitergekommen ist, man wiederholt immer nur, was größere Talente bereits durchlitten haben. Dabei weiß ich jetzt schon, wie sehr ich diese Zeit mit meinen Kindern vermissen werde (Klara: «Davon haben sie nichts. Wende dich ihnen *jetzt* zu.»). Ich küsse mir die Schultern, wie ich es bei Klara gesehen habe, das soll gegen Schuldgefühle helfen. (Klara hat auch gelernt, daß man sich zwei Minuten am Tag «in Chefpose» mit Schuhen auf dem Tisch hinsetzen soll.) Ich brauche dieses Wühlen in der Vergangenheit, um der Gegenwart Bedeutung zu geben, sie muß aber endgültig versunken sein, damit es mich nicht bedrückt, sondern beseelt, es nimmt mir das Gefühl der Leere, der Langeweile, aber vielleicht habe ich auch Angst vor den Gefühlen, die hinter dieser Leere auf mich lauern. Ich warte nur darauf, daß Klara mich irgendwann verläßt, eigentlich rechne ich jedesmal, wenn sie das Wort an mich richtet, damit, daß sie sagt: «Laß uns doch lieber Schluß machen. Du fühlst dich doch auch nicht wohl mit mir.» Steht es überhaupt noch in meiner Macht, sie wieder von mir zu überzeugen, ohne mich vollkommen zu verleugnen? Wie weit ist sie schon weg? Vielleicht wartet sie nur noch, daß ich

444

meine Studie beende, um mir zu eröffnen, daß sie sich trennen will (und dabei würde ich meine Entwürfe, wenn es uns helfen würde, sofort im Hühnerstall mit den Gedichten von Onkel Erich einlagern). Gerade jetzt wäre ich gern unsichtbar dabei, wenn sie mit den Kindern scherzt. Ich bewundere es, wie vollkommen sie sich ihnen in solchen Momenten widmet (im Grunde müßte ich deshalb gar nicht unsichtbar sein, ich wäre es für sie ohnehin). Zur Zeit begeistert es die Kinder besonders, wenn sie «strenge Mutter» spielt und schimpfend und zeternd hinter ihnen herläuft. Sie hat für beide aus einem Marmeladenglas eine Schneekugel gebaut, weil es die Seele beruhige, wenn man dabei zusieht, wie Schneeflocken sich langsam setzen. Was sie Streit nennt, empfinde ich oft lediglich als emotional gefärbten Gedankenaustausch. Ich weiß meist schon vorher, was passieren wird, wenn ich etwas Bestimmtes zur Sprache bringe, und kann mich trotzdem manchmal nicht beherrschen: «Hast du das schmutzige Geschirr wieder nach links gestellt zum sauberen? Oder soll das sauber sein?»

«Siehst du! Wir streiten uns nur noch.»

«Ich hab doch nur eine Frage gestellt.»

«Ich will das nicht mehr, das Leben ist zu kurz, um es so zu verbringen, ich möchte noch ein paar Jahre glücklich sein.»

«Ich doch auch, aber vorher wollte ich noch abwaschen.»

«Wenn das doch endlich vorbei wäre, ich will endlich alleine leben!»

«Warum atmest du so komisch?»

«Ich umarme meine Wut, um nichts Unbedachtes zu sagen.»

«Wo bewahrst du deine leeren Aufbewahrungsgläser auf?»

«Wieso meine? Das sind unsere.»

«Und wo bewahren *wir* sie auf?»

«Ich räume schon immer alles auf, bevor du kommst, weil ich Angst habe, daß du wieder sagst ...»

«Das habe ich doch gar nicht gesagt.»

«Du unterbrichst mich.»

«Weil ich schon weiß, was du sagen willst.»

«Und ich weiß schon, was du antworten wirst.»

«Warum kuckst du denn so?»

«Sag das nicht immer!»

«Ich will aber nicht, daß du so kuckst, und deshalb muß ich wissen, *warum* du so kuckst.»

«Ich brauche eben meine Zeit, um dich wieder zu mögen.»

«Neulich dachte ich schon, du seist sauer auf mich, weil du so tief durchgeatmet hast, dabei hast du nur einen Luftballon aufgeblasen.»

«Dieses Gezerre kostet mich meine ganze Kraft.»

«Ich verspreche dir, zu versuchen, ein besserer Mönch zu werden.»

«*Das* meine ich.»

«Was?»

«Du kannst nie ernst bleiben.»

«Warum sollte man denn ernst bleiben?»

«Dadurch kann sich keine Nähe einstellen.»

«Ich wähle nur das Amt des Albernen, um andere klug zu machen.»

«Das mußt du aber nicht bei mir tun.»

«Angeblich schätzen Frauen Männer mit Humor.»

«Ich wünsche mir eine zugewandte, männliche Freundlichkeit.»

«Aber wenn ich mich dir männlich zuwende, wendest du dich weiblich ab.»

«Du bist entweder abwesend oder im Witzelmodus.»

«Ich ertrag einfach diese Schwere nicht.»

«Die Paartherapie ist sinnlos, wir tun uns doch nicht gut.»

«Stell dir einfach vor, ich wäre Alf.»

«Siehst du!»

«Ich vertraue diesem Therapeuten sowieso nicht. ‹Symptomatik›, wenn ich das schon höre ... Ist dir mal aufgefallen, daß der Bücherstapel auf seinem albernen marokkanischen Tischchen seit Monaten unverändert geblieben ist? Ob es eine Art Versandhaus für Therapeuten gibt, wo man diese afrikanischen Masken beziehen kann? Womöglich sind die aus Plastik ...»

«Es stört dich nur, daß er dich wegen deiner Unpünktlichkeit kritisiert hat.»

«Inzwischen hat er schon dreimal das Gemälde an der Wand ausgetauscht. Der macht sich nicht mal die Mühe, die Bücher ab und zu *umzusortieren*. Aber irgendwer scheint sie für ihn abzustauben. Oder glaubst du, der macht das selbst? Ich war schon fast soweit, mir die zu besorgen, um sie zu lesen.»

«Dafür ist er wenigstens zugewandt.»

«Du wendest dich mir doch auch nicht zu. Mir geht es zum Beispiel überhaupt nicht gut zur Zeit. Das interessiert dich gar nicht.»

«Die armen Kinder.»

«Wieso denn die Kinder?»

«Mit solchen Eltern, die sind geschädigt fürs Leben.»

«Die wachsen so glücklich und geborgen auf, wie es Kinder in der Geschichte der Menschheit selten konnten.»

«Du siehst die Anspannung in Karls Augen nicht.»

«Er hat einfach ‹eine höhergegipfelte Seele›.»

«Vielleicht liegt es daran, daß du Asperger hast. Das macht mich so verzweifelt, ich fühl mich so allein damit.»

«Überleg mal, was Kinder in seinem Alter früher schon durchmachen mußten. Die sind, weil ihre Väter erschlagen und die Mütter vergewaltigt und verschleppt worden waren, allein mit ihren kleinen Geschwistern durch die Wälder Ostpreußens gezogen, auf der Suche nach jemandem, der sie eine Zeitlang aufnahm und wenigstens wie einen Hund behandelte. Die konnten froh sein, wenn sie noch ihren Namen wußten.»

«Das ist doch kein Maßstab.»

«Silvio hat von seiner Mutter ein Heft bekommen, in das er immer eine weinende Wolke malen mußte, wenn er eingemacht hatte, und an den anderen Tagen eine lachende Sonne.»

«Und Ricarda knabbert ihre Fingernägel ab, weil wir ihr keine Sicherheit geben.»

«Ich hab heute mit den Kindern auf der langen Gießkanne getutet.»

«Es geht darum, Verantwortung zu übernehmen und mitzudenken. Weißt du überhaupt, was ihre Schuhgröße ist?»

«Nein, aber ich hab neulich recherchiert, was es kosten

würde, einen Goldbarren in der Schweiz zu deponieren, falls die Stimmung bei uns im Land kippt und wir flüchten müssen.»

«In der Zeit hättest du auch mit Karl Fußball spielen können.»

«Das tue ich oft genug, aber er muß auch lernen, sich mal alleine zu beschäftigen. Unsere Kinder spielen überhaupt *nie* alleine.»

«Die spüren eben, was zwischen uns los ist, sonst wären sie nicht so unausgeglichen, solche Kinder sind übrigens später suchtgefährdet. Mein Bruder geht mit seinen Kindern paddeln, obwohl er neun Stunden am Tag arbeitet, würdest du mal so eine *Aktion* machen?»

«Warum muß ich mir von dir den ganzen Tag Kritik anhören?»

«Getroffene Hunde bellen.»

«Nein, genervte Hunde bellen. Können wir nicht mal ausnahmsweise über etwas anderes als die Kinder reden, wenn sie schon nicht da sind? Irgendwas *Interessantes*?»

«Was denn?»

«Ich weiß nicht. Welche Organe du nicht spenden würdest, hast du dir darüber mal Gedanken gemacht?»

«Das interessiert mich nun gar nicht.»

«Oder wie ärgerlich es ist, daß man in Deutschland nicht zum Ritter geschlagen werden kann.»

«Du kannst ja heimlich zu Hause eine Rüstung tragen.»

«Fühlst du dich auch immer so versucht, schöne Radiergummis zu kaufen? Das steht in keinem Verhältnis dazu, wie selten man sie benutzt.»

«Ich hab für Karl eine Fußbadewanne bestellt, Fußbäder bauen Spannungen ab.»

«In der FAZ stand, wenn Eltern ihren Kindern das Trinken erleichtern wollen, indem sie das Loch des Babyfläschchens vergrößern, legen sie dadurch den Grundstein für lebenslange mangelnde Leistungsbereitschaft.»

«Das ist ja furchtbar.»

«Ja, aber auch furchtbar komisch.»

«Ich hab ihm schon die ersten Lebensjahre versaut, und das sind die wichtigsten.»

«Weil er einen Nuckel hatte?»

«Das hat ihm den Eindruck vermittelt, daß seine Gefühle nicht willkommen sind und er sie unterdrücken sollte, um uns damit nicht zu belasten.»

«Du instrumentalisierst ihn für dein egozentrisches Bedürfnis, daran schuld zu sein, daß im Leben alles schiefgeht, damit reinszenierst du ein übermächtiges Gefühl von Hilflosigkeit aus deiner Kindheit und stabilisierst deine narzißtische Homöostase.»

«Deine Wahrheit ist eine komplett andere als meine.»

«Das stimmt nicht, deine ist eine andere als meine.»

«Kinder müssen auf dem Land aufwachsen, in der Natur, die Stadt ist für Kinder kein gesunder Lebensraum.»

«Es gibt doch gar keinen Unterschied mehr zwischen Stadt und Land. Höchstens, daß die Stadt inzwischen grüner und artenreicher ist, weil die Bauern die Natur längst ermordet haben. Landwirtschaft ist heutzutage Bergbau, man räubert den Boden aus und füllt ihn mit Chemie wieder auf. Und bild dir bloß nicht ein, daß die Kinder, die hier aufwachsen, mehr

Sinn für Natur haben. Die sitzen nur noch länger vor dem Computer.»

«Ich will ja in einem Wohnprojekt mit Gleichgesinnten leben, dieses Kleinfamilienmodell ist ganz unnatürlich. Ich war immer am glücklichsten mit anderen Menschen. Und du sagst doch selbst, daß Gärtnern Widerstand ist.»

«Andere Menschen? Mal nicht den Teufel an die Wand!»

«Siehst du, wir haben ganz andere Bedürfnisse.»

«Willst du wirklich mit Menschen zusammenziehen, die einerseits für Arbeitsteilung sind, die aber andererseits behaupten, ihren Anteil an der Gemeinschaftsarbeit ‹an sich selbst› zu leisten?»

«Man muß das ja nicht so kleinlich sehen.»

«Du weißt doch gar nicht, wovon du redest, du kannst keinen Nagel einschlagen, wie willst du auf dem Land leben? Die tote Amsel neulich mußte auch ich begraben. Und was machst du, wenn im Dachstuhl ein Waschbär verwest?»

«Dann werde ich mir schon zu helfen wissen. Ich rede mir eben nicht immer schon alles vorher aus wie du.»

«Und welchen Kuchen wirst du deinem Nazi-Nachbarn zum Einstand backen? Oder bringst du ihm Negerküsse mit?»

«Wenn man den Menschen mit Respekt begegnet, werden sie das auch erwidern.»

«Die ersten beiden Westdeutschen, die nach der Wende nach Schmogrow gezogen sind, wurden verdächtigt, untergetauchte RAF-Terroristen zu sein.»

«Also, ich hab hier nur nette Menschen getroffen.»

«Du kannst doch deine Kinder nicht aus der Stadt entführen, das ist ein Privileg, dort zu leben, und sie sind glücklich darüber. Stadtkinder sind auf dem Quivive. Denk mal an ‹Emil und die Detektive›, Mensch!»

«Du warst doch als Kind auch lieber in Schmogrow.»

«Da war es aber auch noch ein Dorf und kein kaputtsanierter und mit Schrotthäusern zugekleisterter Vorort einer entvölkerten Kleinstadt, in der man im Gegenzug Plattenbauten ‹zurückbaut›. Eigentlich ist es gar kein Ort mehr, sondern ein ‹Wohngebiet›.»

«Dann muß man eben noch weiter raus.»

«Und wovon willst du dort leben?»

«Das wird sich schon ergeben, wenn man nur will. Wir könnten gärtnern und uns selbst versorgen.»

«Dafür mußt du aber mehr können, als mit der Hand über die Pflanzen zu streichen, um sie an den Wind zu gewöhnen.»

«Irgendwer wird einem schon helfen am Anfang.»

«Weißt du, wer vor dem Ersten Weltkrieg die Siedlerbewegung befördert hat? Deutschnationale Rassisten. Damit die Armee weiterhin konservative Bauern als Rekruten hatte und die slawischen Saisonarbeiter uns nicht ‹überfremden›. Erinnert dich das an was? Die SPD war übrigens dagegen, den kleinen Mann an seine kümmerliche Scholle zu fesseln, weil die Menschen hier verbauern und ihre Kinder auf schlechtere Schulen gehen müssen. Selbstversorger sind antizivilisatorisch, weil sie die Arbeitsteilung und damit den gesellschaftlichen Zusammenhang ablehnen. Außerdem ist der antiurbane Affekt irrational, die Wurzeln des spezifisch deutschen Antisemitismus liegen in der Romantik und in ihrer Abkehr von der Aufklärung.»

«Die Kinder müssen barfuß gehen können und auf Bäume klettern.»

«Antiurbanismus war einer der Grundpfeiler der völkischen Ideologie.»

«Merkst du, wie bei dir da was anspringt?»

«Ja, wehret den Anfängen.»

«So kann ich nicht reden, wenn du dich so aufregst.»

«Ich reg mich nicht auf, *du* regst mich auf!»

«Ich bin nicht für deine Gefühle verantwortlich.»

«Natürlich! Ohne dich hätte ich die doch nicht!»

«Das sind trotzdem *deine* Gefühle.»

«Aber *du* machst die doch.»

«Sei doch mal ehrlich zu dir, meinst du nicht, es wäre besser, sich zu trennen?»

«Für mich nicht, ich will ja mit dir leben, aber du mußt wieder du werden.»

«Man muß gar nichts.»

«Dann sage ich es eben in deiner ‹Giraffensprache›: Mein Erleben ist, daß du nicht mehr die bist, die du eigentlich bist und mit der ich leben will.»

«Du hast nur Angst, allein zu sein.»

«Nein, ich will mit dir zusammensein.»

«Aber wir tun uns doch nicht gut.»

«Weil ich mich auf den Kopf stellen kann, du wirst dich immer über mich ärgern, du wiederholst das Muster deiner Mutter.»

«Ich denk auch immer darüber nach, warum das so ist.»

«Es stört dich ja schon, daß ich Mittagsschlaf mache. Meinst du, Tante Lore hätte das ihrem Mann je vorgeworfen? Nach seiner zweiten Kriegsgefangenschaft ist er in den Westen gegangen, und weil sie, nachdem sie sich bei der Gartenarbeit verhoben hatte, gerade zu einer Rückenkur nach drüben reiste, ist sie einfach spontan aus dem Interzonenzug ausgestiegen, das durfte man gar nicht, zum Haus von seiner Schwester gefahren, wo er untergekommen war, und hat sich neben ihn auf einen Liegestuhl gelegt, wo er *schlief*. Als er aufwachte und sie sah, sagte er: ‹Schön, daß du da bist›, und dann hat sie den KaKoMü geheiratet, den ‹Kasperkopf Müller›, wie er als Kind wegen seiner großen Nase *und der vielen Witze, die er machte*, genannt wurde.»

«Wenn du aus der Kriegsgefangenschaft kommen würdest, könnte ich es ja verstehen, daß du müde bist, aber du hast nur die Kinder zum Kindergarten gebracht und mußt dich schon wieder ausruhen. Wenn du eine Pflanze wärst, wärst du blühfaul.»

«Und wenn ich ein Acker wäre, wäre ich bodenmüde.»

«Jedenfalls würdest du nicht ackern.»

«Weil Tante Karola dauernd Rückenschmerzen hatte, konnte sie ihren Kindern nicht die Schuhe zubinden und hatte deshalb immer ein schlechtes Gewissen. Da hat Frau Tatziet sie getröstet: ‹Faule Mütter erziehen fleißige Kinder.›»

«Erziehung ist Gewalt. Und die Väter von den andern Kindern im Kindergarten brauchen auch nicht ständig solche Pausen.»

«Die Väter von den andern Kindern gehen auch ganz gleich, was die Familie davon hält, morgens um acht zur Arbeit und sind um 18 Uhr wieder da, weil sie den Kredit für ihre Eigentumswohnung abbezahlen müssen.»

«Siehst du, die schaffen das doch auch ohne Mittagsschlaf.»

«Die Zeit wird ihnen am Ende aber fehlen. Es bringt nichts, seinen Körper zu betrügen.»

«Die haben aber keine Wahl.»

«Dann haben sie eben falsche Entscheidungen getroffen.»

«Man kann nicht jeden Tag zwei Stunden schlafen.»

«Ich schlafe zwanzig Minuten.»

«Das sagst du immer, ich hab es aber noch nie erlebt.»

«Wenn ich allein bin, schlafe ich sogar manchmal nur fünfzehn Minuten.»

«Aber wenn wir zusammen sind, zwei Stunden.»

«Das kann ich mir auch nicht erklären.»

«Stell dir doch einen Wecker.»

«Dann kann ich nicht einschlafen, weil ich so unter Druck stehe. Es ist übrigens eines der unangenehmsten Geräusche in unserem Leben, wenn du dir abends die minutengenaue Weckzeit einstellst, dieses hektische Piepsstakkato.»

«Der Wecker ist eben alt.»

«Aber wie aggressiv du auf die Taste hämmerst, als würdest du eine Kriegserklärung morsen. Genau, wie wenn du am Schreibtisch arbeitest, dann klingst du wie ein tollwütiger, eingesperrter Hamster. Ich hab dann immer das Gefühl, daß du, weil es dich stört, daß ich in der ‹Zeit› lese, jeden Handgriff verärgert ausführst, wenn du Papier zerknüllst oder einen Stift suchst oder wenn du auf die Tastatur eindrischst wie bei einer mechanischen Schreibmaschine. Und das bei dem ganzen Yoga.»

«Siehst du, dir würde es ohne mich doch auch bessergehen.»

«Das bist ja nicht du, das sind alles Anteile, die dich daran hindern, der Mensch zu sein, den ich liebe.»

Plötzlich stieß sie einen gellenden Schrei aus, und ich zuckte zusammen.

«Was ist denn mit dir los?!»

«Das ist zum Selbstausdruck, das hilft gegen Überforderung.»

«Wollen wir es nicht noch mal versuchen?»

«Von schlechten Beziehungen kommt man schwerer los als von guten.»

«Dann hoffe ich, wir haben eine schlechte Beziehung.»

«Da hast du Glück, wir küssen uns ja gar nicht mehr.»

«Wir sind eben seit Jahren erkältet.»

«Mir fehlt die Leichtigkeit bei uns.»

«‹Krankheit, Verfolgung, Betrübnis und Pein / Soll unsrer Liebe Verknotigung sein.›»

«Ich seh furchtbar aus, total verwahrlost.»

«Gar nicht, du bist schön wie ein Flugzeug.»

Das Rauschen der Kastanie fehlt mir bei Nacht noch mehr. Die Reihe Fichten und Tannen, die Herrn Tatziets Schüler zur Silberhochzeit heimlich an der Grenze zu Fiddekes gepflanzt haben, wächst inzwischen in den Himmel (sie leiden allerdings unter der ständigen Trockenheit). Ein Igel läuft wankend an mir vorbei, den Gartenweg hoch, er scheint zu denken: ‹Was will der denn da?› Ich leuchte ihm mit der kleinen Lampe hinterher, die freundlicherweise in den Griff meines Fahrradschlüssels eingebaut ist, man muß ihn zusammendrücken, was ich jahrelang gar nicht bemerkt hatte. Daß ich über so eine versteckte Zusatzfunktion, die selbstlose Hilfsbereitschaft von seiten eines Geräts, nicht mehr glücklich sein kann, macht mich traurig. Ich bin kritisch geworden gegenüber Technik, wenn sie auch noch so harmlos scheint. Mit einem Lämpchen fängt es an, und am Ende sind es Atombomben. Sogar das Perpetuum mobile ist heute ein Lieblingsthema reaktionär-esoterischer Kreise, die sich weigern, wissenschaftliche und historische Tatsachen zu akzeptieren, und die glauben, Hitler hätte den Zweiten Weltkrieg nicht begonnen. Wenn man ihre Behauptungen mit Fakten widerlegt, halten sie das für undemokratisch. (Oder war es schon immer ein Spiel mit dem Feuer, solch einer mechanischen Träumerei seine Aufmerksamkeit zu schenken?)

Ein Apfel fällt mit einem dumpfen Aufprall ins Gras. Im Gebüsch steht das «Gartenhäuschen» genannte zweite «Sommerklo», auf dem Frau Tatziet gern mit offener Tür saß, um den Blick über den zum Glück schon abgeernteten Kartoffelacker bis zum schiefen Wasserhahn zu genießen. Etwas weiter auf Fiddekes Grundstück hatte Fräulein Knortz eine nach ihr benannte Mulde, in der sie sich im Liegestuhl nackt sonnen konnte. Inzwischen wächst auf dem Acker nur noch Goldrute, die als «invasive Pflanze» gilt, dabei gibt es kaum Pflanzen in unseren Gärten, die nicht aus der Fremde stammen, vom Apfel angefangen. Einmal hat uns Herr Tatziet aus den Betten geholt, weil Diebe im Aprikosenbaum gesichtet worden waren, alle zogen mit Laternen und Taschenlampen los, um den Baum noch in der Nacht abzuernten, einer mußte mit einer Heugabel Wache stehen. Vielleicht hatte sich Herr Tatziet die Diebe nur ausgedacht, um uns zu so einem besonderen Erlebnis zu verhelfen? Unten im Ort grölen Betrunkene zu Helene Fischer. Ich stelle mir immer vor, daß es so klang, wenn die Russen in einem Keller Alkohol entdeckt hatten und die Frauen schon wußten, daß sie später die Häuser nach ihnen absuchen würden («Frau, komm!»). Am 8. Mai, als die Russen den Sieg feierten, dachten die Deutschen wegen der Freudenschüsse, der Krieg gehe wieder los, jenseits des Flusses gab es sogar das Gerücht, General Wenck käme und brächte endlich die Wende («Wenck haut uns raus!»). Manche hofften noch auf den Landstraßen, auf denen sie sich wochenlang nach Osten schleppen mußten, um das Kampfgebiet zu verlassen, auf die Wirkung der überlegenen Tiger-Panzer oder darauf, daß der Führer, spätestens an seinem Geburtstag, von Flugzeugen aus ein spezielles Gas verströmen lassen würde, um alle zu betäuben, so daß sie gerettet und die russischen Soldaten in Ruhe getötet werden könnten. Als Tante Lore und zwei ihrer Schwestern (nur eine der vier durfte sich tagsüber um Haus und Garten kümmern) «rabottern» gingen, also «Grabenpopeln», wie das Reinigen und Entkrauten der Entwässerungsgräben genannt wurde, Felder «entstacheldrahten», Bombentrichter zuschütten und Minenfelder einzäunen (sie schätzte es, daß man Schmogrow bei der Gelegenheit einmal «von der Seite» sah), arbeiteten sie mit einer Brigade russischer Soldaten zusammen, die überraschend freundlich zu ihnen waren. Erst später reimten sie sich zusammen, daß es eine Strafkompanie gewesen sein mußte, in den Pausen sangen sie sich gegenseitig Lieder vor und brachten sich Wörter ihrer Sprachen bei. Man suchte den Boden zentimeterweise mit Metallspitzen, die an langen

Stäben angebracht waren, an die manche auch noch einen Fahrradlenker geschweißt hatten, nach Minen ab und versuchte, ein Verlegesystem zu erkennen. Ein Soldat sagte in der Pause zu ihr: «Ich komme um.» – «Wie bitte? Du kommst um?» Er zeigte auf sein Handgelenk, «um fünf» wolle er zu ihr kommen: «Wo ist dein Haus?» – «Häuser kaputt ...», antwortete sie lachend. Tatsächlich kam die ganze Truppe bei der Explosion von provisorisch gelagerter Munition um, der einzige Überlebende verlor den Verstand, und die Reste von Lores Verehrer waren nur noch an einem geschnitzten Pferdchen zu erkennen, das er ihr hatte schenken wollen. Die Frauen gingen zur Beerdigung der Russen, das Grab war viel zu groß für das wenige, das man von den Toten noch gefunden und in Tuch eingeschlagen hatte. Sie wurden von einer Brigade weniger freundlicher Russen ersetzt, die die Frauen belästigten, sie nannten sie «Kommando Lotterich».

Ich gehe den Weg zwischen den Phloxstauden, die weißen und rosafarbenen Blüten scheinen im Dunkeln zu leuchten, es duftet, ganz nah höre ich eine Grille im Gebüsch, die lieber fiedelt, als wie die Ameisen für den Winter vorzusorgen. Am Fluß quaken Frösche um die Wette, um sich vor ihren Weibchen in Szene zu setzen; wer am längsten durchhält, ist der Sieger und darf sich fortpflanzen, sofern ihm dazu dann noch die Kraft bleibt. Es ist zu dunkel, um etwas zu sehen, aber ich habe die Dimensionen im Gefühl. Hinter dem Rosentor erkennt man im Mondlicht etwas mehr vom Garten, die alten sterbenden Obstbäume können ihre Äste kaum noch tragen. Laut Handy ist man hier in Polen. Das Gras ist ungemäht und reicht mir fast bis zum Kinn. («Der Garten steht voller Heu der Zukunft», sagte Frau Tatziet dazu. Herr Tatziet beschäftigte sich ihrer Meinung nach zuviel damit, das Heu mit der Harke zu solchen Haufen zu formen, wie er sie im Krieg in Rumänien oder in Rußland gesehen hatte.) Welche Gedanken von Frau Tatziets Mutter könnten sich uns aus dem Baumschnitt und der Anlage des Gartens im letzten Moment noch mitteilen? Mir ist klargeworden, daß die Baumschule, in der Helmtrud gelernt hat, ihren rasanten Aufstieg dem Automobil verdankte, weil man Bäume für die neuen Straßen in Pommern und Westpreußen lieferte. Auch in Brandenburg stammen sicher etliche der alten Chaussee-bäume, an die nach der Wende so viele Jugendliche ihre Motorräder und Autos gelenkt haben, noch von dort. In der Weltwirtschaftskrise hatte der Firmengründer, weil er meinte, es brauche jetzt auch eine geistige Erneuerung, nach dem Vorbild der Marienhöhe in Bad Saarow auf biologisch-dyna-mische Landwirtschaft umgestellt, Monokulturen wurden aufgelöst, Mischkulturen aus Strauch- und Baumarten gebil-det, Pflanzengemeinschaften komponiert, Kreisläufe geschlos-sen, auf Kunstdünger verzichtet, den Pferdemist bekam man von einer nahe gelegenen Artilleriekaserne. (Die Herstellung der von Hand illustrierten Kataloge mit aufwendig kolorier-ten Blüten und Früchten wäre heute unbezahlbar.) Der gei-stigen Erneuerung, für die die Deutschen sich dann entschie-den, fiel am Ende auch der Betrieb zum Opfer. Ich schlucke meinen Kaugummi runter, statt ihn auszuspucken, weil Klara gesagt hat, daß ein Vogel daran ersticken könnte. Wer weiß, wie viele ich schon auf dem Gewissen habe? (Sie behauptet, auch Kaugummis enthielten «Mikroplastik», weshalb die Kinder nur Bio-Kaugummi bekommen, der mich an DDR-Kaugummi erinnert, zäh wie Schuhsohle; mir wäre es wichtiger, sie würden nicht wie Klara «das» statt «der» Kaugummi sagen …). Rechts, wo früher Kleisters wohnten, gibt es jetzt einen Elektrozaun, weil die neuen Nachbarn Lamas züchten (ob man sie, wenn das Benzin knapp wird, zur Not als Transporttiere nutzen könnte?), links, wo nach Herrn Fiddekes Tod Teile des Grundstücks verkauft worden sind, rascheln statt der beiden Pferde Nandus, die ihre kleinen Köpfe auf langen, biegsamen Hälsen auf und ab balancieren. Der Acker ist überwuchert, die Beerensträucher sind abgestorben, wer ißt heute schon noch Stachelbeeren? Opa Harnuschs Bank am Birnbaum, in dessen Stamm es ein Hornissennest gibt, ist völlig zusammengefallen. Hier ruhte er sich beim Mähen aus. Wie habe ich mich heute gefreut, daß noch sein «Kleiderhaken» im Baum steckt, ein rostiger vierkantiger, handgeschmiedeter Nagel, an dem er seine Jacke aufhängte, ich habe es nicht geschafft, ihn mit der Hand aus dem Holz zu ziehen. Herr Tatziet hat mir erzählt, daß die Soldaten in den Eisenbahnwaggons, in denen sie zur Front transportiert wurden, die Rucksäcke mit ihrer Wäsche einfach an die Wände nagelten, vielleicht hatten sie das beim Wandervogel gelernt, wo es auch üblich war, im Gepäck Haken mitzuführen, um sie in den Scheunen, in denen man übernachtete, in die Balken zu drehen. (Auch an seinem achtzigsten Geburtstag mähte Opa Harnusch, und als Tante «Reimwild» ihn darauf ansprach: «Aber *heute* müssen Sie doch nicht mähen!», antwortete er: «Ach, wissen Sie, mein Vater hat immer gesagt: ‹Junge, jetzt biste wieder 'n Jahr älter, jetzt kannste wieder watt mehr machen.'») Manchmal sah ich dort, wenn sie auf ihrem Stück Beet arbeitete, das Frau Tatziet den Harnuschs hier hinten für das Mähen abgetreten hatte, auch Opa Harnuschs Frau, die vom lebenslangen Jäten und Hacken tief gebeugt lief. Opa Harnusch sah aus wie Brecht, nur etwas kleiner, mit Schiebermütze und Jackett, die Cordhose bis über den Bauchnabel gezogen, ein Zigarrenstummel im Mund, außerdem humpelte er, seit er einmal vom Heuwagen gefallen war. Vielleicht hatte das Schicksal ihm diesen Streich als Ausgleich dafür gespielt, daß ihm gewöhnliche Krankheiten nichts anhaben konnten, seine Schwägerin sagte über ihn: «Harnusch weiß nich, was Krankheit uff sich hat.» Seine Sepp-Herberger-Weisheiten über das Leben («Beim Heumachen ist man dem lieben Gott sein Affe» oder «Wenn's Wetter so bleibt, regnet's heute nich mehr») waren das Destillat seiner reichlichen Lebenserfahrung. Gern stellte er uns Scherzfragen. Er reichte mir zum Beispiel einen Zettel: «Lies mal laut vor!» – «Er gibt nicht 68 voll?» – «Hahaha!» (Was war daran komisch?) Frau Tatziet genoß immer den Anblick, wenn der kleine Mann mähte, es sah für sie so elegant aus, als tanze er. Er hat mir gezeigt, wie man mit der Sense umgeht, und meine Erfolge dabei spöttisch kommentiert: «Oben wackelt's schon, nur unten sitzt's noch fest.» Wer sich geschickter anstellte, den nahm er im Boot mit, um morgens um 4 Uhr, wenn das Gras noch feucht war, auf den Wiesen zwischen den Flußarmen zu mähen. Nach der Vertreibung hat es ihn wie manche andere Bewohner des Orts nach diesseits des Flusses verschlagen, die Grenze verlief nun durch den Ort, sein Gehöft verfiel, die Steine wurden verbaut, und schließlich verschwand alles unter Gras und Gestrüpp. Als ich einmal in «Hinthertürs Fliederlaube» auf der Bank saß und versuchte, den Blick über den Fluß so intensiv zu empfinden, daß mir dazu irgendwelche noch nie gesagten Worte einfielen, stand er plötzlich neben mir: «Na, kernige Deutsche!» Er hatte ein geborgtes Fernglas dabei, wie ich es manchmal in der Wohnung benutze, allerdings gucke ich falsch herum durch, um etwas Abstand von den Kindern zu gewinnen. Opa Harnusch sah damit nach Polen rüber, ob ich wüßte, warum die Deiche nicht *gerade* verliefen? Weil der alte Fritz betrunken war, als er den Verlauf festgelegt hat. Ich sollte auch mal «durchgucken», aber ich konnte nichts von seinem alten Grundstück entdecken, ich wußte nicht einmal, daß der Ort früher drüben noch weitergegangen war. «Die Steine brauchten die Polen, um Warschau wiederaufzubauen.» Er zeigte mir einen Hügel, von dem einmal angenommen worden war, daß sich darin ein Hünengrab befinde. Da hätten Landstreicher gehaust und mit Frettchen Jagd auf Kaninchen gemacht, viele Orte hatten damals «Bunkenstuben», wo Streuner über Nacht einquartiert wurden. Über den Fluß hatte es eine Fähre gegeben, erklärte er mir, die Schulkinder halfen den Fährmännern gern beim Ziehen der Kette, durch das Wasser führte eine Telegraphenleitung, worauf ein Warnschild hinwies. Im Winter mußten die Pächter der Fähre das Eis mit Wasser begießen, damit es dicker wurde und für Gespanne befahrbar war, die Rinne wurde markiert. Es gab sogar eine Gaststätte gegenüber, in der über ein Spiegelsystem durch das Dach beobachtet werden konnte, ob die Fähre kam, damit die Gäste rechtzeitig zum Zahlen aufgefordert werden konnten. Nach dem Krieg, als die Fähre für immer zerstört war, sei die Straße, die auf den Fluß zuführte und die erst Breite Straße, dann Adolf-Hitler-Straße und schließlich «Straße der Befreiung» hieß (im Volksmund «Straße der Bereifung»), ausgebaut worden, im nächsten Krieg würde dort nämlich eine Pontonbrücke errichtet werden. 45 hätten deutsche Mädchen an der Fähre gestanden und Schrippen für die Soldaten geschmiert, die sich über den Fluß gerettet hatten, bis ein Offizier das unterband, denn unter die anstehenden Soldaten hätten sich schon die ersten Russen gemischt, die auch Hunger hatten, die Uniformen waren ja so verschmutzt und zusammengesucht, daß man kaum einen Unterschied erkannte. Im «Anglerheim» spielte zu der Zeit immer noch eine Kapelle für die Soldaten zum Tanz, die das Lokal «Nahkampfdiele» nannten. Bis zuletzt wurde behauptet, daß die Russen bald zurückgeschlagen würden und «der Spuk» ein Ende hätte, spätestens wenn die gute alte Oder ihr Hochwasser führen würde. Der Gutsbesitzer von drüben habe noch angerufen und um Instruktionen gebeten, die ersten Russen seien schon gesichtet worden, der Ortsgruppenleiter habe ihn angeschnauzt, er sei wohl besoffen: «Der Russe wird vor Berlin verbluten!» Dann brach das Gespräch ab, und es waren nur noch Kühe und russische Wortfetzen zu hören. Die Gutsbesitzerfamilie stammte aus dem Kurland, die waren nach der Revolution enteignet worden, sagte Opa Harnusch. Bei der Frau vom Gutsbesitzer hätten sich die Dorfkinder immer mit ihren Schneeschuhen an den Schlitten hängen dürfen, wenn sie vorher den Hitlergruß machten. Die Handwerker konnten sich eher zur Flucht entschließen, aber wer Vieh hatte, wollte es nicht allein lassen. Manche kannten die Russen auch aus dem Ersten Weltkrieg und glaubten der Propaganda nicht, sie wollten sich ducken und abwarten. («Im Winter ist der Pommer noch sturer als im Sommer.») Als es fast zu spät war, sind viele, von Soldaten eindringlich gewarnt, doch noch über das Eis geflohen, Frauen mit Kinderwagen, von Eisscholle zu Eisscholle, bis zur Fahrrinne, und bis die Fähre gesprengt wurde und die Menschen drüben um Hilfe schrien – der Geheimgang, der angeblich vom Schloß unter der Oder durchführte, war leider nur eine Legende –, sogar ein kaputter VW-Schwimmwagen setzte noch über, ein Soldat schöpfte mit seinem Gasmaskenbehälter Wasser, die anderen paddelten, der Hufschmied hat das Auto repariert, der hatte dann später eine Trabi-Werkstatt. Es hieß immer noch, die Bevölkerung solle nur zwei Tage «aus dem Beschuß raus», bis die Lage «bereinigt» sei. Seit Tagen klopften versprengte deutsche Soldaten an die Tür und wollten den Weg zur Fähre über den Fluß wissen, seine Mutter habe immer gesagt, das seien keine Russen, die würden nicht an die Scheibe anklopfen. Und tatsächlich hörte man es dann schon, als sie da waren, weil Gewehrkolben gegen die Türen schlugen. Der erste Tote war der Fährmann gewesen, der manchmal, wenn spät jemand «Hol über!» rief, geantwortet hatte: «Leck mi, in Küstrin is 'ne Brücke!» Er wollte nur ins Haus gegenüber, seinen Bruder besuchen: «Gottfried, komm, die schießen!», und als der Bruder die Tür öffnete, fiel er ihm tot in die Arme, von Scharfschützen getroffen. Man hat dann als Sichtschutz Decken und Laken zwischen den Häusern aufgespannt. Ein Panzerspähwagen fuhr die Straße auf und ab und feuerte rüber, die Jungen zwängten sich an den Soldaten vorbei, um zuzusehen. Opa Harnusch zeigte mir die Stelle, wo drüben der Friedhof gewesen war: «Wir haben alles verloren, sogar unsere Toten.» Die geblieben sind, seien fast alle umgekommen, die Männer unter sechzig wurden erschossen oder nach Rußland verschleppt, die Frauen vergewaltigt: «Kartoffelsack über'n Kopp.» Oft mußten die Männer oder die Eltern noch zugucken. Einem jungen Mann schlugen sie mit der MPi die Zähne aus und vergewaltigten vor seinen Augen seine Frau, der Vater stand daneben. («Hörst du?» unterbrach sich Opa Harnusch, «das war der Grünspecht!») Er ging den ganzen Ort durch, Straße für Straße, Haus für Haus, er wußte genau, wer wo gewohnt hatte. Da drüben Frau Knopke, die sei schon siebzig gewesen, die habe jeden Tag das Grab ihres verstorbenen Manns besucht, nach der Vergewaltigung habe sie sich so geschämt, daß sie sich das nicht mehr traute. Und da war ein kleiner Laden, der war aber ein bißchen schmuddelig und nicht sehr gut geführt: «Da lag der Kamm neben der Butter.» Frau Baumstark wollte ihr Grundstück nicht verlassen, ihr Vater fand sie bei der Rückkehr in einen Teppich gewickelt. Bei Knospes, alle ermordet, der Sohn lag erstochen in einer Regenwasserwanne, der Vater ist zum Erschießen gebracht worden und mit einem Halsdurchschuß zwischen Leichen aufgewacht, er schaffte es irgendwie bis zur nächsten Kreuzung und bat einen russischen Offizier, ihn noch einmal richtig zu erschießen, daraufhin wurde er verbunden und nach Rußland verschleppt, wo er verhungert ist. Mutter Schabbel war schwerhörig, die hat nicht reagiert, als die Russen sie riefen, und ist erschossen worden. Bei Wurms lebten zwei ledige Schwestern, die hatten schon ihr Bettzeug über den Fluß geschafft, um dort abzuwarten, bis die Russen zurückgeschlagen seien, die hätten sich nach der Vergewaltigung an einem gemeinsamen Strang erhängt. Was die Russen nicht angezündet hätten, sei von der deutschen Artillerie zerschossen worden (teilweise mit französischen Mörsern aus dem Ersten Weltkrieg), und dann flogen ja noch deutsche Flugzeuge, die griffen die Pontonbrücken und Panzer an, allerdings konnten sie den T34 nichts anhaben mit ihren «Panzeranklopfgerät» genannten 2-cm-Kanonen, aber sie zerschossen links und rechts die Häuser. Manchmal schossen sie auch auf den Volkssturm, alte Männer aus Franken, die in ihrem Leben noch nie ein Gewehr in der Hand gehalten hatten und mit ihren Krückstöcken und italienischen Musketen mit sechs Schuß Munition bewaffnet waren und wegen der gefärbten SA-Mäntel und der Fellmützen, die sie trugen, für Russen gehalten wurden. Oberst Rudel wurde dann abgeschossen, humpelte mit einem kaputten Bein, das ihm später abgenommen wurde, zu einer Bahnstation und wurde mit einer Draisine weggefahren. Der habe sein Leben lang davon geträumt, den Krieg noch einmal richtig zu Ende zu bringen, bis er in den neunziger Jahren bei einem Autounfall umgekommen sei. Die nicht geflüchtet waren, sind wochenlang zu Fuß nach Osten getrieben worden, bei Wind und Wetter, nichts zu essen, keine Unterkunft, was man noch hatte, wurde einem von den Polen geraubt, die toten Kinder wurden an den Straßenrand gelegt. An manchen Bahndämmen lagen gefrorene Soldatenleiber in Stapeln, um den LKWs das

Überqueren zu ermöglichen. Als die Überlebenden zurückdurften, war alles kaputt, aus den Bunkern und Unterständen holte man sich Hausrat, den die Soldaten dort hingebracht hatten (manchmal waren ausgerechnet die Schnaps- und Weingläser unter dem Schutt heil geblieben). Die Frauen mußten beim Brückenbau helfen, Erde in ihren Schürzen zur Baustelle tragen. Eines Tages verschwanden die Russen, die Polen kamen, und dann hieß es, in zwanzig Minuten müßten alle weg, ein langer Marsch über viele unnötige Umwege bis zu einer Pontonbrücke und. «Nun lauf, du deutsches Schwein!» Für manche war das bereits die zweite Flucht, denn sie waren vor der Russischen Revolution aus Paris geflohen, also Paris in Bessarabien, die haben sich noch geärgert, wenn ihr Knecht hier genausoviel Land bekommen hatte wie sie. Die hatten hier angefangen, Melonen anzubauen, und jeder hatte einen Weinstock und einen Nußbaum im Garten und Nüsse in der Hosentasche, manche Orte waren hundert Prozent NSDAP. Andere Deutsche aus Bulgarien und Bessarabien seien nach dem Hitler-Stalin-Pakt hierher umgesiedelt worden, besser als ins Warthegau, wo sie auf Höfe vertriebener Polen kamen, das Essen stand noch gefroren auf dem Tisch. (Wolhyniendeutsche und Bessarabier erkenne er in der dritten Generation, hatte Herr Pinkepaul einmal zu mir gesagt.) *Er* habe ja Verwandte gehabt links der Oder, aber nur, weil er die richtige Frau geheiratet habe, obwohl er ja auch an einer anderen interessiert gewesen sei, so konnte er hier unterkommen. («Es heißt zwar: ‹Wie man macht, ist falsch› – aber manchmal glückt es auch, und man macht richtig. Des is mir so gegangen, und des wird dir auch so gehen.») Der russische Kommandant war verbittert, weil er bei den Kämpfen um den Ort viertausend seiner Leute verloren hatte, mit der Sterblichkeit der Kinder sei er zufrieden, sagte er, nur mit der der Erwachsenen noch nicht. Um sich abzureagieren, trat er manchmal aus der Kommandantur und schoß auf das Denkmal für die Gefallenen von 70/71, das auf dem Schulberg steht. Hier seien viertausend von ihnen gefallen, sagte er, da brauche es sie auch nicht mehr, sie sollten Jauche saufen, und viel mehr gab es auch nicht. Es gab ja nur noch zwei Pumpen, und der Wasserturm war gesprengt worden, von den Deutschen oder den Russen, darum stritten sie sich heute noch. (Beim Anstehen an der Pumpe, am Waschtag zwanzig Mal, konnte Frau Tatziet immerhin Gespräche der Schmogrowerinnen belauschen: «In Küstrin haben sich ja so viele das Leben genommen» – «Ja, aber das nützt uns ja auch nichts ...») Praktisch alle Häuser waren zerstört, über allem lag Asche und Staub, und es stank fürchterlich nach verwesten Tieren und Leichen (so wie zu meiner Zeit, wenn die LPG wieder Knochen verbrannte), im nächsten Jahr gab es die erste «Distelrupfkampagne», weil Wolken von Distelflocken über die verunkrauteten Felder schwebten, auf denen immer noch tausende Panzerwracks verrosteten, die Fische im Teich waren durch Handgranaten getötet, die Hunde erschossen, die Bienen ausgeräuchert. Ihr Haus sei auch halb kaputt gewesen, und weil die «Schnaps-Schneidern» alles Baumaterial für sich und ihre Leute haben wollte, durften sie es nicht reparieren («Bonzen gingen, Bonzen kamen, Amen.»). Sie hätten dann die Fassade hinter Schutt versteckt und heimlich gebaut. Man mußte aufpassen, nicht aus Neid denunziert zu werden. Gepflügt wurde mit halbverhungerten Kühen. Es habe gedauert, bis er wieder «Gauleiter» war. Zwei Jahre später sei erneut alles kaputt gewesen, als der Deich im Winter bei Hochwasser von Eisschollen aufgerissen worden ist und das Bruch sich wie eine Badewanne füllte, Strohmieten, Hoftore, Plumpsklos, Hundehütten, Tierkadaver, Kaninchenställe schwammen im Wasser, die schweren Balken hätten «alles zerdeppert». Bei ihnen hatte sich eine Kuh erhängt, die durch den Boden der Scheune gebrochen war, auf den sie sie gebracht hatten, um sie zu retten. Die Leute hatten Angst, zu den Russen in die Laster zu steigen, weil sie dachten, sie würden gleich weiter nach Sibirien befördert. Seine Tante habe in den Tagen geheiratet, zum Glück hatte sie kein Radio, sonst hätten sie vom Hochwasser erfahren und den Kuchen nicht mehr gegessen. *Er* habe ja immer Angst vor Hochwasser, weil er so klein sei und der Kopf nicht rausgucken würde, und ständig werde er noch kleiner: «Unten läuft man sich die Füße ab, und oben weht einen der Wind ab.» Aber immerhin habe er den Krieg überlebt, weil er sich für die Richtige entschieden habe («Manchmal macht man richtig...»).

«Und jetzt von hinnen, Hunnen! Heefst du mich mal hoch?» sagte Opa Harnusch schließlich zu mir, und ich half ihm auf. «Kriegst ein Lob in die Kladde...» Warum ich so traurig gucken würde? Ich hätte doch meine Heimat noch? Und außerdem sei das Leben schön. Sein Lehrer an der Latschenschule, das sei ein Kriegsinvalide gewesen, der konnte selber kaum lesen und schreiben, und wenn beim Lesenüben weder der Schüler noch er, noch seine Frau, die er zum Helfen rief, ein langes Wort im Buch lesen konnten, sagte er:

«Na, denn hupp rüber ...» Und so sei das auch im Leben, wenn man sich wegen etwas gräme: «Hupp rüber ...»

Die Parallelwelt der Schnecken erwacht, weil es tagsüber geregnet hat und das Gras feucht ist. Überall sind sie unterwegs, kaum ein Flecken, auf dem man ihnen nicht ausweichen muß. Ricarda nennt die Nacktschnecken «vergeßliche» Schnecken, weil sie beim Losgehen ihr Haus vergessen haben und es nun überall suchen müssen, sie läuft immer durch den Garten und begießt sie, denn: «Die mögen Wasser.» Ich bemühe mich, den Schnecken mit Respekt zu begegnen, wie ich es von Klara gelernt habe, allerdings würde ich nicht soweit gehen, sie zu küssen, wie sie es vorhat, um weitere Vorurteile abzubauen. (Sie wünscht vor dem Einschlafen allen Lebewesen, «daß sie das Glück finden.»). Sie trägt selbst Kleidermotten aus dem Haus, statt sie zu töten, und Ricarda folgt ihrem Beispiel mit Obstfliegen. (Das Neueste ist, daß Klara mit den Wespen und Faltern *spricht* und ihnen sagt, daß sie aus dem Fenster fliegen sollen, was sie angeblich auch täten, wenn man es ehrlich meine.) Ich habe schon ein Schneckenhaus auf dem Gewissen, und das tut mir unendlich leid, woher soll die Schnecke wissen, daß es keine Absicht war, hoffentlich war sie wenigstens nicht zu Hause gewesen! Sollte ich ihr im Dunkeln begegnen, würde ich mich zu ihr herabbeugen und sagen: «Bruder.» Den «Geheimweg» würde ich mich in der Nacht nicht mehr zu gehen trauen. Ich habe hier einmal eine Mardermutter in Aufruhr versetzt, weil ich zufällig zwischen sie und ihre in einem Baum sitzenden Jungen geraten war. Sie rannte aufgeregt wie ein Huhn durchs Gebüsch, immer hin und her, um mich abzulenken. Der Zugang zum «Geheimweg» ist in den fünfziger Jahren von künstlerisch ambitionierten Feriengästen freigeschnitten worden, deshalb nannte Frau Tatziet diesen Abschnitt damals «Bitterfelder Weg». Am «Wäldchen» krabbeln Glühwürmchen im Gras, hell wie LED-Leuchten. Herr Tatziet hat, immer, wenn ein Kind einen Nachtfalter gefunden hatte, in einem kleinen, buntillustrierten Insel-Bändchen, das «Reimwild» von einer Patentante geschenkt bekommen hatte, nachgesehen, um welche Art es sich handelte («Braunes Ordensband», «Kohleule», «Liebling») und Fundort, Finder und Datum vermerkt: «‹Brauner Bär›, gesehen 24.8.60 vor dem Konsum (tot) – 19.8.67 von Karin am Misthaufen (lebendig) – befreit am 17.8.68 aus dem Badezimmer.»

Können wir die Kinder an einem Ort wie diesem aufwachsen lassen, ohne Internet, Computerspiele und «soziale Netzwerke»? Hermanns Frau hat einmal den Familienfernseher aus dem Fenster geschmissen, als ihre Kinder in den Sommerferien davor versackten. (Karl hat sich ein «Minecraft-Kostüm» gebastelt, also sich einen Karton über den Kopf gestülpt, weil bei Minecraft «alle Sachen eckig» seien.) Würden die Kinder ohne das digitale Sperrfeuer auf ihre Achtsamkeit innerlich gefestigt für alles, was das Leben ihnen abverlangt? Oder würden sie sich irgendwann beschweren, wir hätten sie wie in einer Sekte isoliert, wie altrussische Familien, die sich mit ihren vielen Kindern in die Taiga zurückziehen, um ein sündenfreies Leben zu führen? Ich denke an Rousseau, der im Exil auf seiner Insel auf dem Bieler See ganz bewußt seine Koffer und vor allem seine Bücher nicht auspackte und sich nur, wenn er «verfluchte Briefe» beantworten mußte, grummelnd ein Schreibgerät vom Verwalter auslieh, um es gleich anschließend wieder zurückzugeben in der Hoffnung, es nie wieder zu brauchen. Niemals und nirgends sei er in seinem Leben so glücklich gewesen. Aber es gibt keine Außenposition zur Gesellschaft. Kann man sich von der Gegenwart wenigstens in einem gesunden Maß fernhalten, ohne politisch so blind und naiv zu werden wie Frau Tatziets Familie in der Nazi-Zeit? Und nicht nur sie? Ein völkischer Sozialstaat, zusammengehalten von «einer Macht, stärker als Geld», die Mehrheit der Deutschen war damals glücklich damit. Gibt es ein «richtiges» Leben oder wenigstens ein «richtigeres»? Was soll an unserer Lebensweise für Kinder besser sein als in «Bullerbü», wo die Kinder zu Fuß zur Schule gehen, auch durch tiefen Schnee, auf den Holzzäunen der Koppeln balancieren, weil es Spaß macht, und sich dabei Geschichten ausdenken, oder das Buch, das sie zu Weihnachten von der Lehrerin geschenkt bekommen haben, schon auf dem Heimweg im Gehen lesen, sie haben ja keine Handys oder Kopfhörer? Was reizt uns so an «Bullerbü»? Daß die Kinder dort glücklich sind mit liebevollen, aber meistens abwesenden Eltern, und daß man nicht dazusagen oder verschweigen muß, daß ihre Mütter vor Juden ausspucken und ihre Väter in der SS sind. Vielleicht hat Klara recht und wir würden auf dem Land wirklich glücklicher sein. In Schmogrow stritten sich meine Eltern nie, erst Jahre später, wenn es darum ging, wer welche Porträtaufnahmen von uns Kindern gemacht hatte, konnte keiner von beiden nachgeben. Ich war in Schmogrow auch nie krank. Es waren so viele Menschen im Haus und noch mehr befreundet, darunter etliche mit einem unsichtbaren, magischen Schutzschild, weil sie aus dem Westen waren, was sollte einem da passieren?

Ich halte die «Winkmaschine» hoch, eine Erfindung von Frau Tatziet, eigentlich ein Korkenzieher, der aber durch die Arme und den angedeuteten Kopf aussieht wie ein Mensch. Ich ziehe unten an der Spindel, und die Maschine wedelt mit den Armen und «winkt». So drehe ich mich einmal um mich selbst. Wenn jemand abfuhr, haben wir uns immer darum gestritten, die «Winkmaschine» bedienen zu dürfen. «Auf Wiedersehen, kommt bald wieder!» hat Herr Tatziet zu jedem Gast gesagt und es auch so gemeint. Nur selten wünschte man sich im stillen, jemanden etwas schneller wieder loszuwerden, von Tante «Reimwild» war die, typisch für sie, naivunbedachte, aber deshalb nicht weniger treffende Frage an einen Gast überliefert: «Wann fährt denn dein lieber Zug?» Herr Tatziet warnte die Autofahrer noch einmal vor der Stelle, an der die Chaussee steil hinab in eine Senke führte, dort wirkten mysteriöse Kräfte, die immer wieder zu Unfällen führten. Er selbst war, als er noch einarmig mit der «Nordsibirischen Untergrundbahn», seinem NSU-Hühnerschreck, zur Schule in die Stadt fuhr (seine Frau schob ihn an), einmal an der verwunschenen Stelle mit einer Wespe zusammengestoßen und gestürzt. Unser Trabant war bei der Abfahrt immer bis oben vollgestopft, denn meine Mutter hatte ja nicht nur Wäsche für uns, sondern auch für alle anderen Kinder dabei, deren Mütter, für den Fall, daß ihre Kinder beim Spielen in die Brausemulde fallen sollten, nicht vorgesorgt und an Wechselwäsche gedacht hatten. Tante Lore sagte zu Frau Tatziet, wenn sie unser Auto sah: «Schwatz ihnen keine

Blumen auf, es sieht besorgniserregend aus.» (Sie hatte noch nie so viele Leute in ein so kleines Auto einsteigen sehen.) Man steckte die Hand, so, weit es ging, durch die ein Stück heruntergekurbelte Scheibe und wackelte mit dem Handgelenk, bis man um die Kurve war. Wenn man auf der Chaussee Richtung Stadt fuhr, war das Haus über ein Stück mohnrotes Kornfeld hinweg noch einmal kurz zu erkennen, und wir winkten ein letztes Mal, in der Hoffnung, daß man uns dort sah, dann war der Sommer vorbei, aber ich freute mich auf den Fernseher zu Hause, den ich hier gar nicht vermißt hatte vielleicht wurde mir auch schon schlecht von den vielen Kirschen, die ich am Vormittag noch schnell hinten im Garten gepflückt hatte, dann würden wir bald anhalten müssen, um meine rote Schüssel auszuwaschen, mit Wasser aus der Migräne-Flasche meiner Mutter («Das ist eigentlich nur für meine Tabletten.»). Bald darauf würde dem ersten einfallen, was er vergessen hatte, aber Herr Tatziet hatte seiner Frau zum Glück beigebracht nichts wegzuwerfen, was sie nicht kannte, und so wurde der «Nachlaß» der Gäste aufbewahrt. («Man findet alles wieder, wenn man nur lange genug nicht danach sucht», sagte Herr Tatziet, und Ricarda ruft jedesmal «Land in Sicht!», wenn sie etwas findet, ich glaube, das hat sie von «Petzi».) Meine Oma war einmal mit ihrem Schwiegersohn gekommen, um ihre Nahbrille mit dem grauen Etui zu holen, bekam aber stattdessen das Bikini-Oberteil ihrer Enkelin ausgehändigt. Frau Tatziet hatte bei Abreisenden immer den Drang, ihnen in Briefen alles, «was gleich danach kam», zu schreiben, sozusagen eine «Nachschrift zum Sommer», wie Ecos «Nachschrift zum ‹Namen der Rose›». Ich habe immer bewundert, wie selbstverständlich sie Gedichte las, die als Textform zu ihrem Leben gehörten, ob Brechts «Hundert Gedichte», Goethe, Morgenstern, Ingeborg Bachmann oder Eva Strittmatter. Einmal schrieb sie mir in einem Brief ein Gedicht ab, ich weiß nicht, von wem es stammt:

«Man kann sein Leben nicht zu Ende leben
eines Tages hört es auf
man muß seine Ruder eines Tages einziehen
und sich noch eine Weile schaukeln lassen»

Muß ich auch Klara mit der Winkmaschine winken? Ich lese immer daraus, wie weit sie sich beim Küssen meinen Lippen nähert, die Stimmung ab, im Moment darf ich kaum ihre Wange berühren, angeblich kratzt mein Bart. Allein könnte ich wieder Rosinen in den Haferbrei und Birnenscheiben in den Rucola-Salat mischen (Karl: «Dürfen wir im Auto einen Rucola-Bonbon haben?»). Ich könnte die Bedienungsanleitungen weggeworfener Geräte wegwerfen, die sie in einer vollgestopften Schublade sammelt. Ich könnte wieder vierlagiges Klopapier kaufen. Ich könnte die Messer in die Spülmaschine tun, wo sie angeblich stumpf werden. Ich müßte nicht mehr heimlich das Kartoffel- oder Nudelwasser, das sie aufgesetzt hat, salzen, überhaupt dürfte ich beim Kochen wieder Gewürze verwenden. Die Feuchttücher würden nicht mehr austrocknen, weil sie die Verpackung nicht schließt. Ich könnte mit den Kindern wieder Spiele spielen, bei denen einer gewinnt und bei denen man nicht nur «miteinander» spielt, weil es bei Kindern unter sechs Jahren das «negative

Selbstbild» verstärke, wenn sie verlieren. Ich könnte auf dem Klo wieder Raumspray benutzen, ohne zu fürchten, daß sie daran merkt, daß es vorher gestunken hat («Der fromme Dichter wird gerochen», heißt es bei Schiller.). Ich könnte wieder «Ich habe Angst, daß …» sagen, statt «Ich habe Sorge, daß …», weil ich mir sonst «selbst eine Geschichte erzähle». Ich könnte diese riesigen Tassen abschaffen, die sie in Ethno-Kitsch-Läden kauft, ich glaube, am liebsten würde sie ihren Tee aus einer Wärmflasche trinken. Ich müßte mir nicht mehr Wochen nach der Zeitumstellung erklären lassen, wie spät es für die Kinder nach ihrer «inneren Uhr» ist und warum sie jetzt schon ins Bett müssen. Die Spitzen aller meiner Fineliner wären nicht mehr zerdrückt, genau in dem Moment, wenn ich mit Schwung loslegen will mit meiner Arbeit, und bis ich einen neuen, der nicht ausgetrocknet ist, gefunden habe, ist der Elan weg. Ich müßte nicht mehr darauf achten, daß man nichts von meinem Gesäß sieht, wenn ich mich bücke, weil mein Hemd hochrutscht, überhaupt müßte ich nicht immerzu den Bauch einziehen, was bestimmt für meinen Reizdarm mitverantwortlich ist. Ich könnte wieder eine Fliegenklatsche anschaffen. Ich müßte nicht nach jeder Reise den Stecker vom Toaster in die Steckdose stecken, weil Klara ihn aus Angst vor einem Wohnungsbrand immer raus-zieht. Andererseits würde ich nicht mehr durchs Babyphon hören, wie anrührend falsch sie abends singt (obwohl ich ja selbst ganz unmusikalisch bin und mir nur, um mich interessant zu machen, wenn eine Feuerwehr mit lautem Tatütata vorbeirast, die Ohren zuhalte, als füge mir diese Kakophonie Schmerzen zu), ich würde beim Schlafengehen nicht mehr die immer noch etwas warme Wärmflasche unter unserer Decke vorfinden und nachts Klaras Zähne knirschen hören («und sie fletschten ihre fürchterlichen Zähne ...»), ich könnte nicht mehr ihren mit Sand gefüllten Tesafilmrollenhalter als Rhythmusinstrument benutzen, wenn ich vor Freude, wie gut es uns geht, einen Calypso singe, und sie würde nicht mehr, wenn sie von mir die Uhrzeit wissen will und ich ihr zu langsam reagiere, meinen Arm greifen und mein Handgelenk zu sich drehen, um selbst auf meinen «Zeitweisel» zu sehen, was mir gefällt, weil ich mir dann immer vorkomme wie eine Kasperlepuppe, mit der sie den Kindern ein Theaterstück vorspielt. Ich wäre wie ein Saugroboter, der, bis die Batterie leer ist, verzweifelt an Wände und Möbel stößt und davon abprallt, weil er seine Ladestation nicht findet.

Weil die Abreise der Gäste sich oft länger hinzog, so daß manchmal doch noch eine Mahlzeit mit eingenommen wurde oder es sogar noch ein letztes Mal kurz an die Badestelle ging, und danach konnte man ja auch noch Kaffee trinken oder, wenn man «ein Sammlertyp» war, für zu Hause ein paar Falläpfel auflesen, hatte Frau Tatziets Mutter einmal den Ausspruch geprägt: «Wie lange blieben sie noch, als sie gegangen waren?» Ich bin für immer geblieben, obwohl ich längst gegangen bin.

DANKSAGUNG

Ich danke Herrn Hunger für seine unschätzbare Hilfe. Ich danke allen, mit denen ich über ihr Schmogrow sprechen konnte, insbesondere Else, Antje, Iris, Frank, Helga, Claus, Renate, Maren, Dieter, Ute, Sabine, Hartmut, Veit, Ulrike, Friederike, Jürgen, Karin, Ines, Bernd, Eva-Christine, Karla, Inga, Eberhard, Michael, Almut, Charly, Christine, Jörn, Götz, Marten.